Gröls Verlage

„BÜCHER SIND WIE FALLSCHIRME. SIE NÜTZEN UNS NICHTS, WENN WIR SIE NICHT ÖFFNEN.“

Gröls Verlag

Redaktionelle Hinweise und Impressum

Das vorliegende Werk wurde zugunsten der Authentizität sehr zurückhaltend bearbeitet. So wurden etwa ursprüngliche Rechtschreibfehler *nicht* systematisch behoben, denn kleine Unvollkommenheiten machen das Buch – wie im Übrigen den Menschen – erst authentisch. Mitunter wurden jedoch zum Beispiel Absätze behutsam neu getrennt, um den Lesefluss zu erleichtern.

Um die Texte zu rekonstruieren, werden antiquarische Bücher von Lesegeräten gescannt und dann durch eine Software lesbar gemacht. Der so entstandene Text wird von Menschen gegengelesen und korrigiert – hierbei treten auch Fehler auf. Wenn Sie ebenfalls antiquarische Texte einreichen möchten, finden Sie weitere Informationen auf www.groels.de

Viel Freude bei der Lektüre wünscht Ihnen das Team des Gröls-Verlags.

Adressen

Verleger: Sophia Gröls, Im Borngrund 26, 61440 Oberursel

Externer Dienstleister für Distribution & Herstellung: BoD, In de Tarpen 42, 22848 Norderstedt

Edgar Rice Burroughs

Tarzans Rückkehr in den Urwald

Übersetzung von Tony Kellen

Inhalt

Der Streit auf dem Dampfer

Prachtvoll! sagte die Gräfin de Coude halblaut vor sich hin.

Was ist prachtvoll? fragte der Graf, indem er sich nach seiner jungen Frau umwandte. Er schaute dann umher, um den Gegenstand ihrer Bewunderung zu entdecken.

Oh, gar nichts, mein Lieber, erwiderte die Gräfin, aber ihre ohnehin rosigen Wangen färbten sich dabei noch tiefer. Ich dachte nur mit Bewunderung an die erstaunlichen Wolkenkratzer von New York zurück. Die schöne Gräfin lehnte sich behaglich in ihren Sessel zurück und nahm die Zeitschrift, die sie auf den Schoß hatte fallen lassen, wieder auf.

Auch ihr Mann vertiefte sich wieder in sein Buch, doch kam es ihm merkwürdig vor, daß seine Frau jetzt die Gebäude bewunderte, die sie noch vor drei Tagen als abscheulich hingestellt hatte.

Bald legte der Graf das Buch wieder aus der Hand. Es ist sehr langweilig, Olga, sagte er. Ich will sehen, ob ich nicht noch ein paar Herren auftreibe, die sich auch langweilen, so daß wir vielleicht miteinander Karten spielen können.

Du bist nicht sehr galant, rief die junge Frau lachend, aber da ich mich ebenso langweile, so kann ich es dir nicht verübeln. Geh nur und spiele mit deinen langweiligen alten Karten, wenn es dir Spaß macht.

Als er fort war, sah sie verstohlen nach einem großen jungen Mann, der sich unweit von ihr bequem auf einem Liegestuhl ausgestreckt hatte.

Prachtvoll! murmelte sie noch einmal vor sich hin.

Die Gräfin Olga de Coude war erst zwanzig Jahre alt, ihr Mann aber schon vierzig. Sie war ihm treu und ergeben, aber da sie bei ihrer Wahl gar nicht befragt worden war, so war sie begreiflicherweise nicht gerade leidenschaftlich in den Mann verliebt, den das Schicksal oder vielmehr ihr adliger russischer Vater ihr als Lebensgefährten bestimmt hatte. Aus ihrem Ausruf der Bewunderung beim Anblick eines stattlichen jungen Fremden darf aber nicht geschlossen werden, daß ihre Gedanken ihrem Gatten in irgendeiner Weise untreu gewesen wären. Sie bewunderte den Fremden nur ebenso, wie sie ein besonders schönes Exemplar irgend einer andern Art von Lebewesen bewundert hätte. Zudem war es zweifellos ein Vergnügen, ihn anzusehen.

Gerade als ihr verstohlener Blick über sein Profil huschte, stand er auf und verließ das Deck.

Die Gräfin winkte einen vorübergehenden Steward heran. Wer ist jener Herr? fragte sie.

Er ist als Herr Tarzan aus Afrika eingetragen, gnädige Frau! lautete die Antwort.

Eine ziemlich große Besitzung, dachte die junge Frau, aber jetzt war ihre Neugier noch gestiegen.

Als Tarzan langsam auf das Rauchzimmer zuschritt, kam er an zwei Männern vorbei, die aufgeregt vor der Türe flüsterten. Er hätte sie nicht einmal beachtet, wenn nicht der eine von ihnen einen sonderbaren Blick auf ihn geworfen hätte. Die beiden erinnerten Tarzan an die Schurkengestalten, die ihm aus rührseligen Dramen der Pariser Theater sattsam in Erinnerung geblieben waren. Beide waren dunkelfarbig, und dies, ebenso wie ihr Achselzucken und ihre verstohlenen Blicke, ließ die Ähnlichkeit noch größer erscheinen. Jedenfalls hatten sie nichts Gutes im Sinn.

Tarzan trat in das Rauchzimmer und setzte sich etwas abseits von den Anwesenden. Er war nicht in der Stimmung, sich mit andern zu unterhalten. Während er seinen Absinth schlürfte, ließ er die vergangenen Wochen seines Lebens sorgenvoll an sich vorüberziehen. Immer wieder fragte er sich, ob er weise gehandelt habe, als er zugunsten eines Mannes auf sein Geburtsrecht verzichtete, dem er in keiner Weise zu Dank verpflichtet war. Allerdings betrachtete er Clayton als einen Freund, aber das war es nicht. Nicht William Cecil Clayton, Lord Greystoke, zuliebe hatte er seine Geburt verleugnet. Es war nur der Frau zuliebe, die er und Clayton liebten, und die eine seltsame Laune des Schicksals diesem, statt ihm, bestimmt hatte.

Daß sie ihn liebte, machte ihm den Gedanken doppelt schwer, aber er sagte sich, er hätte nicht mehr tun können, als was er in jener Nacht auf der kleinen Eisenbahnstation in den fernen Wäldern von Wisconsin getan hatte. Für ihn war vor allem ihr Glück der erste Beweggrund, und seine kurze Erfahrung mit der Kultur und den Kulturmenschen hatte ihn gelehrt, daß das Leben ohne Geld und ohne Stellung den meisten von ihnen unerträglich war.

Jane Porter war nun einmal für die Güter der Kultur geboren; hätte Tarzan sie diesem Manne weggenommen, so hätte er sie zweifellos in ein Leben gestürzt, das ihr elend und qualvoll erscheinen mußte.

Tarzans Gedanken schweiften aus der Vergangenheit in die Zukunft. Er versuchte, sich auf die Rückkehr in die Dschungel zu freuen, in die grausame wilde Dschungel, in der er geboren worden und wo er von seinen 22 Jahren 20 verlebt hatte. Aber welches von der Myriade Lebewesen der Dschungel würde ihn bei seiner Rückkehr willkommen heißen? Kaum eines! Nur Tantor, den Elefanten, konnte er seinen Freund nennen. Die andern würden ihn verfolgen oder ihn fliehen, wie sie es früher getan hatten.

Nicht einmal die Affen seines früheren Stammes würden ihm ihre kameradschaftliche Hand entgegenstrecken.

Wenn die Kultur auch sonst nichts für Tarzan getan hatte, so hatte sie ihn doch bis zu einem gewissen Grade gelehrt, sich nach der Gesellschaft gleicher Wesen umzusehen und das Wohltuende der Kameradschaft zu schätzen. Es war ihm jetzt schwer, sich eine Welt ohne einen Freund zu denken, ohne ein lebendes Wesen, mit dem er sich jetzt doch durch die gelernten Sprachen so gut verständigen konnte. Und so kam es, daß Tarzan recht trübselig in die Zukunft schaute, die er selbst sich vorgezeichnet hatte.

Als er so, eine Zigarette rauchend, in Gedanken versunken da saß, fiel sein Blick auf einen Spiegel vor ihm, und darin sah er einen Tisch, an dem vier kartenspielende Männer saßen. Eben stand einer auf, um fortzugehen, und dann näherte sich ein anderer, der sich höflich erbot, den leeren Platz auszufüllen, damit das Spiel nicht unterbrochen würde. Es war der Kleinere von den beiden, die Tarzan miteinander flüsternd vor dem Rauchzimmer angetroffen hatte.

Das hatte die Neugier Tarzans einigermaßen geweckt und er konnte nicht umhin, im Spiegel das Bild der Spieler am Tische zu beobachten. Tarzan kannte nur den Namen eines der Spieler, nämlich desjenigen, der gegenüber dem neu hinzugekommenen saß. Es war der Graf Raoul de Coude, den ein zuvorkommender Steward ihm letzthin als eine der Berühmtheiten auf dem Schiffe bezeichnet hatte und der eine hohe Stellung im französischen Kriegsministerium einnehmen sollte.

Plötzlich wurde Tarzans ganze Aufmerksamkeit auf das Bild im Spiegel gelenkt. Der andere Dunkelfarbige, der wie ein Bösewicht aussah, war hereingekommen und stand hinter dem Stuhle des Grafen. Tarzan sah, daß er sich umdrehte und verstohlen umherschaute; sein huschender Blick ruhte aber nicht lange genug auf dem Spiegel, um Tarzans wachsame Augen zu entdecken. Heimlich zog der Mann etwas aus seiner Tasche, aber da er es mit der Hand bedeckte, konnte Tarzan nicht sehen, was es war.

Langsam näherte sich die Hand dem Grafen, um ihm das Ding, das sie enthielt, in die Tasche zu schieben. Der Mann blieb so stehen, daß er die Karten des Franzosen beobachten konnte. Das gab Tarzan zu denken. Er paßte jetzt sorgfältig auf und ließ sich keine Einzelheit des Vorfalls entgehen.

Das Spiel ging darnach noch etwa zehn Minuten weiter, bis der Graf dem, der zuletzt zum Spiel gekommen war, einen hohen Betrag abgewann. Dann sah Tarzan den Mann, der hinter des Grafen Stuhl stand, seinem Verbündeten zunicken. Sofort erhob sich der Spieler und zeigte mit dem Finger auf den Grafen.

Hätte ich gewußt, daß der Herr ein gewerbsmäßiger Falschspieler ist, sagte er, so wäre ich nicht so schnell bereit gewesen, mich in das Spiel hineinziehen zu lassen.

Im Nu sprangen der Graf und die beiden andern Spieler auf.

Der Graf war erblaßt.

Was wollen Sie damit sagen, Herr? schrie er. Wissen Sie, mit wem Sie sprechen?

Ich weiß, daß ich das letztemal mit einem spreche, der beim Kartenspiel betrügt, erwiderte der andere.

Der Graf neigte sich sofort über den Tisch und versetzte dem Mann eine Ohrfeige, ehe die andern dazwischentreten konnten.

Da liegt unbedingt ein Irrtum vor, Herr! rief einer der andern Spieler. Das ist ja der Graf de Coude.

Wenn ich mich irre, sagte der, der ihn beschuldigt hatte, so will ich mich gern entschuldigen, aber ehe ich das tue, soll der Herr Graf erklären, wozu er die falschen Karten braucht, die ich ihn in seine Seitentasche stecken sah.

Der Mann, den Tarzan beim Hineinschieben der Karten beobachtet hatte, suchte den Wortwechsel zu benutzen, um sich aus dem Rauchzimmer fortzuschleichen; aber zu seinem Ärger fand er den Ausgang von einem großen grauäugigen Fremden versperrt.

Sie entschuldigen, rief er, indem er versuchte, an ihm vorbeizuschlüpfen.

Warten Sie! sagte Tarzan.

Aber warum, mein Herr? fragte der andere ungeduldig. Gestatten Sie, daß ich vorbeigehe!

Warten Sie, sagte Tarzan, denn hier ist eine Sache zu regeln, die Sie zweifellos aufklären können.

Der Mensch hatte inzwischen seine Ruhe verloren und wollte Tarzan mit einem leisen Fluch zur Seite stoßen. Der Affenmensch aber lachte nur, als er den großen Kerl am Mantelkragen faßte und ihn an den Tisch zurückführte, obschon dieser sich fluchend und schlagend dagegen wehrte.

So machte Nikolaus Rokoff die erste Erfahrung mit den Muskeln, die Tarzan zum Siege über Numa, den Löwen, und Terkop, den großen Menschenaffen, verholfen hatten.

Der Mann, der de Coude beschuldigt hatte, und die zwei andern Spieler sahen den Grafen erwartungsvoll an. Mehrere andere Passagiere waren infolge des Wortwechsels hinzugekommen und alle warteten auf den Ausgang.

Der Mensch ist verrückt, sagte der Graf. Meine Herren, ich bitte Sie, untersuchen Sie mich.

Die Beschuldigung ist lächerlich, sagte einer der Spieler.

Sie brauchen Ihre Hand nur in die Rocktasche des Grafen zu stecken, und Sie werden sehen, daß die Anklage berechtigt ist, versicherte der Spielpartner, der die Beschuldigung ausgesprochen hatte. Und als die andern noch zögerten, rief er aus: Vorwärts! Ich werde es selbst tun, wenn kein anderer es will. Zugleich ging er auf den Grafen zu.

Nein, mein Herr, sagte de Coude. Ich will mich nur von einem Gentleman untersuchen lassen.

Es ist nicht nötig, den Grafen zu untersuchen. Die Karten sind in seiner Tasche. Ich habe selbst gesehen, wie sie hineingesteckt wurden.

Alle wandten sich erstaunt nach dem neuen Sprecher um. Sie sahen einen wohlgebauten jungen Mann, der einen am Mantelkragen gefaßten Menschen heranschleppte.

Es ist eine Verschwörung, rief de Coude ärgerlich. Es sind keine Karten in meinem Rock. Und damit griff er in seine Tasche.

Es herrschte tiefes Schweigen in der kleinen Gruppe. Der Graf wurde leichenblaß und zog langsam seine Hand heraus, in der er tatsächlich drei Karten hielt.

Entsetzt sah er sie schweigend an, indes sein Gesicht aufflammte. In den Mienen der Zuschauer aber, die sahen, wie die Ehre eines Mannes den Todesstoß erhielt, mischte sich Mitleid mit Verachtung.

Der grauäugige Unbekannte aber rief: Es ist eine Verschwörung, meine Herren. Der Herr Graf wußte nicht, daß diese Karten in seiner Tasche waren. Sie wurden ohne sein Wissen während des Spieles hineingesteckt. Von meinem Stuhle dort unten aus sah ich alles vor mir im Spiegel. Dieser Mann, den ich beim Entweichen festgehalten habe, hat die Karten in des Grafen Tasche gesteckt.

De Coude hatte zuerst auf Tarzan geschaut, dann auf den Mann, den dieser mit der Faust festhielt.

Mein Gott, Nikolaus! rief er. Du?

Dann wandte er sich an den Mann, der ihn beschuldigt hatte, und sah ihn einen Augenblick scharf an.

Und Sie, mein Herr, ich erkannte Sie nicht ohne Ihren Bart. Er verstellt Sie ganz, Pawlowitsch. Jetzt verstehe ich alles. Es ist ganz klar, meine Herren.

Was sollen wir mit ihm anfangen? fragte Tarzan. Dem Kapitän übergeben?

Nein, mein Freund, erwiderte der Graf hastig. Es ist eine persönliche Angelegenheit, und ich bitte Sie, sie auf sich beruhen zu lassen. Es genügt, daß ich von der Beschuldigung entlastet bin. Je weniger wir mit solchen Leuten zu tun haben, desto besser ist es. Aber, mein Herr, wie kann ich Ihnen für die große Güte danken, die Sie mir bewiesen haben? Erlauben Sie, daß ich Ihnen meine Karte überreiche, und falls sich mir einmal eine Gelegenheit bietet, Ihnen eine Gefälligkeit zu erweisen, so erinnern Sie sich, daß ich zu Ihren Diensten stehe.

Tarzan hatte Rokoff losgelassen, und dieser beeilte sich, mit seinem Verbündeten, Pawlowitsch, das Rauchzimmer zu verlassen. Zuvor aber zischte Rokoff Tarzan zu: Sie werden Ihre Einmischung in fremde Angelegenheiten noch schwer zu bedauern haben.

Über diese Drohung lachte Tarzan, und sich vor dem Graf verneigend, überreichte er ihm seine Karte.

Der Graf las:

M. Jean C. Tarzan.

Herr Tarzan, sagte er, Sie werden vielleicht noch einmal wünschen, mir niemals einen Freundschaftsdienst geleistet zu haben, denn ich kann Ihnen sagen: Sie haben sich die Feindschaft von zwei der größten Erzgauner von ganz Europa zugezogen. Gehen Sie ihnen aus dem Wege, wo Sie nur können.

Mein lieber Graf, erwiderte Tarzan mit ruhigem Lächeln. Ich habe Feinde gehabt, die mehr zu fürchten waren, und doch bin ich noch am Leben, und es hat mir noch keiner etwas anhaben können. Ich glaube nicht, daß einer von den beiden es fertig bringen wird, mir ein Leid zuzufügen.

Wir wollen es nicht hoffen, mein Herr, sagte de Coude, aber es wird auf alle Fälle nichts schaden, wenn Sie auf Ihrer Hut sind und wenn Sie wissen, daß Sie sich heute jemanden zum Feinde gemacht haben, der nie vergißt und nie vergibt, und in dessen bösartigem Hirn immer neue Schurkereien ersonnen werden, um sich an denen zu rächen, die seine Pläne vereitelt oder ihm zu nahe getreten sind. Wenn man Nikolaus Rokoff einen Teufel nennt, so beleidigt man damit noch die Majestät des Satans.

Am Abend, als Tarzan seine Kabine betrat, fand er ein zusammengefaltetes Billett auf dem Boden, das offenbar unter der Tür hereingeschoben worden war. Er öffnete es und las:

> Herr Tarzan, Sie waren sich zweifellos der Schwere Ihrer Beleidigung nicht bewußt, sonst hätten Sie sich sicher nicht zu Ihrer heutigen Handlung hinreißen lassen. Ich will annehmen, daß Sie in Unkenntnis gehandelt haben und nicht die Absicht hatten, einen Fremden zu beleidigen. Aus diesem Grunde will ich Ihnen gerne erlauben, Abbitte

zu leisten, und wenn ich die Versicherung erhalten habe, daß Sie sich nicht mehr in fremde Angelegenheiten mischen werden, will ich die Sache auf sich beruhen lassen.

Andernfalls – doch ich bin sicher, daß Sie so klug sein werden, den angedeuteten Weg einzuschlagen.

Hochachtungsvoll
Nikolaus Rokoff.

Einen Augenblick spielte ein grimmiges Lächeln um Tarzans Lippen, aber dann dachte er nicht weiter daran und ging zu Bett.

In einer naheliegenden Kabine sprach die Gräfin de Coude mit ihrem Gatten.

Warum so ernst, mein lieber Raoul? Du bist den ganzen Abend so verdrießlich gewesen? Was macht dir Sorgen?

Olga, Nikolaus ist an Bord unseres Schiffes. Wußtest du es?

Nikolaus! rief sie aus. Das ist unmöglich, Raoul. Das kann nicht sein! Nikolaus ist in Deutschland verhaftet.

Das glaubte ich auch, bis ich ihn heute sah, ihn und den andern Erzgauner, Pawlowitsch. Olga, ich kann diese Verfolgung nicht länger ertragen. Nein, selbst nicht um deinetwillen. Früher oder später werde ich ihn den Behörden ausliefern. Ich habe mich in der Tat so halb und halb entschlossen, dem Kapitän alles zu erklären, ehe wir landen. Auf einem französischen Dampfer wäre es leicht, uns diesen Verfolger dauernd vom Halse zu schaffen.

O nein, Raoul! rief die Gräfin, indem sie vor ihm niederkniete, da er mit gesenktem Kopf auf einem Diwan saß. Tu das nicht! Denke an das Versprechen, das du mir gegeben hast. Sage mir, Raoul, daß du das nicht tun willst. Drohe ihm nicht einmal.

De Coude nahm die Hände seiner Frau in die seinen und betrachtete ihre bleichen, verwirrten Züge eine Weile, ehe er sprach, als ob er aus diesen schönen

Augen den wirklichen Grund erraten wollte, der sie bestimmte, diesen Mann zu schützen.

Es soll geschehen, wie du wünschest, Olga, sagte er endlich. Ich kann es nicht verstehen. Er hat jeden Anspruch auf deine Liebe, Anhänglichkeit oder Achtung verwirkt. Er ist eine Gefahr für dein Leben und deine Ehre und für das Leben und die Ehre deines Mannes. Mögest du es nie bereuen, ihn verteidigt zu haben.

Ich verteidige ihn nicht, Raoul, unterbrach sie ihn heftig. Ich glaube, daß ich ihn ebensosehr hasse wie du, aber – o Raoul, Blut ist dicker als Wasser.

Ich hätte heute gern die Beschaffenheit des seinigen erprobt, sagte de Coude in grimmigem Ärger. Die beiden haben heute vorsätzlich meine Ehre zu beschmutzen versucht, Olga. Und dann erzählte er die Vorfälle im Rauchzimmer.

Ohne diesen Fremden, fuhr er hierauf fort, wäre es ihnen geglückt, denn wer hätte meinem einfachen Wort geglaubt, da ja die verwünschten Karten in meiner Tasche waren? Ich hätte beinahe selbst daran gezweifelt, bis dieser Herr Tarzan deinen feinen Nikolaus zu uns heranschleppte und den ganzen feigen Anschlag aufklärte.

Herr Tarzan? fragte die Gräfin sichtlich überrascht.

Ja, kennst du ihn, Olga?

Ich habe ihn gesehen. Ein Steward zeigte ihn mir.

Ich wußte nicht, daß er eine Berühmtheit ist, sagte der Graf. Olga de Coude ging auf ein anderes Thema über. Es fiel ihr nämlich ein, daß es ihr schwer sein würde, zu erklären, warum der Steward gerade ihr den hübschen Tarzan gezeigt habe. Vielleicht errötete sie ein wenig, denn ihr Gatte sah sie mit einem sonderbar spöttischen Blick an. Ach, dachte sie, ein schuldiges Gewissen ist ein sehr verdächtiges Ding.

Ein rätselhafter Überfall

Erst spät am folgenden Nachmittag sah Tarzan die Reisegefährten, in deren Angelegenheiten ihn sein Ehrlichkeitsgefühl verwickelt hatte. Und dann stieß er ganz unerwartet auf Rokoff und Pawlowitsch und zwar in einem Augenblick, wo es den beiden sicher am wenigsten erwünscht war.

Sie standen auf dem Deck an einer Stelle, wo sie gerade allein waren, und als Tarzan zufällig dorthin kam, befanden sie sich gerade in einem heftigen Streit mit einer Dame. Tarzan bemerkte, daß diese Dame vornehm gekleidet war. Ihre schlanke, frische Gestalt ließ auf ein jüngeres Alter schließen, ihre Züge konnte er nicht unterscheiden, da sie dicht verschleiert war.

Sie stand zwischen den beiden Männern. Da diese Tarzan den Rücken zugekehrt hatten, konnte er ganz nahe an sie herankommen, ohne daß sie ihn wahrnahmen. Er sah, daß Rokoff zu drohen und die Dame zu bitten schien, aber sie sprachen in einer fremden Sprache, so daß er nur aus dem Anschein erraten konnte, daß die junge Frau sich fürchtete.

Rokoffs Haltung war so drohend, daß der Affenmensch einen Augenblick hinter dem Trio stehen blieb, da er unwillkürlich befürchtete, der rohe Mensch könnte handgreiflich gegen sie werden. Im selben Augenblick faßte dieser sie denn auch am Handgelenk, wie wenn er aus ihr ein Versprechen erpressen wollte. Er erreichte sein Ziel aber nicht, denn plötzlich wurde er mit stahlharten Fingern an den Schultern gefaßt und mit solchem Schwung auf die Seite geworfen, daß er anfänglich gar nicht wußte, was ihm geschah. Erst als er aufblickte, sah er in die kalten grauen Augen des Fremden, der ihm am Tage vorher in die Quere gekommen war.

Donnerwetter! schrie der wütende Rokoff. Was fällt Ihnen ein? Sind Sie verrückt, daß Sie Nikolaus Rokoff wieder beleidigen?

Dies ist meine Antwort auf Ihr Briefchen, mein Herr! flüsterte ihm Tarzan zu. Und dann schleuderte er den Kerl mit solcher Wucht von sich, daß er gegen die Reling hinstürzte.

Donnerwetter nochmal! schrie Rokoff. Sie gemeiner Mensch, das kostet Ihnen das Leben! Und indem er aufsprang, stürzte er auf Tarzan los, während er einen Revolver aus seiner Tasche zu ziehen suchte.

Die junge Dame fuhr entsetzt zurück.

Nikolaus! rief sie, halt ein, tu das nicht, o tu das nicht! Und dem Fremden schrie sie zu: Schnell, fliehen Sie, mein Herr, sonst wird er Sie töten!

Statt aber zu fliehen, trat Tarzan auf den Menschen zu. Machen Sie sich nicht selbst unglücklich! sagte er.

Rokoff war durch die erlittene Demütigung derartig in Raserei geraten, daß er den Revolver auf Tarzans Brust richtete. Der Hahn knackte, aber der erste Schuß versagte. Doch ehe der Wütende ein zweites Mal losdrücken konnte, hatte Tarzan mit raschem Griff den Revolver erfaßt und ihn über die Reling hinaus in die See geworfen.

Einen Augenblick standen die beiden da und sahen einander an. Rokoff hatte sein Selbstbewußtsein wieder erlangt. Er war der erste, der sprach.

Zweimal haben Sie sich nun berufen gefühlt, sich in Dinge zu mischen, die Sie nichts angehen. Zweimal haben Sie es aus eigenem Antrieb übernommen, mich zu demütigen. Die erste Beleidigung habe ich hingehen lassen, weil ich annahm, daß Sie in Unkenntnis handelten, aber diese Sache wird nicht übersehen werden. Wenn Sie nicht wissen, wer ich bin, so können Sie bei Ihrem jetzigen unverschämten Benehmen sicher sein, daß Sie später noch an mich erinnert werden.

Daß Sie ein Feigling und ein Schurke sind, mein Herr, erwiderte Tarzan, ist alles, was ich von Ihnen zu wissen brauche.

Er drehte sich um, um die Dame zu fragen, ob Rokoff ihr weh getan habe, aber sie war verschwunden.

Dann setzte er seinen Spaziergang auf dem Deck fort, ohne auch nur einen Blick auf Rokoff und seinen Gefährten zu werfen.

Tarzan hätte gerne gewußt, welche Verschwörung im Gange war oder welche Pläne die beiden Männer hatten. Die verschleierte Dame, der er soeben beigestanden hatte, kam ihm einigermaßen bekannt vor, aber da er ihr Gesicht nicht gesehen, war er nicht sicher, ob er ihr schon einmal begegnet war. Das einzige, was ihm an ihr aufgefallen, war ein Ring von besonderer Arbeit an der Hand, die Rokoff erfaßt hatte. Er beschloß deshalb, auf die Finger der weiblichen Passagiere, die ihm begegnen würden, zu achten, um die Dame zu entdecken, die Rokoff verfolgte, und zu erfahren, ob er sie noch weiter belästigt habe.

Als Tarzan seinen Stuhl auf dem Verdeck wieder aufgesucht hatte, mußte er über die zahlreichen Beispiele menschlicher Grausamkeit, Selbstsucht und Gehässigkeit nachdenken, deren Augenzeuge er gewesen war von dem Tage an, wo er vor vier Jahren zum erstenmal ein anderes menschliches Wesen in der Dschungel erblickt hatte: den glatten schwarzen Kulonga, dessen geschickter Pfeil an jenem Tage Kala, die große Äffin, getötet und den jungen Tarzan der einzigen Mutter, die er je gekannt, beraubt hatte.

Er dachte auch an die Ermordung Kings durch den Matrosen Snipes mit dem Rattengesicht, an die Aussetzung des Professors Porter und dessen Gefährten durch die Meuterer der „Arrow“, an die Grausamkeit der schwarzen Krieger und Frauen Mbongas gegen ihre Gefangenen und an die kleinliche Mißgunst der bürgerlichen und militärischen Beamten der Westküsten-Kolonie, wo er zum erstenmal in die Kulturwelt eintrat.

Mein Gott, sagte er zu sich selbst, sie sind alle gleich. Betrügen, morden, lügen, sich zanken, und alles das für Dinge, die die Tiere der Dschungel nicht besitzen möchten: Geld, um sich die Annehmlichkeiten weibischer Schwächlinge zu verschaffen. Und bei alledem sind sie durch törichte Gewohnheiten eingeengt, die sie zu Sklaven ihres unglücklichen Loses machen, während sie fest glauben, daß sie, die Herren der Schöpfung, die einzig wahren Freuden des Lebens genießen. Es ist eine törichte Welt, eine irre Welt, und Tarzan war ein Narr gewesen, aus die Freiheit und das Glück in der Dschungel zu verzichten, um in jene Welt einzutreten.

Als er da saß, hatte er plötzlich das Gefühl, daß er hinter seinem Rücken beobachtet wurde, und der alte Instinkt des wilden Tieres brach durch die dünne Tünche der Kultur. Tarzan drehte sich so schnell herum, daß die Augen der jungen Dame, die ihn heimlich angesehen hatte, nicht einmal Zeit hatten, sich zu senken, ehe die grauen Augen des Affenmenschen einen fragenden Blick in sie hineingeworfen hatten. Dann, als sie sich senkten, sah Tarzan, daß sich eine schwache rote Welle über ihr jetzt halb abgekehrtes Gesicht breitete.

Er lächelte in sich hinein über das Ergebnis seiner kulturlosen, ungalanten Handlung, denn er hatte seine eigenen Augen nicht gesenkt, als er den Blicken der jungen Dame begegnete. Sie war sehr jung und sehr hübsch. Sie kam ihm etwas bekannt vor, so daß er sich fragte, wo er sie wohl schon gesehen habe.

Er nahm seine vorige Stellung wieder ein und bemerkte nun, daß sie aufgestanden war und das Deck verließ.

Als sie vorbeiging, wandte er sich um, um ihr nachzusehen, weil er hoffte, einen Anhaltspunkt zur Feststellung ihrer Persönlichkeit zu entdecken.

Er wurde nicht ganz enttäuscht, denn beim Weitergehen erhob sie eine Hand gegen die schwarze Haarfülle ihres Nackens – die eigentümliche Bewegung, die die Frauen machen, wenn sie vermuten, daß sie von hinten beobachtet werden – und dabei erkannte Tarzan an einem Finger ihrer Hand den kunstvoll gearbeiteten Ring, den er kurz vorher an dem Finger der verschleierten Dame bemerkt hatte.

Es war also diese schöne junge Frau, die Rokoff verfolgte. Tarzan hätte gern gewußt, wer sie war und in welchem Verhältnis ein so liebliches Geschöpf zu dem rohen, bärtigen Russen stand.

Am Abend schlenderte er nach der Abendmahlzeit nach vorn und unterhielt sich bis nach Eintritt der Dunkelheit mit dem zweiten Offizier. Als dieser durch seine Pflicht anderweitig in Anspruch genommen wurde, lehnte Tarzan sich träge an die Reling und sah dem Spiel des Mondlichtes auf den sanft dahinrollenden Wellen zu. Er war halb durch einen Kran verdeckt, so daß die zwei Männer, die sich näherten, ihn nicht sahen. Während sie vorübergingen, fing Tarzan genug von ihrem Gespräch auf, um sich veranlaßt zu sehen, ihnen zu folgen. Er wollte erfahren, welche Teufelei sie ausspannen. Er hatte die Stimme Rokoffs erkannt und gesehen, daß Pawlowitsch sein Begleiter war.

Es waren nur wenig Worte, die Tarzan auffangen konnte: ... Und wenn sie schreit, so würge sie, bis – das Weitere hatte er nicht mehr verstanden, aber das Gehörte genügte, um den Abenteuergeist wieder in ihm zu beleben, und so behielt er die beiden Männer im Auge, als sie jetzt rasch weiterschritten. Er folgte ihnen bis zum Rauchzimmer, aber sie blieben am Eingang stehen, offenbar lang genug, um sich zu überzeugen, ob jemand, dessen Aufenthalt sie festzustellen wünschten, dort sei.

Dann gingen sie sofort aufs Promenadendeck zu den Kabinen erster Klasse. Hier mußte Tarzan besser aufpassen, um nicht entdeckt zu werden, und das gelang ihm auch. Als die beiden Männer vor einer der polierten Hartholztüren stehen blieben, schlich er sich in den Schatten eines Ganges, kaum zwölf Schritte von ihnen entfernt.

Auf ihr Klopfen fragte eine weibliche Stimme auf französisch: Wer ist da?

Ich bin es, Olga – Nikolaus! war die Antwort in Rokoffs bekanntem Kehllaut. Darf ich hineinkommen?

Warum hörst du nicht auf, mich zu verfolgen, Nikolaus? kam die Stimme durch die dünne Türe. Ich habe dir nie etwas zuleid getan.

Komm, komm, Olga, drängte der Mann in versöhnlichem Tone. Ich will nur einige Worte mit dir sprechen. Ich tue dir nichts und will nicht in deine Kabine treten, aber ich kann meine Botschaft nicht durch die Tür rufen.

Tarzan hörte, wie die Sperrklinke drinnen knackte. Er trat etwas aus seinem Versteck heraus, um zu sehen, was geschähe, sobald die Türe geöffnet war, denn er konnte nur an die unheilvollen Worte denken, die er einige Minuten vorher auf dem Deck gehört hatte: ... Und wenn sie schreit, so würge sie.

Rokoff stand gerade der Tür gegenüber. Pawlowitsch hatte sich flach an die getäfelte Wand am Ende des Ganges gedrückt. Die Türe wurde geöffnet. Rokoff trat halb in den Raum und stand mit dem Rücken gegen die Tür, wobei er im Flüsterton mit der Frau sprach, die Tarzan nicht sehen konnte. Dann hörte er die Stimme der Dame, leise, doch laut genug, um ihre Worte zu unterscheiden. Nein, Nikolaus, sagte sie, es ist nutzlos. Drohe so viel du willst, ich werde niemals in deine Forderung einwilligen. Bitte, verlaß das Zimmer; du hast kein Recht hier. Du hast versprochen, nicht hereinzukommen.

Gut, Olga, ich werde nicht eintreten, aber ehe ich mit dir fertig bin, muß ich dir sagen, daß du noch tausendmal wünschen wirst, mir den Gefallen, um den ich dich bitte, sofort erwiesen zu haben. Am Ende werde ich doch gewinnen, und so könntest du mir Mühe und Zeit sparen und Schande dir und deinem –

Niemals, Nikolaus! unterbrach ihn die weibliche Stimme, und dann sah Tarzan Rokoff sich umdrehen und Pawlowitsch ein Zeichen geben. Dieser sprang schnell auf den Eingang der Kabine zu und rannte an Rokoff vorbei, der die Türe für ihn offen hielt. Dann trat letzterer schnell heraus. Die Türe fiel zu. Tarzan hörte das Knacken des Schlosses, als Pawlowitsch drinnen den Schlüssel umdrehte. Rokoff blieb vor der Tür stehen; er beugte den Kopf, wie wenn er die Worte erhaschen wollte, die drinnen gesprochen wurden. Ein häßliches Lächeln umspielte seine bärtigen Lippen.

Tarzan konnte hören, wie die Frau dem Eindringling befahl, ihre Kabine zu verlassen. Ich werde meinen Mann rufen lassen, schrie sie. Er wird kein Erbarmen mit Ihnen haben. Pawlowitschs höhnisches Lachen drang durch die Tür.

Der Proviantmeister wird Ihren Gatten holen, Madame, sagte der Mann. Dieser Offizier ist in der Tat schon benachrichtigt, daß Sie noch einen andern Mann als Ihren Gatten hinter der verschlossenen Türe Ihrer Kabine empfangen.

Pah! rief die Frau. Mein Mann wird schon wissen, was er davon zu halten hat.

Sicher weiß er es, nicht aber der Offizier und auch nicht die Journalisten, die auf irgendeine geheimnisvolle Weise bei der Landung davon hören werden. Aber sie werden finden, daß es eine feine Geschichte für die Zeitungen ist, und dies werden auch all Ihre Freunde denken, wenn sie sie am – heute ist Dienstag, also am nächsten Freitag, zu ihrem Frühstück in den Blättern lesen. Es wird dem Interesse an der Geschichte auch keinen Abbruch tun, wenn die Leser erfahren, daß der Mann, zu dem Madame Beziehungen unterhält, ein russischer Bedienter ist, der Kammerdiener ihres Bruders, um ganz genau zu sein.

Alexei Pawlowitsch, entgegnete die weibliche Stimme kühl und furchtlos, Sie sind ein Feigling, und wenn ich Ihnen einen gewissen Namen ins Ohr flüstere, so werden Sie Ihre Forderungen und Drohungen gegen mich besser überlegen. Dann werden Sie meine Kabine sofort verlassen, und ich will nicht hoffen, daß Sie mich jemals wieder belästigen werden.

Dann folgte ein kurzes Schweigen, und Tarzan schloß daraus, daß die Frau dem Schurken das angedeutete Wort ins Ohr flüsterte.

Das Schweigen dauerte nur einen Augenblick, und dann hörte man einen Fluch aus dem Munde des Mannes – das Schlürfen von Tritten – den Schrei einer Frau, und dann war wieder Stille.

Der Schrei war kaum verhallt, als der Affenmensch auch schon aus seinem Versteck hervorsprang. Rokoff wollte fortlaufen, aber Tarzan erfaßte ihn beim Kragen und schleppte ihn zurück. Keiner sprach ein Wort, aber beide fühlten instinktiv, daß ein Mord in dem Raum geschehen würde, und Tarzan war sicher, daß es nicht in Rokoffs Absicht lag, seinen Verbündeten soweit gehen zu lassen; er fühlte, daß des Mannes Ziele tiefer lagen und eher unheilvoll als roh waren.

Ohne lange zu überlegen, warf sich der Affenmensch mit seiner Riesenschulter so gegen die schwache Tür, daß diese in zahlreiche Splitter zersprang; durch die Öffnung drang er in die Kabine, Rokoff hinter sich herschleppend.

Vor ihm, auf einem Ruhebett, lag die junge Frau und auf ihr Pawlowitsch, dessen Finger ihren schönen Hals zusammendrückten, während die Hände seines Opfers ihm wirkungslos ins Gesicht schlugen und verzweifelt an den grausamen Fingern zerrten, die sie erwürgen wollten.

Bei dem Lärm, der durch Tarzans Einbruch entstanden war, sprang Pawlowitsch auf und starrte drohend auf Tarzan. Die Frau richtete sich zitternd auf dem Ruhebett auf. Eine Hand hielt sie am Halse, und ihr Atem ging in kurzen Stößen. Trotz ihrer Blässe und ihres aufgelösten Haares erkannte Tarzan sie als die junge Dame, die er heute früh dabei überraschte, wie sie ihn musterte.

Was soll das bedeuten? fragte Tarzan, sich an Rokoff wendend, den er sofort als den Urheber dieser Gewalttätigkeit ansah.

Der Mann verharrte in mürrischem Schweigen.

Drücken Sie auf den Knopf, fuhr der Affenmensch fort. Wir wollen einen Schiffsoffizier hier haben, denn die Sache ist weit genug gegangen.

Nein, nein, rief die Frau, indem sie plötzlich aufsprang. Tun Sie das nicht! Ich bin sicher, daß man nicht die Absicht hatte, mir wirklich ein Leid zuzufügen. Ich erzürnte diesen Mann, und da verlor er die Selbstbeherrschung – das ist alles. Ich möchte der Angelegenheit keine weiteren Folgen geben, mein Herr.

Es lag ein so flehender Ausdruck in ihrer Stimme, daß Tarzan nichts weiter in der Sache tun wollte, obschon er überzeugt war, daß hier etwas im Werke war, von dem die zuständigen Behörden unterrichtet werden müßten.

Sie wünschen also, daß ich nichts in der Sache tue? fragte er. Nein, nichts, sagte sie.

Wollen Sie sich also noch weiterhin von diesen zwei Schurken belästigen lassen?

Sie schien um eine Antwort verlegen zu sein, und sah verwirrt und unglücklich aus. Tarzan bemerkte auf Rokoffs Lippen ein triumphierendes Lächeln. Die junge Frau fürchtete sich offenbar vor diesen beiden, und wagte es jedenfalls nicht, ihren wirklichen Wunsch vor ihnen auszudrücken. Dann, sagte Tarzan, will ich auf meine eigene Verantwortung handeln.

Und sich an Rokoff wendend, fuhr er fort:

Ihnen und Ihrem Helfershelfer möchte ich sagen, daß ich Sie von jetzt an bis ans Ende der Fahrt im Auge behalten werde, und sollte irgend eine Handlung von einem von Ihnen zu meiner Kenntnis kommen, durch die diese junge Dame auch nur im entferntesten belästigt wird, so werden Sie sofort von mir zur Rechenschaft gezogen, und diese Rechenschaft wird für keinen von Ihnen eine angenehme Erfahrung werden. Und nun hinaus mit euch!

Bei diesen Worten packte er Rokoff und Pawlowitsch beim Rockkragen und schob sie kräftig durch den Eingang, indem er jedem noch einen Fußtritt versetzte.

Dann wandte er sich wieder zu der jungen Dame, die ihn mit großen erstaunten Augen ansah.

Und Sie, gnädige Frau, sagte er, werden mir einen großen Gefallen erweisen, wenn Sie mich benachrichtigen wollen, sobald nur einer der Halunken Sie wieder belästigt.

Ach, mein Herr, antwortete sie, ich hoffe, daß Sie nicht für Ihre freundliche Tat zu leiden haben werden. Sie haben sich einen sehr bösen Feind zugezogen, der vor nichts zurückschrecken wird, um seinen Haß zu befriedigen. Sie müssen sehr auf Ihrer Hut sein, Herr – –

Gestatten, gnädige Frau, mein Name ist Tarzan.

Also, Herr Tarzan, Sie wollen, bitte, nicht denken, daß ich Ihnen für Ihren tapferen, ritterlichen Schutz, den Sie mir erwiesen, nicht aufrichtig dankbar wäre, weil ich nicht einwilligen wollte, daß die Schiffsoffiziere benachrichtigt wurden. Gute Nacht, Herr Tarzan! Ich werde nie vergessen, was ich Ihnen schulde.

Und mit einem lieblichen Lächeln, das eine Reihe schöner Zähne sehen ließ, verneigte sie sich grüßend vor Tarzan, der ihr gute Nacht bot und seinen Weg auf dem Deck fortsetzte.

Der Mann zerbrach sich den Kopf darüber, daß zwei Menschen an Bord waren – die junge Dame und der Graf de Coude –, die unter den Schändlichkeiten Rokoffs und seines Genossen zu leiden hatten und doch nicht duldeten, daß die Übeltäter dem Gerichte ausgeliefert würden.

Ehe er in jener Nacht zu Bett ging, kehrten seine Gedanken noch oft zu der schönen jungen Frau zurück, in deren offenbar verwickeltes Schicksal er so seltsam eingegriffen hatte. Daß sie verheiratet war, bewies der goldene Ring am dritten Finger ihrer linken Hand. Unwillkürlich dachte er darüber nach, wer der glückliche Mann sein mochte.

Tarzan sah nichts mehr von den handelnden Personen dieses Dramas, in das er nur einen Blick geworfen hatte, bis am Spätnachmittag des letzten Tages der Fahrt. Da sah er sich plötzlich der jungen Frau gegenüber, als sie beide sich aus entgegengesetzten Richtungen ihren Verdeckstühlen näherten.

Sie grüßte ihn mit freundlichem Lächeln und sprach fast unmittelbar von dem Vorfall in ihrer Kabine, deren Zeuge er zwei Abende vorher gewesen war. Es schien, als ob es ihr nicht angenehm wäre, daß er ihre Bekanntschaft mit Männern wie Rokoff und Pawlowitsch ungünstig auslegen könnte.

Ich hoffe zuversichtlich, sagte sie, daß Sie mich nicht nach dem unglücklichen Vorkommnis des Dienstag Abend beurteilt haben. Ich habe viel darunter gelitten. Dies ist das erstemal, daß ich mich seitdem aus der Kabine wage. Ich habe mich geschämt, schloß sie einfach.

Man beurteilt die Gazelle nicht nach den Löwen, die sie angreifen, erwiderte Tarzan. Ich habe die beiden im Rauchzimmer am Werk gesehen, – am Tage zuvor, wenn ich mich recht erinnere – und da ich ihre Methode kannte, so wußte ich, daß sie nur Unschuldige angreifen. Männer wie diese kleben nur am Häßlichen und hassen alles, was edel und gut ist.

Es ist sehr gütig von Ihnen, es so auszulegen, antwortete sie lächelnd. Ich habe schon die Geschichte von dem Kartenspiel gehört. Mein Mann erzählte mir den ganzen Vorfall, und sprach besonders von der Kraft und der Unerschrockenheit des Herrn Tarzan, dem er sich zu größtem Danke verpflichtet fühle.

Das ist Ihr Gatte? fragte Tarzan.

Ja, ich bin die Gräfin de Coude.

Ich bin schon reichlich belohnt durch das Bewußtsein, daß ich der Gattin des Grafen de Coude einen Dienst erweisen konnte.

Ach, mein Herr, ich stehe schon so tief in Ihrer Schuld, daß ich meine eigene Rechnung wohl nie werde begleichen können; darum bitte ich, mich nicht noch mehr zu verpflichten.

Dabei lächelte sie ihn so freundlich an, daß Tarzan sich sagte: Für ein solches Lächeln würde ein Mann noch viel größere Dinge unternehmen.

Zuletzt sprachen sie über die schnellen Freundschaften, die auf den Ozeandampfern entstehen und die oft mit derselben Leichtigkeit wieder abgebrochen werden.

Tarzan fragte sich denn auch, ob er die junge Gräfin jemals wiedersehen werde.

An jenem Tag sah er sie nicht mehr, und auch am folgenden Tage bei der Landung konnte er sie aus dem Gedränge nicht herausfinden. Aber bei dem Abschied nach jener Unterredung auf dem Deck hatte in ihrem Blicke ein Ausdruck gelegen, den er nicht vergessen konnte.

Was in der Maule-Straße in Paris geschah

Bei seiner Ankunft in Paris begab sich Tarzan sofort in die Wohnung seines alten Freundes d'Arnot. Der Schiffsleutnant war erfreut, ihn wiederzusehen, aber er machte ihm alsbald Vorhaltungen darüber, daß er so töricht war, auf den Titel und die Besitzungen zu verzichten, die ihm von Rechts wegen von seinem Vater John Clayton, dem verstorbenen Lord Greystoke, zustanden.

Sie müssen verrückt sein, mein Freund, sagte d'Arnot, daß Sie leichten Herzens nicht allein auf Reichtum und Stellung verzichten, sondern auch auf die Gelegenheit, aller Welt zu beweisen, daß das edle Blut von zwei der angesehensten englischen Familien in Ihren Adern fließt, nicht aber das Blut einer wilden Menschenäffin. Ich verstehe nicht, daß man Ihnen glauben konnte, am allerwenigsten Miß Porter.

Ich habe nie an Ihre Abstammung von der Äffin geglaubt, sogar damals nicht, als ich Sie hinten in der Wildnis der Dschungel das rohe Fleisch Ihrer Jagdbeute herunterreißen und die fettigen Finger am Schenkel abwischen sah. Schon damals glaubte ich nicht, daß Kala Ihre Mutter sei, obschon ich noch nicht den kleinsten Beweis des Gegenteils in Händen hatte. Jetzt aber kennen wir Ihres Vaters Tagebuch. Er hat das schreckliche Leben darin geschildert, das er mit Ihrer Mutter an der wilden afrikanischen Küste führen mußte. Er erzählt von Ihrer Geburt und gibt so den überzeugendsten Beweis Ihrer wahren Abstammung, sogar der Abdruck Ihrer kleinen Kinderhand ist darin. Alles dies steht schwarz auf weiß vor uns. Da scheint es mir einfach unglaublich, daß Sie trotz allem gewillt sein sollten, ein namenloser, armer Vagabund zu bleiben.

Ich brauche keinen besseren Namen als Tarzan, erwiderte der Affenmensch, und was den armen Vagabunden betrifft, so habe ich nicht die Absicht, es zu bleiben. In der Tat soll die nächste, und wie ich hoffe, die letzte Anforderung, die ich an Ihre uneigennützige Freundschaft stellen muß, die sein, eine Anstellung für mich zu finden.

Ach was, sagte d'Arnot, Sie wissen, daß ich es so nicht meine. Habe ich Ihnen nicht ein dutzendmal erzählt, daß ich genug für zwanzig Mann habe und daß die Hälfte meines Vermögens Ihnen gehört? Und wenn ich Ihnen alles gäbe, würde es auch nur den zehnten Teil des Wertes darstellen, den ich auf Ihre Freundschaft lege, Tarzan? Würden damit die Dienste bezahlt sein, die Sie mir in Afrika erwiesen? Ich kann nie vergessen, mein Freund, daß ich ohne Sie und Ihre wunderbare Tapferkeit am Dorfpfahl von Mbongas Menschenfressern getötet worden wäre. Ihrer liebevollen Aufopferung verdanke ich es, daß ich von den damaligen, schrecklichen Wunden genesen bin. Ich habe erst später entdeckt, welche Entsagung es für Sie war, bei mir im Amphitheater der Affen auszuharren, während Ihr Herz Sie zur Küste drängte.

Als wir schließlich dahin kamen und fanden, daß Miß Porter und ihre Gefährten fort waren, wurde mir erst wirklich bewußt, was Sie für einen völlig Fremden taten. Ich versuche auch nicht, Sie mit Geld zu bezahlen, Tarzan, aber da Sie gegenwärtig Geld brauchen, so stelle ich Ihnen selbstverständlich so viel zur Verfügung, wie Sie wünschen. Das ist kein Opfer, das ich Ihnen bringe, sondern lediglich der Ausdruck meiner Dankbarkeit und meiner Freundschaft.

Nun, sagte Tarzan lachend, wir wollen uns wegen des Geldes nicht zanken. Ich brauche es zum Leben, aber es wäre mir lieber, wenn ich es erarbeiten könnte. Sie können mir keinen bessern Beweis Ihrer Freundschaft geben, als indem Sie eine Anstellung für mich suchen. Ich kann nicht untätig leben. Was mein Geburtsrecht betrifft, so ist es in guten Händen. Clayton hat mich dessen nicht beraubt, denn er glaubt in Wirklichkeit, der echte Lord Greystoke zu sein, und er wird voraussichtlich ein besserer englischer Lord sein als ein Mann, der in einer afrikanischen Dschungel geboren und aufgewachsen ist. Sie wissen, daß ich auch jetzt nur halb kultiviert bin. Wenn ich in Zorn gerate und es mir rot vor den Augen wird, so fegen die Instinkte des wilden Tieres, die immer noch in mir schlummern, das wenige, das ich mir von der feineren Kultur angeeignet habe, völlig hinweg.

Und dann, hätte ich verraten, wer ich bin, so hätte ich die Frau, die ich liebe, des Reichtums und der Stellung beraubt, die ihre Heirat mit Clayton ihr jetzt sichert. Das konnte ich doch nicht tun, nicht wahr, Paul?

Ohne eine Antwort abzuwarten, fuhr er fort: Das Geburtsrecht ist übrigens von keiner großen Wichtigkeit für mich. So wie ich aufgewachsen bin, erkenne ich im Menschen wie im Tier nur den Wert an, den sie dank ihrer geistigen oder körperlichen Überlegenheit besitzen. Und so bin ich glücklich, wenn ich an Kala, als meine Mutter, denke, denn sie war in ihrer wenn auch wilden Art immer gut gegen mich. Sie muß mich an ihrer haarigen Brust genährt haben von jenem Tage an, da meine eigene Mutter, die arme unglückliche Engländerin, starb. Kala kämpfte für mich gegen die wilden Bewohner des Waldes und gegen die rohen Mitglieder unseres eigenen Stammes mit dem ganzen Mute wahrer Mutterliebe.

Und ich meinerseits liebte sie, Paul. Ich wußte nicht, wie sehr ich sie liebte, bis der grausame Speer und der vergiftete Pfeil von Mbongas schwarzem Krieger sie von meiner Seite gerissen hat. Ich war noch ein Junge, als das geschah, und ich warf mich über ihre Leiche, um meinen Schmerz auszuweinen, wie ein Kind um seine eigene Mutter geweint haben würde. Ihnen, mein Freund, wäre sie als ein häßliches Geschöpf erschienen, aber für mich war sie schön, – so herrlich verklärt die Liebe den Gegenstand ihrer Verehrung. Und so bin ich vollkommen zufrieden, für immer der Sohn von Kala, der Äffin, zu bleiben.

Ich bewundere Sie wegen Ihrer Treue, sagte d'Arnot, aber die Zeit wird kommen, da Sie froh sein werden, Anspruch auf Ihre eigene Abstammung zu erheben. Denken Sie daran, was ich Ihnen sage, und wir wollen hoffen, daß es dann noch ebenso leicht sein wird, den Nachweis zu führen, wie heute. Sie dürfen nicht vergessen, daß Professor Porter und Mr. Philander die einzigen Menschen auf der Welt sind, die schwören können, daß das kleine Skelett, das in der Hütte zusammen mit dem Ihres Vaters und Ihrer Mutter gefunden wurde, das eines jungen Menschenaffen war und nicht der Sprößling von Lord und Lady Greystoke. Dieses Zeugnis ist äußerst wichtig. Beide sind alte Männer und leben vielleicht nicht mehr lange. Und dann, haben Sie nicht daran gedacht, daß Miß Porter, wenn sie einmal die Wahrheit erführe, ihre Verlobung mit Clayton aufheben würde? Sie könnten mit Leichtigkeit Ihren Titel, Ihre Besitzungen und die Frau, die Sie lieben, erringen, Tarzan. Haben Sie nicht daran gedacht?

Tarzan schüttelte den Kopf. Sie kennen sie nicht, sagte er. Nichts könnte sie fester an ihr Versprechen binden, als ein etwaiges Mißgeschick, das über Clayton käme. Sie ist aus einer alten amerikanischen Familie des Südens, und denen aus den Südstaaten geht ihre Treue über alles!

*

Die zwei folgenden Wochen benützte Tarzan, um seine frühere kurze Bekanntschaft mit Paris zu erneuern. Tagsüber besuchte er die Buchhandlungen und die Bildergalerien. Er las alles, was ihm in die Hände kam, und wenn er darüber nachdachte, wie ungeheuer groß das Gebiet des Wissens ist, so erschrak er, daß sich der einzelne Mensch doch eigentlich nur einen verschwindend kleinen Teil dieses Wissens aneignen kann. Trotzdem lernte er tagsüber soviel er nur konnte. Abends aber ging er aus, um sich zu zerstreuen und sich zu vergnügen. An Gelegenheit dazu fehlte es ja nicht in Paris.

Wenn er zuviel Zigaretten rauchte und zuviel Absinth trank, so geschah das, weil er die Kultur nahm, wie er sie fand, und weil er lediglich dasselbe tun wollte, wie seine gesitteten Brüder. Das Leben war für ihn etwas Neues und Verlockendes, außerdem hatte er eine Sorge in der Brust und ein großes Sehnen, von dem er wußte, daß es nie gestillt werden konnte. So dachte er durch Studium und Zerstreuung sowohl die Vergangenheit zu vergessen, wie die Gedanken von der Zukunft abzulenken.

Eines Abends sah er in einem Kabarett, schlürfte seinen Absinth und bewunderte die Kunst eines berühmten russischen Tänzers, als er bemerkte, daß zwei böse schwarze Augen einen flüchtigen Blick auf ihn warfen. Ehe Tarzan sich den Mann genauer ansehen konnte, hatte dieser sich umgewandt und war in der Menge am Ausgang des Saales verschwunden. Tarzan war aber sicher, daß er diese Augen schon früher einmal gesehen hatte und daß sie nicht durch einen bloßen Zufall aus ihn gerichtet waren. Schon eine Weile vorher hatte er das unbehagliche Gefühl gehabt, daß er beobachtet würde. Gleichsam aus seinem tierischen Instinkt heraus hatte er sich plötzlich umgedreht und die ihn beobachtenden Augen auf der Tat überrascht.

Er dachte aber nicht weiter darüber nach, und als er die Musikhalle verließ, bemerkte er nicht, daß ein dunkelfarbiger Mensch sich im Schatten eines gegenüberliegenden Eingangs zu verbergen suchte.

Tarzan wußte nicht, daß ein Unbekannter ihm in der letzten Zeit ständig in die Vergnügungslokale nachgefolgt war. Er war nur selten für sich allein gegangen, aber gerade an diesem Abend war d'Arnot durch eine andere Verpflichtung verhindert, mit ihm auszugehen.

Als Tarzan den gewohnten Heimweg einschlagen wollte, eilte der Beobachter aus seinem Versteck über die Straße und überholte ihn in raschem Schritt.

Tarzan war gewöhnt, durch die Maule-Straße nach Hause zurückzukehren. Da sie sehr still und dunkel war, erinnerte sie ihn mehr an seine geliebte afrikanische Dschungel als die geräuschvollen und glänzenden Straßen der Umgebung. Wer Paris kennt, wird sich des abstoßenden Aussehens der engen Maule-Straße erinnern. Wer sie aber noch nicht gesehen hat, braucht nur einen Polizisten darnach zu fragen, und dieser wird ihm schon sagen, daß es in ganz Paris keine Straße gibt, die man nach Einbruch der Dunkelheit so sehr meiden muß wie gerade diese.

In jener Nacht war Tarzan schon ein gutes Stück an den schmutzigen alten Miethäusern der üblen Straße entlang gegangen, als er Hilferufe aus dem dritten Stock eines gegenüberliegenden Hauses hörte. Es war eine Frauenstimme. Kaum waren die ersten Schreie verhallt, als Tarzan auch schon die Treppe hinaufeilte, um der Frau zu Hilfe zu kommen.

Am Ende des Ganges des dritten Treppenabsatzes war eine Türe leicht angelehnt, und Tarzan hörte aus dem Innern wieder denselben Hilferuf, der ihn angelockt hatte. Im nächsten Augenblick stand er in der Mitte eines trübe erleuchteten Zimmers. Auf einem hohen altmodischen Kaminsims brannte eine Öllampe, die ihre matten Strahlen auf ein Dutzend abstoßender Gestalten warf. Außer einer etwa dreißigjährigen Frau waren es lauter Männer. Das Gesicht der Frau, durch niedrige Leidenschaften und Ausschweifung gekennzeichnet, mochte einst hübsch gewesen sein. Sie stand an die hinterste Wand geduckt und hielt die eine Hand am Halse.

Helfen Sie mir, mein Herr! flehte sie mit leiser Stimme, als Tarzan das Zimmer betrat. Man will mich umbringen.

Als Tarzan sich nach den Männern umsah, gewahrte er die verschlagenen Gesichter von Gewohnheitsverbrechern. Er wunderte sich, daß sie nicht zu entkommen suchten. Eine Bewegung hinter ihm veranlaßte ihn, sich umzudrehen. Ein Mann schlich sich heimlich aus dem Zimmer, und obschon Tarzan ihn nur ganz flüchtig erblickte, erkannte er in ihm Rokoff.

Im selben Augenblick bemerkte er aber auch, daß ein großer Mensch mit gezücktem Messer sich auf den Zehenspitzen von hinten an ihn herangeschlichen hatte. Als dieser sich entdeckt sah, stürzten sich die Spießgesellen gemeinsam von allen Seiten auf Tarzan. Einige zogen ihre Messer, andere ergriffen die Stühle, während der Große mit dem Messer zu einem so mächtigen Stoß ausholte, daß es um Tarzan geschehen gewesen wäre, wenn es auf ihn herabgesaust wäre.

Aber Tarzan, der es in der wilden Dschungel mit der gewaltigen Kraft und der wilden Schlauheit von Terkop und Numa aufgenommen hatte, war viel zu klug und gewandt, er verfügte über zu starke Muskeln, als daß er so leicht zu überwältigen gewesen wäre, wie die Pariser Apachen glaubten.

Erst wehrte er sich gegen seinen gefährlichsten Widersacher, er stürmte mit solcher Wucht auf ihn ein, daß die Waffe jenem entfiel, und während er die

Waffe mit einer plötzlichen Seitenwendung aufhob, versetzte er dem Manne einen solchen Schlag unter das Kinn, daß er niederstürzte.

Kaum war dieser erledigt, so wandte er sich gegen die andern. Aber das war nur mehr Sport. Er schwelgte in der Freude am Kampfe. Der dünne Firnis der Kultur war von ihm abgefallen, und zehn starke Schurken sahen sich in einem kleinen Raume mit einem wilden Tier eingeschlossen, gegen dessen Stahlmuskeln ihre schwachen Kräfte völlig wirkungslos waren. Draußen am Ende des Ganges stand Rokoff, der den Ausgang des Streites abwartete. Ehe er sich entfernte, wollte er sich überzeugen, daß Tarzan tot war, aber er wollte nicht während des Mordes im Zimmer sein.

Die Frau stand noch immer an derselben Stelle wie in dem Augenblick, wo Tarzan hereingekommen war, aber in den wenigen Minuten, die seither verstrichen waren, hatte sich ihr Gesichtsausdruck unzählige Male verändert. Scheinbar verzweifelt, als Tarzan das Gesicht zuerst sah, hatte es einen listigen Ausdruck angenommen, als er sich plötzlich umdrehte, um dem Rückenangriff zu begegnen. Tarzan sah diesen Wechsel nicht. Später verdrängte ein Ausdruck der Überraschung und dann der des Schreckens die andern. Und das war sehr begreiflich, denn der feine Herr, den ihre Schreie hereingelockt hatten und der dort den Tod finden sollte, hatte sich plötzlich in einen Racheteufel verwandelt. Das war nicht ein Herr mit weichen Muskeln, der nur schwachen Widerstand leistete, sondern ein toll gewordener Herkules.

Mein Gott! schrie sie, das ist ja ein wildes Tier!

Er schien an zwölf Stellen zu gleicher Zeit zu sein, denn in gewaltigen Sprüngen eilte er im Zimmer hin und her, und erinnerte die Frau dabei an den Panther, den sie im Tiergarten gesehen hatte.

Mit Schmerzensschreien flüchteten die Männer so schnell sie konnten in den Gang, aber ehe der erste blutend und zerschunden aus dem Zimmer taumelte, hatte Rokoff genug gesehen, um sich zu überzeugen, daß es nicht Tarzan sein würde, der in dieser Nacht in jenem Hause erschlagen würde, und so eilte der Russe zum nächsten Telephon, um der Polizei mitzuteilen, daß ein Mann auf dem dritten Stock des Hauses Maulestraße 27 im Begriffe sei, einen Mord zu begehen.

Als die Polizisten ankamen, fanden sie drei Männer stöhnend im Zimmer liegen und eine erschrockene Frau auf einem schmutzigen Bett, das Gesicht mit den Armen bedeckt. Tarzan hatte die Tritte der die Treppe heraufstürmenden

Polizisten gehört, und gedacht, es käme eine Verstärkung. Die Schutzleute sahen aber nicht einen feinen, jungen Herrn mitten im Zimmer, sondern ein wildes Tier, das sie mit seinen stahlgrauen Augen durch halbgeschlossene Lider anschaute. Die letzte Spur der Kultur hatte Tarzan verlassen, seitdem er Blut gesehen hatte, und jetzt stand er da, wie ein von Jägern umringter Löwe. Er wartete auf die Fortsetzung des Kampfes, bereit, jeden neuen Angreifer zu erledigen.

Was ist hier geschehen? fragte einer der Polizisten.

Tarzan erklärte kurz den Vorfall, aber als er sich nach der Frau umwandte, damit sie seine Aussage bestätigen sollte, wurde er durch ihre Antwort in höchstes Erstaunen versetzt.

Er lügt! rief sie in schrillem Ton den Polizisten zu. Er kam in mein Zimmer, als ich allein war, und sicher nicht in einer guten Absicht. Als ich ihn zurückwies, wollte er mich töten, und er hätte es sicher getan, wenn nicht auf meine Hilferufe diese Herren, die eben vorbeigingen, herbeigeeilt wären. Er ist ein Teufel, meine Herren; er allein hätte beinahe zehn Mann getötet.

Tarzan war über die Undankbarkeit dieses Weibes so verblüfft, daß er im ersten Augenblick nicht recht wußte, was er dazu sagen sollte. Die Polizisten glaubten der Frau auch nicht ohne weiteres, denn sie hatten schon allerlei Erfahrungen mit ihr und ihren Zuhältern gemacht. Aber sie waren Polizisten, nicht Richter, und so beschlossen sie, alle Personen, die sich in dem Raume befanden, in Haft zu nehmen und es den zuständigen Richtern zu überlassen, die Unschuldigen von den Schuldigen zu trennen.

Sie sollten aber erfahren, daß es zwei verschiedene Dinge waren, diesem wohlgekleideten jungen Manne zu sagen, er sei verhaftet, und ihn auch wirklich festzunehmen.

Ich habe niemand angegriffen, sagte er ruhig, sondern mich nur verteidigt. Ich weiß nicht, weshalb die Frau eine solche Aussage gemacht hat. Sie kann keine Feindschaft gegen mich haben, denn bevor ich auf ihre Hilferufe in dieses Zimmer trat, habe ich sie nie gesehen.

Kommen Sie nur, sagte einer der Polizisten, es ist Sache der Richter, das alles aufzuklären.

Als er nun auf ihn zuschritt, um ihm die Hand auf die Schulter zu legen, lag er gleich darauf zusammengekrümmt in einer Ecke des Zimmers. Nun stürzten seine Kollegen auf den Affenmenschen los, aber auch sie bekamen eine Vorstellung von der Art, mit der er vorher die Apachen erledigt hatte. Das geschah so schnell und so sicher, daß sie nicht einmal die Möglichkeit hatten, ihre Revolver zu ziehen.

Während des kurzen Kampfes hatte Tarzan durch das offene Fenster etwas wie einen Baumstamm oder eine Telegraphenstange vor dem Hause erblickt; was es eigentlich war, konnte er nicht unterscheiden. Als der letzte Polizist zu Boden lag, gelang es einem seiner Kollegen endlich, seinen Revolver zu ziehen und auf Tarzan zu feuern. Der Schuß ging aber fehl und bevor der Polizist ein zweitesmal feuern konnte, hatte Tarzan die Lampe vom Kamin heruntergeworfen, so daß das Zimmer völlig in Dunkelheit gehüllt war.

Das einzige, was die Polizisten noch unterscheiden konnten, war eine geschmeidige Gestalt, die wie ein Panther durch das offene Fenster auf die Telegraphenstange lossprang. Als die Polizisten wieder aufgestanden waren und auf die Straße hinuntereilten, war ihr Häftling nirgends mehr zu sehen.

Der Schutzmann, der unten auf der Straße geblieben war, schwor, daß in der Zwischenzeit kein Mensch zu einem Fenster oder zu der Tür herausgekommen sei. Seine Kollegen dachten zwar, er rede Unsinn, aber sie konnten es ihm nicht beweisen.

Das Frauenzimmer und die Männer, die nicht geflüchtet waren, behandelten sie nicht allzu sanft, als sie diese zur Polizeiwache brachten. Es ärgerte sie, berichten zu müssen, daß ein einzelner unbewaffneter Mann sie alle zu Boden gestreckt hatte und daß er ihnen so leicht entwischt war.

Als Tarzan sich an der Stange vor dem Fenster festhielt, folgte er seinem Dschungel-Instinkt und sah sich nach den Feinden um, bevor er hinunterkletterte. Und er tat wohl daran, denn unten stand gerade ein Polizist. Aber oben war keiner, und so kletterte er weiter hinauf.

Der Mast reichte bis an das Dach des Hauses, und so war es für ihn, der jahrelang im Urwald herumgeklettert war, das Werk eines Augenblicks, auf das Dach zu gelangen. Von einem Dach ging er auf ein anderes, und so setzte er seinen Weg über den Häusern fort, bis er an einer Querstraße einen andern Mast entdeckte, an dem er sich herunterließ.

Eine Strecke ging er noch schnell. Dann verschwand er in einem Nachtkaffee. Dort ging er in die Garderobe, um an Händen und Kleidung die Spuren seiner

Wanderung über die Dächer zu entfernen. Als er einige Minuten später herauskam, schlenderte er gemütlich heimwärts.

Bald darauf kam er auf einen hellerleuchteten Boulevard, den er überschreiten mußte. Als er eben unter einer Bogenlampe stand, um ein Auto vorüberfahren zu lassen, hörte er eine sanfte weibliche Stimme seinen Namen aussprechen. Wie er aufschaute, blickte er in die lächelnden Augen der Gräfin Olga de Coude, die sich aus ihrer Limousine herausneigte. Er verbeugte sich tief, um auf den freundlichen Gruß zu antworten, aber als er sich wieder aufrichtete, war das Auto schon weitergesaust.

Rokoff und die Gräfin de Coude am selben Abend! sagte er zu sich selbst. Paris ist schließlich nicht so groß, wie ich geglaubt hatte.

Die Erklärungen der Gräfin

Ihr Paris ist gefährlicher, als meine wilde Dschungel, Paul, schloß Tarzan den Bericht, den er am Morgen nach seinem Zusammenstoß mit den Apachen und der Polizei in der Maule-Straße seinem Freunde erstattete. Weshalb lockten sie mich dorthin? Waren sie hungrig?

D'Arnot lachte und fragte neckend: Nicht wahr, es ist schwer, sich über die Verhältnisse der Dschungel hinwegzusetzen und die gesittete Lebensart bei Licht zu betrachten?

Das ist in der Tat eine gesittete Art, spottete Tarzan. In der Dschungel kommen keine mutwilligen Scheußlichkeiten vor. Dort töten wir, um Fleisch zu erbeuten, um uns zu verteidigen, um ein Weibchen zu erobern oder die Jungen zu beschützen. Wie Sie sehen, immer in Übereinstimmung mit den Vorschriften irgendeines großen Naturgesetzes. Aber hier! Pfui, Ihr gesitteter Mensch ist brutaler als die Tiere. Er tötet nur mutwilligerweise und noch schlimmer als das, er nützt ein edles Gefühl aus – die Brüderlichkeit der Menschen – als ein Lockmittel, sein nichtsahnendes Opfer ins Verderben zu stürzen. Um einem menschlichen Hilferuf zu folgen, eilte ich in das Zimmer hinauf, wo die Mörder auf mich lauerten.

Ich dachte natürlich nicht, und konnte noch lange nachher nicht verstehen, daß irgend eine Frau moralisch so tief sinken könnte, wie jene, die einen Mann, der sie retten wollte, ins Verderben lockte. Aber es muß so gewesen sein, denn die Anwesenheit Rokoffs und die Beschuldigung, die das Weib gegen mich erhob, lassen sich nicht anders erklären. Rokoff mußte gewußt haben, daß ich öfter durch die Maule-Straße ging. Er lauerte mir auf. Sein ganzer Plan war sorgfältig ausgearbeitet bis zur letzten Einzelheit, sogar bis zu der Aussage des Weibes für den Fall eines Hindernisses, wie es ja tatsächlich eintrat. Das ist mir alles ganz klar.

Jawohl, sagte d'Arnot, aber es zeigt Ihnen auch, wie sehr ich recht hatte, Ihnen zu sagen, man sollte die Maule-Straße abends meiden. Sie wollten es mir nicht glauben.

Und ich halte heute noch die Straße für die sehenswerteste in Paris. Ich werde nie verfehlen, durch sie zu gehen, denn sie hat mir die erste wirkliche Unterhaltung gewährt, seitdem ich Afrika verlassen habe.

Sie kann Ihnen noch eine andere Unterhaltung gewähren, die Ihnen weniger zusagen wird, sagte d'Arnot. Vergessen Sie nicht, daß die Polizei mit Ihnen noch nicht fertig ist. Ich kenne die Pariser Polizei genügend, um Ihnen zu versichern, daß sie nicht sobald vergessen wird, was Sie ihr zugefügt haben. Früher oder später wird sie Sie packen, mein lieber Tarzan, und dann wird sie den wilden Waldmenschen hinter eisernen Stäben einsperren. Wie wird Ihnen das gefallen?

Tarzan werden sie nie hinter eisernen Stäben einsperren, erwiderte er grimmig.

In dem Ton dieser Worte lag etwas, was d'Arnot veranlaßte, seinen Freund scharf anzusehen. Der Ausdruck der kalten grauen Augen machte den jungen Franzosen sehr besorgt um dieses große Kind, das kein Gesetz über seiner eigenen physischen Stärke erkennen wollte. Er sah ein, daß etwas geschehen müßte, um Tarzan mit der Polizei auszusöhnen, bevor eine andere Begegnung erfolgen konnte.

Sie müssen noch viel lernen, Tarzan, sagte er ernst. Die menschlichen Gesetze müssen beachtet werden, ob sie Ihnen zusagen oder nicht. Ihnen und Ihren Freunden können nur Ungelegenheiten daraus erwachsen, wenn Sie der Polizei trotzen wollen. Ich kann in Ihrem Falle der Polizei den Sachverhalt erklären, und ich will das noch heute tun, aber hernach müssen Sie dem Gesetz gehorchen. Wenn der Vertreter des Gesetzes zu Ihnen sagt: Kommen Sie, so müssen Sie kommen, und wenn er sagt: Gehen Sie, so müssen Sie gehen. Jetzt wollen wir zu meinem großen Freund in der Polizeidirektion gehen und die Angelegenheit der Maule-Straße aufklären. Kommen Sie!

Eine halbe Stunde später betraten sie das Polizeibureau. Der Leiter war sehr freundlich. Er erinnerte sich noch sehr wohl des Besuches, den die beiden ihm einige Monate vorher in der Angelegenheit der Fingerabdrücke gemacht hatten.

D'Arnot erzählte die Ereignisse vom vorhergehenden Abend, und als er geendet, umflog ein grimmiges Lächeln den Mund des Polizeileiters. Er drückte auf einen Knopf, und während er auf den Beamten wartete, suchte er auf seinem Tisch nach einem Papier, das er schließlich fand.

Hier, Joubon, sagte er zu dem eintretenden Schreiber, lassen Sie diese Polizisten sofort zu mir kommen! Er übergab ihm das Blatt, und dann wandte er sich wieder zu Tarzan.

Sie haben einen schweren Fehltritt begangen, mein Herr, sagte er nicht unfreundlich, und ohne die Erklärung Ihres guten Freundes hier wäre ich geneigt, Ihre Handlungsweise streng zu verurteilen. Ich bin aber im Begriffe, etwas bisher Unerhörtes zu tun. Ich habe die Polizisten, die Sie vorige Nacht mißhandelt haben, hierherbefohlen. Sie sollen Leutnant d'Arnots Erzählung hören, und dann überlasse ich es ihnen, zu bestimmen, ob Anklage gegen Sie erhoben werden soll oder nicht.

Sie müssen noch viel lernen, um sich in den Wegen der Kultur zurechtzufinden. Sie müssen sich daran gewöhnen, auch solche Dinge gelten zu lassen, die Ihnen sonderbar oder unnütz erscheinen, solange Sie nicht imstande sind, die Gründe dafür einzusehen. Die Polizisten, die Sie angegriffen haben, taten nur ihre Pflicht. Sie hatten in der Sache nicht zu entscheiden. Täglich setzen sie ihr Leben aufs Spiel, indem sie das Leben oder das Eigentum der andern beschützen. Sie würden dasselbe auch für Sie tun. Es sind wirklich brave Leute, und sie sind tödlich gekränkt, daß ein einzelner unbewaffneter Mann sie schlecht behandelt oder gar geschlagen hat.

Machen Sie es ihnen leicht, zu verstehen, was Sie getan haben. Sonst würde ich mich sehr in bezug auf Sie irren, denn ich halte Sie für einen wackeren Menschen, und ein solcher gilt ja auch mit Recht als großmütig.

Die weitere Unterredung wurde unterbrochen durch das Erscheinen der vier Polizisten. Als ihr Blick auf Tarzan fiel, sah man, daß sie höchlichst erstaunt waren.

Leute, sagte der Polizeidirektor, hier ist ein Herr, mit dem Sie vorige Nacht in der Maule-Straße zusammengetroffen sind. Er ist freiwillig gekommen, um die

Sache aufzuklären. Ich bitte Sie, aufmerksam die Erzählung des Leutnants d'Arnot anzuhören, der Ihnen einen Teil der Lebensgeschichte dieses Herrn erzählen wird. Es wird seine Haltung Ihnen gegenüber in der vergangenen Nacht erklären. Nun reden Sie, mein lieber Leutnant.

D'Arnot sprach eine halbe Stunde lang zu den Polizisten. Er erzählte ihnen einiges aus dem wilden Dschungelleben Tarzans. Er erklärte, wie er sich trainierte, so daß er, wenn er sich selbst verteidigen mußte, wie ein wildes Tier kämpfte. Es wurde den Polizisten dann auch klar, daß er bei seinen Angriffen auf sie eher vom Instinkt als vom Verstand geleitet worden war. Er hatte ihre Absichten nicht verstanden. Für ihn waren sie lediglich etwas anders aussehende Lebewesen, als er sie in seiner Dschungel traf, wo die meisten seine natürlichen Feinde waren.

Ihr Stolz ist verletzt, sagte d'Arnot zum Schluß. Dieser Mann hat Sie überwältigt, und das kränkt Sie am meisten. Aber Sie brauchen sich nicht zu schämen. Sie brauchten Ihre Niederlage nicht zu erklären, wenn Sie in einem engen Raum mit einem afrikanischen Löwen oder mit dem großen Gorilla aus der Dschungel eingesperrt gewesen wären. Und doch haben Sie mit diesem Mann gekämpft, dessen eiserne Muskeln stets siegreich waren gegenüber diesen Schrecken des schwarzen Erdteils. Es ist keine Schmach, der übermenschlichen Kraft Tarzans zu erliegen.

Und dann, als die Polizisten dastanden und einmal Tarzan ansahen und das andere Mal ihren Vorgesetzten, tat der Affenmensch das einzige, was noch nötig war, um den letzten Rest des Ärgers zu beseitigen. Mit der ausgestreckten Hand ging er ihnen entgegen.

Es tut mir leid, daß ich einen Mißgriff begangen habe, sagte er, lassen Sie uns gute Freunde sein!

Das war das Ende der ganzen Geschichte, nur daß Tarzan noch lange der Gegenstand des Gesprächs in den Polizeistationen war und die Zahl seiner Freunde um vier wackere Polizisten sich vermehrte.

*

Bei der Rückkehr in seine Wohnung fand d'Arnot einen Brief von seinem englischen Freund William Cecil Clayton, Lord Greystoke. Die beiden waren in brieflichem Verkehr geblieben, seitdem sie auf der mißglückten Expedition zur

Befreiung der von dem Affen Terkop geraubten Jane Porter Freundschaft geschlossen hatten.

In etwa zwei Monaten sollen sie in London heiraten, sagte d'Arnot, als er den Brief sorgfältig durchgelesen hatte. Er brauchte Tarzan nicht zu sagen, wen er mit dem „sie" meinte. Tarzan antwortete nicht darauf, und auch den ganzen Rest des Tages war er schweigsam und nachdenklich.

Am Abend gingen sie in die Oper. Tarzan war aber während der Vorstellung ganz von seinen trüben Gedanken in Anspruch genommen. Er achtete fast gar nicht auf die Vorgänge auf der Bühne. Er sah nur die liebliche Vision eines schönen amerikanischen Mädchens und hörte nichts als die traurige süße Stimme, die ihm versicherte, daß seine Liebe erwidert werde. Und jetzt sollte sie einen andern heiraten!

Er suchte sich selbst aus den unliebsamen Gedanken aufzurütteln. Im selben Augenblick fühlte er, daß Augen auf ihn gerichtet waren, und als er aufblickte, sah er das lächelnde Gesicht der Gräfin Olga de Coude. Als Tarzan ihren Gruß erwiderte, war er überzeugt, daß der freundliche Ausdruck ihres Gesichtes für ihn eine Einladung bedeutete.

In der nächsten Pause begab er sich in ihre Loge.

Ich habe so sehr gewünscht, Sie zu sehen, sagte sie. Es hat mich nicht wenig geärgert, daß wir Ihnen nach den Diensten, die Sie meinem Manne und mir geleistet haben, keine Erklärung dafür geben konnten, weshalb wir keine Schritte unternahmen, um eine Wiederholung der Angriffe seitens der beiden Männer zu verhindern. Das muß Ihnen gewiß als Undankbarkeit erschienen sein.

Sie beurteilen mich falsch, erwiderte Tarzan. Ich habe nur mit lebhaftem Vergnügen an Sie gedacht. Sie schulden mir keine Erklärung. Sind Sie noch weiter belästigt worden?

Die Verfolgung hat noch nicht aufgehört, antwortete sie. Ich fühle, daß ich mit jemand darüber sprechen muß, und ich weiß keinen, bei dem ich mich so gut aussprechen könnte, wie bei Ihnen. Sie müssen mir das erlauben. Es mag auch von Nutzen für Sie sein, denn ich kenne Nikolaus Rokoff genug, um zu wissen, daß er Sie nicht das letztemal gesehen hat. Er wird schon Mittel finden, sich an Ihnen zu rächen.

Was ich Ihnen sagen werde, kann Ihnen vielleicht gute Dienste leisten, um seinen Racheplänen zu entgehen. Mehr kann ich Ihnen hier nicht verraten, aber morgen um fünf Uhr werde ich für Sie zu Hause sein.

Das wird mir wie eine Ewigkeit vorkommen – bis morgen um fünf, sagte er und wünschte ihr gute Nacht.

Aus einer Ecke des Theaters hatten Rokoff und Pawlowitsch ihn in der Loge der Gräfin gesehen, und beide hatten gelächelt.

Am folgenden Nachmittag um halb fünf klingelte ein dunkelfarbiger bärtiger Mann am Dienstboteneingang des Palastes des Grafen de Coude. Der Diener, der zum Öffnen kam, zog die Augenbrauen hoch, als er sah, wer dort stand. Beide sprachen leise.

Zuerst zögerte der Lakai bei einem Vorschlag, den der Mann ihm machte, aber bald darauf nahm er aus der Hand des Fremden etwas entgegen. Dann wandte er sich um und führte den Besucher auf einem weitläufigen Umweg in einen kleinen, von Vorhängen verhängten Alkoven neben dem Zimmer, in dem die Gräfin den Nachmittagstee zu geben pflegte.

Eine halbe Stunde später wurde Tarzan in das Zimmer eingeführt, und im selben Augenblick erschien die Gräfin lächelnd und mit ausgestreckten Händen ihm entgegengehend.

Ich freue mich sehr, daß Sie gekommen sind, sagte sie.

Nichts hätte mich zurückhalten können, antwortete er.

Einige Augenblicke sprachen sie über die Oper, über einige Gegenstände, die die Aufmerksamkeit von Paris erregten, über das Vergnügen, ihre kurze Bekanntschaft, die unter so seltsamen Verhältnissen eingeleitet worden war, zu erneuern, und das brachte sie dann auf das Thema, das ihnen beiden am meisten am Herzen lag.

Sie werden sich gefragt haben, sagte die Gräfin, weshalb Rokoff uns eigentlich verfolgt. Die Sache ist ganz einfach. Der Graf ist vertraut mit manchen wichtigen Geheimnissen des Kriegsministeriums. Er hat oft Papiere im Besitz, für die ausländische Mächte gerne ein Vermögen ausgeben würden, Staatsgeheimnisse, für deren Kenntnis die Agenten jener Mächte Mörder oder noch schlimmere Subjekte dingen würden.

So hat er jetzt wieder eine solche Sache in seinen Händen, die einem Russen, der ihrer habhaft werden könnte, Ruhm und Reichtum eintragen würde. Rokoff und Pawlowitsch sind russische Spione. Sie schrecken vor nichts zurück, um sich das Dokument zu verschaffen. Der Vorfall auf dem Dampfer – ich meine die Geschichte mit dem Kartenspiel – hatte den Zweck, eine Erpressung an meinem Gatten auszuüben.

Wäre er des Falschspieles überführt worden, so wäre seine Laufbahn vernichtet gewesen. Er hätte dann aus dem Kriegsministerium ausscheiden müssen. Er wäre auch in der Gesellschaft völlig unmöglich gewesen. Sie hielten die Keule also über ihn. Nur dann wären sie bereit gewesen, einzugestehen, daß der Graf lediglich das Opfer eines Komplottes seiner Feinde geworden, wenn er sich jene Geheimpapiere hätte abpressen lassen.

Als Sie, Herr Tarzan, ihren Plan durchkreuzten, versuchten die Menschen meinen Namen statt den des Grafen zu beschmutzen. Als Pawlowitsch in meine Kabine eindrang, erklärte er mir ihr Vorhaben. Wenn ich ihnen die gewünschte Auskunft verschaffen wollte, versprachen sie, nichts weiter zu tun; andernfalls sollte Rokoff, der draußen stand, einen Steward benachrichtigen, daß ich mich mit einem andern Mann hinter der verschlossenen Türe meiner Kabine abgäbe. Er drohte, es jedem zu sagen, dem er auf dem Schiffe begegnete, und bei unserer Landung wollte er die ganze Geschichte den Journalisten erzählen.

War das nicht schrecklich? Nun wußte ich aber zufällig etwas über diesen Herrn Pawlowitsch, das, wenn es der Polizei von St. Petersburg bekannt geworden wäre, ihn in Rußland an den Galgen gebracht hätte. Ich drohte ihm, dort Anzeige zu erstatten, und dann beugte ich mich zu ihm und flüsterte ihm einen Namen ins Ohr. Da sprang er mir – und dabei machte sie eine Bewegung mit dem Finger – wie ein Verrückter an die Gurgel, und hätte mich erwürgt, wenn Sie nicht eingegriffen hätten.

Die Scheusale! rief Tarzan aus.

Sie sind nicht bloß Scheusale, mein Freund, sagte sie, es sind wirkliche Teufel. Ich fürchte für Sie, weil Sie sich deren Haß zugezogen haben. Ich bitte Sie, ständig auf Ihrer Hut zu sein. Sagen Sie mir, daß Sie mir zuliebe vorsichtig sein wollen, denn ich könnte es nie vergessen, wenn Sie meinetwegen Ungemach erleiden müßten.

Ich fürchte die beiden nicht, antwortete er. Ich habe schon grimmigere Feinde überlebt als Rokoff und Pawlowitsch.

Er sah, daß sie von dem Vorfall in der Maule-Straße nichts wußte, und er sagte auch kein Wort davon, um sie nicht zu ängstigen.

Weshalb, fuhr er fort, übergeben Sie die Schurken nicht den Behörden, um Ruhe vor ihnen zu haben? Man würde sehr schnell mit ihnen fertig sein.

Einen Augenblick zögerte sie mit der Antwort. Dann sagte sie: Es gibt dafür zwei Gründe. Der eine ist der, der den Grafen überhaupt zurückhält, in dieser Sache etwas zu tun. Der andere ist der Grund, den ich bisher niemanden mitgeteilt habe – nur Rokoff und ich kennen ihn. Ich frage mich nur – und dann zögerte sie, indem sie ihn absichtlich lange betrachtete.

Was fragen Sie sich? sagte er lächelnd.

Ich frage mich, wie es kommt, daß ich Ihnen das mitteilen möchte, was ich noch nie gewagt habe, meinem Manne zu verraten. Ich glaube, daß Sie mich verstehen werden und daß Sie mir den richtigen Weg zeigen können. Ich hoffe, daß Sie mich nicht zu streng beurteilen werden.

Ich fürchte nur, daß ich ein schlechter Richter sein werde, erwiderte Tarzan, denn wenn Sie sich eines Mordes schuldig gemacht hätten, so würde ich sagen, das Opfer könnte Ihnen dankbar dafür sein, einen so süßen Tod erlitten zu haben.

O mein Lieber, antwortete sie, so schlimm ist es nicht. Aber ich will Ihnen zuerst den Grund angeben, aus dem der Graf diese Männer nicht verfolgt, und wenn ich dann noch genug Mut habe, will ich Ihnen auch verraten, weshalb ich selbst es nicht wage. Der erste Grund ist der, daß Nikolaus Rokoff mein Bruder ist. Wir sind Russen. Nikolaus ist stets ein schlimmer Mensch gewesen, soweit meine Erinnerung zurückreicht. Er wurde aus der russischen Armee, wo er Hauptmann war, schimpflich entlassen. Damals entstand ein Skandal, aber nach einiger Zeit wurde die Sache fast vergessen, und mein Vater erhielt für ihn eine Stellung in der Spionage.

Es wurden Nikolaus mancherlei schreckliche Verbrechen zugeschrieben, aber er verstand es immer, einer Strafe zu entgehen. Zuletzt gelang es ihm stets dadurch, daß er sein Opfer durch eine gefälschte Aussage des Verrats am Zaren überführte, und da die russische Polizei immer bereit ist, eine derartige Beschuldigung zu glauben, so ließ sie seine Aussage gelten, und er ging straffrei aus.

Hat er nicht durch die an Ihnen und Ihrem Gatten versuchten Verbrechen alle Rechte der Verwandtschaft verwirkt? fragte Tarzan. Die Tatsache, daß Sie seine Schwester sind, hat ihn nicht davon abgehalten, zu versuchen, Ihre Ehre zu beschmutzen. Sie brauchen keine Rücksicht mehr auf ihn zu nehmen, gnädige Frau.

Ach, sagte sie, es kommt noch der andere Grund in Betracht. Wenn ich ihm als meinem Bruder keine Rücksicht schulde, so kann ich doch nicht so leicht die Furcht verbergen, die ich vor ihm habe, weil er eine gewisse Episode aus meinem Leben kennt.

Nach einer kurzen Pause fuhr sie fort:

Ich glaube, es ist am besten, ich erzähle Ihnen alles, denn ich fühle, daß ich es Ihnen früher oder später doch einmal sagen würde. Ich wurde in einem Kloster erzogen. In dieser Zeit lernte ich einen Mann kennen, den ich für einen Ehrenmann ansah. Ich wußte damals noch wenig oder gar nichts von den Menschen und der Liebe. Ich bildete mir in meinem unerfahrenen Kopfe ein, daß ich diesen Mann liebte, und auf sein Drängen brannte ich mit ihm durch. Wir wollten uns heiraten.

Ich war genau drei Stunden mit ihm zusammen und zwar am hellen Tage und in der Öffentlichkeit – auf Eisenbahnstationen und im Zuge. Als wir unseren Bestimmungsort erreichten, wo wir getraut werden sollten, stiegen mit uns zugleich zwei Polizisten aus, die ihn verhafteten. Auch mich hielten sie an, aber als ich ihnen meine Geschichte erzählt hatte, ließen sie mich frei, doch mußte ich in Begleitung einer Nonne in das Kloster zurückkehren. Wie es scheint, war der Mann, der um mich geworben hatte, durchaus kein Gentleman, sondern ein Deserteur, der auch von den bürgerlichen Gerichten gesucht wurde. Er war der Polizei aller Länder Europas bekannt.

Die Sache wurde von der Leitung des Klosters vertuscht. Nicht einmal meine Eltern erfuhren davon. Aber später lernte Nikolaus den Gauner kennen und erfuhr von ihm die ganze Geschichte. Jetzt droht er mir, er werde sie dem Grafen erzählen, wenn ich nicht tue, was er wünscht.

Tarzan lachte.

Sie sind doch noch wie ein kleines Mädchen. Die Geschichte, die Sie mir erzählt haben, kann Ihren Ruf nicht im geringsten beflecken, und wenn Sie nicht in Ihrem Herzen noch ein junges Mädchen wären, so würden Sie sich das selbst sagen. Gehen Sie noch heute abend zu Ihrem Gatten und erzählen Sie ihm die ganze Geschichte, genau so, wie Sie mir sie berichtet haben. Wenn ich mich nicht sehr irre, wird er Sie wegen Ihrer Angst auslachen und dann sofort die nötigen Schritte unternehmen, um diesen Ihren kostbaren Bruder ins Gefängnis befördern zu lassen, wo er hingehört.

Ich wünschte nur, ich hätte den Mut dazu, sagte sie, aber ich bin ängstlich. Ich habe früh gelernt, die Männer zu fürchten. Zuerst meinen Vater, dann Nikolaus, dann die Väter im Kloster. Fast alle meine Freundinnen fürchten ihre Gatten, wie sollte ich da nicht auch den meinen fürchten?

Ich sehe nicht recht ein, weshalb die Frauen die Männer fürchten sollen, sagte Tarzan mit einem nachdenklichen Ausdruck im Gesicht. Ich bin mehr vertraut mit dem Dschungelvolk, und dort ist öfters das Umgekehrte der Fall, ausgenommen bei den Schwarzen, und diese stehen meiner Meinung nach noch eine Stufe tiefer als das Tier. Nein, ich kann nicht verstehen, weshalb zivilisierte Frauen den Mann fürchten sollen, da dieser doch geschaffen ist, sie zu beschützen. Ich könnte mich nicht an den Gedanken gewöhnen, daß ein Weib mich fürchten würde.

Ich glaube auch nicht, mein Freund, daß irgend ein Weib Sie fürchten würde, sagte Olga de Coude leise. Ich kenne Sie erst seit kurzer Zeit, und es mag närrisch sein, das zu sagen, aber Sie sind von allen Männern, die ich je gekannt habe, der einzige, den ich wohl nie fürchten würde. Das ist merkwürdig, zumal Sie sehr kräftig sind. Ich war erstaunt, mit welcher Leichtigkeit Sie Nikolaus und Pawlowitsch in jener Nacht aus meiner Kabine hinausbefördert haben. Das war einfach großartig.

Als Tarzan sie eine Weite darauf verließ, wunderte er sich über den festen Handdruck, mit dem sie ihn verabschiedete, und über den nachdrücklichen Ton, mit dem sie ihm das Versprechen abnahm, morgen wiederzukommen.

Die Erinnerung an ihre halbverschleierten Augen und ihren reizenden Mund, als sie ihn bei seinem Fortgang lächelnd ansah, verließ ihn den ganzen Rest des Tages nicht. Olga de Coude war wirklich eine schöne Frau, und Tarzan war ein einsamer junger Mann, dessen Herz sich nach Liebe sehnte.

Als die Gräfin nach dem Fortgang Tarzans sich im Zimmer umwandte, stand sie plötzlich Nikolaus Rokoff gegenüber.

Seit wann bist du hier? schrie sie, indem sie erschrocken zurückwich.

Schon länger als dein Geliebter, antwortete er, indem er einen boshaften Blick auf sie warf.

Halt ein! befahl sie. Wie konntest du es wagen, mir so was zu sagen, – deiner Schwester!

Gut, liebe Olga, wenn er nicht dein Geliebter ist, so will ich mich entschuldigen, aber es ist nicht dein Fehler, wenn er es nicht ist. Hätte er nur ein Zehntel meiner Weiberkenntnis, so lägst du jetzt in seinen Armen. Er ist ein dummer Narr, Olga. Jawohl, all deine Reden und Handlungen waren eine offene Einladung an ihn, und er schien das nicht einmal zu merken.

Die Gräfin hielt sich die Ohren zu.

Ich will dich nicht mehr anhören, sagte sie. Es ist unverschämt von dir, mir so etwas zu sagen! Du kannst mir drohen, soviel du willst – du weißt, daß ich eine anständige Frau bin. Von heute an sollst du es nicht mehr wagen, mich zu behelligen, denn ich werde Raoul alles erzählen. Er wird schon wissen, was er zu tun hat, und dann nimm dich in acht!

Du wirst ihm nichts sagen, erklärte Rokoff. Ich weiß jetzt Bescheid in dieser Sache, und mit Hilfe eines deiner Diener, dem ich vertrauen kann, wird nichts fehlen in dem Bericht für deinen Mann, sobald die Zeit gekommen sein wird, ihm die Sache zu unterbreiten. Die andere Affäre stimmt gut damit überein. Wir haben jetzt etwas Greifbares in Händen, Olga. Eine wirkliche Affäre – und du bist ein treues Weib. Schäme dich, Olga!

Dabei lachte der brutale Mensch.

So kam es, daß die Gräfin ihrem Gatten nichts erzählte und daß sich die Sache im Vergleich zu früher noch verschlimmerte. Während die Gräfin früher nur eine unbestimmte Furcht hatte, nahm diese jetzt faßbare Gestalt an. Es mag auch sein, daß ihr Gewissen sie noch mehr als nötig vergrößerte.

Die verfehlte Verschwörung

Seit einem Monat verkehrte Tarzan regelmäßig bei der schönen Gräfin de Coude, die er verehrte und die ihn immer gerne kommen sah. Oft fanden sich auch andere Mitglieder der kleinen Gesellschaft ein, die sie nachmittags zum Tee empfing, aber sie suchte es so einzurichten, daß sie mit Tarzan auch eine Stunde allein sein konnte.

Eine Zeitlang war sie erschrocken über die Andeutungen, die Rokoff gemacht hatte. Bis dahin hatte sie den starken jungen Mann lediglich als einen Freund betrachtet, aber infolge der Anspielungen ihres Bruders grübelte sie nun über die seltsame Anziehungskraft nach, die der grauäugige Fremde auf sie ausübte. Sie hatte aber nicht die Absicht, ihn zu lieben, und sie wünschte auch nicht, daß er sie lieben sollte.

Sie war viel jünger als ihr Gatte und sehnte sich unbewußt nach der Freundschaft eines Mannes, der ihrem Alter näher stand. Mit zwanzig Jahren ist man zu schüchtern, um mit einem Vierzigjährigen Gedanken auszutauschen.

Die Gräfin fühlte, daß Tarzan sie verstehen konnte, denn er war nur zwei Jahre älter als sie, und er war ein ehrenhafter, ritterlicher Mensch. Sie fürchtete sich nicht vor ihm. Daß sie ihm trauen durfte, hatte sie von Anfang an instinktiv gefühlt.

Rokoff hatte diese wachsende Vertraulichkeit aus der Ferne mit boshafter Freude beobachtet. Seitdem er erfahren hatte, daß Tarzan wußte, daß er ein russischer Spion sei, hatte sich zu seinem Haß gegen den Affenmenschen eine große Furcht gesellt, von ihm bloßgestellt zu werden. Er wartete jetzt nur noch auf eine günstige Gelegenheit zu einem großen Schlag. Er wollte sich für immer von Tarzan befreien und sich gleichzeitig für die durch ihn erlittenen Demütigungen und die Durchkreuzung seiner Pläne rächen.

Tarzan war jetzt noch zufriedener als vor der Zeit, da er durch die Ankunft der Porter-Gesellschaft in seiner friedlichen Dschungel gestört worden war.

Er freute sich über den gesellschaftlichen Umgang mit Olgas Bekannten, während seine Freundschaft mit ihr eine Quelle endlosen Glückes für ihn war. Sie verscheuchte seine trüben Gedanken und war ein Balsam für sein gequältes Herz.

Manchmal begleitete d'Arnot ihn bei seinen Besuchen im Hause de Coudes, denn er kannte Olga und den Grafen schon seit langem. Gelegentlich erschien auch der Graf in der Gesellschaft, aber die mannigfachen Geschäfte seiner amtlichen Stellung und die nie endenden Fragen der Politik hielten ihn gewöhnlich bis spät in die Nacht von seinem Hause fern.

Rokoff spionierte Tarzan fast beständig aus. Namentlich suchte er festzustellen, ob der Affenmensch nicht auch nachts in de Coudes Palast ging, aber das gelang ihm nie. Allerdings kam es vor, daß Tarzan die Gräfin von der Oper nach Hause begleitete; aber er verließ sie stets am Eingang, und das ärgerte ihren lieben Bruder sehr.

Da es unmöglich erschien, Tarzan so zu ertappen, wie sie es wünschten, steckten Rokoff und Pawlowitsch die Köpfe zusammen, um einen neuen Plan auszusinnen. Dieser sollte Tarzan in eine solche Lage bringen, daß er unbedingt bloßgestellt würde.

Tagelang verfolgten sie aufmerksam die Zeitungen und beobachteten alle Gänge de Coudes und Tarzans. Schließlich fanden sie eine passende Gelegenheit, ihren Plan auszuführen. In einem Morgenblatt stand eine kurze Notiz über einen Herrenabend, der am folgenden Tage beim deutschen Botschafter stattfinden sollte. Unter den eingeladenen Gästen war auch de Coude erwähnt. Wenn er der Einladung folgte, so war er jedenfalls bis nach Mitternacht von seinem Heim abwesend. Am Abend des Festessens wartete Pawlowitsch auf dem Bürgersteig vor dem deutschen Botschaftsgebäude, um das Gesicht jedes ankommenden Gastes zu prüfen. Er brauchte nicht lange zu warten, bis de Coude aus seinem Wagen stieg und an ihm vorbeischritt. Das genügte ihm. Pawlowitsch eilte nach Hause, wo Rokoff ihn erwartete.

Am elf Uhr nahm Pawlowitsch den Hörer vom Fernsprecher. Er nannte eine Nummer, und als er die Verbindung erhalten hatte, rief er:

Bitte, verbinden Sie mich mit der Wohnung des Leutnants d'Arnot.

Eine Stimme meldete sich.

Ich habe eine Mitteilung für Herrn Tarzan, wenn er sich gefälligst ans Telephon bemühen will.

Eine Minute lang war es still.

Sind Sie da, Herr Tarzan?

Ach ja, mein Herr, hier ist François, Bedienter bei der Gräfin de Coude. Vielleicht erinnern Sie sich meiner.

Ja, mein Herr. Ich habe eine dringende Botschaft von der Frau Gräfin. Sie bittet Sie, sofort zu ihr zu eilen – sie ist in Verlegenheit, mein Herr.

Nein, mein Herr, ich weiß nichts Näheres. Darf ich der Frau Gräfin sagen, daß der Herr bald hier sein wird?

Danke, mein Herr.

Pawlowitsch hängte den Hörer wieder ein und lachte Rokoff an. Dieser ordnete an:

Er wird etwa dreißig Minuten brauchen, um dorthin zu gelangen. Wenn Sie die deutsche Botschaft in einer Viertelstunde erreichen, könnte de Coude in etwa fünfundvierzig Minuten zu Hause sein. Es hängt alles davon ab, ob der Narr noch fünfzehn Minuten länger bleiben wird, wenn er herausgefunden hat, daß ihm ein Streich gespielt worden ist, aber ich würde mich sehr irren, wenn Olga ihn so schnell gehen ließe. Hier ist ein Briefchen für de Coude. Und nun schnell voran!

Pawlowitsch beeilte sich, nach der deutschen Botschaft zu gelangen. Am Eingang übergab er einem Lakai das Billett.

Dies ist für den Herrn Grafen de Coude. Es ist sehr eilig. Sie müssen dafür sorgen, daß es sofort in seine Hände gelangt.

Gleichzeitig ließ er eine Silbermünze in die willige Hand des Bedienten fallen. Dann kehrte er nach seiner Wohnung zurück.

Einen Augenblick später entschuldigte sich de Coude bei seinem Gastgeber, als er den Briefumschlag öffnete. Er erblaßte und seine Hand zitterte, als er folgendes las:

> Geehrter Herr Graf de Coude!
>
> Jemand, der die Ehre Ihres Namens zu retten wünscht, greift zu diesem Mittel, um Ihnen mitzuteilen, daß die Heiligkeit Ihres Hauses in diesem Augenblick entweiht wird.
>
> Ein gewisser Mann, der schon seit Monaten ständiger Besucher während Ihrer Abwesenheit ist, weilt jetzt bei

Ihrer Frau. Wenn Sie sofort zum Boudoir der Gräfin eilen, so werden Sie sie zusammen finden.

Ein Freund.

Zwanzig Minuten, nachdem Pawlowitsch Tarzan angerufen hatte, bekam Rokoff eine Verbindung mit Olgas Wohnung. Ihre Zofe antwortete am Telephon, das im Boudoir der Gräfin stand.

Als Rokoff mit ihr sprechen wollte, antwortete das Mädchen:

Madame hat sich schon zurückgezogen.

Ich habe aber eine sehr dringende Nachricht, die ich nur der Gräfin selbst mitteilen kann, erwiderte Rokoff. Wenn sie schon zu Bett ist, so sagen Sie ihr, sie möchte aufstehen, etwas überwerfen und ans Telephon kommen. Ich werde in fünf Minuten wieder anrufen.

Dann hing er den Hörer wieder ein. Einen Augenblick später trat Pawlowitsch herein.

Hat der Graf den Brief? fragte Rokoff.

Er wird augenblicklich auf dem Heimweg sein, sagte Pawlowitsch.

Gut! Meine Gräfin wird gegenwärtig im Negligee in ihrem Boudoir sitzen. In einer Minute wird der treue Jacques Herrn Tarzan zu ihr führen, ohne ihn anzumelden. Die Erklärung wird einige Minuten dauern. Olga wird in ihrem Nachtkleid bezaubernd aussehen, zumal es ihre Reize nur halb verhüllt. Sie wird überrascht, aber nicht ungehalten sein.

Wenn der Graf nur einen Tropfen roten Blutes in seinen Adern hat, so wird er in etwa fünf Minuten in eine sehr hübsche Liebesszene hineinplatzen. Ich glaube, wir haben alles wunderbar inszeniert, mein lieber Alexei. Wir wollen ausgehen und einen ordentlichen Absinth auf das Wohl des Herrn Tarzan trinken. Dabei wollen wir nicht vergessen, daß der Graf de Coude ein Meister des Degens in Paris und bei weitem der beste Schütze in ganz Frankreich ist.

*

Als Tarzan Olgas Heim erreichte, erwartete Jacques ihn am Eingang.

Kommen Sie hier herein, mein Herr! sagte er und führte ihn die breite Marmortreppe hinauf. Im nächsten Augenblicke hatte er eine Tür geöffnet, und indem er einen schweren Vorhang beiseite zog, geleitete er Tarzan in einen matt erhellten Raum. Dann verschwand er.

Am Ende des Zimmers sah Tarzan Olga vor ihrem kleinen Schreibtisch sitzen, auf dem ihr Telephon stand. Sie klopfte ungeduldig auf die polierte Tischplatte. Sie hatte sein Eintreten nicht bemerkt.

Olga, sagte er, was ist geschehen?

Erschrocken aufschreiend, wandte sie sich nach ihm um.

Jean! schrie sie. Was tun Sie hier? Wer ließ Sie herein? Was soll das heißen?

Tarzan war wie vom Blitz getroffen, aber in einem Augenblick erriet er einen Teil der Wahrheit.

Haben Sie mich denn nicht rufen lassen, Olga?

Sie rufen lassen? Um diese Zeit – mitten in der Nacht! Mein Gott, Jean, glauben Sie denn, daß ich verrückt bin?

François telephonierte mir, ich möchte sofort kommen; Sie wären in Verlegenheit und verlangten nach mir.

François? Wer in aller Welt ist François?

Er sagte, er wäre Ihr Diener. Er sprach, als ob ich ihn kennen müsse.

Ich habe keinen Diener, der François heißt. Es hat jemand sich einen Scherz mit Ihnen erlaubt, Jean! Und Olga lachte.

Ich fürchte, daß es ein sehr böser Scherz ist, Olga, antwortete er.

Was meinen Sie? Sie denken doch nicht etwa, daß ...

Wo ist der Graf? unterbrach er sie.

In der deutschen Botschaft.

Das ist wieder ein Streich Ihres ehrenwerten Bruders. Morgen wird der Graf es erfahren. Er wird die Dienstboten befragen. Alles läßt darauf schließen, daß – nun, daß der Graf denken wird, was Rokoff wünscht.

Der Schurke! rief Olga. Sie war aufgestanden und nahe an Tarzan herangetreten. Ängstlich schaute sie zu ihm hinauf. In ihren fragenden Augen war ein Ausdruck, wie ihn der Jäger in denen eines armen, gehetzten Rehes sieht.

Sie zitterte, und um sich aufrecht zu halten, griff sie nach seinen breiten Schultern.

Was sollen wir tun, Jean? sagte sie leise. Es ist schrecklich! Morgen wird ganz Paris es lesen, – er wird schon dafür sorgen.

In ihrem Blick, ihrer Haltung, ihren Worten lag der beredte Hilferuf des bedrängten Weibes an seinen natürlichen Beschützer, den Mann. Tarzan nahm eine der kleinen, warmen Hände, die an seiner Brust lagen, in seine eigenen, starken Hände. Das geschah ganz unwillkürlich, und ebenso legte er seinen schützenden Arm um die Schultern der jungen Frau.

Das Ergebnis war elektrisch. Niemals war er ihr so nahe getreten. Wie überraschte Schuldige sahen sie einander plötzlich in die Augen. Wo Olga de Coude hätte stark sein sollen, war sie schwach, denn sie drückte sich fester in des Mannes Arme und schlang ihre eigenen um seinen Hals. Tarzan aber nahm die schweratmende Gestalt in seine mächtigen Arme und bedeckte ihre heißen Lippen mit Küssen.

*

Raoul de Coude entschuldigte sich eilig bei seinem Gastgeber, nachdem er das Billett gelesen hatte. Er gab irgendeinen Grund für sein Fortgehen an. Es war ihm alles wie verschleiert vor den Augen bis zu dem Augenblick, wo er auf der Schwelle seines Hauses stand. Dann aber wurde er kaltblütig und ging ruhig und vorsichtig voran. Aus einem ihm unerklärlichen Grunde hatte Jacques die Türe schon geöffnet, ehe er noch die Treppe halbwegs erstiegen hatte. In dem Augenblick fiel es ihm allerdings nicht weiter auf, doch erinnerte er sich dessen später.

Leise ging er die Treppe hinauf bis zu dem Boudoir. In der Hand hatte er einen schweren Spazierstock. Er war entschlossen, den Räuber seiner Ehre niederzuschlagen.

Olga sah ihn zuerst. Mit einem Schrei des Entsetzens riß sie sich aus Tarzans Armen, und der Affenmensch drehte sich gerade noch rechtzeitig um, um einen schrecklichen Hieb, den de Coude nach seinem Kopfe ausführte, abzuwehren. Einmal, zweimal, dreimal sauste der Stock mit Blitzesschnelle auf ihn nieder, aber jeder Schlag trug dazu bei, den Affenmenschen mehr in das Leben seiner Dschungel zurückzuversetzen.

Mit dem Knurren eines Riesenaffen sprang er auf den Mann. Den Stock riß er ihm aus der Hand und zerbrach ihn, als ob es ein Streichholz wäre, und dann sprang er ihn wie ein rasendes Tier an.

Olga de Coude schaute entsetzt der schrecklichen Szene zu; dann aber sprang sie auf Tarzan zu, der im Begriff stand, ihren Gatten zu erwürgen und ihn schüttelte wie ein Terrier eine Ratte schütteln würde.

Sie riß wie wahnsinnig an seinen großen Händen. Heilige Mutter Gottes! schrie sie, Sie töten ihn, Sie töten ihn! O Jean, Sie töten meinen Mann!

Tarzan war taub vor Wut. Plötzlich schleuderte er den Körper auf den Boden, und dann erhob er das brüllende Siegesgeschrei, das er im Urwald stets angestimmt hatte, wenn er ein wildes Tier erlegt hatte.

Als diese schrecklichen Töne im Palast des Grafen de Coude erklangen, wo sie bis in den Keller und unters Dach drangen, erblaßten und zitterten die Bedienten. Die Gräfin aber sank bebend neben dem Körper ihres Gatten auf die Knie.

Langsam schwand die rote Vision vor Tarzans Augen. Die Dinge nahmen wieder Gestalt an, und er selbst fing wieder an, wie ein zivilisierter Mensch auszusehen. Sein Blick fiel auf die Gestalt der knienden Frau.

Olga! flüsterte er.

Sie schaute auf; aber während sie geglaubt hatte, in die wahnsinnigen Augen eines Mörders zu sehen, erblickte sie Tarzan traurig und zerknirscht.

O Jean! rief sie. Sehen Sie, was Sie getan haben! Er war mein Mann. Ich liebte ihn, und Sie haben ihn getötet!

Tarzan hob den schlaffen Körper des Grafen de Coude behutsam auf und trug ihn auf ein Ruhebett. Dann legte er sein Ohr an des Mannes Brust.

Etwas Kognak, Olga! sagte er.

Sie brachte ihn und flößte dem Grafen etwas davon zwischen die Lippen ein. Jetzt kam ein schwacher Hauch aus seinem Munde. Der Kopf drehte sich, und de Coude stöhnte.

Er wird nicht sterben, sagte Tarzan. Gott sei Dank!

Warum taten Sie das, Jean? fragte sie.

Ich weiß es nicht. Er schlug mich und da ergriff mich die Wut. Ich habe es so bei den Affen meines Stammes gesehen. Ich habe Ihnen meine Geschichte niemals erzählt, Olga. Es wäre besser gewesen, Sie hätten sie gekannt. Dann wäre dies nicht so gekommen. Ich habe meinen Vater nie gesehen. Die einzige Mutter, die ich je gekannt habe, war eine wilde Menschenäffin. Bis zu meinem fünfzehnten Jahre habe ich nie ein menschliches Wesen gesehen. Ich war zwanzig Jahre alt, als ich den ersten weißen Menschen sah. Es ist noch nicht viel mehr als zwei Jahre, da war ich noch ein nacktes Raubtier in einer afrikanischen Dschungel.

Beurteilen Sie mich nicht zu streng. In einer so kurzen Zeit kann ein einzelner Mensch sich nicht so umwandeln, wie es die weiße Rasse in zahllosen Zeitaltern getan hat.

Ich spreche gar kein Urteil über Sie aus, Jean. Mein ist die Schuld. Gehen Sie jetzt, – er darf Sie nicht sehen, wenn er das Bewußtsein wieder erlangt. Adieu!

Kummervoll und mit gesenktem Kopf schritt Tarzan aus dem Palast des Grafen de Coude.

Sobald er draußen war, nahmen seine Gedanken eine bestimmte Form an, und bald wußte er, was er jetzt in erster Linie tun wollte. Zwanzig Minuten später trat er in ein Polizeibüro unweit der Maule-Straße. Hier fand er einen der Polizisten, mit denen er vor mehreren Wochen zusammengestoßen war.

Der Polizist freute sich, den Mann wiederzusehen, der ihn damals so rauh behandelt hatte. Nach einem kurzen Gespräch fragte Tarzan ihn, ob er schon einmal etwas von Nikolaus Rokoff und Alexei Pawlowitsch gehört habe.

Schon oft genug, mein Herr! Beide stehen auf unseren Listen, aber da jetzt nichts gegen sie vorliegt, so begnügen wir uns, sie zu überwachen, um sie, sobald es nötig ist, fassen zu können. Weshalb fragen Sie?

Ich kenne sie, sagte Tarzan. Ich möchte Herrn Rokoff in einer kleinen geschäftlichen Angelegenheit sprechen. Ich wäre Ihnen dankbar, wenn Sie mir seine Wohnung angeben wollten.

Einige Minuten später verabschiedete er sich von dem Polizisten und ging mit einem Streifen Papier in der Tasche, auf dem die Adresse verzeichnet war – die Gauner wohnten in einem ziemlich anständigen Viertel – schnell zu der nächsten Haltestelle von Autodroschken.

Rokoff und Pawlowitsch waren in ihre Zimmer zurückgekehrt und unterhielten sich über den wahrscheinlichen Ausgang der Ereignisse des heutigen Abends. Sie hatten an zwei Morgenzeitungen telephoniert, von denen sie jeden Augenblick einen Vertreter erwarteten, um sie über den Skandal zu unterrichten, der morgen in ganz Paris Aufsehen erregen sollte.

Auf der Treppe wurden schwere Schritte hörbar.

Ach, diese Zeitungsmenschen sind doch pünktlich! sagte Rokoff, und als es an ihrer Tür klopfte, rief er: Herein!

Das Lächeln des Willkomms erstarrte auf des Russen Gesicht, als er in die harten grauen Augen des Besuchers blickte.

Donnerwetter, rief er, indem er aufsprang. Was führt Sie hierher?

Setzen Sie sich, sagte Tarzan so leise, daß man kaum die Worte hören konnte, aber in einem solchen Tone, daß Rokoff sich wieder niederließ und Pawlowitsch es nicht wagte, aufzustehen.

Sie wissen, was mich hierherführt, fuhr er in demselben leisen Tone fort. Eigentlich sollte ich Sie vernichten, aber da Sie Olgas Bruder sind, so will ich das jetzt nicht tun. Ich gebe Ihnen die Möglichkeit, Ihr Leben noch einmal zu retten. Pawlowitsch kommt eigentlich kaum in Betracht, denn er ist nur ein kleines Werkzeug in Ihren Händen, und so werde ich ihn nicht töten, solange ich Sie am Leben lasse. Wenn ich Sie beide lebend in diesem Zimmer belassen soll, so müssen Sie zweierlei tun. Erstens müssen Sie ein vollständiges Geständnis von Ihrer Beteiligung an dem Komplott von heute abend niederschreiben und es unterzeichnen. Zweitens müssen Sie mir unter Todesstrafe versprechen, kein Wort von dieser Angelegenheit in die Zeitungen zu bringen. Wenn Sie nicht beides tun, so wird keiner von Ihnen mehr am Leben sein, wenn ich wieder zu dieser Türe hinausgehe. Haben Sie verstanden?

Und ohne eine Antwort abzuwarten, fuhr er fort: Beeilen Sie sich. Da ist Tinte, Papier und Feder.

Rokoff nahm einen trotzigen Ausdruck an. Durch eine herausfordernde Miene wollte er Tarzan zeigen, daß er seine Drohungen nicht fürchte. Im selben Augenblick aber fühlte er des Affenmenschen Stahlfinger und Pawlowitsch, der auszureißen versuchte, wurde in die Höhe gehoben und in eine Ecke geschleudert, wo er liegen blieb.

Als Rokoff anfing, im Gesicht blau zu werden, ließ Tarzan ihn los und schob ihn auf den Stuhl zurück.

Rokoff starrte den Mann, der ihm gegenüber stand, finster an. Jetzt kam Pawlowitsch wieder zu sich, und hinkte auf Tarzans Befehl mühsam zu seinem Stuhl zurück.

Jetzt schreiben Sie, sagte der Affenmensch. Wenn es nötig ist, Sie noch einmal so zu behandeln, so wird es nicht mehr so gelinde ablaufen.

Rokoff nahm eine Feder und fing an zu schreiben.

Achten Sie darauf, daß Sie keine Einzelheit vergessen und daß Sie jeden Namen erwähnen! mahnte Tarzan.

Jetzt wurde an die Tür geklopft.

Herein! sagte Tarzan.

Ein feiner, junger Mann trat ein. Ich bin vom „Matin“, sagte er. Ich nehme an, daß Herr Rokoff eine Geschichte für mich hat.

Darin haben Sie sich geirrt, mein Herr, sagte Tarzan. Sie haben doch keine Geschichte zur Veröffentlichung, nicht wahr, mein lieber Nikolaus?

Rokoff sah mit einem häßlichen, finsteren Blick auf.

Nein, brummte er, ich habe keine Geschichte zur Veröffentlichung – jetzt nicht.

Auch später nicht, mein lieber Nikolaus.

Der Reporter sah das drohende Leuchten in des Affenmenschen Augen nicht, wohl aber Rokoff.

Überhaupt nicht, wiederholte Tarzan hastig, und sich zu dem Zeitungsmann wendend:

Ich bedauere, daß Sie sich umsonst bemüht haben. Ich wünsche Ihnen guten Abend.

Indern er sich verbeugte, geleitete er den jungen Mann hinaus und schloß ihm die Türe auf der Nase zu.

Eine Stunde später ging Tarzan mit einem ziemlich umfangreichen Manuskript in der Tasche aus Rokoffs Zimmer.

An Ihrer Stelle würde ich Frankreich verlassen, sagte er, denn früher oder später werden Sie mich zwingen, Sie zu beseitigen, und das wird so geschehen, daß Ihre Schwester dadurch nicht bloßgestellt wird.

Ein Zweikampf

D'Arnot schlief bereits, als Tarzan in die Wohnung zurückkehrte. Tarzan störte ihn nicht, aber am folgenden Morgen erzählte er ihm die Ereignisse vom vorhergehenden Abend, ohne eine einzige Einzelheit wegzulassen.

Was für ein Narr bin ich doch gewesen, schloß er. De Coude und seine Frau waren beide meine Freunde. Wie habe ich ihnen ihre Freundschaft vergolten? Ich hätte den Grafen beinahe umgebracht. Ich habe einen Schandfleck auf den Namen einer anständigen Frau geworfen. Es ist wahrscheinlich, daß ich das Glück eines Heims zerstört habe.

Lieben Sie Olga de Coude? fragte d'Arnot.

Wäre ich nicht sicher, daß sie mich nicht liebt, so könnte ich Ihre Frage nicht beantworten, Paul; aber ohne unredlich an ihr zu handeln, kann ich Ihnen sagen, daß ich sie nicht liebe und daß sie mich nicht liebt. Für einen Augenblick waren wir das Opfer einer plötzlichen Verrücktheit. Es war keine Liebe, und es würde vorübergegangen sein, wie es über uns gekommen ist, selbst wenn de Coude nicht zurückgekehrt wäre. Wie Sie wissen, bin ich in bezug auf Frauen wenig erfahren. Olga de Coude ist sehr schön; diesem, dem matten Licht, der verführerischen Umgebung und dem Ruf der Hilflosen nach Schutz, all diesem hätte ein kultivierterer Mann widerstanden, aber bei mir ist die Kultur noch nicht durch die Haut gedrungen; sie sitzt nicht tiefer als meine Kleider.

Paris ist kein Ort für mich. Ich werde aus einer Fallgrube in die andere hineinstolpern. Die Einschränkungen, denen sich die Menschen hier unterwerfen müssen, sind mir lästig. Es kommt mir immer vor, als ob ich in der Gefangenschaft wäre. Ich kann es nicht ertragen, mein Freund, und deshalb habe ich die Absicht, in meine Dschungel zurückzukehren und das Leben zu führen, das Gott für mich bestimmt hat, als er mich dorthin setzte.

Nehmen Sie es sich nicht so zu Herzen, antwortete d'Arnot. Sie haben sich viel besser benommen, als die meisten „gesitteten“ Männer unter ähnlichen Umständen getan hätten. Was das Verlassen von Paris betrifft, so nehme ich an, daß Raoul de Coude Ihnen in dieser Angelegenheit binnen kurzem etwas zu sagen haben wird.

D'Arnot irrte sich nicht. Eine Woche später gegen elf Uhr, als d'Arnot und Tarzan eben beim Frühstück saßen, wurde ein Herr Flaubert angemeldet. Es war ein würdevoller, höflicher Herr. Mit vielen tiefen Verbeugungen überbrachte er Tarzan die Herausforderung des Herrn Grafen de Coude. Würde der Herr die große Freundlichkeit haben, es so einzurichten, daß er einen Freund zu Herrn Flaubert sendete – so früh wie es ihm beliebt, um die Einzelheiten zur gemeinsamen Zufriedenheit aller Beteiligten zu ordnen?

Gewiß. Herr Tarzan wird sich freuen, seine Vertretung unbeschränkt in die Hände seines Freundes, des Herrn Leutnants d'Arnot, zu legen.

Und so wurde verabredet, daß d'Arnot am Nachmittag um zwei Uhr bei Herrn Flaubert vorsprechen sollte, und der höfliche Herr Flaubert verließ sie wieder unter vielen Bücklingen.

Als sie wieder allein waren, sah d'Arnot Tarzan spöttisch an. Nun? sagte er.

Jetzt muß ich meinen Sünden auch noch einen Mord hinzufügen oder mich selbst töten lassen, sagte Tarzan. Ich mache schnelle Fortschritte in den Sitten meiner kultivierten Brüder. Welche Waffe wollen Sie wählen? fragte d'Arnot. De Coude ist als ein Meister des Degens bekannt und auch ein vorzüglicher Schütze.

Dann möchte ich vergiftete Pfeile aus zwanzig Schritt oder Speere in derselben Entfernung wählen, sagte Tarzan lachend. Aber da de Coude darauf wohl nicht eingehen wird, so wählen Sie Pistolen, Paul.

Er wird Sie töten, Jean.

Daran zweifle ich nicht, antwortete Tarzan. Ich muß doch eines Tages sterben.

Wir würden besser Degen wählen, sagte d'Arnot. Er wird sich damit begnügen, Sie zu verwunden, und dabei ist weniger Gefahr für eine tödliche Wunde.

Pistolen! sagte Tarzan in ganz entschiedenem Tone.

D'Arnot versuchte es ihm auszureden, aber ohne Erfolg, und so blieb es bei den Pistolen.

Nachmittags fand die Unterredung mit Flaubert statt, und d'Arnot kehrte kurz nach vier Uhr zurück. Es ist alles geordnet, sagte er. Alles ist zufriedenstellend. Morgen früh bei Tagesgrauen – an der Straße nicht weit von Etampes, dort ist eine einsame Stelle. Aus persönlichen Gründen zog Herr Flaubert sie vor, und ich machte keine Einwendungen.

Gut! war Tarzans einzige Bemerkung. Er machte auch gar keine Anspielung mehr auf die Sache.

Abends schrieb er aber noch mehrere Briefe, bevor er zu Bett ging. Nachdem er sie adressiert und versiegelt hatte, steckte er sie alle in einen an d'Arnot gerichteten Umschlag. Als er sich auskleidete, hörte d'Arnot ihn einen Gassenhauer summen.

Der Freund fluchte halblaut vor sich hin, denn er war sicher, daß die Sonne am nächsten Morgen auf einen toten Tarzan scheinen würde. Es berührte ihn schmerzlich, Tarzan so gleichgültig zu sehen.

Das ist eine sehr unschickliche Stunde für Leute, die einander umbringen wollen, bemerkte der Affenmensch, als er in der Dunkelheit der frühen Morgenstunde aus dem bequemen Bett getrieben wurde. Er hatte gut geschlafen, und darum kam es ihm, als man ihn rücksichtsvoll weckte, vor, als ob sein Kopf das Kissen kaum berührt hätte. Seine Bemerkung war an d'Arnot gerichtet, der fertig angezogen in der Türe vor Tarzans Schlafzimmer stand.

D'Arnot hatte während der ganzen Nacht kaum geschlafen. Er war nervös und deshalb ziemlich aufgeregt.

Sie scheinen ja wie ein Kind geschlafen zu haben, sagte er.

Tarzan lachte. Nach Ihrem Tone zu urteilen, nehmen Sie mir es übel, meinte er. Ich kann aber nichts dafür.

Nein, Jean, so meine ich es nicht, erwiderte d'Arnot, der selbst lächeln mußte. Aber Sie fassen die ganze Sache mit einer so entsetzlichen Gleichgültigkeit auf, daß man sich darüber ärgern muß. Man sollte glauben, daß Sie zu einem Scheibenschießen ausgehen, nicht aber, um einem der besten Schützen Frankreichs gegenüberzutreten.

Tarzan zuckte die Achseln. Ich gehe aus, um ein großes Unrecht zu sühnen, Paul. Die Sühne kann nur erfolgen, wenn mein Gegner seines Zieles sicher ist. Da kann ich also zufrieden sein, denn Sie sagen ja selbst, daß der Graf de Coude ein vorzüglicher Schütze ist.

Das will heißen, daß Sie hoffen, getötet zu werden? rief d'Arnot entsetzt aus.

Ich kann nicht sagen, daß ich das hoffe, aber Sie müssen zugeben, daß wenig Grund zu der Annahme vorliegt, daß ich nicht getötet werde.

Hätte d'Arnot das Vorhaben des Affenmenschen gekannt – und dieser hatte einen Entschluß schon gleich, als er von der Absicht des Grafen erfahren, ihn herauszufordern, gefaßt – so wäre er noch entsetzter gewesen.

Schweigend bestiegen sie d'Arnots Wagen. In gleichem Schweigen sausten sie mit großer Geschwindigkeit die Straße entlang, die nach Etampes führt. Jeder war mit seinen eigenen Gedanken beschäftigt. D'Arnot war traurig, denn er hatte Tarzan von Herzen gern. Die Freundschaft zwischen diesen beiden Männern, deren früheres Leben und deren Erziehung so grundverschieden war, hatte im Laufe der Zeit noch zugenommen, denn sie waren beide Männer, denen die gleichen Ideale der Männlichkeit, des persönlichen Mutes und der Ehre vorschwebten. Sie verstanden einander, und jeder konnte stolz auf die Freundschaft des andern sein.

Tarzan war ganz in Gedanken über die Vergangenheit versunken, in frohe Erinnerungen an sein einstiges Dschungelleben. Er dachte an die zahllosen Stunden seiner Knabenjähre, die er mit übereinandergeschlagenen Beinen an dem Tisch in seines Vaters Hütte zugebracht hatte, seinen kleinen braunen Körper über die fesselnden Bilderbücher gebeugt, aus denen er ohne jegliche Hilfe das Geheimnis der gedruckten Sprache entziffert hatte, lange noch bevor die Laute der menschlichen Sprache an sein Ohr drangen. Ein Lächeln der Befriedigung flog über sein Gesicht, als er an jenen einzigartigen Tag dachte, den er allein mit Jane Porter im Herzen seines Urwaldes zugebracht hatte.

Auf einmal wurden seine Träume durch das Halten des Wagens unterbrochen. Sie waren am Ziel angelangt. Jetzt dachte Tarzan wieder an die Gegenwart. Er wußte, daß er bald sterben würde, aber er hatte keine Furcht vor dem Tode. Für einen Bewohner der grausamen Dschungel ist der Tod etwas Alltägliches. Das erste Naturgesetz treibt ihn dazu, hartnäckig am Leben zu hängen und für dasselbe zu kämpfen, aber es lehrt ihn auch, den Tod nicht zu fürchten.

D'Arnot und Tarzan waren zuerst auf dem Plan. Eine Weile später kamen de Coude, Flaubert und als Dritter ein Arzt.

Einen Augenblick sprachen d'Arnot und Flaubert flüsternd zusammen. Der Graf de Coude und Tarzan standen abseits von einander. Jetzt wurden sie von den Sekundanten aufgefordert, sich bereit zu halten. D'Arnot und Flaubert hatten die Pistolen untersucht. Die beiden Männer, die sich einen Augenblick später gegenüberstehen sollten, standen schweigend da, während Flaubert die Bedingungen vorlas, die sie zu beobachten hatten.

Sie mußten Rücken an Rücken stehen. Auf ein Zeichen Flauberts hatten sie in entgegengesetzten Richtungen zu gehen, jeder die Pistole an der Seite, und wenn jeder zehn Schritte gemacht hatte, würde d'Arnot Halt rufen. Dann sollten sie sich umdrehen und nach Belieben schießen, bis einer fiel oder bis jeder die vorgesehenen drei Schüsse abgefeuert hatte.

Während Flaubert sprach, nahm Tarzan eine Zigarette aus der Tasche und zündete sie an. De Coude war die Kaltblütigkeit selbst; er war ja der beste Schütze Frankreichs.

Flaubert winkte jetzt d'Arnot zu, und jeder wies seinem Duellanten die Stellung an.

Sind Sie bereit, meine Herren? fragte Flaubert.

Jawohl, erwiderte de Coude.

Tarzan nickte bloß.

Flaubert gab das Zeichen. Er und d'Arnot traten ein paar Schritte aus der Feuerlinie zurück, als die beiden langsam auseinandergingen. Sechs! Sieben! Acht! In d'Arnots Augen standen Tränen, denn er liebte Tarzan sehr. Neun! Noch ein Schritt, und der arme Leutnant gab das verhaßte Signal, das er geben mußte. Es war ihm, als ob er das Todesurteil über seinen besten Freund ausspräche.

Schnell drehte de Coude sich um und feuerte. Tarzan machte eine kleine Bewegung. Seine Pistole hing noch immer an seiner Seite. De Coude zögerte, als ob er darauf wartete, seinen Gegner niederstürzen zu sehen. Der Graf war so sicher im Schießen, daß er gar nicht daran zweifelte, ihn getroffen zu haben. Doch Tarzan machte keine Bewegung, seine Pistole hoch zu nehmen. De Coude feuerte noch einmal, aber die gänzliche Gleichgültigkeit des Affenmenschen, der ruhig seine Zigarette weiter rauchte, brachte den besten Schützen Frankreichs aus der Fassung. Diesmal machte Tarzan keine Bewegung, aber de Coude wußte, daß er getroffen hatte.

Plötzlich erklärte er sich Tarzans Verhalten wie folgt. Sein Gegner wollte kaltblütig die ersten Schüsse abwarten in der Hoffnung, daß sie ihm keine ernstliche Wunde beibringen würden, dann aber wollte er ihn selbst nach kühler Überlegung niederschießen. Dem Grafen lief ein kleiner Schauer über den

Rücken. Es war teuflisch. Was mußte das für ein Mann sein, daß er mit zwei Kugeln im Leib dastand und auf die dritte wartete!

De Coude zielte diesmal sorgfältig, aber seine Spannkraft ließ nach, und er tat einen Fehlschuß. Nicht ein einziges Mal hatte Tarzan seine Pistole erhoben.

Einen Augenblick sahen sich die beiden gerade in die Augen. Auf Tarzans Gesicht zeigte sich ein rührender Ausdruck der Enttäuschung, auf de Coudes Angesicht aber wachsendes Entsetzen und Schrecken.

Er konnte es nicht länger ertragen.

Heilige Mutter Gottes! Schießen Sie doch! schrie er.

Aber Tarzan hob die Pistole nicht. Statt dessen schritt er auf de Coude zu, und als d'Arnot und Flaubert, seine Absicht mißverstehend, sich zwischen sie stürzten, erhob er die linke Hand zur Abwehr.

Fürchten Sie nichts, sagte er zu ihnen, ich werde ihm kein Leid zufügen.

Das war sehr ungewöhnlich, aber sie standen still. Tarzan ging bis dicht an de Coude heran.

Es muß mit des Herrn Pistole etwas nicht in Ordnung sein, sagte er. Oder der Herr ist abgespannt. Nehmen Sie meine, mein Herr, und versuchen Sie es noch einmal.

So bot Tarzan dem erstaunten Grafen seine Pistole an.

Mein Gott, mein Herr! schrie dieser, sind Sie verrückt?

Nein, mein Freund, erwiderte der Affenmensch, aber ich habe den Tod verdient. Es ist der einzige Weg der Sühne für das Unrecht, das ich einer vortrefflichen Frau zugefügt habe. Nehmen Sie meine Pistole und tun Sie, was ich Ihnen sagte. Das wäre ein Mord! erwiderte de Coude. Aber welches Unrecht begingen Sie denn gegen meine Frau? Sie schwor mir, daß –

Das meine ich nicht, sagte Tarzan rasch. Das ganze Unrecht, das zwischen uns geschah, haben Sie gesehen. Aber das war genug, um einen Schatten auf Ihren Namen zu werfen und das Glück eines Mannes zu zerstören, gegen den ich keine Feindschaft hegte. Die Schuld war mein ganz allein, und so hoffte ich, heute morgen dafür zu sterben. Ich bin enttäuscht, daß der Herr kein so vortrefflicher Schütze ist, wie mir gesagt wurde.

Sie sagen, daß Sie allein die Schuld tragen? fragte de Coude lebhaft.

Ganz allein, mein Herr. Ihre Frau ist rein. Sie liebt nur Sie. Das Unrecht, das Sie sahen, war auf meiner Seite. Was mich hingeführt hat, war weder die Schuld der Gräfin noch die meinige. Hier ist ein Schriftstück, aus dem dies ganz klar hervorgeht.

Dabei zog Tarzan die Blätter aus der Tasche, auf denen Rokoff seine Schuld eingestanden und unterzeichnet hatte.

De Coude nahm und las sie. D'Arnot und Flaubert waren nähergetreten. Dieser außergewöhnliche Ausgang eines so seltsamen Zweikampfes interessierte sie. Keiner sprach ein Wort, bis de Coude die Erklärung zu Ende gelesen hatte, worauf er Tarzan ansah.

Sie sind ein tapferer und ritterlicher Herr! sagte er. Ich danke Gott, daß ich Sie nicht getötet habe.

De Coude war Romane und als solcher sehr impulsiv. Er umarmte Tarzan und küßte ihn. Nun umarmte auch Flaubert den Leutnant d'Arnot. Es war aber niemand da, um auch den Arzt zu umarmen. Wahrscheinlich war dieser ärgerlich darüber, denn er sagte, nun werde es ihm doch wohl erlaubt sein, Tarzans Wunden zu verbinden.

Dieser Herr ist wenigstens einmal getroffen worden, sagte er, vielleicht auch dreimal.

Zweimal, sagte Tarzan. Einmal in die linke Schulter und dann in die linke Seite. Ich denke, es sind beides nur Fleischwunden.

Der Arzt aber bestand darauf, daß er sich auf den Rasen niederlegte, und machte sich an ihm zu schaffen, bis die Wunden gereinigt und das fließende Blut gestillt war.

Das Ergebnis des Zweikampfes war, daß sie alle zusammen als die besten Freunde in d'Arnots Wagen nach Paris zurückfuhren. De Coude war so erleichtert durch die doppelte Versicherung von der Treue seiner Frau, daß er keinen Groll mehr gegen Tarzan empfand. Allerdings hatte dieser noch mehr von der Schuld auf sich genommen, als es eigentlich der Wirklichkeit entsprach, aber wenn er ein wenig log, so mag es ihm verziehen sein, denn er log einer Frau zuliebe und er log als Gentleman.

Man veranlaßte den Affenmenschen, ein paar Tage lang das Bett zu hüten. Er hielt das zwar nicht für nötig, aber der Arzt und d'Arnot hatten sich die Sache so zu Herzen genommen, daß er ihnen zu Gefallen im Bett liegen blieb, obschon er selbst darüber lachte.

Es ist drollig, sagte er zu d'Arnot, im Bett liegen zu müssen wegen eines Nadelstiches. Als Bolgani, der Gorilla-König, mich fast in Stücke riß, da ich noch ein kleiner Knabe war, hatte ich da ein schönes weiches Bett, um mich hineinzulegen? Nein, nur das feuchte, modernde Gras der Dschungel. Unter irgendeinem freundlichen Gebüsch versteckt, lag ich wochenlang nur in den Armen Kalas, die mich pflegte. Arme, treue Kala, die die Insekten von meinen Wunden fernhielt und mich gegen die Raubtiere schützte! Wenn ich nach Wasser verlangte, so brachte sie mir es in ihrem Maul, – das war die einzige Weise, die sie kannte, um es zu holen. Da gab es keine sterilisierte Gaze, kein antiseptisches Verbandzeug, – da gab es nichts, was unseren lieben Doktor nicht zur Verzweiflung getrieben hätte, wenn er es gesehen. Und doch genas ich. Und jetzt muh ich wegen einer kleinen Schramme im Bett liegen. Einer aus dem Dschungel-Volk würde sie gar nicht in acht nehmen, wenn sie nicht zufällig auf seiner Nasenspitze wäre.

Aber die Zeit ging rasch vorüber, und ehe Tarzan sich dessen versah, war er schon wieder im Freien. De Coude hatte ihn mehrmals besucht, und als er herausfand, daß Tarzan sich um irgendeine Anstellung bemühte, versprach er ihm, einen Posten ausfindig zu machen.

Am ersten Tage, wo es Tarzan erlaubt war, wieder auszugehen, erhielt er von de Coude eine Mitteilung, er möchte am Nachmittag im Geschäftszimmer des Grafen vorsprechen.

De Coude erwartete ihn mit sehr vergnügtem Willkommen und aufrichtigem Glückwunsch, daß er wieder auf den Beinen sei. Von dem Zweikampf und der Veranlassung dazu hatte seit jenem Morgen keiner von beiden mehr ein Wort erwähnt.

Ich glaube, daß ich etwas Passendes für Sie gefunden habe, Herr Tarzan, sagte der Graf. Es ist eine verantwortungsvolle Vertrauensstelle, die auch beträchtlichen Mut und Tapferkeit erfordert. Ich kann mir keinen Geeigneteren als Sie, Herr Tarzan, für diesen Posten denken. Er bringt zwar viel Arbeit mit sich, aber später kann er zu einer viel besseren Stelle, wahrscheinlich im diplomatischen Dienst, führen.

Zuerst werden Sie nur für kurze Zeit Spezialagent im Dienste des Kriegsministeriums sein. Kommen Sie, ich will Sie zu dem Herrn führen, der Ihr

Vorgesetzter sein wird. Er kann Ihnen die Aufgaben besser auseinandersetzen als ich, und dann können Sie beurteilen, ob die Stelle Ihnen zusagt oder nicht. De Coude führte Tarzan in das Bureau des Generals Rochere, dem Tarzan zugeteilt werden sollte. Dort verließ der Graf ihn, nachdem er dem General noch eine glänzende Beschreibung der Eigenschaften Tarzans, die ihn für die betreffende Beschäftigung besonders geeignet erscheinen ließen, gegeben hatte.

Eine halbe Stunde später kam Tarzan aus dem Bureau. Er war jetzt im Besitze des ersten Amtes, das er in seinem Leben erhielt. Am nächsten Tage sollte er zur Entgegennahme weiterer Anweisungen wieder vorsprechen, denn General Rochere hatte ihm gesagt, er müsse sich bereit halten, Paris vielleicht schon morgen für eine unbestimmte Zeit zu verlassen.

Mit gehobenem Gefühl eilte er nach Hause, um d'Arnot die Nachricht zu überbringen. Nun war er also doch für etwas brauchbar in der Welt! Jetzt sollte er auch Geld verdienen und – das schönste von allem – er konnte reisen und die Welt sehen.

Er konnte kaum erwarten, bis er nach Hause kam und d'Arnot mit der Neuigkeit überraschte. Der Leutnant war aber keineswegs freudig davon berührt.

Wie es scheint, freuen Sie sich, Paris verlassen zu können, sagte er. Vielleicht werden wir uns jetzt monatelang nicht mehr sehen. Tarzan, Sie sind ein undankbares Tier! Und dabei lachte er.

Nein, Paul, erwiderte Tarzan. Ich bin bloß ein großes Kind. Ich habe ein neues Spielzeug, und da bin ich glücklich. Und so kam es, daß Tarzan schon am nächsten Tage Paris verließ, um nach Marseille und Oran zu fahren.

Die Tänzerin von Sidi Aissa

Es hatte nicht den Anschein, als ob Tarzans erste Sendung besonders interessant oder wichtig sein würde. Die Regierung hatte einen gewissen Leutnant der Spahis im Verdacht, unlautere Beziehungen zu einer europäischen Großmacht zu unterhalten. Dieser Leutnant Gernois, der gegenwärtig in Sidi-bel-Abbes stationiert war, war vor kurzem noch im Generalstab tätig gewesen. Dort war ein Schriftstück von großer militärischer Bedeutung auf dem gewöhnlichen Geschäftsweg in seine Hände gelangt. Die Regierung glaubte nun, der Offizier habe den Inhalt dieses Schriftstückes an eine andere Großmacht verraten.

Der Verdacht gegen den Leutnant war allerdings nur durch eine ziemlich unbestimmte Andeutung erregt worden, die eine bekannte Pariserin in einem Anfall von Eifersucht gemacht hatte. Aber ein Generalstab ist stets mißtrauisch, sobald es sich um seine Geheimnisse handelt, und ein Verrat von militärischen Geheimnissen ist ja auch eine so ernste Sache, daß schon der leiseste Wink nicht unbeachtet bleiben darf. Und so kam es, daß Tarzan als amerikanischer Jäger und Reisender nach Algerien ging, um den Leutnant Gernois heimlich zu überwachen.

Er hatte sich im voraus darauf gefreut, sein geliebtes Afrika wieder zu sehen, aber im Norden sah der schwarze Erdteil so ganz anders als eine westafrikanische Dschungel aus, daß bei ihm kein heimatliches Gefühl aufkommen konnte und er ebensogerne wieder in Paris gewesen wäre, trotz all der Aufregungen, die er dort gehabt hatte. In Oran verwandte er einen Tag darauf, durch die engen, krummen Gassen des Araberviertels zu wandern. Am nächsten Tage langte er in Sidi-bel-Abbes an, wo er den Zivil- und Militärbehörden sein Beglaubigungsschreiben überreichte, das aber keine Auskunft über den wahren Zweck seiner Sendung erteilte.

Tarzan beherrschte das Englisch genügend, um bei den Arabern und Franzosen als Amerikaner gelten zu können, und das war alles, was von ihm verlangt wurde. War er mit einem Engländer zusammen, so sprach er französisch, um sich nicht zu verraten. Gelegentlich sprach er auch englisch mit Fremden, die diese Sprache verstanden, bei denen aber keine Gefahr vorlag, daß sie seine leichten Mängel in der Betonung und der Aussprache merken würden.

Er wurde mit vielen französischen Offizieren bekannt und bald war er bei ihnen gern gesehen. Er lernte auch Gernois kennen, der etwa vierzig Jahre alt war, ein schweigsamer, verdrießlich aussehender Mann, der mit seinen Kameraden wenig oder gar keinen gesellschaftlichen Verkehr unterhielt.

Einen Monat lang geschah nichts Bemerkenswertes. Gernois bekam anscheinend keine Besuche, und bei seinen gelegentlichen Ausgängen in die Stadt schien er keine Verbindungen zu suchen, die irgendwie verdächtig erscheinen konnten. Tarzan fing schon an zu hoffen, daß der gegen den Offizier gehegte Verdacht unbegründet sei, als Gernois plötzlich nach Bu Saada in der Kleinen Sahara, fern im Süden, beordert wurde.

Eine Kompagnie Spahis und drei Offiziere sollten eine andere Abteilung dort ablösen. Zufällig war einer der Offiziere, der Hauptmann Gerard, ein besonderer Freund Tarzans, und so erregte es nicht den mindesten Verdacht, als der Affenmensch erklärte, er wolle ihn nach Bu Saada begleiten, da er dort Gelegenheit haben werde, auf die Jagd zu gehen.

In Buira verließ die Kompagnie die Eisenbahn, den Rest des Tages mußte sie im Sattel verbringen. Als Tarzan in Buira ein Pferd erhandelte, erblickte er flüchtig in der Türe eines einheimischen Kaffeehauses einen Mann in europäischer Kleidung, aber als er näher hinschaute, hatte der Mann sich umgedreht und war in dem Innern der niedrigen, schmutzigen Hütte verschwunden. Es schien Tarzan zwar, als ob das Gesicht und die Gestalt des Mannes ihm bekannt vorkämen, aber er achtete nicht weiter darauf.

Der Weg nach Aumale war für Tarzan recht ermüdend, denn seine ganze Reitkunst hatte bis dahin aus einigen Reitversuchen in einer Pariser Reitschule bestanden. So war er froh, im Hotel Grossat ein bequemes Bett zu finden, indes die Offiziere und Mannschaften ihr Quartier in der Militär-Station aufschlugen.

Früh am folgenden Morgen wurde Tarzan geweckt. Die Kompagnie der Spahis war schon abmarschiert, bevor Tarzan sein Frühstück vollendet hatte. Er beeilte sich daher so sehr es ging, damit die Truppe keinen zu großen Vorsprung vor ihm gewann.

Als er aber durch die Tür, die von dem Speisesaal in die Bar führte, schaute, erblickte er zu seinem Erstaunen Gernois, der dort mit demselben Fremden, den er am Tage zuvor im Kaffeehause von Buira gesehen hatte, stand. Es war kein Irrtum möglich, denn es war dieselbe, ihm bekannt vorkommende Haltung und Gestalt, obschon der Mann ihm den Rücken kehrte.

Da Tarzan den Fremden scharf ins Auge faßte, bemerkte Gernois dies. Der Fremde sprach in flüsterndem Tone, aber der französische Offizier unterbrach ihn sofort, und die beiden entfernten sich eilig.

Das war das erstemal, daß etwas in Gernois' Beziehungen seinen Verdacht erregte, denn er war fest überzeugt, daß die beiden Männer die Bar nur deshalb verlassen hatten, weil Gernois Tarzans beobachtende Blicke bemerkt hatte. Noch immer kam es Tarzan vor, als ob der Fremde ihm bekannt wäre. Das verstärkte seine Überzeugung, mitten in Vorgängen zu stehen, die seine Aufmerksamkeit dringend erheischten.

Einen Augenblick später ging Tarzan in die Bar hinein, aber die Männer waren fort, und auch auf den Straßen sah er nichts mehr von ihnen, als er ausritt, wie wenn er den Bazar besichtigen wollte. Die Kolonne hatte jetzt natürlich einen bedeutenden Vorsprung vor ihm, er erreichte sie auch nicht mehr vor Sidi Aissa. Erst kurz nach neun Uhr kam er dort an. Hier fand er auch Gernois bei der Kolonne, aber von dem Fremden war nichts mehr zu sehen.

Es war Markttag in Sidi Aissa. Die vielen aus der Wüste herbeigeströmten Karawanen und die Scharen der handelnden Araber reizten die Neugierde Tarzans, so daß er sich entschloß, noch einen Tag dort zu bleiben, um die Söhne der Wüste in aller Ruhe betrachten zu können. So kam es, daß die Kompagnie der Spahis am Nachmittag ohne ihn weiter marschierte.

Er vertrieb sich die Zeit, indem er sich mit einem jungen Araber, namens Abdul, den der Gastwirt ihm als vertrauenswürdigen Diener und Dolmetscher empfohlen hatte, in das Marktgedränge mischte.

Tarzan kaufte hier ein besseres Pferd, als das, das er in Buira eingehandelt hatte. Er unterhielt sich mit dem Araber, dem es gehört hatte, und erfuhr so, daß dieser Kadur ben Saden hieß und Scheik eines Wüstenstammes weit südlich von Djelfa war. Der Mann gefiel ihm und so lud er ihn durch seinen Dolmetscher Abdul zum Essen ein.

Als die drei sich einen Weg durch die Scharen der Händler, Kamele, Esel und Pferde bahnten, zupfte Abdul Tarzan plötzlich am Ärmel.

Schauen Sie hinter sich! Tarzan wandte sich um und sah eine Gestalt, die aber sofort hinter einem Kamel verschwand. Der Mann ist uns schon den ganzen Nachmittag gefolgt, fuhr Abdul fort.

Ich habe nur ganz flüchtig einen Araber in einem dunkelblauen Burnus und einem weißen Turban gesehen, sagte Tarzan. Ist es der, den Sie meinen?

Ja. Er kam mir verdächtig vor, weil er hier fremd zu sein scheint und nichts anderes tut, als uns folgen. Das tut kein ehrlicher Araber. Und dann hat er auch den größten Teil seines Gesichtes verhüllt, so daß nur noch die Augen herausblitzen. Es muß ein schlechter Mensch sein, sonst würde er schon eine andere Beschäftigung haben.

Dann ist er auf einer falschen Fährte, Abdul, erwiderte Tarzan, denn hier kann niemand etwas gegen mich haben. Es ist das erstemal, daß ich in dieser Gegend bin, und niemand kennt mich. Er wird schon bald seinen Irrtum entdecken und aufhören, uns zu folgen.

Vielleicht geht er auf Raub aus, meinte Abdul.

Dann wollen wir ruhig abwarten, bis er versucht, die Hand an uns zu legen, sagte Tarzan lächelnd; ich glaube, er wird seine Raublust schon bezähmen, wenn er merkt, daß wir auf einen Angriff von seiner Seite gefaßt sind.

Tarzan dachte jetzt weiter nicht mehr daran, doch sollte er bald Gelegenheit haben, sich den Vorfall wieder ins Gedächtnis zu rufen.

Als Kadur ben Saden gut gespeist hatte, rüstete er sich zum Abschied. Mit großen Versicherungen der Freundschaft lud er Tarzan ein, ihn in seiner Wildnis zu besuchen, wo es für einen eifrigen Jäger Antilopen, Hirsche, Eber, Panther und Löwen in genügender Menge gäbe.

Sobald der Scheik sich entfernt hatte, setzte Tarzan seinen Spaziergang mit Abbul durch die Straßen von Sidi Aissa fort. Durch die offenen Türen der zahlreichen maurischen Kaffees drang wilder Lärm auf die Straße. Es war nach acht Uhr und der Trubel im vollsten Gange, als Tarzan in eine der Kaffeestuben eintrat. Der Raum war mit Arabern überfüllt. Alle rauchten und tranken ihren starken heißen Kaffee. Tarzan und Abdul nahmen ungefähr in der Mitte des Raumes Platz, wennschon das fürchterliche Getöse, das dort die arabischen Trommeln und Pfeifen in nächster Nähe vollführten, einen entfernteren Aufenthalt mehr im Hintergrund angenehmer erscheinen ließ. Gerade tanzte eine hübsche Wüstentochter vom Stamme der Uled-Nail. Tarzan in seiner europäischen Kleidung fiel ihr auf. Sie mochte vermuten, daß er ihr ein gutes Trinkgeld spenden würde und warf ihm daher neckisch ihr seidenes Tuch auf die Schulter. Ein Silberfranken war ihr Lohn.

Als an ihrer Stelle ein anderes Mädchen zu tanzen anfing, bemerkte der scharfäugige Abdul, wie das erste sich im Hintergrund des Saales mit zwei Arabern unterhielt. Sie stand mit ihnen nahe an der Seitentür, die in den Hof führte, um dessen Galerie herum die Tänzerinnen ihre Zimmer hatten.

Anfänglich dachte er sich nichts dabei, aber plötzlich sah er, daß einer der Männer auf ihn hinwies. Das Mädchen wandte sich um und warf einen flüchtigen Blick auf Tarzan. Dann verschwanden die Araber in der Dunkelheit des Hofes.

Als die Reihe wieder an das Mädchen kam, tanzte es bis nahe an Tarzan heran und lächelte ihn aufs freundlichste an. Manch böser Blick fiel nun aus den dunklen Augen der Wüstensöhne auf ihn, aber Lächeln und drohende Blicke ließen den Affenmenschen in gleicher Weise kalt. Wieder warf die Tänzerin ihm ihr seidenes Tuch auf die Schulter und abermals wurde sie mit einem Franken belohnt. Als sie das Tuch in gewohnter Weise wieder um die Stirne band, neigte sie sich zu ihm und flüsterte ihm einige Worte ins Ohr.

Es sind zwei da draußen im Hofe, sagte sie schnell in gebrochenem Französisch, die dem Herrn nachstellen. Zuerst hatte ich ihnen versprochen, Sie hinauszulocken, aber Sie waren gut zu mir, und ich kann es nicht tun. Gehen Sie schnell fort, bevor sie bemerken, daß ich sie verraten habe. Ich glaube, es sind wirklich gefährliche Menschen.

Tarzan dankte der Tänzerin, indem er versicherte, er werde sich in acht nehmen. Da sie mit ihrem Tanze fertig war, ging sie durch die Türe in den Hof. Tarzan verließ aber das Kaffee nicht.

Eine halbe Stunde ging vorüber, ohne daß irgend etwas Auffälliges geschah. Aber da kam von der Straße ein düster dreinschauender Araber herein. Er blieb nahe bei Tarzan stehen und machte absichtlich beleidigende Bemerkungen über die Europäer. Da das aber in der Eingeborenensprache geschah, so konnte Tarzan nichts davon verstehen, bis Abdul es ihm erklärte.

Dieser Kerl sucht Streit, sagte er zu Tarzan. Er ist nicht allein. Sobald er zum Ausbruch kommt, werden ungefähr alle hier gegen Sie sein. Es wird besser sein, in Ruhe fortzugehen, Herr!

Fragen Sie den Kerl, was er wünscht! befahl Tarzan.

Er sagt, der „Christenhund“ habe die Uled-Nail, die ihm gehört, beleidigt. Er sucht Streit, o Herr!

Sagen Sie ihm, ich hätte weder seine noch eine andere Uled-Nail beleidigt. Ich bäte ihn, sich zu entfernen und mich in Ruhe zu lassen. Ich habe keinen Streit mit ihm und er hat keinen mit mir.

Nachdem Abdul dem Araber Tarzans Worte wiederholt hatte, erwiderte er Tarzan:

Er sagt, Sie seien ein Hund und der Sohn einer Hündin und Ihre Großmutter sei eine Hyäne. Außerdem seien Sie ein Lügner.

Die ringsum sitzenden Gäste hatten den Wortwechsel gehört, und das höhnische Lachen, das auf diese Schimpfworte folgte, bewies zur Genüge, mit wem es die Mehrheit der Anwesenden hielt.

Tarzan war zwar nicht erbaut darüber, daß man über ihn lachte, und noch viel weniger über die Schimpfworte, die der Araber ihm ins Gesicht geschleudert hatte, aber nichts verriet sich in seinem Gesicht, als er jetzt aufstand. Ein leises Lächeln flog über seine Lippen, aber plötzlich versetzte er dem düster dreinschauenden Araber einen solchen Faustschlag ins Gesicht, daß er zu Boden stürzte.

Im selben Augenblick warf sich ein halbes Dutzend starker Kampfgenossen, die offenbar durch ein Zeichen von der Straße hereingerufen worden waren, in das Kaffee, und drang mit dem Rufe: „Nieder mit dem Ungläubigen!" „Nieder mit dem Christenhund!" auf Tarzan ein.

Auch eine Anzahl junger Araber, die im Kaffee saßen, sprangen auf, um auf den überraschten Weißen loszuschlagen. Tarzan und Abdul wurden durch die Macht der zahlreichen Anstürmenden in den Hintergrund gedrängt. Der junge Abdul blieb aber treu bei seinem Herrn und kämpfte mit gezogenem Messer an seiner Seite.

Mit fürchterlichen Fausthieben schlug der Affenmensch alle nieder, die in die Reichweite seiner mächtigen Arme kamen. Er kämpfte ruhig und ohne ein Wort zu sagen, und auf seinen Lippen lag noch immer dasselbe Lächeln, mit dem er den frechen Araber niedergeschlagen hatte. Man hätte glauben können, weder ihm noch Abdul werde es gelingen, lebend aus diesem Menschenknäuel herauszukommen, da von allen Seiten Säbel und Messer gegen sie gezückt wurden, aber eben die große Zahl ihrer Angreifer war der beste Schutz für die beiden. Der Knäuel war so dicht, daß keiner von seiner Waffe Gebrauch machen konnte und kein Araber es wagte, zu schießen, um nicht einen Landsmann zu treffen.

Endlich gelang es Tarzan, einen seiner hartnäckigsten Verfolger zu packen. Mit einer kräftigen Bewegung entwaffnete er ihn und drängte, indem er seinen Gefangenen wie einen Schild vor sich hielt, mit Abdul rückwärts nach der Tür, die in den inneren Hof führte. Auf der Schwelle machte er einen Augenblick Halt, hob den sich sträubenden Araber in die Höhe und schleuderte ihn in den Knäuel der ihm Nachdrängenden.

Dann ging er mit Abdul in den halbdunkeln Hof hinein. Die erschreckten Tänzerinnen hockten auf der Treppe, die zu ihren Zimmern führte. Das einzige Licht im Hofe kam von den schwachen Stearinkerzen, die die Mädchen an ihren Türrahmen befestigt hatten.

Kaum waren Tarzan und Abdul herausgetreten, als auch aus dem Schatten unterhalb einer der Treppen ein Revolver hinter ihnen abgeschossen wurde. Als sie sich umdrehten, um diesem neuen Feind zu begegnen, sprangen zwei vermummte Gestalten feuernd auf sie zu. Eine Sekunde später lag der eine von ihnen entwaffnet und stöhnend mit gebrochenem Handgelenk im Schmutz des Hofes. Der andere aber machte in demselben Augenblick, als sein Revolver versagte, Bekanntschaft mit dem Messer Abduls.

Die wütenden Araber des Kaffees stürzten jetzt hinaus, um ihre Opfer zu verfolgen. Die Tänzerinnen aber hatten, als eine von ihnen aufschrie, all ihre Kerzen ausgelöscht, und so kam das einzige Licht nunmehr aus der offenen, aber halb besetzten Hoftür. Tarzan hatte sich des Säbels des von Abdul überwältigten Mannes bemächtigt. Jetzt stand er da und sah dem Ansturm der suchenden Männer entgegen.

Plötzlich fühlte er von hinten eine leichte Hand auf seiner Schulter, und eine Frau sprach leise: Schnell, mein Herr! Kommen Sie hierher! Folgen Sie mir!

Kommen Sie, Abdul, sagte Tarzan in leisem Tone zu dem Jüngling. Wir können anderswo nicht schlimmer dran sein als hier.

Die Frau führte sie die enge Treppe hinauf, die zu der Tür ihrer Wohnung führte. Tarzan ging dicht neben ihr. Er sah die goldenen und silbernen Spangen an ihren bloßen Armen, die Schnüre mit goldenen Münzen, die von ihrem Haarschmuck herunterhingen, und die prächtigen Farben ihres Gewandes. Er sah, daß sie eine Uled-Nail war, und instinktiv erriet er, daß es dieselbe Tänzerin war, die ihm im Saale die Warnung ins Ohr geflüstert hatte.

Als sie oben auf der Treppe waren, hörten sie, wie die wütende Menge unten den Hof noch immer absuchte.

Bald wird man hier oben suchen, flüsterte das Mädchen. Man darf Sie nicht finden, denn wenn Sie auch noch so stark sind, so wird man Sie schließlich doch umbringen. Eilen Sie! Sie können sich von dem letzten Fenster meines Zimmers aus auf die Straße hinunterlassen. Ehe man entdeckt, daß Sie nicht mehr im Hofe des Gebäudes sind, werden Sie sicher in Ihrem Hotel sein.

Während sie so sprach, waren mehrere Männer die Treppe heraufgestürmt. Plötzlich schrie einer von ihnen laut auf. Er hatte sie entdeckt! Nun eilte die ganze Menge auf die Treppe zu. Der vorderste Angreifer sprang rasch hinauf, aber schon sah er sich einem Säbel gegenüber, und das hatte er nicht erwartet, denn der Weiße war vorher nicht bewaffnet gewesen.

Mit einem Schrei stürzte der Mann rückwärts auf die hinter ihm Anstürmenden. Wie Kegel rollten sie die Treppe hinunter. Das alte morsche Holzwerk hielt die Last und die Erschütterung nicht aus. Mit lautem Krachen brach die Treppe unter den Arabern zusammen, während die schwache Plattform, auf der sich Tarzan, Abdul und das Mädchen befanden, gerade noch standhielt.

Kommen Sie! rief die Uled-Nail. Man wird uns von einer andern Treppe durch ein Nachbarzimmer erreichen. Wir haben keinen Augenblick zu verlieren!

Gerade als sie in das Zimmer traten, hörte Abdul, wie jemand unten im Hofe rief, mehrere Mann sollten schleunigst auf die Straße laufen, um den Flüchtlingen auf jener Seite den Weg abzuschneiden.

Jetzt sind wir verloren! entfuhr es dem Mädchen.

Wir? fragte Tarzan.

Ja, mein Herr, antwortete das Mädchen. Man wird mich ebensogut töten wie Sie, denn ich habe Ihnen ja geholfen.

Das gab der Sache ein anderes Aussehen. Tarzan hatte eigentlich Vergnügen an der Aufregung und der Gefahr des Zusammenstoßes gefunden. Er hatte auch nicht einen Augenblick erwartet, daß Abdul oder das Mädchen in Mitleidenschaft gezogen werden könnten – außer durch einen Zufall –, und er hatte sich gerade nur soviel zurückgezogen, daß er nicht getötet werden konnte. Er hatte gar nicht die Absicht, davonzulaufen, bis er sah, daß er hoffnungslos verloren wäre, wenn er noch bliebe.

Wäre er allein gewesen, so wäre er mitten in die Masse gesprungen und hätte nach der Art Numas, des Löwen, dreinschlagend, die Araber mit solcher Bestürzung erfüllt, daß er leicht hätte fliehen können. Jetzt aber mußte er an die zwei treuen Helfer denken.

Er ging zu dem Fenster, von dem man die Straße übersehen konnte. In der nächsten Minute würden die Feinde hinter ihm sein. Schon hörte er, wie die Menge die Treppe zu den Nachbarzimmern hinaufeilte. Im nächsten Augenblick mußte man an der Tür sein. Er setzte einen Fuß auf das Sims und lehnte sich hinaus, aber er konnte nicht hinuntersehen. Über ihm, in Armeslänge, war das niedere Dach des Gebäudes. Er rief das Mädchen. Dieses stand sofort an seiner Seite, sogleich hob er es auf seine Schulter.

Warten Sie hier, sagte er zu Abdul, bis ich von oben herab nach Ihnen herunterreiche. In der Zwischenzeit schieben Sie alles im Zimmer gegen die Türe; das wird die Meute lange genug aufhalten.

Dann trat er mit dem Mädchen auf seinen Schultern auf das Sims des schwachen Fensters.

Halten Sie sich fest, ermahnte er sie. Einen Augenblick später hatte er das Dach mit der Gewandtheit eines Affen erklettert.

Nachdem er das Mädchen auf das Dach niedergesetzt hatte, lehnte er über die Kante und rief Abdul leise zu. Der junge Mann rannte auf das Fenster zu.

Ihre Hand! flüsterte Tarzan.

Inzwischen hämmerten die Männer draußen an der Türe. Mit einem plötzlichen Krach gab diese nach, und im selben Augenblick fühlte Abdul sich wie eine Feder auf das Dach gehoben. Es war höchste Zeit gewesen, denn während die Männer in das Zimmer einbrachen, rannte ein Dutzend anderer in der Straße um die Ecke und lauerte bereits unter dem Fenster des Mädchens.

Der Kampf in der Wüste

Als die drei auf dem Dache hockten, hörten sie das wütende Fluchen der Araber, die noch immer in den Zimmern nach ihnen suchten. Durch Abdul erfuhr Tarzan, was sie sagten.

Sie schimpfen auf die da unten auf der Straße, weil sie uns so leicht hätten entfliehen lassen. Die in der Straße aber behaupten, wir seien gar nicht entflohen, sondern müßten noch im Gebäude sein; die hier oben seien zu feige, uns anzugreifen und deshalb sagten sie, wir wären über die Straße entkommen. Wenn sie so weiter fortfahren, sich zu zanken, so kommen sie noch zu einer Schlägerei.

Endlich gaben die Araber im Gebäude das Suchen auf und kehrten ins Kaffee zurück. Auf der Straße standen aber noch einige herum, die sich schwatzend und rauchend die Zeit vertrieben.

Tarzan dankte der Tänzerin für die Dienste, die sie ihm, einem Fremden, geleistet hatte.

Ich mochte Sie gut leiden, antwortete sie einfach. Sie waren nicht wie die andern, die ins Kaffee kamen. Sie waren anständig gegen mich, und Sie gaben mir ein Geschenk, ohne mich zu beleidigen.

Was werden Sie nach dieser Nacht tun? Sie können doch nicht ins Kaffee zurückkehren. Können Sie überhaupt noch in Sidi Aissa bleiben, ohne sich einer Gefahr auszusetzen?

Morgen wird man den Vorfall vergessen haben, erwiderte sie. Aber ich wäre froh, wenn ich nie wieder in dieses oder ein anderes Kaffee zu gehen brauchte. Ich blieb nicht aus eigenem Antrieb dort, denn ich war eine Gefangene.

Eine Gefangene? fragte Tarzan.

Eine Sklavin müßte ich eigentlich sagen. Ich wurde von einer Räuberbande in der Nacht aus meines Vaters Zeltdorf gestohlen. Man brachte mich hierher und verkaufte mich an den Araber, der dieses Kaffee hält. Jetzt sind es fast zwei Jahre her, seitdem ich meine Angehörigen nicht mehr gesehen habe. Sie wohnen weit im Süden. Sie kommen nie nach Sidi Aissa.

Möchten Sie zu Ihrer Familie zurückkehren? fragte Tarzan. Dann verspreche ich Ihnen, Sie wenigstens bis nach Bu Saada zu bringen. Dort können wir uns sicher mit dem Militärkommandanten verständigen, daß er Sie den Rest des Weges begleiten läßt.

Oh, Herr! rief sie aus, wie könnte ich Ihnen das je vergelten? Es kann doch nicht Ihre Absicht sein, so viel für eine Uled-Nail zu tun. Aber mein Vater kann Sie belohnen, und das wird er sicher tun, denn er ist ein großer Scheik. Er ist Kadur ben Saden.

Kadur ben Saden! rief Tarzan erstaunt aus. Dann ist Ihr Vater diese Nacht in Sidi Aissa, denn vor ein paar Stunden habe ich mit ihm zusammen gegessen.

Mein Vater in Sidi Aissa! Dann sei Allah gepriesen! Jetzt bin ich wirklich gerettet!

Pst! sagte Tarzan. Vorsicht!

Von unten hörte man nämlich Stimmen, die in der Stille der Nacht deutlich vernehmbar waren. Tarzan konnte die Worte nicht verstehen, aber Abdul und das Mädchen übersetzten sie ihm.

Sie sind jetzt fort, sagte das Mädchen. Man sucht nach Ihnen, Herr. Der eine von ihnen sagte, der Fremde, der die Geldprämie für Ihre Festnahme aussetzte, liege jetzt mit gebrochenem Handgelenk in dem Hause von Achmed din Sulef. Jetzt habe er eine noch größere Summe geboten, wenn man Ihnen auf der Straße nach Bu Saada auflauern und Sie töten wollte.

Es ist derselbe, der uns heute auf dem Markt folgte, fuhr Abdul fort. Ich sah ihn im Kaffee wieder, ihn und noch einen andern. Die beiden gingen in den inneren Hof, als sie mit diesem Mädchen gesprochen hatten. Diese beiden waren es, die uns angriffen und auf uns schossen, als wir aus dem Kaffee herauskamen. Weshalb will man Sie töten?

Das weiß ich nicht, antwortete Tarzan, und dann nach einer Pause: Es sei denn, daß –

Aber er sprach seinen Gedanken nicht weiter aus, denn seine Vermutung schien ihm doch zu unwahrscheinlich zu sein, obschon sie die vernünftigste Erklärung des Rätsels gewesen wäre.

Jetzt gingen die Männer unten weiter. Der Hof und das Kaffee waren leer. Vorsichtig kletterte Tarzan in das Fenster des Mädchenzimmers herunter. Es war niemand im Raum. Er kehrte auf das Dach zurück und half Abdul heruntersteigen. Dann ließ er auch das Mädchen herunter, das Abdul auffing.

Da das Fenster nicht hoch über der Straße war, sprang Abdul hinunter. Dann nahm Tarzan das Mädchen in seine Arme und sprang ebenfalls hinunter, wie er es im Urwald oft mit einer Last auf den Armen getan hatte. Ein kleiner Angstschrei entrang sich den Lippen des Mädchens, im nächsten Augenblick stellte Tarzan es in aller Ruhe auf den Boden.

Sie klammerte sich einen Augenblick an ihn.

Wie stark sind Sie und wie kühn! sagte sie. El adrea, der grimmige Löwe, übertrifft Sie nicht einmal!

Ich möchte einmal mit Ihrem El adrea zusammentreffen, sagte er. Ich habe schon von ihm gehört.

Wenn Sie in die Gebiete meines Vaters kommen, so werden Sie ihn sehen, antwortete das Mädchen. Er lebt in einem Ausläufer der Berge nördlich von uns, und kommt nachts aus seinem Lager zum Raub herunter. Mit einem einzigen Schlag seiner mächtigen Tatze schlägt er einem Stier den Schädel ein, und wehe dem verspäteten Wanderer, dem El adrea nachts begegnet!

Ohne weiteren Zwischenfall gelangten sie ins Hotel. Der schläfrige Wirt weigerte sich entschieden, in der Nacht eine Nachforschung nach Kadur ben Saden anstellen zu lassen, aber ein Goldstück erleichterte ihm seine Sinnesänderung. Schon wenige Minuten später befand sich ein Hausknecht auf der Suche nach dem Scheik in den verschiedenen kleinen Herbergen der Stadt. Tarzan hatte darauf gehalten, den Vater des Mädchens noch in der Nacht ausfindig zu machen, da dieser vielleicht so früh seinen Heimweg antreten würde, daß man ihn morgens nicht mehr antreffen könnte.

Sie hatten etwa eine halbe Stunde gewartet, als der Knecht mit Kadur ben Saden zurückkehrte.

Mit fragenden Augen trat der alte Scheik in das Zimmer.

Der Herr hat mir die Ehre erwiesen, fing er an, aber da erblickte er das Mädchen. Mit ausgestreckten Armen eilte er zu ihm.

Meine Tochter, rief er. Allah sei Dank!

Und Tränen schimmerten in den Augen des alten Kriegers. Als seine Tochter ihm die Geschichte ihrer Entführung und ihrer heutigen Flucht erzählt hatte, streckte Kadur ben Saden Tarzan seine Hand entgegen.

Alles, was Kadur ben Saden gehört, soll Ihnen, mein Freund, für Ihr ganzes Leben gehören, sagte er schlicht, und Tarzan wußte, daß das keine leeren Worte seien.

Es wurde nun beschlossen, daß sie alle drei, obschon ihnen wenig Zeit zum Schlafen blieb, früh am Morgen zu Pferde aufbrechen sollten, um zu versuchen, Bu Saada in einem Tage zu erreichen. Für die Männer war das verhältnismäßig leicht, aber für das Mädchen würde die Reise sehr ermüdend sein. Dennoch bestand es darauf, denn es glaubte, nicht schnell genug zu seiner Familie und seinen Freunden, von denen es seit zwei Jahren getrennt war, zurückkehren zu können.

Als Tarzan am frühen Morgen aufwachte, kam es ihm vor, als hätte er die Augen kaum geschlossen gehabt. Eine Stunde später war die Reisegesellschaft bereits auf dem Wege nach Bu Saada.

Einige Meilen weit war die Straße gut, und sie machten schnelle Fortschritte, aber bald war das Land, das sie durchzogen, nur noch eine Wüste, in der die Pferde bei jedem Schritt bis an die Fesseln einsanken. Außer Tarzan, Abdul, dem Scheik und seiner Tochter bestand die Reisegesellschaft aus vier wilden Wüstensöhnen desselben Stamms, die ihren Scheik nach Sidi Aissa begleitet hatten. Es waren also sieben bewaffnete Männer, und deshalb fürchteten sie einen etwaigen Angriff wenig. Wenn alles gut ging, konnten sie vor Einbruch der Nacht Bu Saada erreichen.

Ein scharfer Wind blies den Sand der Wüste auf, und Tarzans Lippen wurden davon so ausgetrocknet, daß sie Risse bekamen. Das Wenige, was er von der Umgebung sehen konnte, war nicht sonderlich verlockend: es war eine rauhe Gegend, in der sich wellenförmige Hügel erhoben. Nur hie und da war ein magerer Strauch zu sehen. Weit im Süden konnte man undeutlich die Linie des Sahara-Atlas erkennen. Wie anders ist es doch in dem reizenden Teil Afrikas, in dem ich aufgewachsen bin, dachte Tarzan.

Abdul paßte scharf auf und schaute oft rückwärts. Auf der Kuppe jedes Hügels wandte er sich um und durchsuchte die Gegend.

Endlich rief er: Schauen Sie! Da sind sechs Reiter hinter uns.

Das sind wohl Ihre Feinde von gestern abend, sagte Kadur ben Saden trocken zu Tarzan.

Kein Zweifel, antwortete der Affenmensch. Es tut mir leid, daß Sie jetzt auf Ihrer Reise noch belästigt werden sollen. Aber im nächsten Dorf will ich zurückbleiben und die Herren fragen, was sie eigentlich wollen. Sie können inzwischen weiter reiten, denn ich brauche nicht vor Einbruch der Nacht in Bu Saada zu sein.

Wenn Sie warten, so warten wir auch, sagte der Scheik. Wir bleiben bei Ihnen, bis Sie bei Ihren Freunden eingekehrt sind oder der Feind Ihre Verfolgung aufgegeben hat. Da gibt es keine Widerrede.

Tarzan nickte bloß mit dem Kopf. Er war ein Mann, der kein Wort verschwendete, und vielleicht war es dies, was Kadur ben Saden zu ihm hingezogen hatte, denn nichts hassen die Araber mehr als einen geschwätzigen Menschen.

Den ganzen Tag über schaute Abdul oft zurück nach den Reitern im Hintergrund der Landschaft. Sie hielten sich immer in derselben Entfernung. Auch bei den Ruhepausen und bei der längeren Rast am Mittag kamen sie nicht näher.

Sie warten, bis es dunkel wird, sagte Kadur ben Saden.

Und die Dunkelheit kam, bevor sie Bu Saada erreichten. Als Abdul noch ein letztes Mal nach den weißgekleideten Gestalten, die ihnen folgten, Umschau hielt, bemerkte er, daß sie jetzt offenbar schneller herankamen.

Er flüsterte dies Tarzan zu, denn er wollte das Mädchen nicht erschrecken. Der Affenmensch blieb nun etwas mit ihm zurück.

Reiten Sie voraus mit den andern, Abdul, sagte er. Ich habe die Sache mit den Kerlen zu regeln. An der nächsten passenden Stelle warte ich und will sehen, was man von mir will.

Abdul wartet an Ihrer Seite, antwortete der junge Araber, kein Befehl und keine Drohung vermochte ihn davon abzubringen.

Gut, sagte Tarzan. Hier ist ein günstiger Platz. Da sind Felsen auf der Spitze des Hügels. Wir wollen hier warten und uns den Herren vorstellen.

Sie hielten ihre Pferde an und stiegen ab. Die andern, die voraus ritten, waren in der Dunkelheit schon außer Sicht gekommen. Vor ihnen blitzten bereits die Lichter von Bu Saada auf. Tarzan nahm sein Gewehr zur Hand und den Revolver aus seiner Tasche. Er wies Abdul an, mit den Pferden hinter den Felsen zu warten, damit sie vor den feindlichen Kugeln geschützt waren. Der Araber band die beiden Tiere an einen Strauch an, dann schlich er sich bis auf wenige Schritte an Tarzan heran.

Der Affenmensch stand gerade mitten auf dem Weg. Er brauchte nicht lange zu warten, man hörte in der finstern Nacht schon den Galopp der herannahenden Reiter. Einen Augenblick später bemerkte er die weißen Gestalten, die sich von dem dunklen Hintergrund abhoben.

Halt! rief er, oder wir feuern!

Die weißen Gestalten hielten plötzlich an, und einen Augenblick war alles still. Dann hörte man ein Geflüster. Offenbar beratschlagten die Männer unter sich, was sie tun sollten, und im Nu stoben die Reiter auseinander.

Wieder lag die Wüste still da, aber diese Ruhe bedeutete nichts Gutes.

Abdul, der auf dem Bauch gelegen hatte, richtete sich mit einem Knie auf. Tarzan spitzte seine Ohren, die an die Dschungelgeräusche gewöhnt waren. Jetzt hörte er gedämpftes Pferdegetrappel, das sich ihm von allen Seiten näherte. Man hatte ihn umzingelt! Aus der Richtung, in die er eben ausgeschaut hatte, kam ein Schuß und die Kugel sauste ihm am Kopf vorbei.

Tarzan schoß nach der Stelle, wo der feindliche Blitz aufgeleuchtet war. Und nun ging ein Gewehrfeuer los, das die Stille der Wüste schrill unterbrach. Tarzan und Abdul konnten ihre Feinde nicht sehen, deshalb feuerten sie immer nur dorthin, wo sie einen Schuß hatten aufleuchten sehen. Es war jetzt klar, daß sie immer mehr eingeschlossen wurden und daß die Feinde wußten, es nur mit wenigen Gegnern zu tun zu haben.

Einer aber kam zu nahe heran, und Tarzan bemerkte diesen sofort, denn er war gewohnt, in der Dunkelheit zu sehen. Ein Schuß, und der Feind sank mit einem Schrei aus dem Sattel.

Die andern werden ihm folgen! sagte Tarzan leise lachend.

Als aber die fünf übrig gebliebenen Reiter auf ein Zeichen von neuem zum Angriff vorgingen, schien es, als ob sie ebenso plötzlich den Kampf abbrechen wollten. Tarzan und Abdul aber ließen sich nicht täuschen, sondern sprangen hinter die schützenden Felsen. Man hörte das Klappern der Hufe und ein Salve von Schüssen von beiden Seiten. Die Araber zogen sich zurück, um das Manöver zu wiederholen, aber schon wieder war einer von ihnen gefallen, und so waren sie nur mehr vier gegen zwei.

Eine Weile war es wieder still. Tarzan wußte aber nicht, ob die Araber sich mit ihren Verlusten begnügen wollten und den Kampf aufgaben, oder ob sie vorauseilten, um ihnen auf dem weiten Wege nach Bu Saada aufzulauern. Aber er blieb nicht lange im Zweifel, denn auf einmal erfolgte ein neuer Angriff.

Kaum war jedoch der erste Schuß gefallen, als hinter den Arabern ein Dutzend Schüsse fielen. Zugleich hörte man von dort ein wildes Geschrei und das Getrampel einer Anzahl Pferde, die die Straße von Bu Saada heraneilten.

Die Araber hatten keine Lust, abzuwarten, was das für eine Verstärkung sei, die ihre Gegner dort bekamen. Mit einer letzten Salve, die sie gegen die Stellung Tarzans und Abduls richteten, verschwanden sie in der Dunkelheit und zwar in der Richtung auf Sidi Aissa zurück.

Einen Augenblick später tauchte Kadur ben Saden mit seiner Begleitung auf. Der alte Scheik war sehr erfreut, daß Tarzan und Abdul nichts geschehen und daß nicht einmal die Pferde verwundet worden waren.

Man suchte nach den beiden Feinden, die Tarzan heruntergeschossen hatte, und als man fand, daß sie tot waren, ließ man sie einfach liegen.

Weshalb haben Sie mir nichts davon gesagt, daß Sie den Kerlen hier auflauern wollten? fragte der Scheik ärgerlich. Wir hätten sie alle erschossen, wenn wir zu sieben gewesen wären.

Der Angriff galt nur mir, erwiderte Tarzan, und ich wünschte nicht, daß Sie hineingezogen würden. Und dann hätte ich doch auch Ihre Tochter nicht der Gefahr aussetzen mögen.

Kadur ben Saden zuckte mit den Schultern. Es paßte ihm nicht, daß er von dem Kampfe ausgeschlossen worden war.

Das Gefecht, das sich so nahe bei Bu Saada abgespielt hatte, war im Ort gehört worden. Eine Kompagnie Soldaten rückte aus und stieß bald auf Tarzan und seine Begleiter. Der Offizier fragte sie, was die Schüsse zu bedeuten gehabt hätten.

Es war eine Handvoll Räuber, antwortete Kadur ben Saden. Sie hatten zwei der Unserigen, die etwas zurückgeblieben waren, angegriffen, aber als wir zurückkamen, zerstreuten sich die Kerle. Sie ließen zwei Tote zurück. Von uns wurde keiner verletzt.

Der Offizier schien sich damit zufrieden zu geben, und nachdem er die Namen der Reisenden festgestellt hatte, führte er seine Leute nach dem Ort des Gefechtes, um die Leichen der beiden Gefallenen aufzuheben und womöglich ihre Persönlichkeiten festzustellen.

*

Der Scheik hatte Tarzan die Gastfreundschaft angeboten, aber dieser sagte, er müsse seiner Geschäfte halber in einem Gasthof wohnen. Er werde aber nicht verfehlen, ihm einen Besuch abzustatten.

Zwei Tage später ritt Kadur ben Saden mit seiner Tochter und seinen Begleitern nach Süden. Der Scheik hatte Tarzan gebeten, ihn zu begleiten und auch seine Tochter hatte sich dieser Bitte angeschlossen, aber Tarzan entschuldigte sich: er sei durch seine Pflicht zurückgehalten; er wollte aber später, wenn möglich, nachfolgen. Sie hatten sich mit dieser Versicherung begnügen müssen.

Tarzan hatte diese zwei Tage fast ganz bei Kadur ben Saden und seiner Tochter zugebracht. Er fand ein lebhaftes Interesse an dieser Rasse kühner, würdiger Krieger, und benützte gern die Gelegenheit, um das Leben und die Gebräuche dieser Leute kennen zu lernen. Schon fing er an, unter der freundlichen Anleitung des dunkeläugigen Mädchens einige Worte ihrer Sprache zu sprechen.

Mit wirklichem Bedauern sah er seine Freunde fortreiten, und entschloß sich, ebenfalls auszureiten. Seine Blicke folgten ihnen, solange er sie sehen konnte.

Diese Leute gehörten zu einem Volke, das ganz nach seinem Herzen war. Ihr wildes, rauhes Leben voll mühsamer Arbeit und voll Gefahren sagte seiner halbwilden Natur ganz anders zu, als die verweichlichte Kultur in den großen Städten, die er bisher besucht hatte. Das war ein Leben, das noch das in der Dschungel übertraf, denn hier hatte er auch die Gesellschaft von Menschen, wirklichen Menschen, die Achtung verdienten, und doch war man nahe bei der wilden Natur, die er so sehr liebte. So kam er auf den Gedanken, wenn er seinen Auftrag ausgeführt hätte, seine Stellung aufzugeben und für den Rest seines Lebens zu dem Stamme des Kadur ben Saden zurückzukehren.

Als die Freunde seinen Blicken entschwunden waren, kehrte er um und ritt langsam nach Bu Saada zurück.

Die Vorderseite des Gasthofs „Zur kleinen Sahara", in dem Tarzan wohnte, wird von der Gaststube, zwei Speisezimmern und der Küche eingenommen. Die Wirtsstube ist mit den beiden Speiseräumen verbunden, von denen der eine den Offizieren der Garnison vorbehalten ist.

Als Tarzan zurückkam, ging er in die Gaststube. Da es noch früh am Morgen war, waren die Gäste noch beim Frühstück. Als er zufällig in das Offizierzimmer hineinsah, bemerkte er dort den Leutnant Gernois. Dieser saß am Tisch, und eben kam ein weißgekleideter Araber zu ihm und flüsterte ihm einige Worte ins Ohr. Dann entfernten sich beide durch eine andere Tür.

Das wäre an und für sich nichts Auffälliges gewesen, aber während der Araber sich zu dem Leutnant herunterbeugte, fiel es Tarzan auf, daß er seinen linken Arm in einer Schlinge trug.

Numa „el adrea“

An demselben Tage, an dem Kadur ben Saden nach Süden ritt, brachte die Post aus dem Norden Tarzan einen Brief von d'Arnot, der ihm von Sidi bel Abbes nachgesandt worden war. Dieser Brief öffnete in seinem Herzen wieder eine alte Wunde, die er gern vergessen hätte, aber er war nicht traurig darüber, daß sein Freund ihm geschrieben, denn er hatte noch Interesse für alles, was dieser ihm mitteilte.

Der Brief lautete wie folgt:

> Mein lieber Jean!
>
> Seit ich Ihnen zuletzt geschrieben, war ich in einer geschäftlichen Angelegenheit nach London gereist. Ich blieb aber nur drei Tage dort. Schon am ersten Tage traf ich ganz unerwartet in der Henrietta-Straße einen alten Freund von Ihnen. Sie würden gewiß nicht erraten, wer es war. Kein anderer als Mr. Samuel T. Philander! Sie werden ungläubig dreinschauen und doch ist es wahr! Er bestand darauf, daß ich ihn ins Hotel begleitete, und dort fand ich die andern: Professor Archimedes Q. Porter, Miß Porter und das ungeheure schwarze Weib, Miß Porters Dienerin, Esmeralda, deren Sie sich gewiß erinnern.

Während ich bei ihnen war, kam auch Clayton herein. Sie werden nun bald heiraten, wahrscheinlich sogar sehr bald, ja ich vermute, daß wir in den nächsten Tagen die Trauungsanzeige erhalten. Mit Rücksicht auf den erst vor Monaten stattgefundenen Tod seines Vaters wird die Hochzeit im Stillen gefeiert, und es werden nur die nächsten Verwandten daran teilnehmen.

Als ich mit Mr. Philander allein war, wurde der alte Herr gesprächiger. Er sagte, Miß Porter habe die Hochzeit dreimal hinausgeschoben. Es habe ihm geschienen, als sehne sie sich überhaupt nicht darnach, Clayton zu heiraten; diesmal scheine es aber ernst zu werden.

Alle haben nach Ihnen gefragt, aber ich habe Ihrem Wunsche gemäß nichts von Ihrer Abstammung gesagt und nur über Ihre jetzigen Geschäfte gesprochen.

Miß Porter interessierte sich für alles, was ich von Ihnen erzählte, und fragte auch mancherlei über Sie. Ich glaube, es war nicht ganz ritterlich von mir, ihr Ihren Entschluß, eventuell in Ihre Dschungel zurückzukehren, in so lebhaften Farben auszumalen. Hernach tat es mir leid, denn ich sah, daß sie sehr erschreckt war über die Gefahren, in die Sie sich wieder begeben wollten. Und doch – ich weiß nicht, sagte sie, es gibt hier mehr unglückliche Zufälle, als die furchtbare Dschungel sie bietet. Tarzan will ein freies Leben führen. Und dort gibt es am Tage eine so herrliche Ruhe und Ausblicke von so auserlesener Schönheit. Sie werden es sonderbar finden, daß ich das sage, wo ich doch in dem Walde so Schreckliches erlebt habe, und doch sehne ich mich zuweilen nach dort zurück, denn ich habe dort die glücklichsten Augenblicke meines Lebens verbracht.

Es lag ein unsäglich trauriger Ausdruck auf ihrem Gesichte, als sie so sprach, denn sie wußte offenbar, daß ich ihr Geheimnis kannte, und dies sollte der Weg sein, auf dem sie Ihnen die letzte zärtliche Botschaft Ihres Herzens sandte, das die Erinnerung an Sie treu bewahrt, obschon jetzt ein anderer darüber verfügt.

Clayton war jedesmal, wenn von Ihnen die Rede ging, nervös

und ungehalten, doch sprach er sich in freundlichen Ausdrücken über Sie aus. Ich frage mich, ob er nicht die Wahrheit ahnt.

Tennington kam herein zu Clayton. Wie Sie wissen, sind die beiden sehr befreundet. Er steht im Begriffe, wieder eine jener endlosen Fahrten anzutreten, die er auf seiner Jacht zu unternehmen pflegt, und lud die ganze Gesellschaft ein, mit ihm zu fahren. Er versuchte, auch mich dafür zu kapern. Er will um ganz Afrika herumsegeln. Ich sagte ihm, er würde noch einmal mit seinem kostbaren Spielzeug mitsamt einigen seiner Freunde auf den Meeresgrund fahren, denn seine Jacht sei doch kein Ozeandampfer oder Kriegsschiff.

Ich bin vorgestern nach Paris zurückgekehrt, und traf gestern den Grafen und die Gräfin de Coude bei den Pferderennen. Sie fragten nach Ihnen. De Coude scheint wirklich sehr von Ihnen eingenommen zu sein. Er wird Ihnen nicht mehr das Geringste nachtragen. Olga ist so schön wie noch je, aber sie scheint ein wenig niedergeschlagen zu sein. Ich denke, der Vorfall mit Ihnen war ihr eine Lehre für den ganzen Rest ihres Lebens. Es war ein Glück für sie und für den Grafen, daß Sie in das Abenteuer verwickelt waren und nicht ein weniger gewissenhafter Mensch.

Sie bat mich, Ihnen mitzuteilen, daß Nikolaus Frankreich verlassen hat. Sie bezahlte ihm zwanzigtausend Franken, damit er fortgehen und nie wiederkommen sollte. Sie war froh, daß er fortging, bevor er versuchte, die kürzlich ausgesprochene Drohung, er werde Sie bei der ersten Gelegenheit umbringen, auszuführen. Sie sagte, sie könnte gar nicht daran denken, daß Sie Ihre Hand mit dem Blute ihres Bruders beflecken sollten; denn sie ist wirklich gut auf Sie zu sprechen und verheimlicht das auch gar nicht vor ihrem Manne. Sie schien keinen Augenblick daran zu zweifeln, daß ein Zusammenstoß zwischen Ihnen und Nikolaus einen blutigen Ausgang haben werde. Der Graf war auch dieser Meinung und sagte, es wäre ein ganzes Regiment Rokoffs erforderlich, um Sie zu töten. Er hat eine sehr heilsame Achtung vor Ihrer Tapferkeit.

Ich bin auf mein Schiff zurückbeordert worden. In zwei Tagen fährt es mit versiegeltem Befehl von Havre ab. Wenn Sie mir schreiben wollen, so wird der Brief mir wohl nachgesandt. Ich werde Ihnen schreiben, sobald sich wieder die Möglichkeit dazu bietet.

Ihr ergebener Freund *Paul d'Arnot*.

Ich fürchte, sagte Tarzan halblaut, Olga hat ihre zwanzigtausend Franken weggeworfen.

Mehrmals las er den Teil des Briefes, der über die Unterredung mit Jane Porter berichtete. Er war dabei traurig und doch glücklich.

Die folgenden drei Wochen verliefen ruhig und ohne Zwischenfall. Verschiedene Male sah Tarzan den geheimnisvollen Araber. Er hatte auch hin und wieder ein paar Worte mit dem Leutnant Gernois gewechselt, aber nichts über ihn erfahren können, was auf Spionage oder auf Feindseligkeit gegen ihn hätte deuten können.

Seit dem Zwischenfall im Speisesaal des Hotels zu Aumale hatte Gernois, der ja ohnehin nie herzlich war, sich von Tarzan ferngehalten, und bei den wenigen Gelegenheiten, wo sie notgedrungen mit einander in Berührung kamen, nahm er eine offensichtlich feindliche Haltung gegen ihn ein.

Da Tarzan sich als Jäger ausgegeben hatte, so ging er, um den Schein zu wahren, häufig in der Umgegend auf die Jagd. Ganze Tage wanderte er in dem Hügelgelände umher, aber jedesmal, wenn er nahe genug an eine der zierlichen Gazellen heran war, um schießen zu können, ließ er sie wieder entwischen. Er konnte kein Vergnügen daran finden, so harmlose und wehrlose Tiere zu erschießen.

In Wirklichkeit hatte er ja auch früher nie ein Tier zum Vergnügen getötet. Er hatte nur Freude am richtigen Kampfe und an einem wirklichen Sieg. In der kühnen Jagd auf Wildbret mußte er seine Gewandtheit und seine Kraft ebenfalls mit der Gewandtheit und der Kraft eines Tieres messen. Aber mit wohlgefülltem Magen aus der Stadt zu gehen, um eine sanftäugige hübsche Gazelle zu schießen, ach nein! Das schien ihm grausamer als die kaltblütige Ermordung eines Menschen. Davon wollte Tarzan nichts wissen, und deshalb ging er allein auf die Jagd, damit man nicht merken sollte, daß er kein Tier schießen wollte.

Einmal war er in Lebensgefahr und zwar wahrscheinlich, weil er allein ausgeritten war. Er war langsam durch eine kleine Schlucht geritten, als nahe bei ihm ein Schuß ertönte und eine Kugel durch seinen Korkhelm sauste. Er drehte sich sofort um und galoppierte auf die Spitze des Hügels, aber er konnte keinen Feind entdecken, und auch auf dem Rückweg nach Bu Saada konnte er nirgends ein menschliches Wesen ausfindig machen.

Ja, sagte er zu sich selbst, Olga hat ihre zwanzigtausend Franken umsonst ausgegeben.

An jenem Abend war er von dem Hauptmann Gerard zu einem kleinen Essen eingeladen.

Sie haben wohl nicht viel Glück auf der Jagd gehabt? fragte der Offizier.

Nein, erwiderte Tarzan, das kleine Wild hier herum ist recht scheu; es liegt mir auch nicht viel daran, Kleinwild zu schießen. Ich habe die Absicht, weiter nach Süden zu gehen, und es mit einigen Ihrer algerischen Löwen zu versuchen.

Gut, sagte der Hauptmann. Morgen werden wir nach Djelfa marschieren. Vielleicht schließen Sie sich der Truppe an. Leutnant Gernois und ich sind mit dreihundert Mann nach Süden beordert, um ein Gebiet abzusuchen, in dem Räuber Unruhen verursachen. Vielleicht haben wir das Vergnügen, zusammen auf die Löwenjagd zu gehen. Was meinen Sie dazu?

Tarzan war mit dem Vorschlag gern einverstanden und zögerte auch nicht mit seiner Zusage, aber der Hauptmann wäre verwundert gewesen, wenn er den wahren Grund von Tarzans Freude erfahren hätte. Gernois saß ihm gegenüber, und dieser schien über die Einladung des Hauptmanns nicht so erfreut zu sein.

Sie werden sehen, bemerkte der Hauptmann Gerard, daß die Löwenjagd aufregender und gefährlicher ist als die Gazellenjagd.

Auch diese hat ihre Gefahren, versetzte Tarzan, besonders wenn man allein ausgeht. Das habe ich heute erfahren. Ich habe auch gefunden, daß die Gazelle zwar das furchtsamste, aber noch lange nicht das feigste Tier ist.

Dabei begnügte er sich, einen flüchtigen Blick auf Gernois zu werfen, weil er weiter keinen Argwohn bei diesem erregen wollte. Er wollte ihm aber doch zu verstehen geben, daß ihm der Zusammenhang mit gewissen Ereignissen bekannt sei. Gernois wurde denn auch rot, aber Tarzan tat, als sehe er es nicht. Er hatte seine Absicht erreicht und nahm ein anderes Gespräch auf.

Am nächsten Morgen war die Kolonne marschfertig zum Ritt nach Süden. Merkwürdigerweise befand sich ein Dutzend Araber im Nachtrab.

Auf Tarzans Frage antwortete Gerard: Diese Leute gehören nicht zum Kommando. Sie schließen sich uns nur an.

Tarzan hatte seit seiner Ankunft in Algerien den Charakter der Araber genügend kennen gelernt, um zu wissen, daß das nicht der wirkliche Grund sein könne; denn der Araber hält durchaus nichts von der Gesellschaft mit Fremden und insbesondere mit französischen Soldaten. So wurde Tarzans Mißtrauen wach, er war entschlossen, ein wachsames Auge auf den kleinen Trupp zu haben, der in einer Entfernung von etwa einer Viertelmeile der Kolonne folgte. Sie kamen aber auch an den Raststellen nicht so nahe heran, daß Tarzan sie hätte näher beobachten können.

Er war längst überzeugt, daß es gedungene Mörder seien, und zweifelte auch nicht daran, daß Rokoff hinter der Verschwörung stand. Er war sich allerdings nicht klar darüber, ob der Russe sich für die erlittenen Demütigungen rächen wollte oder ob er mit Gernois in einer Spionagesache in Verbindung stand. Wenn dies letztere der Fall war – und das erschien ihm sehr wahrscheinlich, seitdem Gernois erkannt hatte, daß er ihn als verdächtig beobachtete – so hatte er mit zwei starken Feinden zu rechnen, die in der Wildnis Algeriens mancherlei Möglichkeiten hatten, ihn in aller Ruhe und ohne Verdacht zu erregen, zu beseitigen.

Nachdem die Kolonne zwei Tage in Djelfa gelagert hatte, ritt sie dem Südwesten zu, woher die Meldung über das Auftreten der Plünderer gekommen war, die die Stämme am Fuße der Berge heimsuchten.

Der kleine Arabertrupp, der seit Bu Saada gefolgt war, war plötzlich verschwunden und zwar in derselben Nacht, in der der Befehl zum Abmarsch von Djelfa für den nächsten Morgen erteilt wurde. Tarzan erkundigte sich scheinbar zufällig bei den Leuten, aber keiner konnte ihm sagen, wo der Trupp geblieben oder wohin er abgezogen sei. Die Geschichte war ihm verdächtig vorgekommen, zumal er eine halbe Stunde, bevor der Hauptmann Gerard die

Anweisung zum Abmarsch erteilte, Gernois in Unterredung mit einem der Araber gesehen hatte. Nur Gernois und Tarzan kannten die Richtung des einzuschlagenden neuen Marsches. Das einzige, was die Soldaten wußten, war, daß sie sich bereit halten müßten, früh am nächsten Morgen das Lager abzubrechen. Tarzan fragte sich, ob Gernois den Arabern nicht das Reiseziel verraten habe.

Spät am Nachmittag lagerte man in einer kleinen Oase, um die sich die Weideplätze eines Scheiks breiteten, dessen Herden gestohlen und dessen Hirten getötet worden waren. Die Araber kamen aus ihren Ziegenfell-Zelten herzu und umringten die Soldaten, sie mit Fragen bestürmend, denn die Soldaten waren ebenfalls Eingeborene. Tarzan, der inzwischen mit Hilfe Abduls einige Worte Arabisch gelernt hatte, fragte einen der jungen Männer aus, die den Scheik bei seiner Begrüßung des Hauptmanns Gerard begleitet hatten.

Nein, er hatte keinen Trupp von zwölf Reitern aus der Richtung von Djelfa kommen sehen. Es lägen noch andere Oasen in der Gegend zerstreut, vielleicht seien sie nach einer von diesen gezogen. Dann gäbe es auch Räuber in den Bergen ringsum; diese streiften oft in kleinen Trupps nördlich nach Bu Saada und sogar bis Aumale und Buira. Vielleicht habe es sich auch um einzelne Räuber gehandelt, die von einem Vergnügungsritt nach einer dieser Städte zu ihrer Bande zurückkehrten.

Früh am nächsten Morgen teilte der Hauptmann Gerard seine Kolonne in zwei Teile, indem er dem Leutnant Gernois das Kommando über den einen Teil übertrug, während er das über den andern behielt. Sie wollten die Berge jenseits der Ebene säubern.

Und mit welcher Abteilung will Herr Tarzan reiten? fragte der Hauptmann. Oder liegt dem Herrn vielleicht nichts daran, mit auf die Räuberjagd zu gehen?

O doch, sehr viel, antwortete Tarzan hastig. Er fragte sich, welche Entschuldigung er vorbringen könnte, um nicht Gernois begleiten zu müssen. Seine Verlegenheit dauerte aber nicht lange, denn Gernois selbst sagte:

Falls Herr Hauptmann für diesmal auf die Gesellschaft des Herrn Tarzan verzichten können, so würde ich es als eine Ehre betrachten, wenn Herr Tarzan sich mir anschlöße.

Dies klang so freundschaftlich, daß Tarzan nicht widersprechen durfte. So kam es, daß beide sich etwas gesucht beeilten, ihre Zufriedenheit über diese Vereinbarung zu beteuern.

Leutnant Gernois und Tarzan ritten also Seite an Seite an der Spitze der kleinen Abteilung Spahis. Gernois' Freundlichkeit dauerte nicht lange. Sobald sie so weit voran waren, daß Hauptmann Gerard und seine Leute sie nicht mehr sehen konnten, verfiel er wieder in seine frühere Schweigsamkeit. Das Gelände wurde immer unebener. Dann stieg es gegen die Berge an, in die man durch eine enge Schlucht einrückte, die gegen Süden geschlossen war. Am Rande eines Bächleins lies Gernois zum Mittagessen absitzen. Die Mannschaften bereiteten hier ihr einfaches Mahl.

Nach einer Stunde Rast rückten sie weiter in die Schlucht vor. Schließlich kamen sie in ein kleines Tal, in das verschiedene Felsschluchten mündeten. Hier hielten sie abermals, während Gernois minutenlang die sie einschließenden Höhen mit dem Auge absuchte.

Hier müssen wir uns zerstreuen, entschied er; jeder reitet einzeln durch eine dieser Schluchten.

Dann fing er an, die einzelnen Mannschaften zu verteilen und ihnen seine Befehle zu geben. Dann wandte er sich an Tarzan:

Sie werden so gut sein, bis zu unserer Rückkehr hier zu bleiben.

Tarzan erhob dagegen Einwendungen, aber der Offizier fertigte ihn kurz ab:

Die Abteilungen können in einen Kampf geraten und dabei dürfen Zivilisten, die nicht kämpfen, sie nicht behindern.

Aber, mein lieber Leutnant, erwiderte Tarzan, ich bin ja ganz gerne bereit, mich unter Ihren Befehl oder den eines Ihrer Sergeanten oder Korporale zu stellen und ebenso wie sie zu kämpfen. Zu dem Zweck bin ich ja mitgekommen.

Das glaube ich wohl, erwiderte Gernois im höhnischen Ton, aus dem der Ärger deutlich zu erkennen war. Aber Sie stehen unter meinem Befehl und dieser lautet, daß Sie hier zu warten haben, bis wir zurückkehren. Damit ist die Sache erledigt.

Mit diesen Worten wandte er sich um und setzte sich an die Spitze seiner Leute.

Einen Augenblick später war Tarzan mitten in der öden Bergwildnis allein.

Die Sonne schien heiß, und deshalb suchte er den Schatten eines nahen Baumes aus. Dort band er sein Pferd an und setzte sich rauchend auf den Boden. Er war ärgerlich über den Streich, den Gernois ihm gespielt hatte. Das ist seine Rache, dachte er, aber dann sagte er sich, der Mann wäre doch nicht so dumm, sich seine Feindschaft durch ein so kleinliches Verhalten zuzuziehen. Da mußte noch ein anderer Grund vorhanden sein. Er nahm deshalb sein Gewehr und sah nach, ob es auch gut geladen sei und überprüfte seinen Patronenvorrat. Auch seinen Revolver untersuchte er. Als er sicher war, daß seine beiden Waffen in Ordnung waren, nahm er die umliegenden Höhen und die Mündungen der verschiedenen Schluchten scharf ins Auge. Er war entschlossen, sich nicht überraschen zu lassen.

Schon sank die Sonne immer tiefer, und noch war keine Spur von den rückkehrenden Spahis zu sehen. Bald war das Tal in Schatten gehüllt. Tarzan war zu vorsichtig, als daß er sich wieder auf den Weg nach dem Lager aufgemacht hätte, bevor er den Abteilungen genügend Zeit gelassen, in das Tal zurückzukehren, wo sie sich auf jeden Fall wieder zusammenfinden sollten. Je dunkler es wurde, desto sicherer fühlte er sich vor einem Angriff, denn in der Dunkelheit fühlte er sich zu Hause. Er wußte, daß niemand sich auch noch so vorsichtig ihm nähern konnte, ohne daß sein feines Gehör es wahrnahm. Zudem sahen auch seine scharfen Augen gut in der Dunkelheit und sein oft bewährter Geruchssinn verriet ihm das Herannahen eines Feindes schon auf weite Strecken.

So war er ruhig in dem sicheren Gefühl, daß ihn keine große Gefahr überraschen könnte. Ja, er war so sicher, daß er sich, mit dem Rücken an den Baum gelehnt, dem Schlaf hingab.

Er mußte bereits einige Stunden geschlafen haben, denn als er plötzlich durch das Schnauben und Auskeilen seines Pferdes geweckt wurde, schien der Mond hell über das kleine Tal, und sofort erkannte er – nicht zehn Schritte vor sich –, was sein Pferd so erregt machte.

Numa el adrea, der dunkelmähnige Löwe, stand vor ihm, prachtvoll, majestätisch, seinen Schweif hin- und herwerfend und beide glühende Augen auf seine Brust gerichtet. Ein freudiges Zucken ging durch Tarzans Glieder. Es war ihm, als ob er nach jahrelanger Trennung einen alten Freund wiedersähe. Einen Augenblick noch blieb er starr vor Staunen über diesen König der Wildnis stehen.

Aber jetzt duckte Numa sich, um zum Sprunge auszuholen. Schnell ergriff Tarzan das Gewehr. Noch nie in seinem Leben hatte er ein großes Tier geschossen. Immer hatte er nur seinen Speer, seine vergifteten Pfeile, seine Schlinge, sein Messer oder seine bloßen Hände dazu gebraucht. Instinktiv wünschte er seine Pfeile und sein Messer wieder zur Hand zu haben – er wäre damit seiner Sache sicherer gewesen.

Jetzt duckte sich Numa ganz flach auf den Boden, so daß Tarzan nur mehr das mächtige Haupt sah. Er hätte lieber etwas von der Seite gefeuert, denn er wußte, wie furchtbar ein Löwe seinem Gegner sein kann, wenn er zwei Minuten oder auch nur eine Minute, nachdem er getroffen worden ist, noch lebt. Das Pferd stand zitternd hinter Tarzan. Der Affenmensch tat vorsichtig einen Schritt nach der Seite –

Numa folgte ihm mit den Augen. Tarzan machte noch einen Schritt und dann noch einen. Numa bewegte sich nicht. Jetzt konnte Tarzan zwischen Auge und Ohr zielen.

Sein Finger drückte den Hahn ab, und im gleichen Augenblick schnellte der Löwe auf, und das Pferd machte einen letzten verzweifelten Versuch, zu fliehen; es riß seine Fessel los und stürmte durch die Schlucht in vollem Galopp in die Wüste hinein.

Ein gewöhnlicher Mensch wäre den furchtbaren Pranken Numas bei solch kurzer Entfernung nicht entgangen, aber Tarzan war kein gewöhnlicher Mensch. Seit seiner frühesten Jugend waren seine Muskeln an die größte Schnelligkeit gewöhnt. So behend auch el adrea war, Tarzan war noch flinker, und so prallte das gewaltige Tier gegen einen Baum, während es geglaubt hatte, seine Zähne in das Fleisch eines Menschen einschlagen zu können. Inzwischen feuerte Tarzan ihm eine zweite Kugel in den Leib, und der Löwe sank jetzt kratzend und brüllend neben ihm nieder.

Noch zweimal feuerte Tarzan auf ihn, dann lag el adrea still und seine furchtbare Stimme war verstummt. Jetzt war es nicht mehr Herr Jean Tarzan, der dastand, sondern der Affen-Tarzan, der ein Wild erlegt hatte. Seinen Fuß stellte er auf die Beute, und indem er hinauf zum silbernen Vollmond schaute, erhob er seine mächtige Stimme zu dem gewaltigen, furchtbaren Kampfruf seiner Affensippe. Ein mächtiges Tier war hier getötet. Und die wilden Tiere in den Bergen stockten und zitterten beim Klange dieser neuen, schrecklichen Stimme. Unten in der Wüste strömten die Söhne der Wildnis aus ihren Zelten hervor und schauten hinauf zu den Bergen. Sorgenvoll fragten sie sich, welche neue Plage in der Wildnis aufgetaucht sei, um ihre Herden zu vernichten.

Eine halbe Meile von dem Tale, in dem Tarzan stand, war eine Anzahl weiß gekleideter, mit Gewehren ausgerüsteter Gestalten halten geblieben, als sie in der Ferne jenes Brüllen vernahmen. Sie schauten sich mit fragenden Augen an, aber als sie nichts mehr hörten, unterbrachen sie ihr Schweigen und ritten weiter dem Tal entgegen.

Tarzan war jetzt überzeugt, daß Gernois nicht die Absicht hatte, zurückzukehren, aber er konnte nicht recht verstehen, weshalb der Offizier ihn allein gelassen hatte. Jetzt stand es ihm natürlich frei, in das Lager zurückzukehren. Nachdem sein Pferd durchgebrannt war, wäre es Wahnsinn von ihm gewesen, länger in den Bergen zu bleiben. So machte er sich denn zu Fuß nach der Wüste auf.

Er war eben am Ende der Schlucht angelangt, als die ersten der weißen Gestalten auf der anderen Seite des Tales auftauchten. Einen Augenblick überflogen ihre Augen den Einschnitt, als sie aber kein lebendes Wesen entdeckten, wagten sie sich hinein. Beim Baum fanden sie den toten Löwen. Voll Bewunderung betrachteten sie ihn. Dann zogen sie weiter durch die Schlucht, die Tarzan eben erst verlassen hatte. Sie bewegten sich vorsichtig und schweigend, wie Menschen, die einen Überfall planen.

Durch das Tal des Schattens

Als Tarzan im strahlenden Glanz des afrikanischen Mondscheins durch die wilde Schlucht wanderte, wurde seine Erinnerung an die Dschungel, in der er früher gelebt hatte, lebhafter denn je. Nicht als ob die Landschaft eine Ähnlichkeit damit gehabt hätte, sondern weil sich die Einsamkeit um ihn breitete. Er fühlte sich wieder als ein freier Mensch, ebenso wie in der Dschungel war er sich der ihn umgebenden Gefahren bewußt. Mit all seinen Sinnen mußte er auf die Feinde aufpassen, die ihn bedrohten.

Die nächtlichen Töne aus den Bergen waren neu für ihn, aber sie berührten sein Ohr wie die sanfte Stimme einer halbvergessenen Liebe. Die Stimmen der wilden Tiere waren ihm vertraut. War es Sheeta, der Leopard, den er jetzt aus der Ferne hörte? Nein, es war offenbar ein Panther.

Doch da drang wieder ein neuer Ton an sein Ohr. Nur mit seinem außerordentlich scharfen Gehör konnte er ihn wahrnehmen. Anfänglich ließ sich nicht unterscheiden, was es sein könnte, aber schließlich sagte er sich, das sei nichts anderes als der Tritt von nackten Füßen einiger Menschen. Anscheinend verfolgte man ihn, denn die Tritte kamen von hinten und näherten sich ständig.

Jetzt leuchtete es ihm ein, weshalb Gernois ihn in dem kleinen Tal zurückgelassen hatte. Wahrscheinlich war nur irgendeine Störung oder Verzögerung eingetreten, so daß die Männer zu spät gekommen waren. Die Tritte wurden immer deutlicher. Tarzan blieb stehen und spähte nach seinen Verfolgern aus, das Gewehr im Griff. Endlich konnte er flüchtig einen weißen Burnus erkennen. Er rief dem Schatten laut zu, was man von ihm wollte. Als Antwort erfolgte ein Gewehrschuß, und dieser traf so unglücklich, daß Tarzan getroffen zu Boden stürzte.

Die Araber trauten sich aber nicht sofort heran. Sie warteten vielmehr, ob sich ihr Opfer nicht wieder aufrichten werde. Dann traten sie plötzlich aus ihrem Versteck und fielen über ihn her. Sie sahen gleich, daß er noch nicht tot war. Einer der Angreifer hielt ihm seinen Gewehrlauf an den Kopf, um ihm den Gnadenschuß zu geben, aber ein anderer stieß ihn auf die Seite: Wenn wir ihn lebend bringen, erhalten wir eine größere Belohnung, meinte er.

So banden die Männer ihm Hände und Füße zusammen, hoben ihn auf und legten ihn auf die Schultern von vier ihrer Leute. Dann ging es wieder der Wüste zu. Als sie aus den Bergen kamen, wandten sie sich gen Süden, und bei Tagesgrauen kamen sie an die Stelle, wo ihre Pferde unter der Obhut zweier Wächter warteten.

Von da an ging es rascher vorwärts. Tarzan, der bald das Bewußtsein wieder erlangt hatte, wurde auf einen mageren Klepper gebunden, den man offenbar zu diesem Zwecke mitgebracht hatte. Seine Wunde war nicht bedeutend, denn die Kugel hatte nur einen Streifschuß an der Schläfe verursacht. Die Wunde blutete auch nicht mehr. Er hatte noch kein Wort gesprochen, und auch die Araber hüllten sich in Schweigen.

Sechs Stunden lang ritten sie im Eilmarsch durch die glühende Wüste, die an ihrem Wege liegenden Oasen wurden dabei vorsichtig umritten. Gegen Mittag kamen sie zu einem Lager von etwa zwanzig Zelten. Hier machten sie Halt. Einer der Araber löste die festen Alfagrasstricke, mit denen Tarzan am Pferd festgebunden war, und schon umringte den Gefangenen ein Gewühl von Männern, Frauen und Kindern. Manche von ihnen, namentlich Weiber, schienen eine besondere Freude daran zu finden, den Gefangenen zu beschimpfen, ihn zu schlagen und mit Steinen zu bewerfen, bis ein alter Scheik erschien und sie fortjagte.

Ali ben Achmed, rief er, berichtet mir, daß dieser Mann allein in die Berge ging und el adrea erschlug. Was für Geschäfte den Fremden hierher getrieben haben, der unsere Leute hinter ihm hersandte, weiß ich nicht, und was er mit diesem Mann anfangen wird, geht mich nichts an, aber der Gefangene ist ein tapferer Mann, und solange er in unserer Hand ist, soll er mit der Achtung behandelt werden, die einem Manne zukommt, der allein in der Nacht den „König mit dem großen Kopf" erlegt hat.

Tarzan hatte bereits früher erfahren, in welch großem Ansehen ein Mann, der einen Löwen getötet hat, bei den Arabern steht, und er war froh darüber, daß ihm dieser Umstand von den kleinlichen Quälereien befreite.

Bald darauf wurde er in ein Zelt an der oberen Seite des Lagers geschafft. Er erhielt etwas zu essen, und wurde, nachdem man ihn wieder festgebunden hatte, allein im Zelt gelassen. Ein Teppich war sein Lager.

Vor der Türe seines notdürftigen Gefängnisses sah er einen Wächter kauern, aber als er die Stärke seiner Fesseln prüfte, sagte er sich, daß eine weitere Überwachung eigentlich nicht nötig war, denn nicht einmal seine riesenstarken Muskeln konnten diese stahlfesten Stricke zerreißen.

Eben vor Einbruch der Dunkelheit kamen einige Männer in sein Zelt. Alle waren wie Beduinen gekleidet. Einer von ihnen trat an Tarzan heran, und als er das Tuch, das den untern Teil seines Gesichts verhüllte, fallen ließ, erblickte der Affenmensch die bösartigen Züge Nikolaus Rokoffs. Ein gemeines Lächeln zuckte um die bärtigen Lippen des Verräters. Ah, Herr Tarzan, rief er, das ist in der Tat ein Vergnügen. Weshalb stehen Sie nicht auf, um Ihren Gast zu begrüßen?

Dann – mit einem scheußlichen Fluch: Steh auf, Hund!

Zugleich versetzte er ihm mit seinem schweren Stiefel einen Fußtritt in die Seite. Und hier ist noch einer, und noch einer, und noch einer! fuhr er fort. Jeder für eine Beleidigung, die Sie mir zugefügt haben.

Tarzan antwortete nicht. Nachdem er den Russen erkannt hatte, warf er keinen Blick mehr auf ihn. Schließlich griff der Scheik, der bis dahin stumm, aber ärgerlich dem feigen Angriff zugesehen hatte, ein.

Halt! befahl er. Töten Sie ihn, wenn Sie wollen, aber ich will nicht zusehen, wie ein tapferer Mann in meiner Gegenwart so unwürdig behandelt wird. Ich habe fast Lust, ihn freizulassen, um zu sehen, wie lange Sie ihn dann noch stoßen werden.

Diese Drohung bereitete Rokoffs Brutalität ein plötzliches Ende, denn er wünschte Tarzan nicht seiner Fesseln entledigt zu sehen, solange er sich in der Reichweite dieser mächtigen Fäuste befand.

Gut, erwiderte er dem Araber; dann werde ich ihn jetzt töten. Aber nicht innerhalb der Grenzen meines Duars, versetzte der Scheik. Wenn er von hier fortgeht, so soll er lebend fortgehen. Was Sie mit ihm in der Wüste machen, geht mich nichts an, aber ich will nicht, daß das Blut eines Franken wegen des Streites, den er mit einem andern hat, an den Händen meines Stammes klebt. Da würde man Soldaten nach hier schicken und manchen Krieger meines Stammes töten, auch unsere Zelte verbrennen und unsere Herden auseinanderjagen.

Wie Sie wollen, knurrte Rokoff. Ich nehme ihn mit in die Wüste außerhalb Ihres Duars und erschlage ihn dort.

Sie nehmen ihn einen ganzen Tagesritt von meiner Gegend mit fort, sagte der Scheik in entschiedenem Tone, und einige meiner Leute werden Ihnen folgen und aufpassen, daß Sie meinen Befehl befolgen, sonst wird es zwei tote Franken in der Wüste geben.

Rokoff zuckte zusammen. Dann muß ich bis morgen warten, sagte er, denn es ist bereits dunkel.

Wie Sie wollen, erklärte der Scheik. Aber eine Stunde nach Sonnenaufgang müssen Sie mein Zeltdorf verlassen haben. Ich habe keine besondere Vorliebe für Ungläubige und erst recht nicht für Feiglinge.

Rokoff hätte gern Einwendungen erhoben, aber er bezwang sich, denn er sagte sich, bei dem geringsten Vorwand würde der Alte ihm in den Weg treten.

Beide verließen das Zelt, aber beim Heraustreten konnte Rokoff der Versuchung nicht widerstehen, Tarzan noch einmal zu verhöhnen.

Schlafen Sie wohl, mein Herr, sagte er, und vergessen Sie nicht zu beten, denn morgen, wenn Sie sterben, werden Sie vor lauter Fluchen nicht dazu kommen.

Seit Mittag hatte Tarzan weder Essen noch Wasser erhalten, und so litt er großen Durst. Er fragte sich, ob es sich verlohne, seinen Wärter um Wasser zu bitten; aber er verzichtete lieber darauf, da er schon zwei oder drei Fragen an ihn gerichtet hatte, ohne eine Antwort zu erhalten.

Fern im Gebirge hörte er einen Löwen brüllen. Wie viel sicherer ist man doch bei den wilden Tieren, als bei den Menschen! sagte er zu sich. Während seines ganzen Dschungel-Lebens war er nicht derartig verfolgt worden, wie in der vergangenen kurzen Zeit, die er bei zivilisierten Menschen zugebracht hatte. Noch nie war er dem Tode so nahe gewesen. Wieder brüllte der Löwe. Er schien etwas näher zu sein. Tarzan fühlte den alten, wilden Drang, mit dem Kampfruf seiner Art zu antworten, in sich. Seiner Art? Ja, denn er hatte beinahe vergessen, daß er ein Mensch und nicht ein Affe war. Er zerrte an seinen Fesseln. Ach, könnte er sie doch nur bis an seine starken Zähne bringen! Eine ohnmächtige Wut überkam ihn, daß er sich nicht freimachen konnte.

Jetzt brüllte Numa fast ununterbrochen. Er kam offenbar herunter in die Wüste, um auf Raub auszugehen. Er brüllte vor Hunger. Tarzan aber beneidete ihn, denn der Löwe war wenigstens frei. Keiner wagte es, ihn mit Stricken zu binden oder wie ein Schaf abzuschlachten. Das war es, was den Affenmenschen so ärgerte. Er fürchtete sich nicht vor dem Tode, ihn quälte nur das Bewußtsein, daß er vor dem Tode so gedemütigt wurde und keine Möglichkeit haben sollte, für sein Leben zu kämpfen.

Es muß nahe an Mitternacht sein, dachte Tarzan. Er hatte nur wenige Stunden mehr zu leben. Vielleicht bot sich auf dem weiten Ritt eine Gelegenheit, an Rokoff heranzukommen. Und wer weiß, ob es ihm nicht doch gelingen würde, sich von seinen Fesseln zu befreien?

Jetzt hörte er den König der Wüste schon aus nächster Nähe. Wahrscheinlich suchte er sich unter den Tieren des Duars seine Beute.

Lange Zeit blieb es stumm. Dann aber vernahm Tarzans scharfes Ohr das leise Geräusch eines schleichenden Körpers. Es kam vom hinteren Zelt, das den Bergen am nächsten stand. Es kam näher und näher. Er horchte gespannt auf, ob es vorüberginge. Eine Weile war es draußen ruhig. Es war eine fürchterliche Stille, und Tarzan wunderte sich, daß er nicht den Atem des Tieres hörte, das sich offenbar schon bis an die hintere Wand seines Zeltes herangeschlichen hatte.

Da! Jetzt bewegte es sich wieder ... es schleicht näher heran ... Tarzan wendet den Kopf nach der Seite, woher das Geräusch kommt. Es ist ganz dunkel im Zelt. Langsam hebt sich die hintere Zeltwand. Da kriecht etwas herein ... ein Körper ... Kopf und Schultern zwingen sich herein, aber in der Dunkelheit läßt sich nicht erkennen, was es ist. Draußen wird es etwas heller, denn über der dunklen Wüste blitzen Sterne am Himmel.

Ein grimmiges Lächeln schwebt um Tarzans Lippen. Wenn der Löwe ihn zerreißt, so wird Rokoff um seine Freude betrogen. Wie wird dieser sich ärgern! Und der Tod zwischen den Zähnen des Löwen wird Tarzan lieber sein als von der Hand des Russen.

Jetzt fällt das Tuch des Zeltes wieder herunter und alles ist so dunkel wie zuvor. Er hört etwas in seiner Nähe kriechen ... jetzt ist es neben ihm ...

Er schließt die Augen und erwartet den Schlag der mächtigen Pranken.

Da spürt er an seinem abgewandten Gesicht eine zarte Hand, die in der Dunkelheit tastend sucht, und dann hört er eine weiche Mädchenstimme seinen Namen kaum hörbar flüstern: Tarzan!

Ja, ich bin es, antwortet er ebenfalls im Flüsterton. Aber um Himmelswillen, wer sind Sie?

Die Uled-Nail aus Sidi Aissa, lautete die Antwort.

Während sie sprach, spürte Tarzan, daß sie sich an seinen Fesseln zu schaffen machte. Er fühlte den kalten Stahl eines Messers seine Haut berühren.

Einen Augenblick später war er frei.

Kommen Sie! flüsterte sie.

Auf Händen und Knien kriechend folgte er ihr auf demselben Wege, auf dem sie sich hereingeschlichen hatte.

Dann krochen sie weiter dem Boden entlang, bis sie verdeckende Sträuche erreichten.

Hier hielt sie einen Augenblick an, bis er an ihrer Seite stand.

Ernst betrachtete er sie, bevor er sprach.

Ich kann nicht verstehen, sagte er dann, wie Sie hierher kamen. Wie konnten Sie wissen, daß ich in diesem Zelt gefangen gehalten wurde? Und wie kam es, daß Sie mich gerettet haben?

Sie lächelte. Ich habe diese Nacht einen weiten Weg zurückgelegt, und wir haben noch einen weiten Weg vor uns, bis wir außer Gefahr sind. Kommen Sie nur! Ich werde Ihnen unterwegs alles erzählen.

Nun machten sie sich auf den Weg durch die Wüste den Bergen entgegen.

Ich war nicht sicher, ob ich Sie überhaupt erreichen würde, sagte sie. El adrea ist diese Nacht draußen, und als ich die Pferde verlassen hatte, fürchtete ich, er bekäme Wind von mir und würde mir folgen. Ich war sehr ängstlich.

Sie sind ein tapferes Mädchen, sagte er. Und Sie haben sich all diesen Gefahren für einen Fremden, einen Ungläubigen, ausgesetzt.

Sie reckte sich kühn in die Höhe.

Ich bin die Tochter des Scheiks Kadur ben Gaden, antwortete sie. Ich wäre keine würdige Tochter von ihm, wenn ich nicht mein Leben dranwagte, um das eines Mannes zu retten, der mich gerettet hat, obschon er mich nur für eine gewöhnliche Uled-Nail ansehen konnte.

Und doch, sagte er, Sie sind ein wackeres Mädchen. Aber wie konnten Sie wissen, daß ich hier gefangen wurde?

Und nun erzählte sie ihm:

Achmed din Taleb, mein Vetter von Vaterseite, hatte Freunde besucht, die zu dem Stamm gehören, der Sie gefangen genommen hatte. Er war im Duar, als Sie eingeliefert wurden. Nach Hause gekommen, erzählte er uns von dem starken Franken, den Ali ben Achmed für einen andern Franken gefangen genommen hatte und den dieser töten wollte. Aus der Beschreibung erriet ich, daß Sie es sein müßten. Mein Vater war fort. Ich suchte mehrere Männer zu überreden, Sie zu retten, aber sie lehnten es ab, indem sie sagten: Laß die Ungläubigen sich gegenseitig töten, wenn ihnen es gefällt. Das geht uns nichts an, und wenn wir hingehen und Ali ben Achmeds Pläne durchkreuzen, so rufen wir lediglich einen Kampf mit unserem eigenen Volke hervor.

Als es dunkel geworden war, ging ich allein. Ich ritt zu Pferd und führte ein anderes für Sie mit. Sie sind nicht weit von hier angebunden. Morgen werden wir im Duar meines Vaters sein. Er wird jetzt wohl schon zu Hause sein. Wenn wir erst dort sind, mag man nur kommen und versuchen, den Freund Kadur ben Gadens zu entführen!

Einige Minuten gingen sie schweigend weiter. Dann sagte sie: Wir müssen den Pferden nahe sein. Es ist sonderbar, daß ich sie noch nicht sehe!

Einen Augenblick später blieb sie stehen, und stieß einen leisen Schrei der Überraschung aus:

Sie sind fort! Hier hatte ich sie angebunden!

Tarzan bückte sich, um den Boden zu untersuchen. Er fand, daß ein großer Strauch mit den Wurzeln ausgerissen worden war.

El adrea war hier, sagte er zu dem Mädchen. Es ist aber anzunehmen, daß die Pferde ihm entwischt sind. Wenn sie einen kleinen Vorsprung hatten, so konnten sie sich retten.

Nun blieb den beiden nichts anderes übrig, als zu Fuß weiter zu gehen. Ihr Weg führte jetzt durch das unübersichtliche Hügelgelände der Vorberge, aber das Mädchen kannte ihn so genau, daß sie nicht irre gehen konnten. Sie schritten tüchtig aus und unterhielten sich; zuweilen schauten sie zurück und horchten, ob keine Schritte ihnen folgten.

Bei strahlendem Mondschein war die Luft frisch und würzig. Hinter ihnen lag in unabsehbarer Weite die Wüste, nur hier und dort von einer Oase unterbrochen. Die Dattelpalmen der kleinen fruchtbaren Oase, die sie eben verlassen hatten, und deren Zelte hoben sich scharf vom gelben Sande ab, wie ein phantastisches Paradies, inmitten eines phantastischen Meeres. Vor ihnen ragten die düsteren, schweigenden Berge empor. Tarzans Blut floß lebhafter durch die Adern. Das war ein Leben! Er schaute auf das neben ihm schreitende Mädchen herab; er, der Sohn der Dschungel, ging mit einer Tochter der Wüste durch eine tote Welt. Er lächelte bei dem Gedanken. Er wünschte, sie hätte eine Schwester, die ihr ähnlich wäre. Welch prächtige Genossin wäre das für ihn gewesen!

Jetzt gelangten sie in die Berge. Sie kamen langsamer voran, denn der Weg war steil und steinigt.

Einige Minuten hatten sie geschwiegen. Das Mädchen fragte sich, ob sie ihres Vaters Duar erreichen würden, bevor die Verfolger sie einholen könnten. Tarzan hätte immer so weiter wandern mögen. Wenn das Mädchen doch ein Mann wäre! Er sehnte sich nach einem Freunde, der dasselbe wilde Leben liebte wie er.

Zwar hatte er Freunde gefunden, aber es war ein Mißgeschick, daß die meisten dieser Männer blendendes Leinen und ihre Klubs der Nacktheit und der Dschungel vorzogen. Er konnte das nicht recht verstehen, aber es war nun einmal so.

Die beiden waren eben um einen vorschießenden Felsen herumgegangen, als sie plötzlich stehen blieben. Unmittelbar vor ihnen stand auf dem Wege Numa el adrea, der düstere Löwe. Seine grünen Augen sahen wirklich böse drein, er fletschte die Zähne und schlug die Seiten ärgerlich mit dem Schweife. Dann brüllte er, es war der fürchterliche Donnergroll des hungrigen, zornigen Löwen.

Ihr Messer! raunte Tarzan dem Mädchen zu und streckte hastig die Hand darnach aus. Sie drückte ihm den Griff des Messers in die Hand. Dann stieß er sie von sich und rief ihr zu: Zurück in die Wüste, so schnell Sie nur können! Wenn Sie mich rufen hören, so ist alles gut, dann kommen Sie wieder.

Das ist nutzlos, sagte sie verzweifelnd. Wir sind verloren.

Tun Sie, wie ich Ihnen sage! befahl er. Schnell! Er kommt! Das Mädchen wich einige Schritte zurück und wartete auf das furchtbare Schauspiel, auf das sie sich gefaßt machte.

Der Löwe näherte sich Tarzan langsam, die Nase dicht am Boden, wie ein zum Kampf vorgehender Stier; der Schweif war jetzt gerade ausgestreckt.

Der Affenmensch stand halb gebückt da, sein langes arabisches Messer glänzte im Mondlicht. Hinter ihm die zu einer Statue erstarrte Gestalt des Mädchens. Sie war etwas nach vorn gebeugt, mit offenen Lippen und weitgeöffneten Augen. Sie konnte nur noch daran denken, welche Wunder der Tapferkeit der Mann mit dem bloßen Messer gegenüber dem König der Wüste verrichten würde. Ein Mann ihres Blutes wäre zum Gebet niedergekniet und hätte sich den furchtbaren Zähnen des Löwen ohne Widerstand ergeben. Aber in beiden Fällen mußte das Ergebnis das gleiche sein; es war nicht abwendbar. Sie konnte jedoch einen Schrei der Bewunderung nicht unterdrücken, als ihre Blicke auf der Heldengestalt vor ihr ruhten. Nicht ein Zucken war an der Riesengestalt zu bemerken, die die gleiche drohende Haltung einnahm wie el adrea selbst.

Der Löwe war jetzt ganz nahe an ihn heran, aber noch einige Schritte vorher duckte er sich, um zum Sprung auszuholen. Er betrachtete den Mann als eine ebenso leichte Beute wie die vielen Menschen, die er schon gefressen hatte. Für ihn war der Mensch ein plumpes, unbeholfenes, wehrloses Geschöpf, vor dem er wenig Achtung hatte.

Diesmal sollte er aber finden, daß er gegen ein Geschöpf zu kämpfen hatte, das ebenso behend und flink war wie er. Als er nämlich mit betäubendem Gebrüll auf ihn lossprang, war der Mann nicht mehr auf seiner Stelle.

Das beobachtende Mädchen war starr vor Erstaunen, mit welcher Leichtigkeit der sich bückende Mann den großen Tatzen auswich. Und jetzt – oh Allah! – hatte er sich von hinten auf el adreas Schulter gestürzt, ehe das Tier sich umdrehen konnte, und hatte es bei der Mähne gepackt. Der Löwe bäumte sich auf wie ein Pferd. Tarzan wußte, daß er dies tun würde, und war bereit. Sein gewaltiger Arm legte sich um den dunkelmähnigen Hals, und einmal, zweimal, zwölfmal drang die scharfe Klinge in die Seite hinter der linken Schulter.

Toll waren die Sprünge Numas, schrecklich war sein Brüllen der Wut und Pein, aber er konnte den Riesen von seinem Rücken nicht abschütteln und also auch nicht mit seinen Reißzahnen oder Pranken erreichen. Dazu war die Zeit zu kurz, die dem König mit dem großen Kopf noch zu leben übrig blieb. Er war tot, als Tarzan seinen Halt losließ und aufstand.

Dann erlebte die Tochter der Wüste etwas, was sie noch mehr erschreckte als es der Löwe selbst getan hatte. Der Mann setzte seinen Fuß auf den toten Körper seiner Beute und stieß, sein schönes Gesicht gegen den Vollmond erhebend, das schrecklichste Gebrüll aus, das je in ihr Ohr gedrungen war.

Mit einem Schrei des Entsetzens wich sie vor ihm zurück. Sie glaubte, er wäre in der furchtbaren Aufregung des Kampfes wahnsinnig geworden. Aber als der Widerhall dieses unmenschlichen Schlachtrufes in den Bergen verklungen war, senkte der Mann seine Augen, bis der Blick wieder das Mädchen traf.

Da verbreitete sich ein freundliches Lächeln über sein Gesicht, und das Mädchen schloß daraus, daß er doch noch bei Verstand war. Erleichtert atmete es auf und lächelte ihm zu.

Was für ein Mann sind Sie? stammelte es. Ihre Tat ist unerhört. Noch jetzt kann ich nicht glauben, daß ein einzelner Mann nur mit einem Messer el adrea überwunden hat, ohne selbst auch nur verletzt zu werden. Und dann dieser unmenschliche Schrei! Was hatte der zu bedeuten?

Tarzan errötete. Ich vergesse manchmal, sagte er, daß ich ein zivilisierter Mensch bin. Wenn ich töte, muß ich wohl ein anderer Mensch sein.

Er versuchte keine weitere Erklärung, denn es schien ihm immer, daß eine Frau ihn, der fast zum Tier geworden war, nur mit Widerwillen ansehen könnte.

Nun nahmen sie ihren Weg wieder auf. Die Sonne stand schon eine Stunde am Horizont, als sie aus den Bergen wieder in die Wüste hinaustraten.

Neben einem Bach fanden sie die Pferde des Mädchens beim Grasen. Soweit waren sie auf ihrem Heimweg gekommen. Nun, da sie dem Löwen entronnen waren, standen sie still und weideten gemächlich.

Tarzan und das Mädchen fingen sie mit leichter Mühe ein, bestiegen sie und ritten zum Duar des Scheiks Kadur ben Saden.

Es zeigte sich keine Spur von Verfolgern mehr. So kamen sie um neun Uhr wohlbehalten an ihrem Ziel an.

Der Scheik war eben erst zurückgekehrt. Er war über das Verschwinden seiner Tochter sehr traurig gewesen, da er glaubte, sie sei abermals von Räubern entführt worden. Mit fünfzig Mann war er schon zu Pferde gestiegen, um sie zu suchen, als die beiden eben in das Duar einritten.

Seine Freude über die Rückkehr seiner Tochter war ebenso groß wie seine Erkenntlichkeit gegen Tarzan, der sie ihm sicher zurückbrachte.

Kadur ben Saden suchte seinem Gast in jeder denkbaren Weise seine Achtung und Freundschaft zu zeigen. Als das Mädchen die Geschichte von dem Löwen erzählt hatte, wurde Tarzan von einer Menge bewundernder Araber umgeben, die ihm auf diese Art ihre Verehrung beweisen wollten.

Der alte Scheik drang in ihn, er möchte ganz bei ihm bleiben. Er wollte ihn als Mitglied seines Stammes aufnehmen, und Tarzan war eine Zeitlang halb entschlossen, den Vorschlag anzunehmen, um für immer bei diesem Naturvolk zu bleiben, das er verstand und das auch ihn zu verstehen schien. Auch seine Freundschaft und seine Neigung zu dem Mädchen drängte ihn, dort zu bleiben.

Wäre das Mädchen ein Mann gewesen, so hätte er nicht gezögert, denn es wäre ein Freund nach seinem Herzen gewesen, und er hätte nach Belieben mit ihm ausreiten und jagen können, aber da es ein Mädchen war, so würden sie sich durch die herkömmlichen Gebräuche, die bei den wilden Nomaden der Wüste noch strenger beobachtet werden, als bei ihren mehr zivilisierten Brüdern und Schwestern, sehr beengt fühlen. Und nach einiger Zeit würde das Mädchen ja doch einen jener dunklen Krieger heiraten, und dann wäre es mit ihrer Freundschaft zu Ende.

So entschloß er sich, den Vorschlag des Scheiks abzulehnen. Er blieb aber noch eine Woche bei ihm als sein Gast.

John Caldwell aus London

Als Tarzan Abschied nahm, ritten Kadur ben Saden und fünfzig weißgekleidete Krieger mit ihm nach Bu Saada. Während sie aufstiegen, kam das Mädchen, um Tarzan Lebewohl zu sagen.

Ich habe gebetet, daß Sie bei uns bleiben möchten, sagte sie einfach, als er sich aus dem Sattel herabbeugte, um ihr die Hand zu reichen, und nun will ich beten, daß Sie wiederkehren.

In ihren schönen Augen stand ein ernster Ausdruck, und es zuckte um ihre Mundwinkel. Auch Tarzan war bewegt.

Wer weiß? antwortete er, und dann wandte er sich und ritt im Galopp den abziehenden Arabern nach.

Vor Bu Saada trennte er sich von Kadur ben Saden und seinen Leuten, denn er hatte triftige Gründe, um möglichst heimlich in die Stadt zu gelangen. Er setzte dies dem Scheik auseinander und dieser war sofort mit seinem Entschluß einverstanden. Die Araber sollten vor ihm in Bu Saada einreiten und nichts davon verlauten lassen, daß Tarzan zu ihrer Gesellschaft gehörte. Später wollte er allein nachfolgen und in einer bestimmten Eingeborenen-Herberge einkehren.

Als er in der Dunkelheit einzog, wurde er von keinem Bekannten gesehen, und erreichte die Herberge unbemerkt. Nachdem er mit Kadur ben Saden zusammen gegessen hatte, ging er auf Umwegen zu seinem früheren Gasthofe. Durch eine Hintertüre eintretend, suchte er den Wirt auf, der sehr überrascht zu sein schien, ihn noch am Leben zu sehen.

Er sagte, es sei Post für ihn da; er wolle sie ihm sogleich bringen. Auf Tarzans Bitte versprach er, niemanden etwas von dessen Rückkehr zu sagen.

Gleich darauf kam er mit einigen Briefen zurück.

Einer enthielt den Befehl seines Vorgesetzten, sein bisheriges Tätigkeitsfeld zu verlassen und mit dem ersten erreichbaren Dampfer nach Kapstadt zu fahren.

Dort werde er bei einem Agenten, dessen Name und Adresse ihm angegeben wurden, die weiteren Anweisungen erhalten. Das war alles – kurz, aber klar.

Tarzan traf Vorbereitungen, Bu Saada früh am nächsten Morgen zu verlassen. Dann ging er zum Hauptmann Gerard, der, wie ihm der Wirt gesagt hatte, am vorhergehenden Tage mit seiner Abteilung von seiner Streife zurückgekehrt war.

Er fand den Offizier in seinem Quartier und wurde von ihm mit freudiger Überraschung begrüßt.

Der Hauptmann erzählte ihm:

Als Leutnant Gernois zurückkehrte und meldete, er habe Sie nicht an der Stelle gefunden, die Sie zum Bleiben gewählt hatten, während die Abteilung das Gebirge durchsuchte, war ich lebhaft beunruhigt. Wir suchten tagelang die Berge ab. Dann kam die Nachricht, Sie seien von einem Löwen überfallen und aufgefressen worden. Als Beweis dafür wurde uns Ihr Gewehr überbracht. Ihr Pferd ist am zweiten Tage nach Ihrem Verschwinden zum Lagerplatz zurückgekehrt. Wir konnten nun nicht mehr an Ihrem Tode zweifeln. Leutnant Gernois war vor Gram gebeugt. Er schrieb sich allein die Schuld zu. Er war es, der den Araber mit Ihrem Gewehr fand. Wie wird er sich freuen, wenn er hört, daß Sie wohlbehalten zurückgekehrt sind!

Zweifellos! sagte Tarzan mit einem grimmigen Lächeln.

Er ist jetzt in der Stadt, fuhr der Hauptmann fort. Sobald er zurückkehrt, werde ich es ihm sagen.

Tarzan ließ den Offizier bei der Meinung, er habe sich verirrt gehabt, und er sei schließlich in das Lager Kadur ben Sadens gelangt, der ihn bis nach Bu Saada begleitet habe.

Er verabschiedete sich sobald als möglich von dem braven Offizier und beeilte sich, in die Stadt zurückzukehren.

In der Eingeborenen-Schenke hatte er durch Kadur ben Saden eine interessante Nachricht erfahren. Es handelte sich um einen Weißen mit schwarzem Bart, der immer als Araber gekleidet umherging. Eine Zeitlang hatte er ein gebrochenes Armgelenk gepflegt. Kürzlich war er aus Bu Saada verschwunden, aber jetzt war er wieder dort, und Tarzan erfuhr, wo er sich verborgen hielt. Nun ging er dorthin.

Durch enge, dunkle und übelriechende Gäßchen ging sein Weg, schließlich eine wacklige Treppe hinauf, an deren Ende er auf eine geschlossene Tür mit einem winzigen Guckloch stieß. Tarzan schaute durch die Öffnung hinein. Der Raum war beleuchtet, und an einem Tische saßen Rokoff und Gernois. Letzterer war gerade am Sprechen.

Rokoff, Sie sind ein Teufel! sagte Gernois. Sie haben mich gehetzt, bis ich den letzten Funken meiner Ehre verloren habe. Sie haben mich zum Mörder gemacht, denn das Blut jenes Tarzan klebt an meinen Händen. Wenn nicht der andere teuflische Mensch, Pawlowitsch, mein Geheimnis kennen würde, so erwürgte ich Sie noch in dieser Nacht mit meinen bloßen Händen.

Rokoff lachte. Das werden Sie schön bleiben lassen, sagte er. Sobald meine Ermordung gemeldet würde, hätte der liebe Alexei nichts Schnelleres zu tun, als dem Kriegsminister den vollen Beweis für jene Angelegenheiten, die Sie so sorgfältig geheim halten, zu übermitteln und Sie wegen meiner Ermordung anzuzeigen. Seien Sie also vernünftig. Ich bin Ihr bester Freund. Habe ich Ihre Ehre nicht in Schutz genommen, als ob es meine eigene wäre?

Gernois konnte nur höhnisch lachen und stieß einen Fluch aus.

Bezahlen Sie mir nur noch eine kleine Summe, fuhr Rokoff fort, und geben Sie mir die Papiere, die ich wünsche, dann erhalten Sie mein Ehrenwort, daß ich nie mehr einen Centime und nie mehr eine weitere Auskunft von Ihnen verlange.

Und aus einem triftigen Grunde, brummte Gernois. Was Sie verlangen, ist mein letztes Geld und das letzte wichtige militärische Geheimnis, das ich noch besitze. Sie müßten mich eigentlich für das Geheimnis bezahlen, statt daß Sie dafür noch Geld verlangen.

Sie bezahlen noch dafür, daß ich Sie nicht verrate, erwiderte Rokoff. Aber wir müssen zu einem Abschluß kommen. Wollen Sie oder wollen Sie nicht? Ich gebe Ihnen drei Minuten Bedenkzeit. Wenn Sie nicht einwilligen, so sende ich Ihrem Kommandanten noch in dieser Nacht eine Botschaft, die mit Ihrer Absetzung endigen wird.

Einen Augenblick saß Gernois mit gesenktem Kopf da. Dann stand er auf. Er zog zwei Schriftstücke aus seinem Rock.

Hier, sagte er hoffnungslos. Ich hielt sie bereit, denn ich wußte im voraus, daß Sie mir keinen anderen Ausweg lassen würden.

Er reichte sie dem Russen.

Rokoffs grausames Gesicht leuchtete in hämischer Freude. Er ergriff die Schriftstücke.

Das ist schön von Ihnen, Gernois, sagte er. Jetzt werde ich Sie nicht mehr behelligen – es sei denn, daß Sie noch mehr Geld oder Auskünfte beschaffen könnten. Und dabei lachte er herzlos.

Sie erhalten nie wieder etwas von mir, Sie Hund! zischte Gernois. Das nächstemal werde ich Sie umbringen. Heute war ich nahe genug daran. Eine ganze Stunde habe ich mit diesen zwei Schriftstücken an meinem Tisch gesessen, ehe ich hierher kam. Daneben lag mein geladener Revolver. Ich wußte nicht, was ich tun sollte. Das nächstemal wird meine Wahl leichter sein, denn ich habe schon meinen Entschluß gefaßt. Heute abend hatten Sie noch Glück, aber versuchen Sie das Schicksal nicht wieder!

Damit stand Gernois auf, um fortzugehen. Tarzan hatte kaum Zeit, sich zurückzuziehen und sich neben der Tür dicht an die Mauer zu drücken. Die Tür wurde geöffnet und Gernois trat heraus. Rokoff dicht hinter ihm. Keiner sprach mehr ein Wort. Gernois war erst drei Stufen hinuntergestiegen, als er stehen blieb und sich halb umdrehte, wie um wieder hinaufzugehen.

In diesem Falle hätte er Tarzan unbedingt bemerken müssen. Rokoff stand noch auf der Türschwelle, nur einen Fußbreit von Tarzan entfernt, aber er schaute nach der andern Seite, dem Fortgehenden nach. Gernois schien seinen Entschluß wieder aufgegeben zu haben, denn jetzt ging er die Treppe hinunter.

Tarzan vernahm deutlich, wie Rokoff erleichtert aufatmete. Einen Augenblick später kehrte der Russe ins Zimmer zurück und schloß die Tür.

Sobald Gernois außer Hörweite war, stieß Tarzan die Tür auf und trat ins Zimmer.

Rokoff saß da und prüfte bereits die Schriftstücke, die Gernois ihm gegeben hatte. Noch ehe er sich in der Überraschung erheben konnte, stand jemand vor ihm, und als er aufschaute und sein Blick auf das Gesicht des Affenmenschen fiel, wurde er totenblaß.

Sie! keuchte er.

Jawohl, ich! sagte Tarzan.

Was wollen Sie? brachte Rokoff mühsam heraus, denn der Blick in Tarzans Augen hatte ihn so erschreckt, daß er kaum noch sprechen konnte. Kommen Sie, um mich zu töten? Wagen Sie es nur nicht, denn es wird Sie das Leben kosten.

Ich wage es schon, Rokoff, antwortete er, denn niemand weiß, daß Sie hier sind, und auch niemand, daß ich hier bin, und Pawlowitsch wird annehmen, daß Gernois es gewesen. Ich habe gehört, was Sie mit Gernois gesprochen haben. Aber das soll mich nicht beeinflussen. Mir macht es nichts aus, wenn jemand erfährt, daß ich Sie umgebracht habe. Das Vergnügen, Sie zu erwürgen, wird mich für jede Strafe entschädigen, die man mir auferlegen könnte. Sie sind der elendeste Halunke und Feigling, von dem ich je gehört habe! Sie haben den Tod verdient!

Dabei trat er näher an ihn heran.

Rokoff war derartig außer sich, daß er nahe am Zusammenbrechen war. Mit einem Schrei flüchtete er nach dem anstoßenden Zimmer, aber der Affenmensch war schnell hinter ihm her und erfaßte ihn, ehe er noch die Türe erreicht hatte. Es waren Finger von Stahl, die ihm an die Kehle griffen. Der große Feigling schrie wie am Spieße, bis Tarzan ihm einen Knebel gab.

Dann warf der Affenmensch ihn zu Boden und würgte ihn. Der Russe sträubte sich zwar, aber er war in der mächtigen Faust dieses Riesen wehrlos wie ein kleines Kind.

Tarzan hob ihn wieder auf und setzte ihn auf einen Stuhl. Er hatte seine Kehle losgelassen, und als Rokoff wieder zu Atem gekommen war, herrschte er ihn an:

Ich habe Ihnen einen Vorgeschmack der Todesqualen gegeben, aber diesmal will ich Sie noch nicht töten. Ich verschone Sie einzig und allein aus Rücksicht auf eine anständige Frau, die leider Ihre Schwester ist. Aber ich verschone Sie ihretwegen nur noch dieses eine Mal. Sollte ich je erfahren, daß Sie Ihre Schwester oder deren Mann noch einmal belästigt haben, oder sollte ich hören, daß Sie nach Frankreich oder irgend einer französischen Besitzung zurückgekehrt sind, so wird es meine einzige Sorge sein, Sie zu erreichen und Sie vollends zu vernichten.

Dann wandte er sich zu dem Tische, auf dem die zwei Schriftstücke noch lagen, und nahm sie an sich.

Das eine war ein Scheck, das andere eine Urkunde mit militärischen Geheimnissen. Er überflog sie nur, sah aber gleich, daß der Inhalt für einen Feind Frankreichs von großem Wert sein würde.

Rokoff war vor Schrecken zusammengefahren. Er hatte erst angefangen, das Schriftstück zu lesen, und noch keine Zeit gehabt, sich die wichtigsten Punkte daraus zu merken.

Das wird den Generalstab interessieren, sagte Tarzan, indem er die Papiere in die Tasche schob.

Rokoff knurrte, wagte es aber nicht, laut zu fluchen, bis Tarzan sich entfernt hatte.

*

Am nächsten Morgen ritt Tarzan nordwärts nach Buira und Algier. Leutnant Gernois stand auf der Veranda seines Hotels, als er vorbeiritt. Beim Anblick des Affenmenschen wurde er weiß wie Kreide. Tarzan hätte diese Begegnung gern vermieden, aber jetzt war es zu spät. Er grüßte den Offizier beim Vorbeireiten.

Gernois erwiderte den Gruß unwillkürlich und seine weit aufgerissenen Augen folgten dem Reiter voll Entsetzen. Es war, als ob ein Toter auf ein Gespenst schaute ...

Als Tarzan in Sidi Aissa ankam, traf er einen französischen Offizier, den er bei seinem vorigen Aufenthalt in dieser Stadt kennen gelernt hatte.

Sie haben Bu Saada wohl schon früh verlassen? fragte der Offizier. Dann haben Sie nichts von dem armen Gernois gehört?

Er war der letzte Mann, den ich beim Wegreiten sah, antwortete Tarzan. Was ist mit ihm?

Er ist tot! Heute morgen gegen 8 Uhr hat er sich erschossen.

Zwei Tage später erreichte Tarzan Algier. Dort erfuhr er, daß er in ein paar Tagen Gelegenheit hätte, nach Kapstadt abzudampfen. Die Mußezeit benutzte er, um einen ausführlichen Bericht über die bisherigen Erlebnisse seiner Sendung abzufassen. Die geheimen Schriftstücke, die er Rokoff abgenommen hatte, wagte er nicht aus der Hand zu geben; er wollte vielmehr warten, bis er ermächtigt würde, sie einem anderen Agenten zu übergeben, oder bis er selbst damit nach Paris zurückkehrte.

Als Tarzan an Bord ging, wurde er von zwei Männern vom oberen Deck beobachtet. Beide waren modern gekleidet und glatt rasiert. Der größere der beiden hatte rotes Haar, aber schwarze Augenbrauen. Später am Tage begegnete Tarzan ihnen zufällig auf dem Deck, aber der eine hatte eben die Aufmerksamkeit des andern auf irgendeine Erscheinung auf dem Meere gelenkt, und so waren ihre Gesichter von Tarzan abgekehrt, als er vorbeiging. Er achtete auch nicht weiter auf sie.

Den Anweisungen seines Vorgesetzten entsprechend hatte Tarzan sich unter dem angenommenen Namen John Caldwell aus London in die Schiffsliste eintragen lassen. Er zerbrach sich allerdings den Kopf darüber und er war neugierig, welche Rolle er in Kapstadt spielen sollte.

Auf alle Fälle, dachte er, danke ich dem Himmel, daß ich von Rokoff befreit bin. Er fing an, mir lästig zu werden. Ich frage mich, ob ich allmählich so zivilisiert werde, daß ich anfange, nervös zu werden. Ich hätte es wahrhaftig schon werden können. Der Kerl kämpft nicht mit ehrlichen Waffen. Man weiß nie, zu welchen Mitteln er seine Zuflucht nimmt. Es ist gerade, als ob er gegen mich die Mittel vereinigte, über die Numa, der Löwe, Tantor, der Elefant, und Histah, die Schlange, einzeln verfügen. Wenn ich noch länger dort geblieben wäre, so hätte ich nie gewußt, wo und von wem und wie ich nächstens wieder angegriffen würde. Die wilden Tiere sind ritterlicher als ein solcher Mensch, denn sie kennen so feige Kniffe nicht.

Bei der Abendmahlzeit erhielt Tarzan seinen Platz neben einer jungen Dame zur Linken des Kapitäns. Der Offizier stellte ihn der Dame vor.

Miß Strong! Wo hatte er diesen Namen früher schon einmal gehört? Er kam ihm sehr bekannt vor, doch konnte er sich nicht darauf besinnen. Da fand er des Rätsels Lösung, als die Mutter sich mit ihrer Tochter unterhielt und sie Hazel nannte.

Hazel Strong! Welche Erinnerungen weckte dieser Name in ihm! Es war ja ein an dieses Mädchen gerichteter Brief, den Jane Porter mit ihrer lieben Hand geschrieben und den er in der Hütte am Urwald für kurze Zeit an sich genommen und gelesen hatte. Wie lebhaft erinnerte er sich der Nacht, da sie diesen Brief am Schreibtisch seines längst verstorbenen Vaters geschrieben hatte, während er ihr draußen aus der Dunkelheit heimlich zuschaute. Wie entsetzt wäre sie gewesen, wenn sie damals gewußt hätte, daß das wilde Dschungeltier draußen vor ihrem

Fenster jede ihrer Bewegungen beobachtete! Und dies war Hazel Strong, Jane Porters beste Freundin!

Schiffe, die vorüberfahren

Der Leser erinnert sich gewiß der kleinen Eisenbahnstation im nördlichen Wisconsin, wo sich die Helden unserer Erzählung zusammenfanden. Das war ein paar Monate vor den zuletzt geschilderten Ereignissen. Wir müssen nunmehr auf jene Zeit zurückgreifen.

Infolge des Waldbrandes lag auf der ganzen Landschaft ein beißender Rauch, und deshalb sahen die sechs Personen, die auf der Station warteten, ungeduldig dem Zuge entgegen, der sie nach dem Süden führen sollte.

Professor Archimedes Q. Porter hielt wie gewöhnlich die Arme unter seinen langen Rockschößen verschränkt. Er ging unter den wachsamen Augen seines getreuen Sekretärs Samuel T. Philander auf dem Bahnsteig auf und ab.

Jane Porter, die Tochter des Professors, unterhielt sich in unbehaglicher Stimmung mit William Cecil Clayton und Tarzan. Wenige Minuten zuvor hatten Jane und Tarzan sich im kleinen Wartezimmer ihre Liebe gestanden und hatten eingesehen, daß es zu spät war.

Hinter Miß Porter schritt Esmeralda hin und her. Sie war glücklich, denn sie kehrte ja nach ihrem geliebten Maryland zurück. Schon funkelten die Lichter der nahenden Lokomotive auf. Die Männer fingen an, ihr Handgepäck zusammenzuraffen.

Plötzlich rief Clayton:

O weh, jetzt habe ich meinen Überzieher im Warteraum vergessen!

Er eilte fort, ihn zu holen.

Leben Sie wohl, Jane, sagte Tarzan, ihr die Hand reichend. Gott segne Sie!

Leben Sie wohl, sagte Jane in gedrückter Stimmung. Versuchen Sie mich zu vergessen, – doch nein, ich könnte den Gedanken nicht ertragen, daß Sie mich vergessen.

Fürchten Sie das nicht, Geliebte, antwortete er. Wollte der Himmel, daß ich vergessen könnte! Es würde mir dann viel leichter werden, durchs Leben zu gehen, als wenn ich immer daran denken muß, wie es hätte sein können. Sie werden dennoch glücklich werden; dessen bin ich sicher. Sie müssen glücklich werden! Sagen Sie den andern, ich hätte mich entschlossen, in meinem Wagen nach New York zurückzukehren. Ich fühle mich nicht imstande, Clayton Lebewohl zu sagen. Ich möchte seiner in Freundschaft gedenken, aber ich fürchte, daß ich noch zu viel von einem wilden Tiere an mir habe, um lange mit einem Manne zusammen sein zu können, der zwischen mir und dem einzigen Menschen in der Welt steht, nach dem ich mich sehne.

Als Clayton seinen Überzieher im Warteraum holen wollte, fiel sein Blick auf ein Telegramm, das auf dem Boden lag. Er hob es auf, da er dachte, es wäre vielleicht eine wichtige Nachricht, die jemand verloren habe. Er warf einen hastigen Blick darauf, und dann vergaß er plötzlich seinen Überzieher und den herannahenden Zug, er vergaß alles, bis auf das schreckliche kleine Papier in seiner Hand. Er las es zweimal, ehe er den inhaltsschweren Sinn erfassen konnte.

Als er sich bückte, war er noch ein englischer Edelmann, der stolze Besitzer ausgedehnter Güter, und einen Augenblick später wußte er, daß er ein Mann ohne Titel und arm sei. Es war d'Arnots Kabeltelegramm an Tarzan; es lautete:

Fingerabdrücke beweisen, daß Sie Greystoke. Glückwünsch.

D'Arnot.

Clayton wankte, als wenn ihn ein tödlicher Schlag getroffen hätte. In demselben Augenblick riefen ihm die andern zu, er müsse sich beeilen, der Zug hielte bereits am Bahnsteig. Alles schwirrte ihm vor den Augen, so daß er kaum noch seinen Überzieher ergreifen und nach dem Zuge stürzen konnte. Die Lokomotive pfiff schon zum zweitenmale. Die andern waren bereits eingestiegen und riefen ihm von der Plattform eines Pullmann-Wagens nochmals zu, sich zu beeilen. Erst nachdem alle Platz genommen hatten, merkte Clayton, daß Tarzan fehlte.

Wo ist Tarzan? fragte er Jane. Ist er in einem andern Wagen?

Nein, erwiderte sie, in der letzten Minute entschloß er sich, in seinem Auto nach New York zurückzukehren. Er möchte mehr von Amerika sehen, als es von dem Fenster eines Eisenbahnwagens aus möglich ist. Wie Sie wissen, kehrt er nach Frankreich zurück.

Clayton antwortete nichts darauf. Er suchte nach den richtigen Worten, um Jane Porter das Unglück zu erklären, das sie beide betroffen hatte. Er fragte sich, welchen Eindruck diese Eröffnung auf sie machen würde. Würde sie ihn noch heiraten, wenn er nur ein einfacher Mr. Clayton war und nicht der bisherige Würdenträger Lord Greystoke? Plötzlich kam ihm das schreckliche Opfer, das einer von ihnen nun bringen mußte, zum Bewußtsein. Dann fragte er sich: Wird Tarzan sein Eigentum fordern? Der Affenmensch hatte doch den Inhalt des Telegramms gekannt, ehe er sagte, er kenne seinen Vater nicht. Er hatte zugegeben, daß Kala, die Äffin, seine Mutter sei. Hatte er das aus Liebe zu Jane Porter getan?

Es mußte wohl so sein, denn es gab keine andere vernünftige Erklärung für seine Haltung. Er wollte also von dem Beweismittel, das er in Händen gehabt hatte, keinen Gebrauch machen. Damit war anzunehmen, daß er niemals Anspruch auf sein Geburtsrecht erheben würde. Wenn dem so war, so lag für ihn, William Cecil Clayton, kein Grund vor, die Absichten dieses seltsamen Menschen, der sich selbst aufopfern wollte, zu durchkreuzen. Wenn Tarzan das tun wollte, um Jane Porter vor der Armut zu bewahren, warum sollte er, dem sie ihre Zukunft anvertraute, ihren Interessen zuwiderhandeln?

So suchte er sich selbst zu überreden, nachdem er in der ersten Aufwallung die Absicht gehabt hatte, die Wahrheit zu bekennen und Titel wie Besitztum dem rechtmäßigen Eigentümer abzutreten. Unter der Wucht von Spitzfindigkeiten, die sein Eigennutz in den Vordergrund drängte, gab Clayton seine erste Absicht sehr schnell wieder auf.

Wenn er sich auch einigermaßen beruhigt fühlte, so war er doch während der ganzen Fahrt zerstreut und mürrisch, und auch an den folgenden Tagen wurde er den Gedanken nicht los, daß Tarzan später vielleicht doch einmal seine Großmut bereuen und seine Rechte fordern könnte.

Mehrere Tage nach der Ankunft in Baltimore brachte Clayton das Gespräch auf eine baldige Heirat mit Jane.

Was verstehst du unter bald? fragte sie.

Nun, innerhalb der nächsten Tage. Ich muß jetzt nach England zurückkehren, und da hätte ich gern, daß du mit mir gingest.

So schnell kann ich mich nicht bereit machen, erwiderte sie. Ich brauche wenigstens einen Monat dazu.

Sie freute sich, diese Ausrede zu haben, denn was ihn auch immer nach England zurückrufen mochte, jedenfalls wurde die Hochzeit dadurch verzögert.

Sie hatte einen schlechten Handel gemacht, aber sie war entschlossen, ihr einmal gegebenes Wort zu halten, mochte es ihr auch noch so bitter vorkommen. Immerhin wollte sie wenigstens einen zeitweiligen Aufschub erlangen, und sie glaubte, darin liege kein Unrecht.

Seine Antwort brachte sie aus der Fassung.

Gut, Jane, sagte er. Das tut mir leid, aber ich werde dann mit meiner Rückkehr nach England einen Monat warten. Wir können dann zusammen reisen.

Vorläufig blieb es also dabei. Als aber der Monat sich zu Ende neigte, fand sie wieder einen andern Grund, um einen neuen Aufschub herbeizuführen, bis Clayton schließlich entmutigt und voller Zweifel allein nach England zurückkehrte.

Die verschiedenen Briefe, die zwischen ihnen gewechselt wurden, brachten Clayton der Verwirklichung seiner Hoffnungen nicht näher. Deshalb schrieb er endlich an Professor Porter, damit dieser seinen Einfluß auf Jane geltend machen möchte.

Der alte Herr hatte die Verbindung immer begünstigt. Er liebte Clayton, und da er aus einer alten Familie der Südstaaten stammte, legte er viel größeren Wert auf Titel und Würden als seine Tochter.

Clayton lud Professor Porter nach England ein, und zwar mit seiner ganzen Familie, einschließlich Mr. Philanders und Esmeraldas. Er sagte sich nämlich, wenn Jane einmal dort sei und die Beziehungen zu ihrer Heimat abgebrochen habe, so werde sie nicht mehr so zögern, den Heiratstag festzusetzen.

Noch am selben Tage, an dem Claytons Brief eingetroffen war, antwortete Professor Porter ihm, er werde schon in nächster Woche mit seinen Angehörigen nach London abreisen.

In London zeigte Jane Porter sich nicht willfähriger als in Baltimore. Sie fand eine Entschuldigung nach der andern, und als schließlich Lord Tennington die Gesellschaft einlud, mit ihm auf seiner Jacht eine Fahrt um Afrika zu machen, war sie über diesen Gedanken außerordentlich erfreut, aber sie weigerte sich ganz entschieden, vor ihrer Rückkehr nach London zu heiraten. Da die Fahrt mindestens ein Jahr dauern sollte, weil man sich an den verschiedenen sehenswerten Punkten einige Zeit aufzuhalten gedachte, war Clayton sehr ärgerlich über Lord Tenningtons „verrückte“ Idee.

Man wollte das Mittelmeer und das Rote Meer durchkreuzen und dann durch den Indischen Ozean an der Ostküste Afrikas entlang fahren.

So kam es, daß eines Tages zwei Schiffe durch die Meerenge von Gibraltar fuhren. Das kleinere, eine schmucke, weiße Jacht, fuhr gen Osten, und auf ihrem Verdeck saß eine junge Dame, deren traurige Augen auf einem diamantenbesetzten Medaillon ruhten, das sie lässig in der Hand hielt. Ihre Gedanken waren weit fort – in dem dunklen, mit Laub überdeckten Versteck einer tropischen Dschungel, und ihr Herz war bei ihren Gedanken.

Sie fragte sich, ob der Mann, der ihr das prachtvolle Kleinod geschenkt hatte, wohl in seine wilde Dschungel zurückgekehrt sei.

Auf dem Deck des größeren Schiffes, eines Passagierdampfers, der gegen Westen steuerte, saß ein Mann mit einer andern jungen Dame, und die beiden fragten sich, wem wohl das elegante Fahrzeug gehöre, das so zierlich die sanft sich hebenden Wogen der trägen See durchschnitt.

Als die Jacht passiert war, nahm der Mann die durch ihr Erscheinen unterbrochene Unterhaltung wieder auf.

Ja, sagte er, ich habe Amerika sehr gern, und infolgedessen liebe ich auch die Amerikaner, denn ein Land ist das, was seine Bewohner aus ihm machen. Ich habe dort prächtige Menschen kennen gelernt. Ich denke dabei an eine Familie aus Ihrer eigenen Stadt, Miß Strong, die ich besonders schätze – Professor Porter und seine Tochter.

Jane Porter! rief die junge Dame aus. Sie kennen also Jane Porter? Ach, sie ist meine liebste Freundin! Wir kennen uns schon seit unserer Kindheit. Wir lieben uns wie zwei Schwestern, und jetzt, wo ich sie verlieren soll, bin ich tief betrübt.

Sie verlieren? versetzte Tarzan. Was meinen Sie damit? Ach ja, ich verstehe, wenn sie in England verheiratet ist, werden Sie Ihre Freundin selten oder vielleicht überhaupt nicht wiedersehen.

Ja, erwiderte sie, und das Traurigste von allem ist, daß sie einen Mann heiratet, den sie nicht liebt. Ach, es ist schrecklich, nur aus Pflichtgefühl zu heiraten. Ich finde, daß das leichtfertig ist, und ich sagte es ihr auch. Es ging mir so nahe, daß, obschon ich außer den Verwandten die einzige bin, die eingeladen werden sollte, ich ablehnte, weil es einfach gegen mein Gefühl geht. Aber Jane hat ganz eigenartige Ansichten. Sie hat es sich nun einmal in den Kopf gesetzt, daß sie nicht anders handeln kann, und nichts in der Welt wird sie davon abhalten, Lord Greystoke zu heiraten.

Es tut mir leid um sie, sagte Tarzan.

Und mir tut es leid um den Mann, den sie liebt, bemerkte Hazel Strong, denn auch er liebt sie. Ich habe ihn nie gesehen, aber nach dem, was Jane mir von ihm erzählt hat, muß er ein wunderbarer Mensch sein. Wie es scheint, wurde er in einer afrikanischen Dschungel geboren und von wilden Menschenaffen aufgezogen. Er hatte nie einen Weißen gesehen, bis Professor Porter und seine Gefährten von Meuterern gerade vor seiner Hütte ausgesetzt wurden. Er rettete sie vor schrecklichen Tieren und vollbrachte die erstaunlichsten Heldentaten. Der Gipfel von allem aber war, daß er sich in sie verliebte und sie in ihn, obschon sie sich erst richtig klar darüber wurde, als sie sich Lord Greystoke verlobt hatte.

Sehr merkwürdig, murmelte Tarzan, und suchte nach einem andern Gespräch. Es freute ihn zwar, von Jane Porter erzählen zu hören, aber er mochte nicht von sich selbst hören. So war es ihm lieb, daß Hazels Mutter hinzukam und das Gespräch nun eine allgemeine Wendung nahm.

Die nächsten Tage gingen ohne Zwischenfall vorüber. Die See war ruhig, der Himmel klar. Das Schiff fuhr rastlos immer weiter gen Süden.

Tarzan war oft mit Miß Strong und ihrer Mutter zusammen. Sie vertrieben sich die Stunden auf Deck mit Lesen und Plaudern dem oder sie photographierten mit Miß Strongs Apparat. Nach Sonnenuntergang promenierten sie.

Eines Tages fand Tarzan Miß Strong im Gespräch mit einem Fremden, den er vorher nicht an Bord gesehen hatte. Als er in ihre Nähe kam, verbeugte der Mann sich vor der jungen Dame und wollte sich entfernen.

Warten Sie, Herr Thuran, sagte Miß Strong, Sie müssen Herrn Caldwell kennen lernen. Wir sind Reisegefährten und sollten uns alle kennen.

Die beiden Männer reichten sich die Hände. Als Tarzan in die Augen des Herrn Thuran sah, kam ihm dieser seltsam bekannt vor.

Ich glaube, ich muß schon früher einmal die Ehre gehabt haben, die Bekanntschaft des Herrn zu machen, sagte Tarzan. Herrn Thuran wurde es sehr unbehaglich.

Ich kann es nicht sagen, erwiderte er. Es mag sein. Ich habe oft das gleiche Gefühl, wenn ich einem Fremden begegne.

Herr Thuran hat mir einige Geheimnisse der Schiffahrt erklärt, bemerkte Hazel.

Tarzan schenkte der nun folgenden Unterredung wenig Aufmerksamkeit. Er dachte darüber nach, wo er Herrn Thuran früher gesehen haben mochte. Daß es unter besonderen Umständen gewesen sein mußte, glaubte er bestimmt.

Jetzt hatte die Sonne sie erreicht und Hazel bat Herrn Thuran, ihren Stuhl in den Schatten zu rücken. Da bemerkte Tarzan zufällig, wie der Mann den Stuhl ungeschickt handhabte – sein linkes Handgelenk war steif. Jetzt wußte er Bescheid.

Herr Thuran suchte nach einem Vorwand, um sich auf geschickte Art zu entfernen. Die Pause, die durch das Wechseln des Platzes entstand, benutzte er, um sich zu empfehlen, indem er sich tief vor Miß Strong und leicht gegen Tarzan verbeugte.

Entschuldigen Sie mich einen Augenblick, Miß Strong, sagte Tarzan. Ich möchte den Herrn nur ein paar Schritte begleiten; – ich kehre sofort zurück.

Herrn Thuran wurde es sehr unbehaglich zu Mute. Sobald die beiden Männer außer Sicht waren, blieb Tarzan stehen und legte seine Hand schwer auf des andern Schulter.

Welche Rolle spielen Sie jetzt, Rokoff? fragte er.

Ich verlasse Frankreich, wie ich es Ihnen versprochen hatte, antwortete der andere mit sicherer Stimme.

Das sehe ich, erwiderte Tarzan, aber ich kenne Sie so gut, daß ich Ihre Anwesenheit auf diesem Dampfer wohl kaum als einen Zufall betrachten kann. Aber selbst wenn ich daran glaubte, so würde Ihre Verkleidung mir sofort eine andere Meinung beibringen.

Nun, erwiderte Rokoff brummend, was können Sie gegen mich unternehmen? Dieses Schiff fährt unter englischer Flagge. Ich habe ebensoviel Recht, auf diesem Schiff zu sein, wie Sie, und wenn Sie unter einem falschen Namen reisen, so darf ich das doch wohl auch tun.

Wir wollen nicht darüber streiten, Rokoff. Ich wollte Ihnen nur sagen, daß Sie nicht an Miß Strong rühren sollen, denn sie ist eine anständige Dame.

Rokoff wurde feuerrot.

Wenn Sie sich das Geringste erlauben, so werfe ich Sie über Bord, fuhr Tarzan fort. Vergessen Sie nicht, daß ich nur auf einen Anlaß warte!

Dann drehte er sich herum und ließ Rokoff stehen, der vor Wut zitterte.

Während der nächsten Tage sah Tarzan den Mann nicht wieder.

Rokoff war aber nicht müßig. Er saß in seiner Kammer mit Pawlowitsch zusammen und sann auf Rache.

Ich würde ihn heute nacht über Bord werfen, sagte er, wenn ich wüßte, daß er die Schriftstücke nicht bei sich trüge. Ich wage es nicht, ihn mit ihnen ins Meer zu werfen. Wenn Sie, Alexei, nicht ein so großer Feigling wären, würden Sie schon ein Mittel finden, in seine Kabine zu gelangen und nach den Schriftstücken zu suchen.

Pawlowitsch lächelte.

Sie gelten doch als der denkende Teil unserer Gemeinschaft, mein lieber Nikolaus, erwiderte dieser. Warum finden Sie nicht selbst ein Mittel, Herrn Caldwells Kammer zu durchsuchen?

Zwei Stunden später war das Schicksal ihnen hold, denn Pawlowitsch, der immer auf der Lauer lag, sah Tarzan sein Zimmer verlassen, ohne die Tür abzuschließen. Fünf Minuten später stellte Rokoff sich an einer Stelle auf, von wo er einen Warnruf geben konnte, falls Tarzan vorzeitig zurückkehren sollte.

Pawlowitsch durchsuchte schnell das Gepäck des Affenmenschen. Er fand aber nichts, und wollte die weitere Nachforschung schon aufgeben, als er ein Jackett sah, das Tarzan eben ausgezogen hatte. Im nächsten Augenblick erfaßte seine Hand einen amtlichen Briefumschlag. Ein schneller Blick in den Inhalt genügte ihm, und sein Gesicht verzog sich zu einem breiten Lächeln.

Als er Rokoff den Umschlag in ihrer Kabine einhändigte, klingelte der Große dem Steward und bestellte eine Flasche Champagner.

Wir müssen den Sieg feiern, Alexei, sagte er.

Es war ein glücklicher Zufall, Nikolaus, erklärte Pawlowitsch. Er trägt offenbar die Schriftstücke immer bei sich. Durch Zufall versäumte er es, vorhin beim Wechseln des Rockes die Papiere wieder an sich zu nehmen. Aber wenn er den Verlust bemerkt, so werden wir ihn teuer bezahlen müssen. Ich befürchte, er wird Sie sofort in Verdacht haben, denn jetzt, wo er weiß, daß Sie an Bord sind, wird dies sein erster Gedanke sein.

Es ist gleich, wen er nach dieser Nacht im Verdacht hat, entschied Rokoff.

Nachdem Miß Strong an jenem Abend hinuntergegangen war, stand Tarzan an die Reling gelehnt und schaute in die weite See hinaus. Seitdem er an Bord war, hatte er dies noch jede Nacht getan. Manchmal stand er eine Stunde lang dort. Das wußten auch die beiden, die ihn heimlich beobachtet hatten, seitdem er in Algier den Dampfer bestiegen hatte.

Als er in dieser Nacht wieder dort stand, ruhten ihre Augen auf ihm. Jetzt hatte der letzte Spaziergänger das Deck verlassen. Es war eine klare Nacht, aber es war kein Mondschein, und die Gegenstände auf dem Deck waren kaum zu unterscheiden.

Aus dem Schatten einer Kabine schlichen sich zwei Gestalten heimlich hinter den Affenmenschen.

Das Klatschen der Wellen, das Rauschen der Schraube und das Stampfen der Maschinen übertönte das leise Geräusch ihrer Schritte.

Die beiden waren jetzt ganz nahe an ihn herangekommen. Einer von ihnen erhob seine Hand und senkte sie, als ob er Sekunden abzählte: eins – zwei – drei! Wie ein Mann sprangen die zwei auf ihr Opfer. Jeder ergriff ein Bein, und ehe Tarzan sich umdrehen konnte, ward er über die niedrige Reling geworfen und versank ins Meer.

Hazel Strong schaute aus ihrem Kabinenfenster über die dunkle weite See. Plötzlich schoß ein Körper vom Verdeck am Fenster vorüber. Er verschwand so schnell in den dunklen Fluten, daß sie nicht erkennen konnte, was es war. Ob es ein Mensch war, konnte sie nicht sagen. Sie horchte auf den Schrei, bei dem alles erschrickt: „Mann über Bord!“ Aber es kam nichts. Oben auf dem Schiff war alles still, und auch im Atlantischen Ozean blieb alles ruhig.

Hazel schloß daraus, es müsse wohl ein Matrose einen Bündel Abfall über Bord geworfen haben, und suchte ihr Nachtlager auf.

Der Schiffbruch der „Lady Alice“

Beim Frühstück des nächsten Morgens war Tarzans Platz leer. Miß Strong war einigermaßen erstaunt darüber, denn Mr. Caldwell hatte die Gewohnheit, mit ihr und ihrer Mutter zu frühstücken. Als sie später auf dem Deck saß, blieb

Thuran bei ihr stehen, um einige freundliche Worte mit ihr zu wechseln. Er schien in vorzüglicher Stimmung zu sein; aber auch sonst war er immer äußerst liebenswürdig. Als er weiter ging, dachte Miß Strong: Herr Thuran ist doch ein netter Mensch.

Sie fing an, sich zu langweilen, denn sie vermißte die ruhige Gesellschaft Mr. Caldwells. Sie hatte sich gewissermaßen zu ihm hingezogen gefühlt. Er verstand es, so unterhaltend von den Ortschaften und Städten, die er gesehen, von den Menschen und ihren Gebräuchen und von den wilden Tieren zu erzählen; auch hatte er eine so drollige Art, treffende, wenn auch manchmal etwas boshafte Vergleiche zwischen den Menschen und den wilden Tieren, die er offenbar sehr gut kannte, anzustellen.

Als Herr Thuran am Nachmittag bei ihr stehen blieb, um mit ihr zu plaudern, war ihr dies sehr erwünscht, weil dadurch die Eintönigkeit des Tages etwas unterbrochen wurde. Sie fing aber an, sich über Mr. Caldwells Abwesenheit ernstlich zu beunruhigen; es kam ihr immer wieder in den Sinn, daß das irgendwie in Zusammenhang stehen müsse mit dem Schrecken, den sie am vorigen Abend hatte, als ein dunkler Gegenstand vor ihrem Kabinenfenster ins Meer sauste.

Jetzt machte sie Herrn Thuran Mitteilung davon. Auch er hatte Herrn Caldwell heute noch nicht gesehen.

Er war nicht, wie gewöhnlich, beim Frühstück, sagte das junge Mädchen. Seit gestern habe ich ihn nicht ein einzigesmal gesehen.

Herr Thuran tat auch sehr besorgt.

Ich hatte nicht das Vergnügen, Herrn Caldwell näher zu kennen, sagte er. Er schien aber ein sehr achtenswerter Herr zu sein. Sollte er vielleicht unpäßlich und in seiner Kabine geblieben sein? Das wäre ja nichts Ungewöhnliches.

Nein, erwiderte das junge Mädchen, das wäre nichts Außergewöhnliches, aber aus irgendeinem unerklärlichen Grunde habe ich eine jener merkwürdigen weiblichen Ahnungen, daß mit Herrn Caldwell nicht alles in Ordnung ist. Ich habe das ganz seltsame Gefühl, als ob er nicht mehr auf dem Schiffe ist.

Herr Thuran lachte belustigt. Aber, meine liebe Miß Strong, wo sollte er denn sein? Wir haben seit Tagen kein Land mehr gesichtet.

Natürlich ist es lächerlich von mir, gab sie zu, aber dann entschied sie: Ich will mir nicht länger den Kopf zerbrechen. Ich werde jetzt zu ermitteln versuchen, wo Herr Caldwell ist. Und sie winkte einem vorübergehenden Steward.

Das wird nicht so leicht sein, wie du glaubst, mein liebes Mädchen, dachte Herr Thuran, und laut bemerkte er: Das wird auf alle Fälle gut sein.

Sie wies den Steward an: Suchen Sie, bitte, Herrn Caldwell auf, und sagen Sie ihm, seine Freunde seien wegen seines langen Ausbleibens sehr besorgt.

Sie können Herrn Caldwell wohl recht gut leiden? fragte Herr Thuran.

Er ist ein prächtiger Mensch, antwortete sie, und meine Mutter ist in ihn ganz vernarrt. Er ist einer von den Männern, bei denen man das Gefühl unbedingter Sicherheit hat. Man kann vollkommen Vertrauen zu ihm haben.

Einen Augenblick später kehrte der Steward zurück und berichtete, Herr Caldwell sei nicht in seiner Kabine. Ich kann ihn nicht finden. Miß Strong, und – er zögerte – ich habe gesehen, daß sein Bett vorige Nacht nicht benützt worden ist. Ich denke, es ist am besten, ich melde dem Kapitän die Sache.

Ganz gewiß, rief Miß Strong aus. Ich will mit Ihnen zum Kapitän gehen. Es ist schrecklich! Ich weiß, daß etwas Entsetzliches geschehen ist. Meine Ahnung hat mich doch nicht betrogen.

Beide waren sehr aufgeregt, als sie sich gleich darauf beim Kapitän meldeten. Er hörte ihre Erzählung schweigend an, und sein Gesicht nahm einen Ausdruck der Bestürzung an, als der Steward ihm versicherte, er habe den vermißten Passagier überall vergeblich gesucht.

Und sind Sie sicher, Miß Strong, daß Sie vergangene Nacht einen Körper über Bord stürzen sahen? fragte der Kapitän.

Es ist nicht der geringste Zweifel möglich, antwortete sie. Ich kann aber nicht behaupten, daß es ein menschlicher Körper war, denn ich hörte keinen Schrei. Aber wenn Herr Caldwell nicht an Bord gefunden wird, so weiß ich bestimmt, daß er es war.

Der Kapitän ordnete eine sofortige gründliche Durchsuchung des ganzen Schiffes an; kein Winkel sollte übersehen werden. Miß Strong wartete ungeduldig den Ausgang der Untersuchung ab. Der Kapitän richtete noch mancherlei Fragen an sie, aber sie konnte ihm über den Vermißten weiter nichts mitteilen, als was sie aus ihrer kurzen Bekanntschaft mit ihm an Bord des

Schiffes wußte. Herr Caldwell hatte ihr in der Tat nur weniges über sich und sein früheres Leben mitgeteilt. Alles, was sie wußte, war, daß er in Afrika geboren und in Paris erzogen war, und auch das hatte sie nur erfahren, als sie ihre Verwunderung darüber aussprach, daß ein Engländer das Englische mit einem so ausgesprochenen französischen Akzent sprach.

Hat er je von irgendwelchen Feinden gesprochen? fragte der Kapitän.

Nie.

Hatte er Umgang mit irgendwelchen andern Passagieren?

Nur so wie mit mir, durch zufällige Begegnung auf dem Deck.

War er nach Ihrer Ansicht ein Trinker, Miß Strong?

Meines Wissens trank er überhaupt nicht. Jedenfalls hatte er eine halbe Stunde bevor ich etwas ins Meer fallen sah, noch nichts getrunken, denn bis dahin war ich mit ihm auf dem Deck zusammen.

Das ist wirklich sonderbar, sagte der Kapitän. Er sah auch nicht aus, als ob er Ohnmachtsanfällen oder dergleichen ausgesetzt wäre. Und selbst wenn das der Fall gewesen wäre, so würde er doch nicht über die Reling, sondern aufs Deck gefallen sein. Wenn er nicht mehr an Bord ist, Miß Strong, so ist er über Bord gestürzt worden, und aus der Tatsache, daß Sie keinen Schrei gehört haben, muß man schließen, daß er bereits tot, daß er ermordet war.

Miß Strong zitterte vor Schrecken.

Erst eine Stunde später kam der erste Offizier wieder, um zu berichten.

Herr Caldwell ist nicht an Bord, erklärte er.

Ich fürchte, Herr Brentley, sagte der Kapitän, daß hier etwas Ernsteres als ein Unfall vorliegt. Ich wünsche, daß Sie persönlich alles, was Herrn Caldwell gehört, genau durchsuchen, um festzustellen, ob irgend ein Anhaltspunkt für einen Selbstmord oder einen Mord vorliegt.

Gut, Herr Kapitän, antwortete Herr Brentley, und entfernte sich sogleich.

Hazel Strong war ganz niedergeschlagen. Zwei Tage lang blieb sie in ihrer Kabine, und als sie schließlich wieder aufs Deck kam, sah sie bleich aus und hatte große schwarze Ringe um die Augen. Ob sie wachte oder schlief, immer glaubte sie den dunklen Körper zu sehen, der schnell und lautlos im kalten, schrecklichen Meer versank.

Kurz nachdem sie zum erstenmal wieder auf dem Deck erschien, kam Herr Thuran besorgt zu ihr.

O, das ist aber schrecklich, Miß Strong, sagte er, ich muß immer wieder daran denken.

Ich auch, sagte Hazel ganz matt. Gewiß hätte er noch gerettet werden können, wenn ich Lärm geschlagen hätte.

Sie brauchen sich keine Vorwürfe zu machen, liebe Miß Strong. Sie können doch nicht dafür. Jeder andere hätte auch so gehandelt wie Sie. Wer nimmt auch an, daß, wenn etwas vom Schiff in die See fällt, es ein Mensch sein müsse? Wenn Sie das Schiff auch alarmiert hätten, so wäre der Ausgang doch nicht anders geworden. Eine Weile hätte man Ihre Erzählung nicht ernst genommen und gemeint, es wäre nur eine nervöse Sinnestäuschung gewesen. Wären Sie aber bei Ihrer Behauptung geblieben, so wäre es zur Rettung zu spät gewesen, denn bis das Schiff gehalten hätte und die Boote herabgelassen worden wären, hätten sie meilenweit zurückrudern müssen, um die Stelle aufzufinden, wo sich die Tragödie abgespielt haben könnte. Nein, Sie brauchen sich keine Vorwürfe zu machen. Sie haben für den armen Herrn Caldwell mehr getan, als irgend jemand von uns, denn Sie haben die Nachforschung nach ihm veranlaßt.

Hazel Strong war gerührt von diesen freundlichen, ermutigenden Worten. Seither blieb Herr Thuran oft bei ihr, ja, während der ganzen übrigen Fahrt wich er kaum von ihrer Seite, und sie schätzte ihn immer mehr.

Thuran hatte erfahren, daß die schöne Miß Strong aus Baltimore ein wohlhabendes Mädchen sei, das über eigenes Vermögen verfügte und noch eine bedeutende Erbschaft zu erwarten hatte. Deshalb versäumte er nicht, ihre Gesellschaft recht oft zu suchen.

Anfänglich hatte er die Absicht gehabt, in dem nächsten anzulaufenden Hafen das Schiff zu verlassen. Mit der Beseitigung Tarzans hatte er ja seinen Zweck erreicht. Er wollte jetzt möglichst schnell nach Europa zurückkehren und dann im nächsten Schnellzug nach Petersburg eilen.

Inzwischen aber war ihm ein anderer Gedanke gekommen, der ihn veranlaßte, seinen ursprünglichen Plan vollständig abzuändern. Das Vermögen der Amerikanerin war wirklich nicht zu verachten, und zudem war die Besitzerin ein reizendes Mädchen.

Donnerwetter, sagte er zu sich, welches Aufsehen würde sie in Petersburg erregen!

Seitdem Herr Thurau auf diese Dollarmillionen hoffte, hatte er seinen früheren Reiseplan begraben. Jetzt schützte er dringende Geschäfte in Kapstadt vor, die ihn dort einige Zeit festhalten würden.

Miß Strong hatte ihm gesagt, sie würde dort ihren Onkel besuchen und mit ihrer Mutter wahrscheinlich monatelang dort bleiben.

Sie war erfreut, als Herr Thuran durchblicken ließ, er werde sich auch längere Zeit dort aufhalten.

Ich hoffe, daß wir unsere Bekanntschaft fortsetzen können, sagte sie. Sie müssen Mama und mich besuchen, sobald wir dort sind.

Herr Thuran war sehr erfreut darüber. Frau Strong aber war nicht so sehr von ihm eingenommen wie ihre Tochter. Eines Tages, als sie über ihn sprachen, sagte sie:

Ich weiß nicht, weshalb ich eigentlich etwas mißtrauisch gegen ihn bin. Er scheint in jeder Hinsicht ein vollkommener Gentleman zu sein, aber zuweilen ist doch ein so eigentümlicher Ausdruck in seinem Blick, den ich nicht beschreiben kann, der in mir aber ein unbehagliches Gefühl erregt.

Die Tochter lachte. Was du dir nicht einbildest, Mama!

Es ist nun einmal so. Mir wäre jedenfalls Herr Caldwell lieber.

Mir auch! stimmte Hazel zu.

Herr Thuran machte häufig Besuch im Hause von Hazels Onkel. Er war von einer rührenden Aufmerksamkeit und suchte allen Wünschen Hazels so zuvorzukommen, daß sie immer mehr von ihm eingenommen wurde. Wenn sie, ihre Mutter oder ihr Onkel einer Begleitung bedurfte, oder wenn man sonst einen kleinen freundschaftlichen Dienst erwartete, so war Herr Thuran immer zur Stelle. So machte er sich geradezu unentbehrlich.

Als er den Zeitpunkt für günstig hielt, schritt er zum Heiratsantrag.

Hazel war aber so enttäuscht darüber, daß sie anfänglich gar nicht wußte, was sie ihm antworten sollte.

Ich habe nie gedacht, sagte sie, daß Sie sich mit einer solchen Absicht trügen, und betrachtete Sie immer als einen wirklich lieben Freund. Einstweilen möchte ich Ihnen noch keine Antwort geben. Vergessen Sie, daß Sie um meine Hand angehalten haben. Wir wollen bleiben, was wir waren. Vielleicht entdecke ich einmal, daß meine Gefühle für Sie mehr als freundschaftliche sind. Ich habe jedenfalls bisher nie einen Augenblick daran gedacht, daß ich Sie liebte.

Mit dieser Zusage war Herr Thuran schon vollkommen zufrieden. Er bedauerte, daß er zu hastig vorgegangen war, aber er hätte Hazel schon so lange geliebt, daß er glaubte, das Geheimnis nicht länger bewahren zu können.

Seitdem ich Sie zum erstenmal gesehen, Hazel, sagte er, habe ich Sie geliebt. Ich werde warten, denn ich bin überzeugt, daß eine so große, aufrichtige Liebe wie die meinige belohnt werden wird. Das einzige, was ich einstweilen von Ihnen verlange, ist, daß Sie keinen andern lieben. Wollen Sie mir das versprechen?

Ich habe noch nie in meinem Leben geliebt, erwiderte sie, und das genügte ihm. Ja, er war mit einer solchen Zuversicht erfüllt, daß er auf dem Heimweg vergnügt vor sich hin sann und schon in Gedanken am Schwarzen Meer eine prächtige Villa für eine Million Dollar baute, vor der eine elegante Jacht auf den Fluten tanzen sollte.

*

Am nächsten Tage erlebte Hazel Strong eine ihrer freudigsten Überraschungen: als sie aus einem Juwelierladen kam, stieß sie direkt auf Jane Porter.

Wie, Jane! rief sie aus. Wo in aller Welt kommst du her? Ich traue meinen Augen kaum.

Jawohl, ich bin's! rief die ebenfalls überraschte Jane aus. Und ich habe immer gedacht, du wärest noch in Baltimore.

Dabei umarmte sie ihre Freundin und küßte sie herzlich.

Nun fing das Erzählen an, und so erfuhr Hazel, daß Lord Tenningtons Jacht Kapstadt angelaufen hatte und übermorgen ihre Fahrt längs der Westküste Afrikas nach England fortsetzen wollte. Dort werde ich dann heiraten, schloß Jane.

Dann bist du also nicht verheiratet? fragte Hazel.

Noch nicht, versetzte Jane, und fügte hinzu: Ich wollte, zwischen England und hier lägen eine Million Meilen.

Nun wurden Besuche ausgetauscht. Es wurden Essen und Ausflüge in die Umgegend veranstaltet. Dabei war Herr Thuran überall als willkommener Gast dabei. Er selbst lud die Herren zu einem Essen ein und verfehlte nicht, sich besonders bei Lord Tennington beliebt zu machen.

Eines Tages, als er allein mit ihm war, verriet er ihm im Vertrauen, daß seine Verlobung mit Miß Strong bei ihrer Rückkehr nach Amerika bekannt gegeben würde. Aber kein Wort davon, lieber Tennington, kein Wort!

Seien Sie unbesorgt, antwortete der Lord, ich kann das wohl verstehen. Aber man muß Ihnen Glück wünschen. Wirklich ein famoses Mädel!

Herr Thuran erkannte, daß sich jetzt eine andere Möglichkeit ergebe, nach Europa zurückzukehren, und am anderen Tage kam die Sache zur Sprache.

Frau Strong, Hazel und Herr Thuran waren Lord Tenningtons Gäste an Bord seiner Jacht. Frau Strong hatte ihm eben versichert, sie seien über seinen Besuch in Kapstadt hoch erfreut und bedauerten deshalb sehr, daß ein eben eingetroffener Brief aus Baltimore sie nötige, eher nach Amerika zurückzukehren, als sie beabsichtigt hatten.

Wann wollen Sie fahren? fragte Tennington.

Ich denke, Anfang der Woche, antwortete sie.

Das trifft sich vorzüglich! rief Herr Thuran aus. Ich habe wirklich Glück. Auch ich muß möglichst bald zurückkehren, und so werde ich die Ehre haben, Sie zu begleiten und Ihnen weiterhin behilflich zu sein.

Das ist nett von Ihnen, Herr Thuran, antwortete Frau Strong. Wir werden also die Freude haben, auch weiterhin unter Ihrem Schutz zu stehen.

Im Grunde ihres Herzens hätte sie allerdings gewünscht, von seiner Gegenwart befreit zu sein. Weshalb, das konnte sie eigentlich nicht sagen.

Einen Augenblick später rief Lord Tennington: Ich habe eine großartige Idee, wahrhaftig großartig!

Das wird eine großartige Idee sein, warf Clayton spöttelnd dazwischen. Sie wollen jetzt wohl über den Südpol nach China fahren?

Ach, Clayton, Sie brauchen nicht so boshaft zu sein, weil Sie selbst nicht auf den Gedanken gekommen sind. Und doch werden alle zugeben, daß es eine großartige Idee ist. Wenn es Mrs. und Miß Strong, sowie Herrn Thuran recht ist, so sollen sie alle mit uns zusammen auf der Jacht nach England fahren. Ist das nicht schön?

Allerdings, stimmte auch Clayton bei. Das ist ein guter Gedanke von Ihnen, lieber Tenny.

Dann wollen wir also Anfang der Woche abfahren, je nachdem es Ihnen angenehm ist, Mrs. Strong.

Ich danke Ihnen, Lord Tennington, antwortete die Dame, aber Ihre Einladung ist so großmütig, daß wir sie nicht annehmen können.

Warum denn nicht? versetzte Tennington. Auf unserer Jacht fahren Sie ebenso gut wie auf einem Passagierschiff und werden jede Bequemlichkeit haben. Wir alle wünschen, daß Sie zustimmen.

So wurde denn beschlossen, daß die ganze Gesellschaft am nächsten Montag abfahren sollte.

Am Tage nach der Abreise saßen die beiden Mädchen in Hazels Kabine und zeigten sich die Photographien, die diese seit ihrer Abfahrt von Amerika gemacht hatte. Jane stellte allerlei Fragen, und Hazel gab die nötigen Erklärungen zu den Bildern.

Und hier, sagte sie plötzlich, ist ein Mann, den du kennst. Der arme Kerl! Ich habe schon so oft mit dir über ihn sprechen wollen, aber ich habe es nie übers Herz bringen können.

Sie hielt das kleine Bild so, daß Jane das Gesicht des Mannes nicht sehen konnte.

Er hieß John Caldwell, fuhr Hazel fort. Erinnerst du dich nicht seiner? Er erzählte, er hätte dich gekannt. Er ist ein Engländer.

Ich erinnere mich dieses Namens nicht, antwortete Jane. Doch, laß mich das Bild sehen!

Der arme Mensch fiel auf unserer Fahrt längs der Küste über Bord, erklärte Hazel, indem sie ihrer Freundin das Bild reichte.

Fiel über Bord? – – Wie, Hazel, er ist doch nicht tot? Hazel, das sagst du doch nur im Scherz, wimmerte Jane.

Ohnmächtig sank sie zu Boden, ehe die erstaunte Hazel sie hatte festhalten können.

Sie erholte sich nach einer Weile wieder, nachdem Hazel sich um sie bemüht hatte. Dann aber saßen beide noch geraume Zeit schweigend da.

Ich wußte nicht, Jane, sagte Hazel beklommen, daß du John Caldwell so gut kanntest.

John Caldwell? fragte Miß Porter. Wie kommst du zu diesem Namen?

So hieß er doch, Jane, John Caldwell aus London.

Ach, Hazel, könnte ich das nur glauben! Aber diese Züge sind so tief in mein Gedächtnis und mein Herz geprägt, daß ich sie unter tausend andern Menschen in der Welt erkennen würde.

Was meinst du, Jane? rief Hazel, die jetzt sich ernstlich beunruhigte.

Das ist doch das Bild von Tarzan.

Jane!

Ein Irrtum ist ausgeschlossen. O Hazel, bist du sicher, daß er tot ist? Kann da keine Verwechslung vorliegen?

Leider nein, antwortete Hazel traurig. Ich würde mich freuen, wenn eine Verwechslung möglich wäre, aber jetzt bestätigen mir viele Einzelheiten, daß es Tarzan gewesen ist. Ich habe früher nicht darauf geachtet, weil er sich als John Caldwell aus London ausgab. Er sagte, er sei in Afrika geboren und in Paris erzogen worden.

Das stimmt schon, murmelte Jane Porter.

Der erste Offizier, der sein Gepäck durchsuchte, fand nichts, was auf einen John Caldwell aus London hindeutete. Alles, was er besaß, war in Paris hergestellt oder wenigstens dort gekauft worden. Seine Sachen waren mit dem Buchstaben T oder mit J. C. T. bezeichnet. Wir schlossen daraus, daß er inkognito unter seinen zwei ersten Namen gereist sei, da wir J. C. als John Caldwell deuteten.

Tarzan führte den Namen Jean C. Tarzan, flüsterte Jane bewegt. Und er ist tot! Ach, Hazel, das ist schrecklich! Er starb allein im furchtbaren Ozean! ... Ich kann es nicht fassen, daß dieses wackere Herz aufgehört hat, zu schlagen, daß diese starken Muskeln für immer still und kalt sind. Er, der das Leben, die Gesundheit und männliche Kraft geradezu verkörperte, soll jetzt die Beute der Tiefe sein?

Sie konnte nicht weiter sprechen – mit einem leisen Ächzen legte sie den Kopf in die Arme und sank wieder ohnmächtig zurück.

Tagelang war Miß Porter krank und wollte niemand sehen außer Hazel und Esmeralda. Als sie dann wieder an Deck kam, waren alle betroffen von der Veränderung, die mit ihr vorgegangen war. Sie war nicht mehr die lebhafte amerikanische Schönheit, die alle durch ihr reizendes Wesen erfreut hatte. Sie war jetzt ein ruhiges, stilles Mädchen mit einem erschütternden Ausdruck hoffnungsloser Trauer, den nur Hazel Strong sich erklären konnte.

Die ganze Gesellschaft bemühte sich, sie aufzuheitern und zu unterhalten, aber ohne Erfolg. Gelegentlich gelang es wohl dem launigen Lord Tennington, sie zu einem leichten Lächeln zu bringen, aber meistens saß sie da und schaute mit weit geöffneten Augen auf die See.

Seit Jane Porters Unwohlsein schien die Jacht ein Mißgeschick nach dem andern zu treffen. Zuerst kam ein Bruch an der Maschine vor, und das Schiff kam nur langsam von der Stelle, weil die Reparatur zwei Tage beanspruchte. Dann überfiel sie unerwartet eine starke Bö, die fast alles, was auf dem Deck war, ins Meer riß. Später gerieten zwei Matrosen auf dem Vorderdeck in Streit, so daß der eine mit einem Messer schwer verwundet wurde und der andere in Ketten gelegt werden mußte. Um nun das Unglück voll zu machen, fiel eines Nachts der Steuermann über Bord und ertrank, bevor man ihm zu Hilfe kommen konnte. Die Jacht kreuzte noch zehn Stunden lang an der Unglücksstelle, aber es wurde keine Spur mehr von ihm gesehen.

Mannschaft wie Passagiere waren niedergedrückt. Alle fürchteten, es könnte noch etwas Schlimmeres kommen, und die Besatzung wurde abergläubisch und erinnerte dabei an allerlei schlimme Vorzeichen auf der bisherigen Fahrt.

Die Unglückspropheten brauchten denn auch nicht lange zu warten. In der zweiten Nacht nach dem Unfall des Steuermannes scheiterte die kleine Jacht. Um ein Uhr nachts erfolgte ein furchtbarer Stoß, der Passagiere und Mannschaft aus ihren Betten trieb. Eine starke Erschütterung ging durch das kleine Fahrzeug, das sich nach Steuerbord neigte, und die Maschinen standen still. Einen Augenblick neigte sich das Schiff noch stärker zur Seite – dann sank es tiefer in die See und richtete sich wieder auf.

Die Männer stürmten auf das Deck, gefolgt von den Frauen. Es ging glücklicherweise nur ein schwacher Wind. Die Nacht war dunkel, aber immerhin konnte man auf Backbord eine schwarze aus den Fluten emporragende Masse erkennen.

Ein treibendes Wrack, erklärte der Offizier der Schiffswache. Jetzt stürmte der Maschinist auf das Deck, um den Kapitän zu suchen.

Das Stück, das wir vorn auf den Zylinder gesetzt hatten, ist fort, meldete er, und das Wasser dringt immer mehr ein.

Einen Augenblick später stürzte ein Matrose von unten herauf.

Mein Gott, schrie er, der ganze Schiffsboden ist weggerissen. Die Jacht kann keine zwanzig Minuten mehr schwimmen!

Seien Sie still! fuhr Tennington ihn an. Meine Damen, gehen Sie hinunter und nehmen Sie ihre notwendigsten Sachen zusammen. Vielleicht ist es nicht so schlimm, aber immerhin wollen wir uns in die Boote begeben. Es ist jedenfalls sicherer, sich auf alles vorzubereiten. Gehen Sie, bitte, sogleich! Und Sie, Kapitän Jerrold, senden Sie einen erfahrenen Mann hinunter, um den genauen Umfang des Schadens festzustellen. In der Zwischenzeit sollen die Boote mit Proviant versehen werden.

Die besonnenen Worte des Jachteigentümers trugen viel dazu bei, die ganze Gesellschaft zu beruhigen, und im nächsten Augenblick waren alle damit beschäftigt, seine Weisungen auszuführen.

Als die Damen auf das Verdeck zurückkehrten, war die Verproviantierung der Boote fast vollendet und einen Augenblick später kehrte der Offizier, der hinuntergegangen war, zur Meldung zurück. Die zusammengedrängte Gruppe von Männern und Frauen sagte sich ohnehin schon, daß das Ende der „Lady Alice“ gekommen war.

Nun? fragte der Kapitän, als der Offizier zögerte.

Ich möchte die Damen nicht erschrecken, sagte er, aber die Jacht kann sich meiner Ansicht nach kaum noch zwölf Minuten über Wasser halten. Es ist ein Loch darin, so groß, daß man eine Kuh hindurchtreiben könnte.

Fünf Minuten später fing die „Lady Alice“ an, mit dem Bug zu sinken. Schon ragte der Hintersteven hoch in die Luft, und es gab keinen festen Halt mehr auf dem Deck.

Das Schiff hatte vier Rettungsboote. Diese waren besetzt und ins Wasser gelassen.

Als sie eilig von der gestrandeten Jacht abstießen, warf Jane Porter noch einen letzten Blick zurück. In demselben Augenblick gab es einen lauten Krach; es dröhnte und stampfte im Innern des Schiffes. Die Maschinen brachen auseinander und polterten gegen den Bug, Verschläge und Schotten mit sich reißend. Der Hintersteven hob sich immer höher. Eine Woge schoß aus dem Ozean empor, dann versank das Schiff in der Tiefe.

In einem der Boote wischte sich der wackere Lord Tennington eine Träne aus dem Auge. Nicht um den Verlust des Geldes, das in diesem Schiff steckte, trauerte er, sondern das Schiff war ihm ein prächtiger Freund gewesen, an dem sein Herz hing.

Endlich ging die lange Nacht vorüber, und die tropische Sonne warf ihre Strahlen auf das wogende Meer. Jane Porter war in unruhigen Schlummer versunken, und erwachte erst, als ihr die glühende Sonne ins Gesicht brannte. Sie sah sich um. In ihrem Boot waren drei Matrosen, Clayton und Thuran. Dann schaute sie nach den anderen Booten aus, aber soweit ihr Auge reichte, war nichts, was die schreckliche Eintönigkeit der großen Wasserfläche unterbrach; sie war mit ihren Begleitern allein auf dem weiten Atlantischen Ozean.

Zurück in den Urwald

Als Tarzan ins Wasser stürzte, war seine erste Regung, vom Schiffe wegzuschwimmen, um sich nicht der Gefahr auszusetzen, von den Schrauben erfaßt zu werden. Er wußte, wem er seine gegenwärtige Lage zu verdanken hatte, und war hauptsächlich deswegen mit sich unzufrieden, daß er sich so leicht von Rokoff hatte überwältigen lassen.

Er lag einige Zeit auf dem Wasser und starrte den schnell sich entfernenden und verschwindenden Lichtern des Dampfers nach, ohne daß es ihm auch nur in den Sinn kam, um Hilfe zu rufen. Noch nie in seinem Leben hatte er Hilfe herbeigerufen und so dachte er auch jetzt nicht daran. Er hatte sich noch immer auf seine eigene Kraft verlassen.

Tarzan sagte sich zwar, daß die Aussicht, von einem fremden Schiff aufgenommen zu werden, für ihn außerordentlich gering sei und er noch weniger mit der Möglichkeit rechnen könne, das Land zu erreichen, aber er entschloß sich, immerhin den Versuch zu unternehmen. Er wollte auf die Küste zu halten, denn es war doch vielleicht möglich, daß das Schiff sich näher der Küste gehalten hatte, als er glaubte.

Mit langen, leichten Stößen schwamm er weiter; so konnte er stundenlang schwimmen, ehe seine riesigen Muskeln versagten. Als er seine Richtung nach Osten nahm, wobei er sich von den Sternen leiten ließ, empfand er das Gewicht seiner Schuhe als lästig und entledigte sich ihrer. Dann kam seine Hose an die Reihe, und er hätte auch seinen Rock ausgezogen, wenn er nicht die wertvollen Papiere in der Tasche gehabt hätte. Um sich zu vergewissern, daß er sie noch hatte, fuhr er mit der Hand in die Tasche, aber zu seiner Bestürzung fand er sie nicht mehr vor.

Jetzt wußte er, daß noch etwas anderes als die Rache Rokoff veranlaßt hatte, ihn über Bord zu werfen. Der Russe hatte sich die Papiere wieder angeeignet, die Tarzan ihm in Bu Saada abgenommen hatte. Der Affenmensch stieß einen leisen Schrei aus und zog Rock und Hemd aus, die er dem Ozean überließ. Alles übrige hatte er schon vorher schwimmen lassen, und so konnte er leicht und unbehindert nach Osten schwimmen.

Das erste Zeichen des kommenden Tages war das Erbleichen der Sterne. In der Richtung, in der Tarzan sich bewegte, sah er die undeutlichen Umrisse einer dunklen Masse. Ein paar starke Stöße brachten ihn heran und nun sah er, daß es ein gestrandeter Schiffsrumpf war. Tarzan kletterte hinauf. Er wollte aber nur so lange bleiben, bis der helle Tag da war. Er hatte nicht die Absicht, untätig darauf sitzen zu bleiben, bis er vor Hunger und Durst umkäme. Wenn er zum Tode verurteilt war, so wollte er wenigstens noch den ernsten Versuch machen, sein Leben zu retten.

Die See war ruhig, so daß das Wrack nur eine leise schwingende Bewegung machte. Das war für Tarzan, der seit zwanzig Stunden nicht mehr geschlafen hatte, so verlockend, daß er sich auf das schlammige Holz niederlegte und alsbald einschlief.

Der warme Sonnenschein weckte ihn am Vormittag. Seine erste Empfindung war ein heftiges Durstgefühl, und dieses nahm um so mehr zu, je genauer er sich jetzt über seine Lage klar wurde. Aber schon einen Augenblick später war es vor lauter Freude über zwei neue Entdeckungen vergessen. Das erste, was er sah, war eine Menge Trümmer, die neben dem Wrack schwammen, und mitten dazwischen ein mit dem Boden nach oben gekehrtes Rettungsboot. Und weiter sah er, allerdings noch weit im Osten verschwimmend, die schwache Linie eines Küstenlandes.

Tarzan ließ sich ins Wasser zurückgleiten und schwamm um das Wrack zu dem Boot. Der kalte Ozean erfrischte ihn mehr als es ein Trunk Wasser getan hätte. So konnte er neu gestärkt das schmale Boot heranholen und es mit Aufwendung aller Kräfte auf die Schiffstrümmer hinaufziehen. Hier wandte er es um und untersuchte es: das Boot war noch heil und einen Augenblick später schwamm es aufgerichtet neben dem Wrack. Nun suchte Tarzan unter den Trümmern einige Stücke Holz, die ihm als Ruder dienen konnten. Dann stieg er in das Boot und suchte möglichst schnell nach der fernen Küste zu gelangen.

Es war schon spät am Nachmittag, als er nahe genug herankam, um die Gegenstände am Land und die Linien des Ufers erkennen zu können. Was er vor sich sah, war eine kleine Bucht, die aussah wie der Eingang zu einem Hafen. Die waldbedeckte Landzunge nach Norden kam ihm merkwürdig bekannt vor.

War es wirklich möglich, daß das Schicksal ihn an die Schwelle seiner eigenen lieben Dschungel getrieben hatte? Aber als sein Boot in den Hafen einlief, schwand der letzte Zweifel, denn im Schatten des Urwaldes sah er seine eigene Hütte stehen, die einst vor seiner Geburt sein nun längst verstorbener Vater John Clayton, Lord Greystoke, errichtet hatte.

Mit starken Ruderschlägen trieb Tarzan das kleine Fahrzeug in die Bucht hinein. Kaum hatte das Boot das Ufer berührt, als der Affenmensch auf das Land sprang. Sein Herz schlug gewaltig vor Freude und Entzücken, als seine Augen ringsum all die vertrauten Erscheinungen wieder sahen: die Hütte, den Strand, den kleinen Bach, die dichte Dschungel, den schwarzen, undurchdringlichen Wald, die unzähligen Vögel mit ihrem glänzenden Gefieder, die prachtvollen tropischen Blumen auf den Laubgewinden, die von den Riesenbäumen herunterhingen.

Tarzan war wieder in seinem früheren Reich, und damit alle Welt es wissen sollte, bog er seinen jungen Kopf zurück und stieß den wilden Kampfruf seines Stammes aus. Einen Augenblick war es still in der Dschungel, dann aber kam eine dumpfe, unheimliche Antwort, das Gebrüll Numas, des Löwen, und aus weiter Ferne die schreckliche Stimme eines mächtigen Affen.

Zuerst ging Tarzan zum Bach und stillte seinen Durst. Dann näherte er sich seiner Hütte. Die Tür war noch geschlossen und eingeklinkt, wie er und d'Arnot sie verlassen hatten. Er öffnete sie und ging hinein. Alles war noch an seinem

Platze: der Tisch, das Bett und die kleine Wiege, die sein Vater angefertigt hatte, die Regale und die Schränke, gerade so, wie sie vor mehr als dreiundzwanzig Jahren dort gestanden, und gerade so, wie er sie vor nahezu drei Jahren verlassen hatte.

Als Tarzans Augen sich satt gesehen hatten, begann sich sein Magen zu melden. Er mußte sich unbedingt etwas zum Essen verschaffen. In der Hütte war nichts, und er hatte auch keine Waffen. An der Wand hing allerdings noch einer seiner alten Grasstricke, aber er war schon mehrfach gerissen und geflickt und deshalb als unnütz beiseite gelegt worden. Tarzan wünschte ein Messer zu haben, aber er hoffte bestimmt, ehe die Sonne nochmals unterging, sich sowohl Messer wie Speer, einen Bogen und Pfeile verschaffen zu können. Einstweilen mußte ihm der Strick genügen, um eine Beute zu erjagen. Er besserte ihn aus, wickelte ihn sorgfältig zusammen, hing ihn über die Schulter und ging hinaus, die Tür hinter sich sorgfältig verschließend.

Nahe bei der Hütte begann die Dschungel. Vorsichtig und geräuschlos betrat er sie, wie ein wildes Tier, das auf Raub ausgeht. Eine Zeitlang blieb er auf dem Boden, aber als er keine Spur von etwas Eßbarem fand, stieg er auf einen Baum hinauf und setzte von dort aus seine Wanderung in der Höhe fort, wie er es früher so lange Jahre getan hatte. Bei den ersten kühnen Sprüngen von Baum zu Baum erwachte wieder die alte Lebenslust in ihm. Kummer und Gram waren vergessen. Der ganze Mensch lebte auf, denn jetzt genoß er wieder das Glück wirklicher Freiheit. Es würde ihm nicht mehr einfallen, in die dumpfen lasterhaften Städte der zivilisierten Menschen zurückzukehren, da ihm das weite Reich der Dschungel wieder Frieden und Freiheit bot.

Während es noch hell war, kam Tarzan an die Tränke eines Dschungelflusses. Dort befand sich eine Furt, und seit undenkbaren Zeiten kamen die Tiere des Waldes an diese Stelle, um ihren Durst zu löschen. Hier würde er schon einmal in der Nacht Sabor oder Numa treffen, wenn sie unter dem dichten Laubwerk auf eine Antilope oder einen Wasserbock lauerten. Dorthin kam ja auch Horta, der Eber, und jetzt war er, Tarzan, da, um ein Wild zu erlegen, denn er war tüchtig hungrig.

Er hockte auf niedrigem Ast und wartete eine Stunde lang, ob nicht ein Tier herankäme. Es wurde immer dunkler. Im dichtesten Dickicht neben der Furt hörte er den leisen Tritt eines Tieres, ein schwerer Körper bewegte sich durch Gras und Schlinggewächse. Kein anderer als Tarzan hätte das Geräusch vernommen, aber er wußte sofort, daß es Numa, der Löwe war, der ebenfalls eine Beute suchte. Da mußte der Affenmensch lächeln.

Jetzt hörte er ein anderes Tier, das sich vorsichtig auf der Fährte dem Tränkplatz näherte. Einen Augenblick später kam es in Sicht. Es war Horta, der Eber. Das war kostbares Fleisch, und Tarzan lief das Wasser im Munde zusammen. Das Gras, in dem Numa lag, stand jetzt ganz still, verdächtig still. Horta trottete unter dem Ast, auf dem Tarzan hockte, hinweg. Noch ein paar Schritte, und er mußte in Numas Sprungbereich sein! Tarzan sagte sich: Wie werden jetzt die Augen des alten Numa glänzen, nun er sich anschickt, das furchtbare Gebrüll auszustoßen, durch das er seine Beute betäuben will, um dann auf sie loszuspringen und seine furchtbaren Fänge in die krachenden Knochen einzuhauen.

Als aber Numa den Eber erblickte, flog schon ein Strick vom unteren Ast eines nahen Baumes durch die Luft. Eine Schlinge legte sich um Hortas Hals. Es war ein grausiges Grunzen, das man hörte, und dann sah Numa seine Beute fortgerissen, und als er auf sie lossprang, wurde Horta bereits in die Höhe gezogen und verschwand in einem Baum, von dem ein spöttisches Gesicht herunterschaute.

Jetzt brüllte Numa wirklich. Es war das beängstigende, drohende Brüllen eines hungrigen Raubtiers, das sich gegen den lachenden Affenmenschen wandte. Numa war stehen geblieben, reckte sich auf seinen Hinterfüßen am Baume auf, von dem sein Feind so höhnisch heruntersah, schlug seine scharfen Krallen in die Rinde ein und riß ganze Fetzen der Baumrinde heraus.

Inzwischen hatte Tarzan den sich sträubenden Eber auf den Ast neben sich heraufgezogen und seine nervigen Finger vollendeten das Werk, das die Schlinge begonnen hatte. Der Affenmensch besaß zwar kein Messer, aber die Natur hatte ihn mit den Mitteln ausgerüstet, seine Nahrung auch so aus der Flanke seiner Beute zu fassen, und so bissen seine glänzenden Zähne in das saftige Fleisch, indes der wütende Löwe unten zusah, wie ein anderer sich an der Mahlzeit erfreute, die er für sich erwartet hatte.

Es war völlig dunkel, als Tarzan sich gesättigt hatte. Ach, war das köstlich gewesen! Nie hatte er sich an das verdorbene Fleisch gewöhnen können, das die zivilisierten Menschen ihm vorgesetzt hatten, und im Grunde seines wilden Herzens hatte er sich immer nach dem warmen Fleisch des frisch erlegten Tieres und dem rohen, roten Blute gesehnt.

Seine blutigen Hände wischte er an dem Laub eines Astes ab, nahm den Rest des Tieres auf die Schulter und wanderte auf halber Höhe der Bäume zur Hütte weiter.

Hinter Tarzan trottete Numa, der Löwe, einher, und wenn der Affenmensch einmal hinunterschaute, so konnte et die leuchtenden grünen Augen sehen, die ihn in der Dunkelheit verfolgten. Numa brüllte nicht mehr; er bewegte sich vielmehr still, wie der Schatten einer großen Katze, aber die feinen Ohren des Affenmenschen hörten doch jeden seiner Tritte.

Tarzan fragte sich, ob Numa ihm wohl bis zu seiner Hütte folgen werde. Er hoffte, daß dies nicht der Fall sein würde, denn dann war er gezwungen, eine Nacht in der Astgabelung eines Baumes zuzubringen, und er wollte doch lieber auf dem Grasbett seiner Hütte schlafen. Er wußte aber noch genau, wo der Baum stand, auf dem er sich für jene Zeit ein behagliches Lager eingerichtet hatte, da er seine Hütte nicht benützen konnte. Hundertmal war in der Vergangenheit irgend eine große Dschungelkatze ihm heimwärts gefolgt und hatte ihn gezwungen, auf diesem Baume Schutz zu suchen, bis es dem Tier gefiel, sich zu entfernen oder es vor der aufgehenden Sonne davonzog.

Jetzt gab Numa die Verfolgung aber auf, und mit einer Reihe blutdurstiger Schreie wandte er sich ärgerlich, um ein anderes, leichter zu erlangendes Mahl zu suchen. So kam Tarzan ohne weiteren Angriff zu seiner Hütte, und schon einige Minuten später lag er ausgestreckt auf den modrigen Resten des ehemaligen Grasbettes. So leicht hatte Herr Jean C. Tarzan die dünne Kulturschicht abgestreift. Zufrieden und glücklich versank er in den tiefen Schlaf des gesättigten wilden Tieres. Und doch hätte einmal das „Ja" eines Weibes genügt, ihn für immer an das andere Leben zu binden und ihm den Gedanken an dieses wilde Dasein widerwärtig zu machen.

Tarzan schlief bis spät in den folgenden Morgen, denn er war von den Anstrengungen der letzten Tage wirklich sehr müde gewesen, da seine Muskeln seit beinahe drei Jahren nicht mehr daran gewöhnt waren.

Als er erwachte, eilte er zuerst zum Bache, um zu trinken. Dann stürzte er sich ins Meer und schwamm eine Viertelstunde lang darin herum.

In seine Hütte zurückgekehrt, frühstückte er von dem Fleische Hortas, und darauf vergrub er den Rest im weichen Boden außerhalb der Hütte für den Abend.

Wieder nahm er seinen Strick und wanderte in die Dschungel. Diesmal ging er auf eine andere Beute aus und zwar wollte er Ausschau nach Menschen halten. Wenn man ihn nach einem edleren Wild befragt hätte, so hätte er sicher ein Dutzend anderer Bewohner der Dschungel genannt, die in seinen Augen höher standen als die Schwarzen. Aber er mußte sich jetzt Waffen verschaffen, und da fragte er sich, ob die Weiber und Kinder seinerzeit im Dorf geblieben seien, nachdem die Expedition des französischen Kreuzers alle Krieger zur Strafe für d'Arnots vermeintliche Ermordung beseitigt hatte. Er hoffte, dort wieder Krieger zu finden, denn er wußte nicht, wie weit er noch suchen mußte, falls er das Dorf verlassen fände.

Der Affenmensch wanderte schnell durch den Wald und kam gegen Mittag in die Nähe des Dorfes. Aber wie groß war seine Enttäuschung, als er sah, daß die Dschungel die einst bebauten Felder überwuchert hatte und die strohbedeckten Hütten verfallen waren. Da lebten offenbar keine Menschen mehr. Er suchte eine halbe Stunde lang in den Ruinen umher, weil er hoffte, vielleicht irgend eine vergessene Waffe zu finden, aber sein Suchen war erfolglos, und so gab er es auf. Er folgte nun dem Fluß, der aus südöstlicher Richtung kam, denn er sagte sich, in der Nähe eines frischen Wassers werde er am ehesten eine andere Niederlassung finden.

Während er so dahinzog, machte er Jagd auf alles, was eßbar war, gerade wie er es früher bei den Affen getan hatte, als Kala ihn angeleitet hatte. Jedes verwitterte Stück Holz drehte er um, ob nicht ein schmackhafter Wurm darunter wäre, oder er kletterte auf Bäume hinauf, um ein Vogelnest auszunehmen, oder er erschlug behend wie eine Katze ein kleines Nagetier. Allerdings aß er auch noch andere Dinge, aber die Affen hatten ihre eigene Nahrung, die ihnen zusagte, und Tarzan war jetzt wieder ein Affe, derselbe wilde, rohe Menschenaffe, zu dem Kala ihn erzogen hatte, und der er die ersten zwanzig Jahre seines Lebens gewesen war.

Zuweilen lächelte er, wenn er daran dachte, daß dieser oder jener Freund vielleicht im gleichen Augenblick ruhig und tadellos angezogen in einem der eleganten Pariser Klubs saß, ebenso wie er selbst noch vor wenigen Monaten dort gesessen hatte. Und dann blieb er plötzlich stehen, wenn ein leises Lüftchen seiner seinen Nase die Witterung von irgendeiner neuen Beute oder einem furchtbaren Feinde zutrug.

In dieser Nacht schlief er weit von seiner Hütte im Innern des Landes in den sicheren Ästen eines riesigen Baumes, hundert Fuß über der Erde. Er hatte wieder herzhaft gegessen und zwar diesmal von dem Fleische Varas, des Hirschen, der seiner Schlinge zum Opfer gefallen war.

Am nächsten Morgen setzte er seine Wanderung in aller Frühe fort, stets dem Laufe des Flusses folgend. Drei Tage lang suchte er umher, bis er in einen Teil der Dschungel kam, in dem er noch nie zuvor gewesen war. Zuweilen fand er den Wald in den höheren Lagen etwas dünner, und dann konnte er zwischen den Bäumen hindurch in weiter Ferne Ketten mächtiger Berge erkennen. In den vorgelagerten Ebenen gab es anderes Wild: unzählige Antilopen und ganze Herden von Zebras. Tarzan war entzückt. Diese neue Welt wollte er häufiger aufsuchen.

Am Morgen des vierten Tages witterte er einen schwachen neuen Geruch. Es war der Geruch eines Menschen, der aber noch weit entfernt sein mußte. Beim Affenmenschen zuckte alles vor Freude. Er strengte alle seine Sinne an, als er schnell durch die Baumkronen eilte und der Richtung folgte, aus der die Witterung kam. Bald hatte er den Mann erreicht; es war ein einzelner Krieger, der langsam durch die Dschungel schritt.

Tarzan folgte ihm möglichst nahe; er wollte warten, bis er auf eine lichtere Stelle kam, wo er seinen Strick benutzen konnte. Als er dem Schwarzen, der ihn noch nicht bemerkt hatte, folgte, kamen ihm neue Gedanken, die ihren Ursprung in den Feinheiten der Zivilisation und ihrer Grausamkeit hatten. Er sagte sich, ein zivilisierter Mensch erschlage wohl nie oder selten einen anderen ohne irgend einen Grund oder Vorwand. Es galt also einen Vorwand zu finden. Allerdings wollte Tarzan sich der Waffen und der Schmucksachen des Mannes bemächtigen. Aber war es denn nötig, ihn dafür zu töten?

Je länger er darüber nachdachte, desto widerwärtiger erschien ihm der Gedanke, ein Menschenleben nutzlos zu opfern. Und während er noch darüber nachdachte, was er tun sollte, war er an eine kleine Lichtung gelangt, an deren Rande ein von einem Zaun umfriedigtes Dorf mit bienenkorbähnlichen Hütten lag.

Als der Krieger aus dem Wald trat, bemerkte Tarzan den drohenden Blick eines Feindes, der im Dschungelgras lauerte: Numas, des Löwen. Auch dieser wollte den Schwarzen überfallen. In demselben Augenblick, wo Tarzan die Bedrohung des Eingeborenen erkannte, änderte sich seine Haltung vollständig:

jetzt war der Schwarze für ihn ein Mitmensch, der von einem gemeinsamen Feinde bedroht wurde.

Numa stand vor dem Sprunge. Da war für Tarzan keine Zeit, die verschiedenen Verfahren, die er anwenden konnte, zu vergleichen und die möglichen Ergebnisse jedes einzelnen abzuwägen. Und so nahmen die Ereignisse schnell ihren Lauf. Der Löwe sprang aus dem Hinterhalt auf den heimstrebenden Schwarzen. Tarzan rief ihm eine Warnung zu, und wie der Schwarze sich umdrehte, sah er gerade, wie Numa von einem Strick erfaßt wurde, dessen Schlinge dem Tier um den Hals gefallen war.

Der Affenmensch hatte so schnell gehandelt, daß es ihm nicht möglich war, sich den nötigen Halt zu verschaffen, um dem Zug des Strickes bei dem schweren Gewicht des Tieres zu widerstehen, und so kam es, daß der Löwe zwar angehalten wurde, ehe er noch seine Krallen in den Körper des Schwarzen einhauen konnte, daß aber Tarzan selbst das Gleichgewicht verlor und hinuntergerissen wurde – keine sechs Schritte von dem wütenden Tiere entfernt. Mit Blitzesschnelle wandte Numa sich nun gegen den neuen Feind, und da Tarzan keinerlei Waffen hatte, befand er sich dem Tode so nahe wie noch nie. Der Schwarze rettete ihn aber. Im Nu hatte er erraten, daß er dem fremden weißen Manne sein Leben zu verdanken hatte und daß nur ein Wunder seinen Retter vor den Pranken des wilden Tieres bewahren konnte, die ihn selbst bedroht hatten.

Eilig ergriff er seinen Speer und schleuderte ihn mit der ganzen Wucht seiner sehnigen Muskeln auf den Löwen, den er in die rechte Weiche traf. Vor Wut und Schmerz brüllend, wandte das Tier sich nun wieder gegen den Schwarzen. Es hatte eben ein Dutzend Schritte gemacht, als Tarzans Strick es wieder zum Halten brachte. Da richtete der Löwe sich abermals gegen den Affenmenschen auf, obschon ihm im selben Augenblick ein mit Widerhaken versehener Pfeil traf und bis zur Hälfte in den Leib eindrang. Wieder hielt er an und inzwischen konnte Tarzan seinen Strick zweimal um den Stamm eines großen Baumes winden und das Ende daran befestigen.

Der Schwarze erriet den Kniff und grinste. Tarzan aber wußte, daß Numa noch den letzten Schlag erhalten müsse, damit seine mächtigen Zähne den Strick, der ihn festhielt, nicht mehr zerreißen könnten. In einem Nu war Tarzan an der Seite des Schwarzen und zog dessen langes Messer aus der Scheide. Dann gab er dem Krieger das Zeichen, er möchte fortfahren, weitere Pfeile auf das große Tier zu schießen, und inzwischen rückte er ihm selbst mit dem Messer auf den Leib. So ward Numa von zwei Seiten angegriffen. Wütend brüllte er und richtete sich auf den Hinterpfoten auf, indem er bald den einen, bald den andern seiner Angreifer zu packen suchte.

Auf einmal erspähte der gewandte Affenmensch eine günstige Gelegenheit: er sprang auf die linke Schulter des Tieres, umfaßte dessen Hals mit seinem gewaltigen Arm und stieß ihm das lange Messer in das Herz.

Dann stand Tarzan wieder auf. Der Schwarze und der Weiße schauten sich über der Leiche des Löwen in die Augen ... Der Schwarze machte das Zeichen des Friedens und der Freundschaft, und Tarzan antwortete ihm auf die gleiche Weise.

Vom Affenmenschen zum Wilden

Der Lärm des Kampfes mit Numa hatte viele Wilde des nahen Dorfes angelockt, und sofort nach dem Tode des Löwen waren die beiden Männer von den geschmeidigen, ebenholzfarbigen Kriegern umringt, die mit lebhaften Gebärden umherliefen und tausend Fragen stellten. Und dann kamen die Weiber und die Kinder, die ebenso aufgeregt und neugierig waren. Als sie gar noch Tarzan bemerkten, überstürzten sich ihre Fragen.

Tarzans neuer Freund verschaffte sich schließlich Gehör und als er dann mit seiner Erzählung fertig war, wetteiferten die Schwarzen miteinander in Ehrenbezeigungen für den merkwürdigen Menschen, der ihren Kameraden gerettet und den Kampf mit Numa mit bloßer Hand aufgenommen hatte.

Zuletzt führten sie ihn in ihr Dorf, wo sie ihm Geflügel, Ziegenfleisch und gekochte Speisen auftrugen.

Als er auf ihre Waffen zeigte, beeilten sich die Krieger, Speer und Schild, Pfeile und Bogen zu holen. Außerdem schenkte ihm sein neuer Freund das Messer, mit dem er Numa getötet hatte. Es gab nichts im Dorfe, was man ihm verweigert hätte.

Wie viel leichter war dies, dachte Tarzan, als durch Mord und Raub seine Bedürfnisse zu befriedigen. Wie nahe war er daran gewesen, diesen Mann, den er nie zuvor gesehen hatte, zu töten, denselben Mann, der ihm jetzt mit allen ihm zu Gebote stehenden einfachen Mitteln Freundschaft und Liebe bewies.

Tarzan war beschämt. In Zukunft würde er sich vorher überzeugen, ob der Mensch, den er töten wollte, es auch verdiente.

Dieser Gedanke erinnerte ihn an Rokoff. Er wünschte, nur für ein paar Minuten allein mit dem Russen in der dunklen Dschungel zu sein. Das war ein Mensch, der den Tod wirklich verdiente. Und wenn er Rokoff hätte sehen können, wie er sich eifrig bemühte, die Gunst der schönen Miß Strong zu erschleichen, so hätte er es noch mehr gewünscht, ihm das verdiente Schicksal zuteil werden zu lassen.

Am ersten Abend, den Tarzan bei den Wilden zubrachte, ward ihm zu Ehren ein großes Fest gefeiert. Zuerst gab es ein Festessen, denn die Jäger hatten eine Antilope und ein Zebra als Beute heimgebracht und dazu wurden große Mengen des leichten einheimischen Bieres getrunken. Als die Krieger dann im Feuerschein tanzten, bewunderte Tarzan abermals das Ebenmaß ihrer Gestalten und die Regelmäßigkeit ihrer Gesichtszüge. Die flachen Nasen und die dicken Lippen des typischen Wilden der Westküste fehlten vollständig. In der Ruhe machten die Gesichter der Männer einen klugen und ernsten Eindruck, die der Frauen waren vielfach sehr ansprechend.

Während dieses Tanzes hatte der Affenmensch zum erstenmal bemerkt, daß manche Männer und Frauen goldenen Schmuck trugen, hauptsächlich schwere Fuß- und Armspangen, die anscheinend aus massivem Metall gehämmert waren. Als er eine davon prüfen wollte, legte der Eigentümer sie ab und gab Tarzan durch Zeichen zu verstehen, daß er sie als Geschenk annehmen sollte. Eine genaue Prüfung überzeugte Tarzan, daß das Schmuckstück aus lauterem Golde bestand. Das überraschte ihn, denn es war das erstemal, daß er bei afrikanischen Wilden goldenen Schmuck sah, abgesehen von dem wertlosen Tand, den die Bewohner der Küste den Europäern abgekauft oder gestohlen hatten. Er fragte sie, woher das Metall gekommen sei, aber sie konnten ihn nicht verstehen.

Als der Tanz zu Ende war, gab Tarzan seine Absicht kund, sie zu verlassen, aber sie flehten ihn beinahe an, als ihr Gast in einer großen Hütte zu bleiben, die der Häuptling ihm zu alleiniger Benützung anbot. Er versuchte ihnen zu erklären, daß er am nächsten Morgen wiederkehren werde, aber sie verstanden ihn nicht. Als er sich schließlich entfernte und auf den Ausgang des Dorfes zurückschritt, waren sie sehr verblüfft.

Tarzan wußte jedoch genau, was er tat. Er hatte genug Erfahrungen mit dem Ungeziefer gesammelt, das jedes Eingeborenendorf heimsucht. Obschon er in diesem Punkte nicht überempfindlich war, so war ihm doch die frische Luft auf dem Baume lieber als der üble Geruch einer Negerhütte.

Als Tarzan sich auf den niedrigen Ast eines großen Baumes schwang, der über den Dorfzaun reichte, und dann im Laubwerk verschwand, nahm das Verwundern und Staunen kein Ende. Eine halbe Stunde lang riefen sie ihm noch zu, wiederzukehren, aber da keine Antwort mehr kam, suchten sie schließlich die Schlafmatten auf.

Tarzan kehrte in den tieferen Wald zurück, bis er einen Baum gefunden hatte, der seinen einfachen Ansprüchen genügte. Er legte sich auf den breiten gabelförmigen Ast des dicken Baumes und fiel sofort in tiefen Schlaf.

Am folgenden Morgen tauchte er ebenso plötzlich in der Dorfstraße wieder auf, wie er in der vorhergehenden Nacht verschwunden war. Im ersten Augenblick waren die Eingeborenen bestürzt und voller Schrecken, aber als sie ihren Gast wieder erkannten, bewillkommneten sie ihn mit lachenden Zurufen.

An diesem Tage begleitete er die Krieger zu einer großen Jagd in die nahe gelegene Ebene. Dabei fanden sie, daß der Weiße in der Handhabung ihrer eigenen rohen Waffen so gewandt war, daß sie ihn nur noch mehr achten und bewundern konnten.

Wochenlang lebte Tarzan mit diesen wilden Freunden. Er jagte mit ihnen Büffel, Antilopen und Zebras zur Nahrung und Elefanten zur Gewinnung von Elfenbein. Schnell erlernte er ihre einfache Sprache, ihre Gebräuche und Sitten. Er sah, daß sie keine Menschenfresser waren und sogar mit Widerwillen und Verachtung auf die Stämme schauten, die Menschenfleisch aßen.

Busuli, der Krieger, mit dem er das Löwenabenteuer bestanden hatte, erzählte ihm manche der Stammeslegenden. So berichtete er ihm, wie vor langen Jahren sein Volk nach vielen weiten Märschen aus dem fernen Norden zugewandert sei, wie es einst ein großer, mächtiger Stamm war und die Sklavenjäger mit ihren todbringenden Geschossen solche Verheerungen unter ihnen anrichteten, daß sie zu einem kleinen Rest ihrer früheren Zahl und Macht zusammengeschmolzen seien.

Sie hetzten uns zu Tode, wie man ein wildes Tier hetzt, sagte Busuli. Sie verschonten niemand. Wenn sie keine Sklaven wegnahmen, raubten sie Elfenbein, meist aber suchten sie beides. Unsere Männer wurden getötet und unsere Frauen wie Schafe fortgetrieben. Wir kämpften jahrelang gegen sie, aber unsere Pfeile und Speere waren ohnmächtig gegen die Stöcke, die Feuer, Blei und Tod spien, ehe unsere mächtigsten Krieger auch nur einen Pfeil abschießen konnten. Schließlich, als mein Vater noch ein junger Mann war, kamen die Araber nochmals, aber unsere Krieger erkannten sie aus der Ferne, und Chowambi, der damals unser Häuptling war, befahl seinem Volk, alle Habseligkeiten zusammenzuraffen und mit ihm zu gehen; er würde sie weit nach Süden führen, bis sie eine Stelle fänden, wo die arabischen Jäger nicht hinkämen. Und sie taten, wie er befahl, und nahmen ihre ganze Habe mit sich, darunter viele Elfenbeinzähne. Monatelang wanderten sie dahin, litten unsägliche Beschwerden und Entbehrungen, denn ein Teil des Weges führte durch dichten Urwald und über mächtige Berge, schließlich kamen sie an diese Stelle, und obgleich sie Abteilungen auf weitere Suche nach einem besseren Wohnplatz sandten, hat sich bisher nichts Besseres gezeigt.

Und haben die Feinde euch hier nie entdeckt, fragte Tarzan.

Vor etwa einem Jahr fiel eine Anzahl Araber über uns her, aber wir verjagten sie und töteten viele. Tagelang verfolgten wir sie, jagten sie wie wilde Tiere, die sie auch sind, töteten sie einzeln, bis nur noch eine Handvoll übrig blieb, aber diese entkamen.

Während Busuli erzählte, spielte er mit dem schweren goldenen Armband, das die glänzende Haut seines linken Armes umgab. Tarzan schaute zwar auf den Schmuck, aber seine Gedanken waren noch anderswo. Dann aber erinnerte er sich der Frage, die er schon einmal an die Eingeborenen gerichtet hatte, die sie aber nicht verstehen konnten. Seitdem er wieder im Urwald war, hatte er gar nicht mehr an Gold und ähnliche unnütze Dinge gedacht, aber plötzlich erweckte der Anblick des Goldes die in ihm ruhende Kultur, und mit ihr kam die Begierde nach Reichtum. Tarzan hatte aus den Gewohnheiten der Menschen gelernt, und wußte seither, daß Gold Macht und Genuß bedeutete.

Indem er auf das Armband wies, fragte er:

Von wo kam das gelbe Metall, Busuli?

Der Schwarze zeigte nach Südosten.

Eine Monatsreise weit – vielleicht auch mehr, antwortete er.

Bist du dort gewesen? fragte Tarzan.

Nein, aber einige von unseren Leuten waren vor vielen Jahren dort, als mein Vater noch ein junger Mann war. Eine der Abteilungen, die nach einer anderen geeigneten Ansiedlung für unsern Stamm suchten, stieß auf ein seltsames Volk, das viele Schmucksachen von gelbem Metall trug. Die Speere dieser Leute waren an der Spitze damit versehen, ebenso ihre Pfeile und sie kochten in Gefässen von demselben massiven Metall wie mein Armband.

Sie wohnten in Hütten aus Steinen in einem großen Dorf, das mit einer Mauer umgeben war. Sie waren sehr wild, stürzten heraus und fielen über unsere Krieger her, ohne zu fragen, ob sie in friedlicher Absicht gekommen waren. Unsere Leute waren gering an der Zahl, aber behaupteten ihre Stellung auf dem Gipfel einer kleinen felsigen Anhöhe, bis das wilde Volk nach Sonnenuntergang in sein Dorf zurückkehrte. Dann schritten unsere Krieger schnell von ihrer Anhöhe herunter, nahmen den gefallenen Feinden viel Schmuck aus gelbem Metall ab, zogen aus dem Tale fort, und keiner ist dorthin zurückgekehrt.

Es sind böse Menschen, weder weiß wie du, noch schwarz wie ich, sondern wie Bolgani, der Gorilla, mit Haaren bedeckt. Ja, es sind wirklich schlimme Menschen, und Chowambi war froh, als er ihre Gegend hinter sich hatte.

Und sind keine mehr von denen am Leben, die mit Chowambi dort waren, und dieses seltsame Volk und seine merkwürdige Stadt sahen? fragte Tarzan.

Waziri, unser Häuptling, war dort, antwortete Busuli. Er war damals noch ein ganz junger Mann, aber er begleitete Chowambi, der sein Vater war.

Am selben Abend fragte Tarzan den Häuptling darnach, und Waziri, der jetzt ein alter Mann war, sagte, es sei ein langer Marsch gewesen, aber der Weg sei nicht schwer zu verfolgen. Er erinnere sich dessen noch sehr wohl.

Zehn Tage lang, sagte er, zogen wir am Ufer des Flusses entlang, der an unserem Dorf vorbeizieht. Wir wanderten aufwärts, bis wir zu einer kleinen Quelle kamen, die am Abhang einer hohen Gebirgskette entspringt. Aus dieser Quelle kommt unser Fluß. Am nächsten Tag überschritten wir den Gipfel des Berges, und an der anderen Seite kamen wir zu einem Bächlein, dem wir bis zu einem großen Wald folgten. Viele Tage zogen wir dem sich dahinschlängelnden Bache nach, der schon ein tüchtiges Flüßchen geworden war, bis er in einen großen Fluß mündete, der durch ein mächtiges Tal dahinfloß. Hier folgten wir diesem größeren Flusse wieder bis zu seiner Quelle, weil wir hofften, auf offenes Land zu stoßen.

Nach langem Marsche kamen wir wieder zu einer anderen Gebirgskette. Wir folgten dem Fluß weiter aufwärts, bis wir nahe der Bergspitze an eine kleine Höhle kamen, aus der die Quelle des Flusses hervorrieselte.

Ich erinnere mich, daß wir in jener Nacht im Freien lagerten und es sehr kalt war, denn die Berge waren sehr hoch. Am nächsten Tage beschlossen wir den Gipfel des Berges zu besteigen, um zu sehen, wie die Gegend auf der andern Seite wäre, und wenn sie nicht besser aussah, als das Land, das wir so weit durchwandert hatten, wollten wir in unser Dorf zurückkehren und unsern Leuten sagen, daß sich ein besserer Siedlungsplatz nicht finden ließe.

Und so kletterten wir an den felsigen Klippen empor, bis wir den Gipfel erreichten, und dort sahen wir vor einem Bergkegel nicht weit unter uns ein flaches, sehr enges Tal, auf dessen anderer Seite eine Stadt aus Steinhäusern stand, von denen aber viele schon zerfallen waren.

Das Ergebnis von Waziris Geschichte war praktisch dasselbe, wie das von Busuli.

Ich würde gern dorthin gehen, sagte Tarzan, um diesen merkwürdigen Ort zu sehen und mir von den wilden Einwohnern gelbes Metall zu holen.

Es ist ein weiter Marsch, erwiderte Waziri, und ich bin ein alter Mann, aber wenn du warten willst, bis die Regenzeit vorüber ist und die Flüsse gefallen sind, will ich einige von meinen Kriegern nehmen und mit dir gehen.

Tarzan mußte sich damit zufrieden geben, obschon er sich am liebsten schon am nächsten Morgen auf den Weg gemacht hätte. Er war ungeduldig wie ein Kind. In Wirklichkeit war er auch nur ein Kind oder ein Urwaldmensch, denn das ist ungefähr dasselbe.

Am nächsten Tage kehrte eine kleine Abteilung von Jägern aus dem Süden in das Dorf zurück, um zu berichten, eine große Herde Elefanten sei nur einige Meilen von ihnen entfernt. Die Männer waren auf die Bäume geklettert und hatten sie von dort aus gut erkennen können; es seien darunter einige Elefanten mit gutausgebildeten Stoßzähnen, eine Menge weiblicher Tiere und Junge, und manche ausgewachsene männliche Tiere, deren Elfenbein nicht zu verachten sei.

Der Rest des Tages und der Abend wurde mit den Vorbereitungen zu einer großen Jagd ausgefüllt. Die Speere wurden untersucht und ausgebessert, die Köcher wieder gefüllt und die Bogen straffgezogen. Und während der ganzen Zeit ging der Zauberdoktor des Dorfes zwischen den Leuten hindurch und verteilte allerlei Zaubermittel und Amulette, die die Leute vor Anfällen bewahren oder ihnen am morgigen Tage Glück bringen sollten.

Bei Morgengrauen waren die Jäger auf den Beinen. Es waren fünfzig flinke schwarze Krieger, und in ihrer Mitte stand Tarzan, geschmeidig und rüstig wie ein junger Waldgott, dessen braune Farbe seltsam von dem Schwarz der andern abstach. Aber abgesehen von der Farbe, sah er genau so wie sie aus. Sein Schmuck und seine Waffen waren dieselben. Er sprach ihre Sprache, er lachte und scherzte mit ihnen, hüpfte und jauchzte mitten im wilden Tanze, den sie vor ihrem Abzug veranstalteten, kurz und gut, er war ein Wilder unter Wilden. Hätte man ihn befragt, so hätte er sicher erklärt, er fühle sich diesem Volke und seinen Sitten näher verwandt als seinen Pariser Freunden, deren Benehmen er vor wenigen Monaten nach Affenart nachgeahmt hatte.

Er dachte aber an d'Arnot, und lachte vor Vergnügen, wobei er seine starken Zähne zeigte, als er sich fragte, welches Gesicht wohl der Untadelige machen würde, wenn er ihn jetzt sähe. Armer Paul! Er war so stolz darauf, daß er seinem Freund die letzten Spuren seiner Wildheit ausgetrieben hatte. Wie schnell bin ich doch gefallen! dachte Tarzan, aber in Wirklichkeit hielt er das nicht für einen Fall, sondern er hatte vielmehr Mitleid mit den armen Pariser Geschöpfen, die wie Gefangene eingeengt waren und ihr ganzes armes Leben lang von Polizisten bewacht wurden, und nichts tun durften, was nicht gekünstelt oder mit Zwang verbunden war.

Nach zweistündigem Marsche kamen die Krieger in die Nähe der Stelle, wo die Elefanten am Tage vorher gesichtet worden waren. Von da an schlichen sie langsam und vorsichtig weiter, indem sie überall nach den Fährten der großen Tiere suchten. Zuletzt fanden sie eine deutliche Spur, wo die Herde erst vor wenigen Stunden hindurchgekommen sein konnte.

Eine halbe Stunde lang folgten sie dieser Spur im Gänsemarsch. Tarzan war der erste, der die Hand erhob, um das Zeichen zu geben, daß die Tiere in der Nähe seien. Seine feine Nase hatte ihm verraten, daß die Elefanten nicht mehr weit entfernt seien.

Die Schwarzen bezweifelten das.

Tarzan aber antwortete ihnen:

Kommt nur, dann werdet ihr schon sehen!

Mit der Behendigkeit eines Eichhörnchens kletterte er auf eine Baumspitze. Einer der Schwarzen stieg ihm langsam nach. Als er einen Ast neben dem Affenmenschen erreicht hatte, zeigte dieser nach Süden. Dort sah man in der Tat in Entfernung von wenigen hundert Metern eine Anzahl dunkler Rücken, die sich durch das hohe Gras der Dschungel bewegten. Der Schwarze zeigte den unten wartenden Stammesgenossen die Richtung und gab ihnen zugleich mit den Fingern die Zahl der Tiere an, die er sehen konnte.

Sofort ging es in der angegebenen Richtung voran. Der Schwarze kletterte vom Baume herunter, während Tarzan es vorzog, in seiner gewohnten Art von Baum zu Baum zu springen.

Es ist kein Kinderspiel, mit den primitiven Waffen der Wilden auf die Elefantenjagd zu gehen. Tarzan wußte denn auch, daß nur wenige Eingeborenen-Stämme dies Wagnis unternahmen, und er war nicht wenig stolz darauf, daß sein Stamm diesen Mut hatte, denn er betrachtete sich schon als ein Mitglied dieser Gemeinschaft.

Als Tarzan geräuschlos durch die Bäume weiter wanderte, sah er, wie die Krieger sich duckend im Halbkreis an die ahnungslosen Elefanten heranschlichen. Als sie näher herangekommen waren, wählten sie zwei starke Elefanten mit ausgewachsenen Stoßzähnen aus. Auf ein Zeichen stießen die fünfzig Mann aus ihrer Deckung vor und schleuderten ihre schweren Kriegsspeere auf die beiden ausgesuchten Tiere. Das eine bewegte sich nicht mehr von der Stelle, als die Flut von Speeren es traf, denn zwei waren so gut gezielt, daß sie das Herz getroffen hatten. Es stürzte stöhnend vornüber auf die Knie und fiel zu Boden.

Das andere Tier stand näher bei den Jägern, mit dem Kopf ihnen zugewandt, und wenn auch alle Speere es getroffen hatten, so war ihm doch keiner ins Herz gedrungen.

Einen Augenblick stand das gewaltige Tier da, trompetete vor Wut und Schmerz, und stierte mit den kleinen Augen nach seinen Verfolgern aus. Die Schwarzen waren im Nu in der Dschungel verschwunden, ehe sein Blick sie erreichen konnte, aber es hörte sie im Gebüsch, und bahnte sich sofort mit der ganzen Wucht seines riesigen Körpers einen Weg durch das Gestrüpp.

Der Zufall wollte, daß der Elefant auf Busuli stieß, dem er sich so schnell näherte, daß der Schwarze starr vor Schrecken stehen blieb, statt sein Heil in der Flucht zu suchen. Tarzan hatte diese Wendung von einem nahen Baum aus gesehen, und als er erkannte, in welcher Gefahr sich sein Freund befand, eilte er mit lautem Geschrei dem wütenden Tier entgegen, weil er glaubte, dadurch dessen Aufmerksamkeit auf sich lenken zu können.

Das war aber vergeblich, denn der Elefant ging nicht von dem ab, auf den er sich zuerst hatte stürzen wollen. Jetzt sah Tarzan, daß nur noch ein Wunder Busuli retten konnte, und sprang dem Elefanten in den Weg, um das Leben des schwarzen Kriegers zu retten.

Er ergriff seinen Speer und tauchte, als Tantor noch sechs oder acht Schritte von seiner Beute entfernt war, wie vom Himmel gefallen vor dem Riesen auf. Mit einem Schlag nach rechts suchte der Elefant den frechen Störenfried, der ihn von der Verfolgung seiner Beute abhalten wollte, zu beseitigen, aber er hatte nicht mit der blitzartigen Schnelligkeit Tarzans gerechnet.

Und so geschah es, daß bevor noch der Elefant sich dieses neuen Feindes hatte entledigen können, der Affenmensch ihm die eiserne Spitze seines Speeres durch die Schulter in das Herz stieß. Der ungeheure Dickhäuter stürzte tot zu Boden.

Da Busuli sich inzwischen zur Flucht gewandt hatte, war es ihm gar nicht klar geworden, wie er gerettet wurde, aber Waziri, der alte Häuptling, und einige andere Krieger hatten die Vorgänge beobachtet, riefen Tarzan jubelnd zu und umringten ihn und seine große Beute.

Als Tarzan auf die mächtige Beute sprang und in seiner gewohnten Art mit gewaltiger Stimme seinen Sieg verkündete, wichen die Schwarzen entsetzt zurück, denn das war ja das Gebrüll des schrecklichen Bolgani, den sie ebenso fürchteten wie Numa, den Löwen, aber ihre heutige Furcht war noch verstärkt von jener Angst, die sie vor diesem Menschen hatten, der ihnen eine übernatürliche Macht zu haben schien.

Aber als Tarzan den Kopf wieder senkte und ihnen zulachte, waren sie wieder beruhigt, obschon sie sein Verhalten nicht verstanden. Es war ihnen auch nicht begreiflich, wie dieses seltsame Geschöpf, das sich ebenso schnell und sicher wie ein Affe auf den Bäumen fortbewegte, doch auf der Erde ebenso zu Hause war wie sie selbst, so stark war, wie ihrer zehn, und mit bloßen Händen einen Kampf mit den wildesten Tieren der Dschungel aufnahm.

Als nun auch die übrigen Krieger herangekommen waren, nahm man die Jagd wieder auf. Jetzt galt es, die zurückweichende Herde zu verfolgen!

Sie waren aber kaum hundert Meter weit gekommen, als hinter ihnen in weiter Ferne ein merkwürdiges Geknatter zu hören war.

Einen Augenblick blieben sie wie versteinert stehen und horchten.

Dann sprach Tarzan:

Gewehre! Das Dorf wird wieder angegriffen!

Vorwärts! rief Waziri. Die arabischen Räuber sind wieder mit ihren menschenfressenden Sklaven da, um unser Elfenbein und unsere Frauen zu stehlen!

Die Elfenbein-Räuber

Waziris Krieger eilten im Schnellmarsch durch die Dschungel zu ihrem Dorf zurück. Einige Minuten zuvor hatte das scharfe Gewehrgeknatter sie zur Eile angetrieben, schließlich vernahm man nur noch einzelne Schüsse, und nun hörten auch diese auf. Diese Ruhe war aber nicht weniger unheilverkündend, als das Gewehrfeuer, denn sie ließ nur die Deutung zu, daß das schlecht bewachte Dorf dem Angriff einer Übermacht erlegen sei.

Die heimkehrenden Krieger hatten etwas mehr als drei Meilen zurückgelegt und waren noch fast zwei Meilen von ihrem Dorfe entfernt, als sie auf die ersten Flüchtlinge stießen, die dem Feind entronnen waren. Es waren ein Dutzend Weiber, Knaben und Mädchen, die vor lauter Aufregung kaum sprechen konnten, als sie Waziri das Unglück, das über sein Volk hereingebrochen war, zu schildern versuchten.

Sie sind so zahlreich wie die Blätter auf den Bäumen, rief eine der Frauen, indem sie die Stärke des Feindes zu erklären suchte. Es sind viele Araber und unzählige Manyuema, und sie haben alle Feuerwaffen. Sie schlichen sich an das Dorf heran, bevor wir etwas von ihrem Herannahen bemerkt hatten, und dann stürzten sie mit Schnellfeuer auf uns los, Männer, Frauen und Kinder niederschießend. Manche von uns konnten nach allen Richtungen in die Dschungel entfliehen, aber viel mehr sind getötet worden. Ich weiß nicht, ob sie Gefangene gemacht haben oder nicht, – sie schienen es nur darauf abgesehen zu haben, uns alle zu töten. Die Manyuema beschimpften uns und sagten, sie wollten uns alle auffressen, bevor sie die Gegend verließen; das sei unsere Strafe dafür, daß wir voriges Jahr ihre Freunde getötet hätten. Mehr hörte ich nicht, denn ich lief sofort davon.

Der Marsch nach dem Dorfe erfolgte jetzt langsamer und vorsichtiger, denn Waziri wußte, daß die Hilfe jetzt doch zu spät käme; es konnte sich nur noch darum handeln, sich für den Überfall zu rächen. Innerhalb der nächsten Meile traf man noch auf etwa hundert Flüchtlinge. Es waren noch manche Männer darunter, und so wurde die Kampfkraft der Abteilung gut verstärkt.

Jetzt wurde ein Dutzend Krieger auf Erkundung ausgesandt. Waziri blieb bei den übrigen zurück, die sich in dünner, langer Kette durch den Wald fortbewegten. An der Seite des Häuptlings ging Tarzan.

Bald kam einer der Kundschafter wieder. Er war bis in Sichtweite des Dorfes vorgedrungen.

Sie sind alle innerhalb der Umzäunung! flüsterte er.

Gut! sagte Waziri. Jetzt stürzen wir uns auf sie und erschlagen sie!

Und er sandte den Befehl die Linie entlang, daß sie alle am Rande der Lichtung zu halten hätten, bis sie sähen, daß er ins Dorf eindrang, und dann sollten sie ihm folgen.

Vorsicht! sagte Tarzan. Wenn auch nur fünfzig mit Gewehren Bewaffnete innerhalb des Zaunes sind, so werden wir zurückgeschlagen und niedergemacht. Laß mich allein durch die Bäume gehen. Ich will von oben herabschauen und sehen, wieviel ihrer sind, und welche beste Aussicht wir haben, sie anzugreifen. Es wäre Wahnsinn, auch nur einen Mann nutzlos dranzuwagen, wenn wir keine Aussicht auf Erfolg haben. Ich habe die Überzeugung, daß wir durch Schlauheit mehr erreichen werden als durch Gewalt. Willst du warten, Waziri?

Ja, sagte der alte Häuptling. Geh nur!

So kletterte Tarzan auf einen Baum und verschwand in der Richtung nach dem Dorfe. Er bewegte sich vorsichtiger, als er es sonst gewohnt war, denn er wußte, daß Männer mit Gewehren ihn auf der Spitze eines Baumes ebenso leicht treffen konnten, wie auf dem Boden. Und wenn Tarzan sich vornahm, vorsichtig zu sein, so konnte kein Geschöpf in der Dschungel sich so leise fortbewegen und sich so gut den Augen des Feindes entziehen wie er.

In fünf Minuten war er bis zu dem großen Baume vorgedrungen, dessen Äste bis über den Zaun des Dorfes reichten, und von dort aus schaute er hinunter auf das Treiben der wilden Horde. Er zählte fünfzig Araber und die Zahl der Manyuema schätzte er wohl auf fünfmal so hoch. Diese letzteren stopften sich voll mit Essen und waren eben dabei, den schauerlichen Schmaus zu bereiten, mit dem sie jeden Sieg über ihre Feinde zu feiern pflegten.

Der Affenmensch sah, daß es zwecklos sei, diese Horde anzugreifen, die mit Gewehren bewaffnet war und sich hinter den verschlossenen Toren des Dorfes verrammelt hatte, und so kehrte er zu Waziri zurück und riet ihm zu warten, zumal er einen besseren Plan habe.

Einen Augenblick zuvor hatte einer der Flüchtlinge die scheußliche Ermordung der Frau des alten Häuptlings erzählt, und dadurch war Waziri in solche Wut geraten, daß er sich nicht mehr halten ließ. Er rief seine Krieger herbei und befahl ihnen, zum Angriff vorzugehen.

Die kleine Truppe, die kaum mehr als hundert Mann zählte, schwenkte die Speere und rannte mit wildem Geschrei gegen das Dorftor. Bevor sie aber die Hälfte der Lichtung durchschritten hatten, eröffneten die hinter dem Zaun postierten Araber ein wütendes Feuer auf sie.

Bei der ersten Salve fiel Waziri. Der Mut der Angreifer ließ schon nach. Eine zweite Salve streckte ein weiteres halbes Dutzend nieder. Nur wenige erreichten das verschlossene Tor und wurden dort niedergeschossen, ohne daß sie auch nur in das Innere eingedrungen waren, und dann brach der ganze Angriff zusammen. Die übrig gebliebenen Krieger eilten in den Wald zurück.

Als sie davonliefen, öffneten die Feinde das Tor und rannten hinter ihnen drein, um das Tagewerk mit der völligen Vernichtung des Stammes zu vollenden. Tarzan war unter den letzten gewesen, die in den Wald zurückflüchteten, aber unterwegs wandte er sich von Zeit zu Zeit um, und schoß einem Verfolger den wohlgezielten Pfeil in den Leib.

In der Dschungel fand er ein Häuflein Schwarzer, die entschieden waren, den Kampf mit der herankommenden Horde aufzunehmen, aber Tarzan rief ihnen zu, sich zu zerstreuen und abzuwarten, bis sie sich in der Dunkelheit wieder zu größerer Stärke vereinigen könnten.

Tut, was ich euch sage! riet er ihnen. Dann will ich euch zum Siege über eure Feinde führen. Zerstreut euch im Wald und sammelt dort soviel Nachzügler, wie möglich, und in der Nacht kommt auf Umwegen zu der Stelle, wo wir heute die Elefanten erlegt haben. Dann will ich euch meinen Plan auseinandersetzen, und ihr werdet finden, daß er gut ist. Ihr könnt nicht daran denken, eure geringe Stärke und eure einfachen Waffen mit der Zahl und den Gewehren der Araber und der Manyuema zu messen.

Die Schwarzen waren damit einverstanden.

Wenn ihr auseinandergeht, erklärte Tarzan zum Schluß, so müssen eure Feinde sich auch zerstreuen, um euch zu folgen, und so kann es leicht geschehen, daß, wenn ihr gut aufpaßt, ihr manch einen Manyuema mit euren Pfeilen aus dem Hinterhalt erlegen könnt.

Sie hatten kaum Zeit, sich schleunigst in den Wald zu zerstreuen, als die ersten Räuber die Lichtung durchkreuzt hatten und die Verfolgung fortsetzten.

Tarzan lief eine kurze Strecke weit, bevor er sich auf einen Baum schwang. Er stieg hoch hinauf und bewegte sich dann schleunigst weiter. Er kehrte zum Dorf zurück. Hier fand er, daß alle Araber und Manyuema zur Verfolgung davon waren und im Dorfe nur die angeketteten Gefangenen und eine einzelne Wache zurückgelassen hatten.

Die Wache stand am offenen Tor und schaute in der Richtung auf den Wald, so daß sie den flinken Riesen nicht sah, der am andern Ende des Dorfes aus der Höhe herunterkam. Mit schußfertigem Bogen schlich sich der Affenmensch leise an den Mann heran, der seine Annäherung gar nicht bemerkt hatte. Die Gefangenen hatten ihn aber schon gesehen, und schauten mit weit geöffneten Augen Tarzan nach, von dem sie ihre Befreiung erhofften.

Jetzt war er bis auf zehn Schritte an den nichts ahnenden Manyuema herangekommen. Der Bogen war gespannt und das kühne graue Auge zielte scharf, bis plötzlich die braunen Finger sich bewegten und der Pfeil durch die Luft schwirrte. Ohne einen Laut von sich zu geben, sank der Räuber zu Boden; der Pfeil hatte ihm das Herz durchbohrt.

Tarzan wandte gleich darauf seine Aufmerksamkeit den fünfzig Frauen und Jugendlichen zu, die Nacken an Nacken an der langen Sklavenkette festgebunden waren. Bei der knappen Zeit, die ihm verblieb, war es ihm nicht möglich, sie von ihren Fesseln zu befreien, und so rief er ihnen zu, ihm so wie sie seien, zu folgen. Er selbst nahm der getöteten Wache das Gewehr und die Patronen ab und ließ die glücklichen Gefangenen zum Dorftor hinaus, von wo sie in den Wald auf der andern Seite der Lichtung verschwanden.

Es war ein langsamer und schwieriger Marsch, denn die Leute waren diese Sklavenkette nicht gewöhnt, und so entstand manche Verzögerung, wenn jemand stolperte oder fiel und die andern mit sich zog. Außerdem war Tarzan gezwungen, einen Umweg zu wählen, um nicht etwa mit zurückkehrenden Räubern zusammenzustoßen. Zum Teil wurde er durch gelegentliche Schüsse geleitet, die ihm verrieten, daß die Araber noch immer in Berührung mit den Dorfbewohnern waren. Aber er wußte, daß, wenn diese seinem Rate folgten, sich ihnen selbst noch manche günstige Möglichkeit gab.

Als es dunkel wurde, hörten die Schüsse ganz auf, und Tarzan sagte sich, nun seien die Araber alle ins Dorf zurückgekehrt. Bei dem Gedanken, daß sie ihre Wache getötet und alle ihre Gefangenen befreit finden würden, konnte er ein triumphierendes Lächeln nicht unterdrücken. Er wünschte, er hätte nur einen Teil von dem großen Elfenbeinvorrat mitnehmen können, den das Dorf enthielt, und wäre es auch nur gewesen, um die Wut der Feinde noch zu vermehren; aber er wußte, daß das nicht notwendig war, denn er hatte bereits einen Plan entworfen, wonach die Araber auch nicht mit einem einzigen Elfenbeinzahn entkommen sollten. Und es wäre grausam gewesen, diese armen, geängstigten Frauen unnützerweise mit dem schweren Elfenbein zu belasten.

Es war nach Mitternacht, als sich Tarzan mit seiner langsam vorrückenden Karawane der Stelle näherte, wo die Elefanten lagen. Lange bevor sie diese Stelle erreichten, hatte ihnen ein großes Feuer als Leitsignal gedient. Die Eingeborenen hatten nämlich im Mittelpunkt ihres schnell errichteten Lagers ein Feuer gemacht, teils um sich zu wärmen, teils um die Löwen fernzuhalten.

Als Tarzan mit dem Zuge an das Lager herankam, rief er den Leuten zu, es seien Freunde, die kämen. Es war ein freudiger Empfang, der der kleinen Gruppe bereitet wurde, als man sah, daß eine lange Reihe gefangener Verwandter und Freunde im Schein des Feuers herankam. Man hatte alle diese Leute schon aufgegeben, und die Schwarzen waren über deren Rückkehr so glücklich, daß sie am liebsten die ganze Nacht hindurch bei einem Festmahl von Elefantenfleisch gefeiert hätten, wenn Tarzan nicht darauf bestanden hätte, daß sie wenigstens etwas schlafen sollten, um für den kommenden Tag gerüstet zu sein.

Nun war es aber nicht leicht, zu schlafen, denn die Frauen, die ihre Männer oder ihre Kinder verloren hatten, weinten und heulten fortwährend. Schließlich gelang es Tarzan, sie zum Schweigen zu bringen, indem er ihnen vorhielt, durch ihren Lärm verrieten sie den Arabern ihr Versteck und diese würden kommen, um sie alle zu töten.

Als der Morgen graute, erklärte Tarzan den Kriegern seinen Kampfplan, der ohne Widerspruch angenommen wurde. Alle erkannten an, daß dies der sicherste Weg sei, um sich von dem unwillkommenen Besuch zu befreien und sich zu rächen.

Zuerst wurden die Frauen und Kinder unter der Bewachung von etwa zwanzig alten Kriegern und Jünglingen nach Südwesten gesandt, um sie ganz aus der Gefahrzone herauszubringen. Sie erhielten die Anweisung, sich ein vorläufiges Lager anzulegen und mit einem Schutzzaun aus Dornenhecken zu umgeben, da Tarzans Feldzugsplan vielleicht Tage oder auch Wochen in Anspruch nehmen werde und die Krieger in dieser Zeit nicht in das neue Lager kommen könnten.

Zwei Stunden nach Tagesanbruch umgab ein dünner Kreis schwarzer Krieger das Dorf. In gewissen Zwischenräumen kletterte einer hoch auf einen Baum hinauf, von wo er den Zaun übersehen konnte.

Auf einmal fiel ein Manyuema mitten im Dorf um: er war von einem Pfeil getroffen. Dabei hatte man nichts von einem Angriff bemerkt, nichts von dem häßlichen Geschrei gehört, mit dem die Schwarzen, ihre Lanzen schwingend, gegen den Feind vorzugehen pflegen. Aus dem schweigenden Walde war lediglich ein todbringender Pfeil gekommen.

Über diesen unerwarteten Fall gerieten die Araber und ihre Begleiter in große Wut. Sie rannten nach dem Tore, um sich an den tollkühnen Urhebern dieses Angriffs zu rächen, aber sie wußten nicht, nach welcher Seite sie sich wenden sollten, um den Feind zu finden. Als sie dort standen und mit ängstlichem Geschrei und lebhaften Gebärden berieten, sank wiederum in ihrer Mitte einer ihrer Leute lautlos zu Boden: ein dünner Pfeil hatte ihm das Herz durchbohrt.

Tarzan hatte die besten Schützen des Stammes auf die Bäume rings um das Dorf verteilt und ihnen besonders anempfohlen, sich sorgfältig im Laub zu verbergen, so daß der Feind sie vom Dorf aus nicht sehen konnte. Sobald einer einen Pfeil abgeschossen, sollte er sich hinter den Stamm verstecken und nicht eher wieder schießen, bis er sich überzeugt hatte, daß niemand nach dem Baume schaute.

Dreimal liefen die Araber über die Lichtung nach der Seite hin, von wo ihrer Meinung nach der Pfeil gekommen sein mußte, aber jedesmal schwirrte ein neuer Pfeil heran und forderte wieder ein Opfer. Dann wollten sie wieder in einer anderen Richtung suchen, aber schließlich einigten sie sich dahin, den Wald ringsum genau abzusuchen. Sie entdeckten aber nirgends einen Feind, denn die Schwarzen schienen alle Reißaus genommen zu haben.

Über ihnen aber lauerte ein grimmiges Gesicht im dichten Laub eines mächtigen Baumes. Es war Tarzan, der wie ein drohender Todesgott über ihnen schwebte. Da ging eben ein Manyuema seinen Begleitern voraus. Es war nichts Gefährliches in der Umgebung zu sehen, und doch schwirrte auf einmal ein Pfeil durch die Luft und traf den Wilden mit tödlicher Sicherheit. Einen Augenblick später stolperten die andern über seine Leiche.

Eine solche Art der Kriegführung würde sogar Weiße nervös machen, und so war es nicht verwunderlich, daß die Manyuema bald von fürchterlicher Angst ergriffen wurden. Ging einer von ihnen voraus, so konnte man sicher sein, daß ein Pfeil ihn traf, blieb einer aber zurück, so sah man ihn nicht mehr lebend wieder. Ging einer nur eine Minute auf die Seite, so kehrte er nicht mehr wieder. Und jedesmal, wenn sie die Leiche eines der Ihrigen fanden, war das Herz von einem Pfeil durchbohrt. Es war geradezu, als ob unsichtbare Feinde um das Dorf herum lauerten, die eine übermenschliche Macht besäßen. Das Merkwürdigste war eben, daß sie den ganzen Vormittag nicht einen Feind gesehen oder gehört hatten.

Als sie schließlich aus dem Walde in das Dorf zurückkehrten, war es nicht besser. Bald hier, bald dort fiel ein Mann tot nieder, und in den Zwischenpausen war man vor Angst so aufgeregt, daß es zum Verrücktwerden war. Die Manyuema baten die Araber, den verhängnisvollen Ort zu verlassen, aber diese fürchteten sich, den Rückweg durch den von einem so gefährlichen neuen Feind besetzten Wald anzutreten, zumal sie mit dem großen Elfenbeinvorrat belastet sein würden, und bis jetzt konnten sie sich noch nicht entschließen, diesen zurückzulassen.

Schließlich suchte die ganze Expedition Zuflucht in den strohbedeckten Hütten, wo man sich wenigstens vor den Pfeilen geschützt glaubte. Tarzan hatte aber von seinem Baume aus erspäht, in welche Hütte der Araber-Häuptling gegangen war, und sich auf einen überhängenden Ast möglichst weit vorwagend, warf er sofort mit der ganzen Gewalt seiner Riesenmuskeln einen Speer durch das Strohdach hinein. Aus dem Schmerzgeheul, das aus dem Innern erscholl, erkannte er, daß er sein Ziel getroffen hatte.

Das war sein Abschiedsgruß, aus dem die Räuber ersehen sollten, daß sie nirgends mehr in Sicherheit wären.

Er kehrte nun in den Wald zurück, sammelte seine Krieger und zog mit ihnen eine Meile südwärts, um zu rasten und zu essen. Er stellte Wachen auf verschiedenen Bäumen auf, die die Aussicht auf den Weg nach dem Dorf beherrschten, aber es zeigte sich kein Feind.

Eine Besichtigung seiner Streitkräfte ergab, daß auch nicht ein Mann verloren gegangen, ja, daß nicht einmal einer verwundet worden war. Die Schwarzen aber wußten, daß mindestens zwanzig ihrer Feinde ihren Pfeilen erlegen waren. Das freute sie so sehr, daß sie den Tag mit einem großartigen Angriff auf das Dorf beschließen wollten, wobei sie die letzten Feinde zu vernichten gedachten. Sie waren eben dabei, sich all die Grausamkeiten auszumalen, die sie ihren Feinden und namentlich den verhaßten Manyuema zufügen wollten, als Tarzan dazukam und sie sehr ungehalten anfuhr.

Ihr seid verrückt! schrie er sie an. Ich habe euch den einzigen Weg gezeigt, dieses Volk zu bekämpfen. Schon habt ihr zwanzig davon erlegt, ohne auch nur einen von euch verloren zu haben, während ihr gestern mit euerm Verfahren mindestens ein Dutzend verloren und nicht einen Araber oder Manyuema getötet habt. Und dieses Verfahren wollt ihr jetzt wieder anwenden! Das gibt es nicht. Entweder kämpft ihr, so wie ich es euch sage, oder ich verlasse euch und gehe wieder in meine Gegend.

Sie erschraken ob dieser Drohung und versprachen, ihm zu gehorchen, wenn er bei ihnen bliebe.

Gut, sagte er. Diese Nacht werden wir in das Elefantenlager zurückkehren. Ich habe einen Plan, um den Arabern einen kleinen Geschmack von dem zu geben, was sie erwartet, wenn sie in unserer Gegend bleiben, aber ich habe keine Hilfe nötig. Kommt! Wenn sie den Rest des Tages verschont bleiben, so fühlen sie sich wieder sicher, und wenn wir dann wieder anfangen, so wird die Angst sie mehr heimsuchen, als wenn wir fortfahren, sie den ganzen Nachmittag zu erschrecken.

So zogen sie also in das Lager zurück, das sie vorige Nacht benützt hatten, und nachdem sie sich große Feuer angezündet hatten, aßen und erzählten sie sich die Abenteuer des Tages bis weit in die Nacht hinein.

Tarzan aber schlief bis um Mitternacht. Dann stand er auf und wanderte durch den stockfinsteren Wald. Nach einer Stunde gelangte er an die Grenze der Dorflichtung.

Innerhalb des Zaunes brannte ein Wachtfeuer. Der Affenmensch schlich sich durch die Lichtung bis an das verschlossene Tor. Zwischen den Stäben hindurch sah er einen einzelnen Wachtposten am Feuer sitzen.

Vorsichtig ging Tarzan bis zu dem Baume am Ende des Dorfes. Leise kletterte er auf seinen früheren Platz hinauf und steckte einen Pfeil in seinen Bogen. Mehrere Minuten lang zielte er auf die Wache, aber bei der Bewegung der Äste und dem Flackern des Feuers war die Gefahr eines Fehlschusses zu groß. Er mußte schon sehen, den Mann direkt ins Herz zu treffen, damit er sofort tot wäre. So erforderte es sein Plan.

Außer Bogen und Pfeilen und einem Stricke hatte er auch das Gewehr mitgebracht, das er am vorhergehenden Tage dem getöteten Wachtposten abgenommen hatte. All diese Waffen verbarg er sorgfältig in einer passenden Gabelung des Baumes. Dann stieg er herunter und ließ sich vorsichtig auf den Boden innerhalb der Umzäunung herab. Als Waffe trug er bloß ein langes Messer.

Die Wache hatte ihm den Rücken gekehrt. Wie eine Katze schlich Tarzan auf den schlummernden Mann zu.

Jetzt war er nur mehr zwei Schritte von ihm entfernt. Noch einen Augenblick, und er würde ihm das Messer lautlos ins Herz stoßen! …

Tarzan beugte sich, um zum Sprunge auszuholen, denn dies ist bei den Dschungeltieren immer die sicherste Art des Angriffs, aber plötzlich sprang der Mann auf. Er war offenbar durch irgendein geheimes Gefühl gewarnt worden, und stand nun dicht vor dem Affenmenschen.

Als der schwarze wilde Manyuema den fremden Mann erblickte, der mit gezücktem Messer dastand, riß er die Augen vor Schrecken auf. Er dachte weder daran, das Gewehr zu benützen, das er in der Hand hielt, noch zu schreien. Er dachte nur daran, diesem furchtbar dreinschauenden weißen Fremdling zu entfliehen, diesem Riesen, auf dessen mächtiger Brust sich der flackernde Feuerschein widerspiegelte.

Aber bevor er sich umwenden konnte, hatte Tarzan ihn ergriffen, und als er um Hilfe schreien wollte, war es zu spät. Eine starke Hand hatte ihn an der

Gurgel gefaßt und ihn zu Boden geschleudert. Er schlug wütend um sich, aber es war vergebens. Dann erfolgte noch ein konvulsivisches Zittern der Muskeln, und der Manyuema lag tot da.

Der Affenmensch legte die Leiche auf seine breite Schulter, hob das Gewehr der Wache auf und lief leise durch die Straße des schlafenden Dorfes bis zu dem Baum, von dem er heruntergestiegen war. Die Leiche verbarg er einstweilen oben im Laubwerk.

Zuerst nahm er ihr den Patronengürtel und die Schmucksachen ab und legte sie in einen Versteck. Dann tastete er die Leiche ab, ob er nicht noch sonst etwas erbeuten könnte, denn es war zu dunkel, um genau zu sehen.

Als er damit fertig war, nahm er das Gewehr, das der Wache gehört hatte, und ging auf einem Ast möglichst weit nach vorn, um besser die Hütten überblicken zu können. Er zielte mit dem Gewehr sorgfältig auf die bienenkorbähnliche Hütte, die dem arabischen Häuptling als Aufenthalt diente, und drückte los. Gleich darauf erscholl ein schmerzliches Stöhnen als Antwort. Tarzan freute sich: er wußte, daß er wieder einen Treffer zu verzeichnen hatte.

Nach dem Schuß war es noch einen Augenblick ruhig in dem Dorfe. Dann aber strömten Manyuema und Araber wie zornige Wespen aus den Hütten. Als sie erfuhren, was geschehen war, erschraken sie furchtbar. Die Vorfälle am vorigen Tage hatten sie schon aufgeregt, und jetzt versetzte dieser einzelne mitten in der Nacht gefallene Schuß sie in lähmenden Schrecken.

Nun entdeckten sie auch, daß ihre Wache verschwunden war, und um ihren Mut durch eine kriegerische Handlung neu zu beleben, fingen sie an, auf das verschlossene Tor des Dorfes zu feuern, obschon kein Feind zu sehen war.

Tarzan aber benützte dieses sinnlose Feuer, um seinerseits mitten in die aufgeregte Menge zu schießen. Bei dem furchtbaren Knattern ihrer eigenen Gewehre hatte keiner der Wilden den fremden Schuß vernommen, aber auf einmal sahen mehrere von ihnen einen der ihren zusammenbrechen. Als sie sich über ihn beugten, sahen sie, daß er tot war.

Da bemächtigte sich ihrer ein solcher Schrecken, daß sie alles im Stiche lassen wollten, um aus diesem unheimlichen Dorfe herauszukommen. Es bedurfte der ganzen Autorität der Araber, um die Manyuema von der Flucht zurückzuhalten.

Geraume Zeit dauerte es, bis sie sich etwas beruhigt hatten, erst als sich kein weiterer geheimnisvoller Todesfall ereignete, faßten sie sich.

Es war aber nur eine kurze Atempause, denn gerade als sie meinten, jetzt würden sie wohl nicht mehr gestört werden, gab Tarzan aus seinem Baume grausig stöhnende Laute von sich. Die Räuber suchten nun festzustellen, aus welcher Richtung diese merkwürdigen Töne herüberklangen, und als sie unter den Baum kamen, ließ Tarzan auf einmal die Leiche der erwürgten Wache herunterfallen, so daß sie ihnen auf den Kopf fiel.

Mit einem Schrei des Entsetzens stoben alle auseinander, um nur möglichst schnell diesem seltsamen Geschöpf, das auf sie heruntergesprungen war, zu entrinnen. In ihrer verstörten Einbildung hatte die Leiche, die mit ausgebreiteten Armen und Beinen heruntergefallen war, nämlich wie ein großes Raubtier ausgesehen.

In ihrer namenlosen Furcht kletterten viele über den Zaun, während andere die Stäbe durchbrachen und in aller Eile über die Lichtung in die Dschungel liefen.

Eine Zeitlang wagte es keiner von ihnen, zurückzuschauen, aber Tarzan wußte, daß sie nach einiger Zeit doch entdecken würden, daß es die Leiche ihrer Wache war, die sie so erschreckt hatte. Er wußte auch, was sie dann tun würden, und so zog er es vor, einstweilen wieder zu verschwinden.

In den vom Monde beschienenen Kronen der Bäume wanderte er südwärts nach dem neuen Lager der Waziri.

Der weiße Häuptling der Waziri

Im Dorf sah ein Araber sich das Ding an, das von dem Baume gefallen war. Es lag ruhig in der Mitte der Straße. Vorsichtig näherte er sich ihm und sah, daß es nur ein Mensch war.

Er betrachtete ihn näher und fand, daß es die Leiche des Manyuema war, der am Dorftore Wache gestanden hatte. Schnell rief er seine Kameraden herbei, und nachdem sie sich eine Weile aufgeregt unterhalten hatten, taten sie genau das, was Tarzan erwartet hatte: sie ergriffen ihre Gewehre und feuerten eine Salve nach der andern in den Baum ab, von dem die Leiche heruntergefallen war. Wenn der Affenmensch noch da oben gewesen wäre, so wäre er sicher von hundert Kugeln durchbohrt worden.

Als die Araber und die Manyuema entdeckten, daß die einzigen Spuren von Gewalt an der Leiche ihres Kameraden die riesigen Fingerabdrücke am Halse waren, hatten sie wieder neue unheilvolle Ahnungen. Es war ein neuer Schlag für sie, daß sie nicht einmal in der Nacht innerhalb der Umzäunung sicher waren. Daß ein Feind mitten in ihr Lager dringen und mit bloßen Händen ihre Wache töten könne, kam ihnen so unglaublich vor, daß die abergläubischen Manyuema anfingen, ihr Unglück übernatürlichen Ursachen zuzuschreiben; aber auch die Araber konnten keine vernünftige Erklärung dafür finden.

Es waren wohl etwa fünfzig Manyuema, die in die dunkle Dschungel liefen. Die Zurückbleibenden aber wußten nicht, wann der unsichtbare Feind die kaltblütige Vernichtung der Ihrigen fortsetzen würde. So waren es Verzweifelte, die schlaflos dem Morgengrauen entgegensahen. Die Manyuema wollten nur unter der Bedingung im Dorfe bleiben, daß die Araber ihnen versprachen, sofort nach Tagesanbruch abziehen zu wollen und möglichst schnell in ihr Land zurückzukehren. Auch die Furcht vor ihren grausamen Herren war nicht imstande, sie länger zurückzuhalten.

Als Tarzan und seine Krieger am nächsten Morgen zum Angriff zurückkehrten, fanden sie die Räuber im Begriff, das Dorf zu verlassen. Die Manyuema waren schon mit dem geraubten Elfenbein beladen. Als Tarzan das sah, lachte er in sich hinein, denn er wußte, daß sie es nicht weit fortschleppen würden. Dann aber erblickte er etwas, was ihn mit Besorgnis erfüllte: Eine Anzahl Manyuema waren im Begriffe, Fackeln im verglimmenden Lagerfeuer anzuzünden. Sie wollten offenbar das Dorf in Brand stecken.

Tarzan saß auf einem hohen Baume, einige hundert Meter von dem Zaune. Seine Hände trompetenförmig vor den Mund haltend, rief er laut auf arabisch:

Steckt die Hütten nicht an, sonst töten wir euch alle! Steckt die Hütten nicht an, sonst töten wir euch alle!

Er wiederholte das ein dutzendmal. Die Manyuema zögerten. Dann aber warf einer von ihnen seine Fackel auf das Feuer zurück. Die andern wollten dasselbe tun, als ein Araber zwischen sie sprang und sie mit einem Stock nach den Hütten trieb. Offenbar wollte er sie zwingen, das Dorf in Brand zu stecken.

Als Tarzan das sah, richtete er sich auf einem hervorragenden Ast aus, ergriff eines der erbeuteten arabischen Gewehre, die über seiner Schulter hingen, zielte sorgfältig und feuerte.

Ein Knall, und der Araber, der den Befehl zur Brandstiftung erteilt hatte, sank zu Boden.

Nun war kein Halten mehr. Die Manyuema warfen ihre Fackeln weg und stürzten aus dem Dorfe. Zuletzt sah Tarzan noch, wie sie in der Dschungel verschwanden, während ihre früheren Herren niedergekniet waren und ihnen nachfeuerten.

So ärgerlich auch die Araber über die Unbotmäßigkeit ihrer Sklaven waren, so kamen sie doch zuletzt zu der Überzeugung, es sei klüger, auf das Anzünden des Dorfes zu verzichten, da dieses Vergnügen sich zu schlecht angelassen hatte. Sie schworen aber, in einer solchen Stärke zurückzukehren, daß sie imstande wären, die ganze Gegend in meilenweitem Umfange so auszufegen, daß keine Spur eines lebenden Wesens mehr davon zurückbleiben würde.

Vergeblich suchten sie festzustellen, woher die Stimme kam, die ihre Leute abgeschreckt hatte, das Dorf in Brand zu stecken, aber sie hatten nirgends etwas vom Rufer entdecken können. Sie hatten wohl bei dem Schuß, der den Araber niederstreckte, am Baum ein Rauchwölkchen gesehen, aber obschon sie gleich darauf eine Menge Schüsse dorthin abfeuerten, hatten sie keinen Erfolg erzielt.

Tarzan war so klug gewesen, sofort, nachdem er den Schuß abgegeben, herunterzuklettern, hundert Meter weit zu laufen und dann auf einen andern Baum zu steigen. Hier fand er eine günstige Stelle, von der er die Vorbereitungen der Räuber weiter beobachtete.

Es machte ihm Spaß, sie nochmals einzuschüchtern, und so rief er ihnen mit seiner improvisierten Trompete zu:

Laßt das Elfenbein! Laßt das Elfenbein! Tote brauchen kein Elfenbein!

Einige Manyuema fingen schon an, ihre Last wieder abzulegen, aber das war den habgierigen Arabern doch zu toll. Schimpfend und fluchend richteten sie ihre Gewehre auf die Träger und drohten, jeden zu erschießen, der seine Last zurücklassen würde. Sie wollten auf das Anstecken der Hütten verzichten, aber um keinen Preis sollte das Elfenbein aufgegeben werden, das einen ungeheuren Wert darstellte.

So gelang es ihnen, die Sklaven zu zwingen, diesen Schatz, den mehrere Häuptlinge in langen Jahren angesammelt hatten, fortzuschleppen.

Als sie aus dem Dorf der Waziri heraus waren, wandten sie sich nach Norden, um in ihre Niederlassung, die in einer wilden, unbekannten Gegend hinter dem Kongo im tiefsten Dickicht des großen Waldes lag, zurückzukehren.

Auf beiden Seiten ihres Zuges aber verfolgte sie ein unsichtbarer, unnachgiebiger Feind. Unter Tarzans Führung hatten sich nämlich die Waziri-Krieger auf beiden Seiten ihres Weges in dem dichtesten Unterholz versteckt. Sie waren auf weite Zwischenräume verteilt, und wenn der Zug der Räuber vorüberkam, so flog bald hier bald dort ein Pfeil oder ein Speer aus dem Gebüsch und durchbohrte bald einen Araber, bald einen Manyuema.

Sobald ein Waziri einen Pfeil abgeschossen hatte, lief er weiter und stellte sich an einer andern Stelle wieder auf. Er achtete wohl darauf, daß er nur dann wieder einen Pfeil abschoß, wenn er sicher war, zu treffen, und wenn er nicht der Gefahr ausgesetzt war, entdeckt zu werden.

So wurden zwar nur wenig Pfeile und Speere abgeschossen, aber das geschah in einer solchen ausdauernden und zielsicheren Art, daß die Reihe der schwer beladenen Räuber, die nur langsam vorankam, in ständiger Aufregung war, denn kaum war einer ihrer Kameraden gefallen, so mußten sie sich fragen, wer jetzt an die Reihe kommen werde.

Schon ein dutzendmal hatten die Manyuema ihre Last fortwerfen und wie erschrockene Kaninchen fortlaufen wollen, und jedesmal war es den Arabern nur mit größter Mühe gelungen, sie zurückzuhalten. So ging der Tag dahin, – ein Tag voller Schrecken für die Räuber und ein angestrengter, aber erfolgreicher Tag für die Waziri.

Abends errichteten die Araber ihr einfaches Nachtlager in einer kleinen Lichtung an einem Flusse. Aber auch in der Dunkelheit waren sie ihres Lebens nicht sicher, denn von den zwölf Wachen, die sie ringsum aufgestellt hatten, fiel eine um die andere einem Pfeil zum Opfer. Das war unerhört, denn sie sahen ein, daß sie auf diese Weise aufgerieben würden, während ihr Feind bei dieser Kriegführung auch nicht einen Mann verlor.

Aber mit hartnäckiger Habgier hielten die Araber an ihrer Absicht fest, und als der Morgen kam, zwangen sie die murrenden Manyuema, ihre Last wieder aufzuladen und den Marsch durch die Dschungel wieder anzutreten.

Drei Tage lang setzte die immer dünner werdende Kolonne ihren gefahrvollen Weg fort. In jeder Stunde verlor sie einen Mann durch einen Pfeil oder einen

Speer, und auch die Nacht war jedesmal grauenvoll für die, die auf Posten stehen mußten, denn wenigstens einer von ihnen mußte dabei das Leben lassen.

Am Morgen des vierten Tages sahen die Araber sich genötigt, zwei ihrer Sklaven zu erschießen, um wenigstens die andern zu zwingen, das verhaßte Elfenbein wieder aufzuladen. Während die Schwarzen damit beschäftigt waren, kam eine laute, deutliche Stimme aus der Dschungel:

Heute werdet ihr sterben, ihr Manyuema, wenn ihr nicht das Elfenbein zurücklaßt. Fallt doch über eure grausamen Herren her und tötet sie! Ihr habt doch Gewehre, – weshalb benützt ihr sie nicht? Tötet die Araber, und dann wird euch kein Leid mehr geschehen. Wir lassen euch in unser Dorf zurückkehren und geben euch zu essen, und dann könnt ihr ruhig und sicher wieder in eure Heimat gehen. Legt das Elfenbein ab und fallt über eure Herren her. Wir helfen euch. Sonst müßt ihr sterben!

Als die Räuber diese Stimme hörten, standen sie zuerst wie versteinert. Dann sahen die Araber ihre Sklaven an. Die Manyuema aber schauten einander an, – offenbar warteten sie, daß einer anfangen sollte. Es waren nur mehr etwa dreißig Araber übrig, denen hundertfünfzig Manyuema gegenüberstanden, die alle bewaffnet waren.

Die Araber drängten vorwärts. Der Scheik befahl den Manyuema, den Marsch wieder aufzunehmen, und da sie noch zögerten, ergriff er sein Gewehr und legte an. Im selben Augenblick aber warf einer der Träger seine Last ab, riß das Gewehr von der Schulter und schoß in die Gruppe der Araber hinein. Das war das Zeichen für die anderen, dem Beispiel zu folgen, und so war in einem Nu das Lager in eine Menge rasender Teufel verwandelt, die einander mit Gewehren, Pistolen und Messern bekämpften.

Die Araber verteidigten sich tapfer, aber bei dem Kugelregen, mit dem ihre eigenen Sklaven sie überschütteten, und bei dem Hagel von Pfeilen und Speeren, die sich aus der Dschungel über sie ergoß, konnte der Ausgang des Kampfes nicht zweifelhaft sein. Zehn Minuten nachdem der erste Träger seine Last abgeworfen hatte, war der letzte Araber getötet.

Als das Schießen aufhörte, rief Tarzan den Manyuema zu: Ladet unser Elfenbein auf und bringt es in das Dorf zurück, wo ihr es gestohlen habt. Wir tun euch nichts zuleide!

Die Manyuema zögerten einen Augenblick. Sie hatten keine Lust, diesen schwierigen dreitägigen Marsch wieder anzutreten. Erst unterhielten sie sich leise und dann wandte sich einer nach der Richtung zu, aus der die Stimme gekommen war, und rief in die Dschungel hinein:

Wir können ja nicht wissen, ob ihr uns nicht alle töten werdet, wenn ihr uns in eurem Dorfe habt!

Wir haben euch versprochen, euch nichts zuleid zu tun, wenn ihr uns unser Elfenbein zurückbringt, antwortete Tarzan. Aber wißt, daß es in unserer Macht liegt, euch alle zu töten, wenn ihr nicht sofort mit uns zurückkehrt.

Wo bist du, der du die Sprache unserer arabischen Herren sprichst? rief der Sprecher der Manyuema. Komm, zeig dich uns, und dann geben wir dir eine Antwort!

Nun kam Tarzan aus der Dschungel heraus und näherte sich den Schwarzen bis auf zehn Schritte.

Hier bin ich! sagte er.

Als sie sahen, daß es ein Weißer war, wurden sie von Schrecken ergriffen, denn sie hatten noch nie einen weißen Wilden gesehen, aber sie bewunderten seine gewaltige Gestalt und seine riesigen Muskeln.

Ihr könnt mir vertrauen, sagte Tarzan. Solange ihr tut, was ich euch sage, und keinem meines Volkes etwas zuleide tut, soll auch euch nichts geschehen. Wollt ihr unser Elfenbein wieder aufladen und friedlich in unser Dorf zurückbringen, oder sollen wir euch auf eurem Wege nach Norden folgen, wie wir euch schon diese drei Tage gefolgt sind?

Die Erinnerung an die vergangenen drei schrecklichen Tage gab schließlich den Ausschlag bei den Manyuema. Nach einer kurzen Beratung luden sie ihre Lasten wieder auf und machten kehrt: sie schlugen den Weg nach dem Waziri-Dorf wieder ein.

Am Ende des dritten Tages zog Tarzan mit seinen Kriegern und den mit dem Elfenbein beladenen Manyuema durch das Tor wieder ins Dorf hinein. Den Überlebenden, die südwärts in einem Lager versammelt waren, hatte Tarzan schon nach dem Abzug der Räuber einen Boten geschickt mit der Nachricht, sie könnten jetzt unbesorgt zurückkehren.

Tarzan mußte aber seine ganze Überredungskunst aufwenden, um sie zu verhindern, über die Manyuema herzufallen und sie niederzumetzeln. Erst als er ihnen erklärt hatte, er habe den Leuten sein Wort gegeben, daß sie nicht belästigt würden, wenn sie das Elfenbein zurückbrächten, und als er ihnen geschildert hatte, daß sie nur ihm ihren Sieg zu verdanken hätten, gaben sie sich zufrieden und erlaubten den Kannibalen, ruhig innerhalb ihrer Umzäunung zu bleiben.

In dieser Nacht hielten die Waziri eine lange Beratung ab, um ihren Sieg zu feiern und einen neuen Häuptling zu wählen.

Seit dem Tode des alten Waziri hatte Tarzan die Kämpfe der Krieger geleitet und der zeitweilige Oberbefehl war stillschweigend an ihn übergegangen. In der bisherigen Unruhe hatte man keine Zeit gehabt, einen neuen Häuptling zu wählen. Nun hatten sie aber unter der Leitung des Affenmenschen so bewundernswerte Erfolge erzielt, daß sie nicht daran dachten, die oberste Würde einem andern anzuvertrauen, weil sie fürchteten, die bisher errungenen Erfolge könnten dann wieder verloren gehen. Als Waziri den Befehl zum Angriff erteilte, wobei er selbst fiel, hatten sie ja gesehen, welche unheilvollen Folgen es haben konnte, wenn sie dem weißen Mann entgegen handelten, und so kostete es sie keine Mühe, sich zu entschließen, seinen Oberbefehl anzuerkennen.

Die angesehensten Krieger saßen im Kreise um ein kleines Feuer, um darüber zu beraten, wer am ehesten verdiene, Waziris Nachfolger zu werden. Zuerst sprach Busuli:

Seit dem Tode Waziris, der keinen Sohn hinterläßt, gibt es nur einen unter uns, von dem wir aus Erfahrung wissen, daß er ein guter König für uns wäre. Es gibt nur einen, der gezeigt hat, daß er uns erfolgreich gegen die Feuerwaffen des weißen Mannes führen und uns einen leichten Sieg verschaffen kann, ohne daß wir auch nur einen der unsrigen verlieren. Das ist der einzige, und der weiße Mann ist es, der uns die letzten Tage geführt hat.

Dabei sprang Busuli auf, erhob seine Lanze, und indem er sich vor Tarzan verbeugte, fing er an, vor ihm zu tanzen, indem er die Worte sang:

Waziri, König der Waziri! Waziri, Besieger der Araber! Waziri, König der Waziri!

Ein Krieger nach dem andern schloß sich dem feierlichen Tanze an, um zugleich seine Zustimmung zu Tarzans Wahl auszudrücken.

Inzwischen waren auch die Frauen herbeigekommen und hatten sich rings um die Krieger auf den Boden niedergelassen. Bei dem Tanze der Krieger klatschten sie mit den Händen, schlugen die Tam-Tams zusammen und stimmten in den Gesang ein. Mitten im Kreise aber saß Tarzan, der Affen-Tarzan, der nunmehr Waziri, König der Waziri, hieß, denn wie sein Vorgänger, mußte er den Namen des Stammes als seinen eigenen annehmen.

Die Krieger sprangen unermüdlich im Tanze umher und ihre wilden Gesänge erschollen immer lauter. Auch die Frauen waren jetzt aufgestanden und sangen mit. Die Krieger schwangen kühn ihre Speere, und von Zeit zu Zeit bückten sie sich und schlugen mit ihren Schilden auf die festgetretene Erde der Dorfstraße. Es war ein Anblick, wie ihn die wilde Menschheit wohl schon in den ältesten Zeiten dargeboten haben mag.

Als die Aufregung wuchs, sprang auch der Affenmensch auf und nahm an der wilden Zeremonie teil. Im Mittelpunkt des Kreises der glatten schwarzen Körper sprang er schreiend umher und schwenkte seinen schweren Speer genau so, wie es die Eingeborenen taten. Der letzte Rest seiner Kultur war vergessen; er war wieder ein Mensch der Urzeit im vollsten Sinne des Wortes, freute sich der Freiheit seines wilden Lebens und erstrahlte in der Königswürde der Schwarzen.

Ach, wenn Olga de Coude ihn so gesehen hätte! Ob sie dann wohl den gut dressierten, ruhigen jungen Mann wieder erkannt hätte, dessen wohlgepflegtes Gesicht und untadlige Manieren sie noch vor wenigen Monaten so angezogen hatten? Und Jane Porter! Würde sie wohl diesen wilden Kriegerhäuptling, der nackt unter nackten Wilden tanzte, noch lieben? Und d'Arnot! Würde er wohl glauben, daß dies noch derselbe Mensch sei, den er in ein halbes Dutzend der feinsten Klubs eingeführt hatte? Und Clayton! Was würden die andern Peers im Hause der Lords sagen, wenn er auf diesen tanzenden Riesen mit seiner barbarischen Frisur und seinem Metallschmuck zeigen und sagen würde: Meine Lords, das ist John Clayton, Lord Greystoke?

So gelangte Tarzan zu einer wirklichen Königswürde unter den Menschen. Langsam aber sicher folgte er der Entwicklung seiner Ahnen.

Die Lotterie des Todes

Jane Porter war im Rettungsboot die erste, die am Morgen nach dem Schiffbruch der „Lady Alice“ erwachte. Die andern schliefen auf den Bänken oder auf dem Boden des Bootes.

Als Jane bemerkte, daß ihr kleines Fahrzeug von den andern Booten getrennt war, wurde sie sehr unruhig. Das Gefühl des Alleinseins und der Hilflosigkeit auf der ungeheuren Fläche des Ozeans drückte sie so nieder, daß sie keinen Hoffnungsschimmer mehr sah. Sie war überzeugt, daß sie alle verloren seien.

Jetzt wurde Clayton wach. Einige Minuten lang wußte er gar nicht, wie er dran sei, aber dann erinnerte er sich des Unglücks vom vorhergehenden Tage, und schließlich fiel sein verstörter Blick auf das junge Mädchen.

Jane! rief er. Gott sei Dank, daß wir noch beisammen sind!

Schau! sagte sie traurig, indem sie mit mutloser Gebärde auf den Horizont ringsum wies, wir sind allein!

Clayton schaute prüfend nach allen Richtungen über das Wasser.

Wo mögen die andern wohl sein? sagte er. Sie können nicht untergegangen sein, denn die See war ruhig, und ich habe gesehen, daß sie nach Untergang der Jacht alle in den Booten waren.

Er weckte die andern Insassen des Bootes und besprach mit ihnen die Lage.

Es ist ganz gut, sagte einer der Matrosen, daß die Boote auseinander getrieben worden sind. Sie sind alle mit Proviant versehen, so daß in der Hinsicht das eine nicht auf das andere angewiesen ist, und wenn ein Sturm entstände, so könnte das eine dem andern doch nicht helfen. Jetzt, wo sie über den Ozean zerstreut sind, ist die Aussicht größer, daß eines von ihnen von einem Schiff aufgefunden wird und daß man dann auch nach den andern sucht. Jetzt ist die Aussicht auf Rettung viermal so groß, als wenn wir beisammen wären.

Man sah die Richtigkeit dieser Erklärung ein und war darüber erfreut, aber das dauerte nicht lange, denn als man beschlossen hatte, unaufhaltsam nach Osten auf das Festland zuzurudern, bemerkte man erst, daß die beiden Matrosen, die die beiden einzigen Ruder in Händen hatten, in der Nacht offenbar eingeschlafen und ins Meer gefallen waren; es war nichts mehr von ihnen zu sehen.

Die Matrosen gerieten hierüber in eine so heftige Auseinandersetzung, daß es fast zu einer Prügelei kam. Schließlich gelang es Clayton, sie zu beruhigen, aber eine Weile darauf beschwor Herr Thuran einen andern Sturm herauf, indem er von der Dummheit der Engländer überhaupt und der englischen Matrosen im besonderen sprach.

Laßt nur, Kameraden, sagte Tompkins, einer der Matrosen, der bisher an den Auseinandersetzungen nicht teilgenommen hatte. Wenn wir über einander herfallen, so wird uns das nichts nützen. Spider sagte vorher, wir würden nur alle blutig geschlagen werden. Jedenfalls meine ich: Was kann das Streiten helfen? Wir wollen frühstücken, das ist gescheiter.

Das ist kein übler Gedanke, meinte Thuran, und sich an Wilson, den dritten Matrosen, wendend, sagte er:

Reichen Sie mir eine von den Blechbüchsen, lieber Mann! Holen Sie sich selbst eine, versetzte Wilson mürrisch. Ich nehme keinen Befehl von einem – Fremden an. Sie sind noch nicht Kapitän dieses Schiffes.

Das Ergebnis war, daß Clayton die Büchse holen mußte, aber gleich darauf erfolgte eine andere heftige Auseinandersetzung, als einer der Matrosen Clayton und Thuran beschuldigte, die Vorräte so zu verteilen, daß sie den Löwenanteil bekämen.

Einer muß den Befehl über das Boot führen, sagte Jane Porter, die über diese ärgerlichen Auseinandersetzungen sehr ungehalten war, zumal sie sah, daß dieses gezwungene Zusammenleben vielleicht Tage lang dauern würde. Es ist schrecklich genug, auf einem schwachen Boot allein auf dem Ozean zu sein, ohne daß man sich auch noch beständig zankt und bedroht. Ihr Männer möget einen Führer wählen, dann aber müßt ihr ihm auch in allen Dingen gehorchen. Hier ist eine strenge Unterordnung noch nötiger als auf einem regelrechten Schiffe.

Bevor Jane diese Ansicht aussprach, hatte sie gedacht, es würde für sie nicht notwendig sein, sich selbst mit solchen Dingen zu befassen, denn sie glaubte, Clayton wäre imstande, für alle Fälle die nötigen Maßregeln anzuordnen; sie hatte nicht geahnt, daß ein Matrose in solcher Lage so ungefällig sein könne, nicht einmal eine Konservenbüchse herüber reichen zu wollen.

Die Worte des jungen Mädchens beruhigten einstweilen die Leute, und endlich wurde beschlossen, die zwei Wasserfäßchen und die vier

Konservenbüchsen in zwei Hälften zu teilen, von denen die eine den drei Matrosen, die andere den drei Passagieren zugeteilt werden sollte.

So war also die kleine Gesellschaft in zwei Lager geteilt, und als jedes seinen Teil der Vorräte erhalten hatte, ging man gleich daran, die Konservenbüchsen und die Wasserfäßchen zu öffnen, um den Inhalt zu verteilen.

Die Matrosen öffneten zuerst eine ihrer Konservenbüchsen, und dabei zeigten sie sich so enttäuscht, ja gerieten in eine solche Wut, daß Clayton sie fragte, warum sie einen solchen Lärm machten.

Lärm! schrie Spider, Lärm! Das ist schlimmer als Lärm, das ist der Tod! Diese Büchse ist voll Benzin!

Hastig öffneten nun Clayton und Thuran auch eine ihrer Büchsen, um zu sehen, was darin sei, aber zu ihrer großen Enttäuschung sahen sie, daß sie ebenfalls Benzin enthielt. Jetzt wurden auch die andern Büchsen geöffnet, aber auch hier erfuhr man dieselbe Enttäuschung. Es war also nicht ein Gramm eines Lebensmittels an Bord!

Gott sei Dank, daß es wenigstens nicht das Wasser ist, rief Tompkins. Man kann es ohne Essen noch länger aushalten als ohne Wasser. Wenn es nicht anders ist, dann verzehren wir unsere Schuhe, aber trinken kann man sie nicht.

Während er sprach, hatte Wilson angefangen, ein Loch in eines der Wasserfäßchen zu bohren, und Spider hielt einen Becher darunter, um das kostbare Naß aufzufangen. Aber es kam kein Tropfen Wasser heraus, sondern ein dünner Strom kleiner schwärzlicher Körnchen.

Mit einem Fluch ließ Wilson das Fäßchen fallen und starrte sprachlos vor Schrecken in den Becher.

Die Fäßchen sind mit Pulver gefüllt, teilte Spider in dumpfem Ton mit.

Er holte nun das andere und bohrte es ebenfalls an. Aber auch darin war kein Wasser, sondern Pulver.

Benzin und Pulver, rief Thuran aus, Donnerwetter, das nenne ich Nahrung für Schiffbrüchige!

Seitdem man wußte, daß nichts Eßbares und nichts Trinkbares an Bord war, machten sich Hunger und Durst noch mehr bemerkbar, und so fing schon am ersten Tage nach dem tragischen Abenteuer das Leiden mit grimmigem Ernst an, und nun kam der ganze Schrecken der Schiffbrüchigen über die Unglücklichen.

Als weitere Tage vergingen, wurden die Verhältnisse immer schrecklicher. Mit leidenden Augen suchten die Insassen des Bootes Tag und Nacht den Horizont ab, bis sie müde und erschöpft auf den Boden des Schiffes sanken und sich in von Träumen gestörtem Schlummer wenigstens etwas von den Schrecken der Wirklichkeit erholten.

Vor lauter Hungerqualen hatten die Matrosen ihre ledernen Riemen, ihre Schuhe und die Schweißleder ihrer Mützen zerschnitten und aufgegessen, obschon Clayton und Thuran sich alle Mühe gegeben hatten, sie davon abzuhalten, da dies nur ihre Qualen vermehren würde.

Schwach und hoffnungslos lagen alle in der Glut der tropischen Sonne mit vertrockneten Lippen und geschwollenen Zungen, und warteten auf den Tod, den sie herbeisehnten.

Die Leiden der ersten Tage hatten die drei Passagiere, die nichts gegessen hatten, abgestumpft, aber der Todeskampf der Matrosen war schrecklich, als ihr schwacher Magen versuchte, die Lederstücke, mit denen er gefüllt war, zu verdauen.

Tompkins war der erste, der seinen Qualen erlag. Gerade eine Woche nach dem Untergang der „Lady Alice" starb der Matrose unter furchtbaren Zuckungen.

Stundenlang lag die Leiche mit dem scheußlich entstellten Gesicht hinten im Boot, bis Jane Porter den Anblick nicht länger ertragen konnte.

Können Sie den Leichnam nicht über Bord werfen, William? fragte sie.

Clayton stand auf und schwankte nach der Leiche hin. Die beiden noch lebenden Matrosen betrachteten ihn mit merkwürdigen drohenden Blicken aus ihren tiefliegenden Augen. Der Engländer versuchte den Leichnam bis an den Rand des Bootes zu heben, aber er war dazu schon zu schwach.

Bitte helfen Sie mir ein wenig, sagte er zu Wilson, der am nächsten bei ihm lag.

Was wollen Sie denn eigentlich? fragte der Matrose in ärgerlichem Tone.

Ich bin zu schwach, um den Körper allein aufzuheben und über Bord zu werfen. Wir können ihn hier nicht in der brennenden Sonne liegen lassen.

Lassen Sie ihn nur! knurrte Wilson. Wir brauchen ihn morgen.

Nur langsam erfaßte Clayton den Sinn dieser Worte. Die beiden Matrosen wollten nicht, daß man ihren Kameraden ins Meer warf, sie wollten ihn also ...

Nein, es war zu schauderhaft, er konnte es nicht glauben.

O Gott, flüsterte er in ängstlichem Ton, Sie wollen doch nicht ...?

Weshalb nicht? knurrte Wilson. Wovon sollen wir denn leben? Der da ist tot. Dem macht's nichts mehr aus.

Kommen Sie her, Thuran, sagte Clayton, indem er sich an den Russen wandte. Wir werden noch etwas Schlimmeres als den Tod erleben, wenn wir diese Leiche nicht vor Einbruch der Nacht über Bord werfen.

Wilson versuchte sich zu erheben, um sie daran zu verhindern, aber als er sah, daß sein Kamerad Spider auf seiten Claytons und Thurans trat, gab er sein Vorhaben auf, und begnügte sich, mit hungrigen Augen dem Leichnam nachzuschauen, den die drei Männer unter Aufbietung aller Kräfte über Bord warfen.

Den Rest des Tages saß Wilson da, immer wieder auf Clayton stierend. Seine Augen waren wie die eines Wahnsinnigen.

Gegen Abend, als die Sonne im Meere unterging, fing er an undeutlich mit sich selbst zu sprechen, aber seine Augen ließen nicht von Clayton ab.

Auch nachdem es finster geworden war, fühlte Clayton, daß die furchtbaren Augen noch immer auf ihn gerichtet waren. Er wagte es nicht, zu schlafen, und doch war er so matt, daß er sich beständig anstrengen mußte, um bei Bewußtsein zu bleiben. Nach einer ihm endlos vorkommenden Leidenszeit sank sein Kopf auf ein Brett und er schlief ein.

Wie lange er bewußtlos da gelegen hatte, wußte er nicht, aber plötzlich wurde er durch das Geräusch schwankender Tritte in seiner Nähe wach. Der Mond war inzwischen aufgegangen, und als Clayton erschrocken seine Augen öffnete, sah er, wie Wilson heimlich an ihn heranschlich; aus dem offenen Munde hing die geschwollene Zunge heraus.

Durch das Geräusch war auch Jane Porter wach geworden. Als sie die häßliche Szene sah, stieß sie einen schrillen Hilferuf aus, und im selben Augenblick fiel der Matrose über Clayton her. Wie ein wildes Tier suchte er den Überfallenen in die Gurgel zu beißen, aber so schwach Clayton auch war, so gelang es ihm doch, die Bisse des Wütenden von sich abzuhalten.

Durch Jane Porters Schrei waren auch Thuran und Spider geweckt worden. Als sie sahen, was da vorging, bemühten sie sich, Clayton zu Hilfe zu kommen, und den vereinten Anstrengungen der drei gelang es, Wilson zu überwältigen und ihn auf den Boden des Bootes niederzuwerfen.

Einige Minuten lag er hier, mit sich selbst redend und lachend, und dann sprang er mit einem schrecklichen Fluche auf und stürzte sich über Bord, ehe noch einer der andern ihn hatte zurückhalten können.

Infolge der furchtbaren Aufregung zitterten die Überlebenden. Alle waren völlig niedergeschlagen. Spider brach zusammen und weinte. Jane Porter betete, Clayton sprach leise vor sich hin, Thuran aber saß da, den Kopf in die Hände gestützt, und dachte nach.

Am nächsten Morgen gab der Russe das Ergebnis seines Nachdenkens bekannt. Er sagte nämlich zu Clayton und Spider:

Sie sehen, welches Schicksal uns alle erreichen wird, wenn wir nicht heute oder morgen von einem Schiff aufgelesen werden. Dafür aber besteht nur wenig Hoffnung, da wir all die Tage, während wir umhergetrieben, weder ein Segel noch eine Spur von Rauch am Horizont gesehen haben.

Es ginge noch, wenn wir Lebensmittel hätten, aber ohne Lebensmittel ist keine Aussicht mehr. Da bleiben für uns nur zwei Möglichkeiten und wir müssen uns für eine derselben entscheiden. Entweder müssen wir alle in den nächsten Tagen sterben, oder einer von uns muß aufgeopfert werden, damit die andern am Leben bleiben. Verstehen Sie, was ich meine?

Jane Porter, die zugehört hatte, war entsetzt. Wenn der arme, ungebildete Matrose den Vorschlag gemacht hätte, so hätte man sich nicht so sehr darüber zu wundern brauchen, aber daß er von einem Manne, der sich als gebildet ausgab und der ein Gentleman sein wollte, kam, das war ihr ganz unbegreiflich.

Dann ist es besser, wir sterben alle zusammen, sagte Clayton.

Es ist an der Mehrheit, zu entscheiden, erwiderte Thuran. Wir wollen darüber abstimmen, ob einer von uns dreien aufgeopfert werden soll. Miß Porter braucht sich nicht daran zu beteiligen, da sie nicht in Gefahr ist.

Wie sollen wir aber erfahren, wer der erste sein wird? fragte Spider.

Das soll durch das Los entschieden werden, antwortete Thuran. Ich habe hier in meiner Tasche eine Anzahl Frankenstücke. Wir können eine gewisse Jahreszahl auf diesen Münzen auswählen. Wer unter einem Tuch das erste Geldstück mit dieser Jahreszahl herausgreift, der soll der erste sein, der geopfert wird.

Mit einem solchen teuflischen Plan will ich nichts zu tun haben, erklärte Clayton. Da warte ich noch lieber, bis wir Land sichten oder ein Schiff erscheint.

Sie haben zu tun, was die Mehrheit beschließt oder Sie werden eben der erste sein, ohne daß ein Los gezogen wird, erwiderte Thuran ihm in drohendem Tone. Wir wollen über den Plan also abstimmen. Ich bin dafür. Und Sie, Spider? Ich auch, erwiderte der Matrose.

Es ist also der Wille der Mehrheit, verkündete Thuran, und jetzt wollen wir mit dem Losziehen seine Zeit verlieren. Es handelt sich um den einen wie um den andern. Damit drei noch am Leben bleiben können, muß einer von uns vielleicht ein paar Stunden früher sterben als sonst.

Er begann dann mit den Vorbereitungen für die Todeslotterte, während Jane Porter entsetzt mit weit geöffneten Augen dasaß und an das Unsagbare dachte.

Thuran breitete seinen Rock auf dem Boden des Bootes aus, und dann nahm er aus einer Handvoll Hartgeld sechs Frankenstücke. Die beiden anderen Männer beugten sich über ihn, um aufzupassen. Schließlich gab er Clayton die Geldstücke.

Sehen Sie sich sie sorgfältig an, sagte er. Das älteste Stück ist von 1875, und nur eines ist darunter von diesem Jahr.

Clayton und der Matrose sahen jedes einzelne Frankenstück an. Es schien ihnen mit Ausnahme der Jahreszahl nicht der geringste Unterschied zwischen den einzelnen Stücken zu bestehen. In dieser Hinsicht waren sie also beruhigt. Hätten sie allerdings gewußt, daß Thuran als ein Gauner im Kartenspiel seinen Tastsinn durch Erfahrungen so verfeinert hatte, daß er Karten durch bloßes Anfühlen unterscheiden konnte, so hätten sie sein Verfahren wohl kaum als einwandfrei angesehen. Das Frankenstück von 1875 war um ein Haar dünner als die andern, aber weder Clayton noch Spider hätten das ohne Hilfe eines Mikrometers bemerken können.

In welcher Reihenfolge wollen wir losen? fragte Thuran, denn er wußte, daß bei einer Ziehung, bei der es sich um etwas Unangenehmes handelt, die meisten

Menschen es vorziehen, zuletzt zu ziehen; sie glauben dann immer, vielleicht würde der, der vor ihnen zieht, das Pech haben. Thuran hatte aber seine guten Gründe, als erster zu ziehen.

Als nun Spider zuletzt ziehen wollte, erklärte Thuran sich freundlich bereit, den Anfang zu machen. Er hielt die Hand nur einen Augenblick unter den Rock, aber seine gewandten Finger befühlten jedes Stück und er hatte sehr schnell den verhängnisvollen Franken wieder ausgeschieden. Als er die Hand hervorzog, enthielt sie einen Franken von 1888.

Dann kam die Reihe an Clayton. Jane Porter war aufs höchste gespannt und ihr Gesicht verriet eine fürchterliche Angst, als ihr zukünftiger Mann unter den Rock griff. Jetzt zog er die Hand zurück, aber er wagte es nicht, das darin liegende Frankenstück zu betrachten. Thuran aber, der sich herabbeugte, um die Jahreszahl zu sehen, sagte, er sei gerettet.

Zitternd sank Jane Porter auf die Seite des Bootes. Es war ihr ganz schwindelig geworden. Und jetzt, wenn Spider nicht den Franken von 1875 zog, mußte sie den ganzen Schrecken nochmals erleben!

Der Matrose hielt die Hand bereits unter dem Rock. Große Schweißtropfen liefen ihm über die Stirne. Er zitterte wie in einem Anfall von Fieberfrost. Laut verfluchte er sich selbst, daß er so dumm gewesen, als letzter ziehen zu wollen, weil jetzt seine Aussicht wesentlich schlechter war.

Der Russe zeigte sich ganz geduldig und drängte den Matrosen in keiner Weise, denn er wußte genau, daß ihm selbst keine Gefahr drohte, mochte Spider jetzt den Franken von 1875 ziehen oder nicht.

Als nun der Matrose die Hand herauszog und das Geldstück ansah, fiel er ohnmächtig in das Boot. Clayton und Thuran beeilten sich, das Stück anzusehen, das dem Manne aus der Hand gefallen war und neben ihm lag. Es war aber nicht von 1875. Die ängstliche Aufregung, in der Spider sich befand, war so groß, daß sie auf ihn genau dieselbe Wirkung ausübte, als wenn er das verhängnisvolle Geldstück ausgewählt hätte.

Nun mußte also das ganze Verfahren von neuem beginnen. Der Russe hatte wiederum Glück. Jane Porter schloß die Augen, als Clayton unter den Rock griff. Spider bückte sich mit weit aufgerissenen Augen über die Hand, die sein Schicksal entscheiden würde, denn wenn Clayton Glück hatte, so war er selbst verloren.

Nun zog Clayton die Hand heraus, aber er hielt sie fest verschlossen und schaute auf Jane Porter. Er wagte es nicht, die Hand zu öffnen …

Schnell! drängte Spider. Mein Gott, lasten Sie doch sehen!

Clayton öffnete die Finger. Spider war der erste, der die Jahreszahl erkannte, und ehe noch jemand wußte, was er vor hatte, war er aufgesprungen, hatte sich über den Bord des Bootes gestürzt und war in der grünen Tiefe des Meeres verschwunden.

Claytons Franken war nicht das Stück von 1875.

Die Aufregung der Ueberlebenden war so groß, daß sie den Rest des Tages erschöpft und halb bewußtlos liegen blieben. Nun vergingen noch mehrere Tage, ohne daß von der Loseziehung wieder die Rede ging. Es waren schreckliche Tage, in denen die Erschöpfung und die Mutlosigkeit stetig zunahmen.

Zuletzt kroch Thuran zu Clayton heran.

Wir müssen nochmals losen, bevor wir zu schwach sind, um überhaupt noch essen zu können, flüsterte er.

Clayton war in einem solchen Zustand, daß er kaum noch eines Gedankens oder eines Entschlusses fähig war. Jane Porter hatte schon seit drei Tagen kein Wort mehr gesprochen. Clayton sah, daß es mit ihr zu Ende ging. So schrecklich ihm auch der Gedanke war, so hoffte er doch, daß das Opfer, das Thuran oder er bringen müßte, ihr die Mittel geben würde, wieder zu Kräften zu gelangen, und so war er mit dem Vorschlage des Russen einverstanden.

Sie zogen wieder unter denselben Verhältnissen wie früher, aber jetzt konnte es nur mehr ein Ergebnis sein: Clayton zog den Franken von 1875.

Wann soll es sein? fragte er Thuran.

Der Russe hatte schon sein Taschenmesser herausgezogen und war im Begriff, es zu öffnen.

Jetzt! knurrte er, und seine begierigen Augen stierten den Engländer an.

Können Sie nicht warten, bis es dunkel ist? fragte Clayton. Miß Porter braucht es doch nicht zu sehen. Wie Sie wissen, sollten wir uns heiraten.

Die Enttäuschung malte sich auf Thurans Gesicht.

Gut, antwortete er zögernd. Es ist ja nicht mehr lange bis zur Nacht. Ich habe Tage lang gewartet – nun kann ich auch noch ein paar Stunden warten.

Ich danke Ihnen, mein Freund, murmelte Clayton. Jetzt will ich zu ihr gehen und bei ihr bleiben, so lange es geht. Ich möchte noch ein oder zwei Stunden bei ihr bleiben, bevor ich sterbe.

Als Clayton an die Seite seiner Braut gelangt war, lag sie bewußtlos da. Er sah, daß sie am Sterben war, und er war glücklich, daß sie die furchtbare Tragödie, die sich so bald abspielen sollte, nicht mehr sehen würde. Er nahm ihre Hand und führte sie an seine gerissenen und geschwollenen Lippen. Lange Zeit liebkoste er das abgemagerte Ding, das einst die schöne, tadellos weiße Hand der jungen Baltimorer Dame gewesen war.

Inzwischen wurde es dunkel, ohne daß er darauf achtete, aber er wurde durch eine Stimme daran gemahnt.

Es war der Russe, der ihn an sein Schicksal erinnerte.

Ich komme, Herr Thuran! antwortete er.

Dreimal versuchte er auf Händen und Füßen weiter zu kommen, um dem Tode entgegenzuschleichen, aber in den wenigen Stunden, die er neben Jane gelegen hatte, war er zu schwach geworden, um zu Thuran zurückzukehren.

Sie müssen schon zu mir kommen, Herr Thuran, sagte er mit schwacher Stimme. Ich habe nicht mehr Kraft genug, um meine Hände und meine Knie zu benützen.

Donnerwetter! fluchte Thuran. Sie wollen wohl versuchen, mich um meinen Gewinn zu bringen.

Clayton hörte, wie der Mann sich auf dem Boden des Bootes abmühte, weiter zu gelangen. Schließlich hörte er nur mehr ein verzweifeltes Knurren. Ich kann nicht mehr weiter, hörte er den Russen jammern. Es ist zu spät. Du hast mich betrogen, gemeiner englischer Hund!

Ich habe Sie nicht betrogen! erwiderte Clayton. Ich habe alles versucht, um aufzustehen, aber ich will es nochmals versuchen und wenn Sie es auch tun wollen, so kann jeder den halben Weg weit kriechen, und dann sollen Sie Ihren „Gewinn“ haben.

Wieder versuchte Clayton, seine letzten Kräfte bis aufs äußerste anzustrengen, und er hörte, daß auch Thuran das gleiche tat. Aber erst nach einer Stunde ungefähr gelang es dem Engländer, sich auf Händen und Knien aufzurichten, doch bei der ersten Bewegung nach vorwärts fiel er wieder auf das Gesicht.

Einen Augenblick später hörte er den Russen erleichtert sagen: Ich komme.

Wieder versuchte Clayton seinem Schicksal entgegenzugehen, aber wieder stürzte er seiner ganzen Länge nach auf den Boden, und so sehr er sich auch bemühte, es gelang ihm nicht mehr, sich zu erheben. Durch seine letzte Bewegung kam er auf den Rücken zu liegen, und so lag er nun da, nach den Sternen hinaufschauend, während er hinter sich das immer näherkommende Stöhnen und Schnaufen des Russen hörte.

Er mußte wohl schon eine Stunde lang dagelegen und auf das Herannahen des Mannes gewartet haben, der seinem Elend ein Ende bereiten sollte. Er war jetzt ganz nahe, aber die Pausen zwischen seinen Anstrengungen, um vorwärts zu kommen, wurden immer länger, und es schien dem Engländer, als ob die Vorwärtsbewegungen kaum noch merkbar wären.

Schließlich merkte er, daß Thuran ganz nahe bei ihm war. Er hörte ein Gekicher und fühlte, daß sein Gesicht berührt wurde, dann verlor er das Bewußtsein.

Die Stadt des Goldes

In derselben Nacht, als Tarzan Häuptling der Waziri wurde, lag das Mädchen, das er liebte, zweihundert Meilen westlich von ihm sterbend in einem kleinen Boote, das auf dem Atlantischen Ozean umherschaukelte. Während er im Feuerschein unter den nackten wilden Kameraden tanzte, lag das Mädchen, das er liebte, mager und abgezehrt, im letzten Schlaf, der dem Durst- und Hungertode vorhergeht.

In der Woche nach der Einsetzung Tarzans in die Königswürde der Waziri galt es, die Manyuema der arabischen Räuber an die Nordgrenze der Waziri zu geleiten, da Tarzan ihnen versprochen, für ihre sichere Rückkehr Sorge zu tragen. Ehe er sie verließ, forderte er von ihnen eine Bürgschaft dafür, daß sie in Zukunft seinen Raubzug mehr gegen die Waziri unternehmen würden. Es war ihm nicht schwer, dieses Versprechen zu erhalten, denn sie hatten genügend Bekanntschaft mit der Kampfesweise des neuen Wazirihäuptlings gemacht, so daß sie keinerlei Lust hatten, je wieder einen Räubertrupp in sein Gebiet zu begleiten.

Alsbald nach seiner Rückkehr in das Dorf begann Tarzan mit den Vorbereitungen zu einer Forschungsreise nach den Ruinen der Goldstadt, die der alte Waziri ihm beschrieben hatte. Er wählte fünfzig der stärksten Krieger seines Stammes aus, und zwar nur solche, die gern bereit waren, mit ihm den mühsamen Marsch zu unternehmen und die Gefahren einer unbekannten feindlichen Gegend mit ihm zu teilen.

Die märchenhaften Reichtümer der fabelhaften Stadt beschäftigten ihn beständig, seitdem Waziri die seltsamen Abenteuer der früheren Expedition, die zufällig auf die gewaltigen Ruinen gestoßen war, erzählt hatte. Die Lust nach Abenteuern mag Tarzan ebensosehr zu der Reise angetrieben haben, wie die Sehnsucht nach Gold, aber diese war sicher mindestens ebenso stark, denn er hatte bei den zivilisierten Menschen gesehen, welche Wunder der Besitzer des zauberhaften gelben Metalls vollbringen kann. Was er aber mit einem Vermögen in Gold im Herzen des wilden Afrika eigentlich anfangen sollte, daran dachte er nicht. Es genügte ihm, die Macht zu besitzen, Wunder zu wirken, selbst wenn er keine Gelegenheit hätte, sie auszuüben.

So zog Waziri, König der Waziri, an einem herrlichen Tropenmorgen an der Spitze von fünfzig wohlgebauten, ebenholzschwarzen Kriegern auf Abenteuer und die Suche nach Reichtümern aus. Sie folgten dem Weg, den der alte Waziri Tarzan beschrieben hatte. Tagelang marschierten sie flußaufwärts, dann über eine Wasserscheide, hierauf an einem andern Flusse abwärts und an einem dritten wieder aufwärts, bis sie am Ende des fünfundzwanzigsten Tages am Abhang eines Berges lagerten, von dessen Gipfel sie zum erstenmal auf die wunderbare Stadt der Schätze hinunterblicken sollten.

Früh am nächsten Morgen erkletterten sie die fast senkrechten Felsen, die das letzte, aber größte natürliche Hindernis bis zu ihrem Ziele bildeten. Es war beinahe Mittag, als Tarzan an der Spitze der dünnen Linie von kletternden Kriegern den Gipfel der letzten Klippe erklommen und auf der kleinen flachen Kuppe der Bergspitze stand.

Auf beiden Seiten des Engpasses, durch den sie in das verbotene Tal einziehen sollten, erhoben sich mächtige Bergspitzen bis zu tausend Meter und höher. Hinter ihm dehnte sich das bewaldete Tal, durch das sie viele Tage marschiert waren, und weit im Hintergrund verschwamm die niedere Bergkette, die die Grenze ihres eigenen Landes kennzeichnete. Aber es war vor allem die Landschaft vor ihm, deren Anblick seine Aufmerksamkeit fesselte. Hier lag ein trostloses und flaches, enges Tal mit verkümmerten Bäumen und vielen großen Felsblöcken, und an dessen Ausgang ragte eine mächtige Stadt mit hohen Mauern, himmelanstrebenden Turmspitzen, Türmchen, Minaretts und Kuppeln, die rot und gelb im Sonnenlicht glänzten, empor.

Tarzan war noch zu weit entfernt, um zu erkennen, daß die Stadt verfallen war. Ihm schien sie eine Stadt von wunderbarer Schönheit zu sein, und er stellte sich ihre breiten Straßen und riesigen Tempel mit einer Menge glücklicher, fleißiger Menschen angefüllt vor.

Die kleine Expedition ruhte eine Stunde auf dem Bergkegel, dann führte Tarzan sie ins Tal hinunter. Es war kein Pfad vorhanden, aber der Weg hinunter war weniger mühsam als der Aufstieg. Sobald sie unten angelangt waren, kamen sie schneller voran, so daß es noch hell war, als sie vor der gewaltigen Mauer der alten Stadt Halt machten.

Die äußere Mauer war an den Stellen, wo sie nicht verfallen war, noch fünfzehn Meter hoch, und soweit man sehen konnte, waren von der Krone nirgends mehr als drei bis fünf Meter abgebröckelt. Es war immer noch eine starke Wehr.

Verschiedene Male hatte Tarzan geglaubt, hinter den Mauerlucken etwas zu bemerken, was sich bewegte. Vielleicht waren es lebende Wesen, die seine Annäherung beobachteten. Manchmal kam es ihm vor, als ob unsichtbare Augen auf ihm ruhten, aber er konnte nicht entscheiden, ob es nicht etwa nur eine Einbildung war.

Die Nacht brachte Tarzan mit den Schwarzen lagernd vor der Stadt zu. Um Mitternacht wurden sie durch einen gellenden Schrei, der über der großen Mauer klang, geweckt. Zuerst war der Schrei sehr laut, dann wurde er allmählich dumpfer, bis er mit einem gräßlichen Stöhnen endete. Der Schrei übte eine eigentümliche Wirkung auf die Schwarzen aus, die vor Schrecken fast gelähmt waren. Eine Stunde verging, bis die Leute sich wieder zum Schlafe hinlegten.

Am nächsten Morgen waren die Wirkungen des Schreies noch sichtbar, denn die Waziri warfen noch immer ängstliche Blicke auf das massive, unfreundliche Bauwerk, das über ihnen emporragte.

Es kostete Tarzan viel Mühe, die Schwarzen zurückzuhalten, da sie alles im Stiche lassen und durch das Tal auf die Felsen zurück wollten, von denen sie tags zuvor herabgestiegen waren. Als er ihnen aber zuletzt befahl, auszuharren, und drohte, er werde allein in die Stadt einziehen, willigten sie ein, ihn zu begleiten.

Eine Viertelstunde marschierten sie an der Mauer entlang, bis sie eine Stelle fanden, wo sie hineingelangen konnten. Sie kamen nämlich zu einer Spalte von kaum einem halben Meter Breite. Dort sahen sie eine Reihe zerbröckelter Stufen, die im Laufe der Jahrhunderte ausgetreten worden waren und nach einer scharfen Biegung einige Meter höher aufhörten.

Tarzan strebte durch die enge Gasse hinan, aber das war bei seinen breiten Schultern nicht leicht, denn er mußte sich schräg hindurchwinden. Hinter ihm folgten die schwarzen Krieger. An der Ecke, wo die Stufen aufhörten, war der Pfad eben, aber er wand und drehte sich schlängelnd, bis er plötzlich an einer scharfen Biegung auf einen engen Hof mündete. Dort erblickte man eine innere Mauer, die ebenso hoch war wie die äußere. Diese Mauer war mit kleinen runden Türmen besetzt, die mit spitzen Obelisken abwechselten. Stellenweise waren die Türme und die Mauer verfallen, aber im ganzen war dieser innere Wall doch besser erhalten als der äußere.

Auch durch diese Mauer führte ein enger Gang hindurch. An dessen Ende traf Tarzan mit seinen Kriegern auf eine breite Straße, doch waren auch hier noch keine Menschen zu finden. Auf der gegenüberliegenden Seite sah man dunkle unheimliche Gebäude aus behauenem Granit, die aber offenbar schon verfallen waren. Aus dem Schutt an den Vorderseiten der Häuser waren Bäume emporgewachsen und in den leeren Fenstern wucherte das Gerank wilder Pflanzen. Gegenüber stand aber ein Gebäude, das viel besser erhalten zu sein schien. Es war ein massiver, von einem ungeheuren Dom gekrönter Bau. Auf beiden Seiten des Haupteingangs standen Reihen hoher Säulen, von denen jede mit einem mächtigen sonderbaren Vogel gekrönt war, der aus dem soliden Stein der Säulen ausgehauen war.

Als der Affenmensch und seine Begleiter mit wachsendem Erstaunen diese alte Stadt inmitten des wilden Afrikas betrachteten, kam es einigen von ihnen vor, als ob sie im Innern der Gebäude eine Bewegung bemerkt hätten. Dunkle Schatten schienen sich im Halbdunkel zu bewegen, aber es war nichts Wirkliches festzustellen, und man konnte ja auch nicht gut annehmen, daß in dieser geisterhaften toten Stadt, die einer längst untergegangenen Welt angehörte, noch irgend ein lebendes Wesen sein könnte.

Tarzan erinnerte sich an das, was er in einer Pariser Bibliothek über eine ausgestorbene weiße Rasse gelesen hatte, die nach den Überlieferungen der Eingeborenen im Herzen Afrikas gelebt haben sollte. Er fragte sich, ob das nicht die letzten Wahrzeichen der Zivilisation wären, die das merkwürdige Volk in die wilde Umwelt getragen hatte. War es möglich, daß jetzt noch Überbleibsel der untergegangenen Rasse die Ruinen ihrer Vorfahren bewohnten? Wieder glaubte er eine heimliche Bewegung in dem großen Tempel zu bemerken.

Kommt! sagte er zu seinen Waziri. Wir wollen sehen, was hinter diesen verfallenen Mauern liegt!

Die Leute verspürten keine Lust, ihm zu folgen, aber als sie sahen, daß er kühn durch das düstere Portal schritt, folgten sie einige Schritte hinter ihm, zu einer dichten Gruppe zusammengedrängt und vor Schrecken zitternd. Wenn jetzt ein solcher Schrei erschollen wäre, wie sie ihn in der vergangenen Nacht gehört hatten, so wären sie alle davongelaufen und schleunigst durch den engen Gang in der äußeren Mauer zurückgeflutet.

Als Tarzan in das Gebäude eintrat, hatte er das Gefühl, es seien Augen auf ihn gerichtet. Es war ein Rascheln im Dunkel eines nahen Ganges, und er hätte darauf schwören mögen, daß er eine menschliche Hand am Fenster gesehen, das sich nach der Rotunde öffnete, in der er sich befand.

Der Boden des Raumes war zementiert, die Mauern aus glattem Granit, in den als Borde seltsame Menschen- und Tiergestalten ausgehauen waren. An einzelnen Stellen waren Tafeln aus gelbem Metall in den Mauern eingelassen. Als Tarzan sie näher betrachtete, sah er, daß sie aus Gold waren und mancherlei wunderbare Schriftzeichen aufwiesen.

Auf diesen Raum folgten noch andere Zimmer und hinter diesen weitete sich der Bau zu gewaltigen Flügelbauten aus.

Tarzan schritt durch mehrere Zimmer und fand überall Beweise von dem fabelhaften Reichtum der Erbauer dieser Stadt. In einem Raume befanden sich sieben Pfeiler aus purem Gold und in einem andern bestand sogar der Fußboden aus diesem kostbaren Metall.

Der Affenmensch ging prüfend umher und die Schwarzen folgten ihm, während sonderbare Gestalten über, vor und hinter ihnen umherschwebten, aber nicht nahe genug, um von ihnen bemerkt zu werden.

Die Waziris waren so aufgeregt, daß sie Tarzan baten, in das Sonnenlicht zurückzukehren. Sie meinten, es könne aus einer solchen Expedition nichts Gutes entstehen, denn die Ruinen würden sicher von den Geistern der Toten, die einst dort gelebt, bewohnt.

Sie lauern auf uns, o König, flüsterte Busuli. Sie warten, bis wir in das Innerste ihres Bollwerks eingedrungen sind, und dann fallen sie über uns her und zermalmen uns mit ihren Zähnen. Das ist die Gewohnheit der Geister. Der Onkel meiner Mutter, der ein großer Zauberer ist, hat mir all das schon vor langer Zeit erzählt.

Tarzan lachte. Geht hinaus in das Sonnenlicht, meine Kinder! sagte er. Ich komme wieder zu euch, wenn ich diese alte Ruine von oben bis unten untersucht, das Gold gefunden habe oder überzeugt bin, daß keins weiter da ist. Auf alle Fälle können wir diese Tafeln von den Wänden nehmen, denn die Säulen sind zu schwer zum Mitnehmen, aber vielleicht finden sich noch ganze Kammern mit Gold gefüllt, und das können wir leicht auf unserem Rücken mit fortnehmen. Lauft jetzt hinaus in die frische Luft, wo es euch besser gefällt!

Einige Krieger beeilten sich, dieser Aufforderung zu folgen, aber Busuli und andere zögerten, ihren König zu verlassen, denn sie schwankten zwischen der Anhänglichkeit an ihr Oberhaupt und der abergläubischen Furcht vor dem Unbekannten. Dann aber geschah ganz plötzlich etwas, was sie jeder weiteren Überlegung enthob: aus der düsteren Stille der Tempelruine erscholl ganz in ihrer Nähe derselbe häßliche Schrei, den sie in der vorigen Nacht gehört hatten, und mit furchtbarem Geschrei wandten sich die Krieger um und flüchteten aus den Hallen.

Tarzan aber blieb auf dem Platze stehen und wartete mit grimmigem Lächeln auf den Lippen auf den Feind, der da kommen sollte. Aber es war wieder Stille eingetreten, und das einzige, was er zu vernehmen glaubte, war das leise Geräusch nackter Füße, die sich in der Nähe zu bewegen schienen.

Nun wandte Tarzan sich und ging weiter in den Tempel hinein. Er schritt aus einem Raum in den andern, bis er zu einem Zimmer kam, das durch eine Tür verschlossen war. Er versuchte sie zu öffnen und stieß mit den Schultern dagegen, um sie einzustoßen, als abermals der Schrei dicht hinter ihm erscholl. Offenbar wollte man ihn warnen, diesen Raum nicht zu entweihen. Oder lag vielleicht gerade hier das Geheimnis der verborgenen Schätze?

Auf alle Fälle genügte Tarzan die Tatsache, daß die unsichtbaren Wärter dieser verwunschenen merkwürdigen Stadt ihn nicht dort eintreten lassen wollten, um in ihm den Wunsch zu bestärken, und während das Alarmgeschrei noch immer weiter ertönte, drückte er mit seinen Schultern so stark auf die Tür, bis sie schließlich krachend nachgab.

Drinnen war es dunkel wie in einem Grabe. Es war kein Fenster darin, das auch nur den schwächsten Lichtschein hineingelassen hätte, und da auch der Gang, der zu dem Zimmer führte, im Halbdunkel lag, so drang auch durch die offene Türe kaum ein Licht hinein. Tarzan tastete mit seinem Speer den Boden ab und betrat dann das finstere Gemach. Plötzlich wurde die Tür hinter ihm versperrt und zu gleicher Zeit wurde er von allen Seiten in der Dunkelheit gepackt.

Der Affenmensch wehrte sich mit seiner Bärenstärke und der wilden Wut der Selbsterhaltung, aber so viel er auch um sich schlug, es schienen jedesmal zwei neue Hände da zu sein, wenn er eine abgewehrt hatte. Zuletzt drückte man ihn zu Boden und überwand ihn durch die Überzahl. Schließlich wurde er an Händen und Füßen gefesselt.

Außer dem schweren Atem seiner Feinde und dem durch den Kampf verursachten Geräusch hatte Tarzan keinen Laut vernommen. Er wußte nicht, was für Geschöpfe ihn gefangen genommen hatten, aber daß es Menschen waren, ersah er daraus, daß sie ihn gefesselt hatten.

Jetzt hoben sie ihn vom Boden auf und brachten ihn halb schleppend, halb stoßend aus der schwarzen Kammer durch eine andere Tür in den Binnenhof des Tempels.

Hier sah er seine Überwinder. Es mußten ihrer wohl an die hundert sein, kurze, stämmige Männer mit langen Bärten, die über ihre haarige Brust fielen. Ihr dickes, verworrenes Haar hing weit über ihre fliehende Stirn, über Schultern und Rücken. Ihre krummen Beine waren kurz und schwer, ihre Arme lang und muskulös. Um die Lenden trugen sie Felle von Leoparden und Löwen. Ihre Arme und Beine waren mit massiven Goldbändern verziert. Bewaffnet waren sie mit schweren Knütteln, und in ihren Gürteln staken lange Messer.

Was aber Tarzan am meisten auffiel, das war ihre weiße Haut. In ihrer Farbe wie in ihrem sonstigen Aussehen erinnerte nichts an die Schwarzen. Aber mit ihrer zurückweichenden Stirn, ihren kleinen, halbgeschlossenen, bösartigen Augen und ihren gelben Zähnen hatten sie durchaus kein einnehmendes Äußere.

Während des Kampfes im dunklen Zimmer und während des Transportes nach dem Binnenhofe war kein Wort gesprochen worden, aber jetzt tauschten einige von ihnen grunzende, einsilbige Töne in einer unbekannten Sprache aus. Jetzt hoben sie ihn wieder vom Boden auf und brachten ihn nach einem andern Teile des Tempels hinter dem Hofe.

Als Tarzan hier auf dem Rücken lag, sah er, daß der Tempel den ganzen Hof umgab und auf allen Seiten hohe Mauern emporstiegen. Ganz oben erblickte er ein kleines Stück blauen Himmels, und durch eine Fensteröffnung wurden grüne Blätter sichtbar.

Um den Hof stiegen offene Galerien empor und hin und wieder schaute ein Kopf mit struppigem Haar und breiten Augen von dort auf ihn herunter.

Vorsichtig prüfte der Affenmensch die Stärke der Fesseln, mit denen man ihn geknebelt hatte, und es schien ihm, daß sie wohl kaum seinen gewaltigen Muskeln widerstehen würden, wenn die Zeit gekommen war, wo er sich befreien konnte. Er durfte es aber nicht wagen, einen Versuch zu unternehmen, bevor die Dunkelheit hereingebrochen und spähende Augen ihn nicht mehr beobachten konnten.

So lag er mehrere Stunden da, bis die ersten Sonnenstrahlen direkt in den Hof hereindrangen. Gleichzeitig hörte er ringsum in den Gängen das Trippeln nackter Füße, und einen Augenblick später sah er die Galerien in der Höhe mit Gesichtern gefüllt. Gleichzeitig traten etwa zwanzig Mann in den Hof ein.

Einen Augenblick lang waren aller Augen auf die Mittagssonne gerichtet, dann stimmte das Volk auf den Galerien und im Hofe einen leisen geisterhaften Gesang an. Hierauf fingen die Leute um Tarzan an zu tanzen. Sie umringten ihn langsam, und die Art ihres Tanzes ähnelte dem der schwerfällig wackelnden Bären. Sie schauten aber nicht auf ihn, sondern richteten ihre kleinen Augen zur Sonne.

Zehn Minuten lang dauerte ihr Gesang und Tanz, dann wandten sie sich mit einem Male gegen ihr Opfer, indem sie die Keulen erhoben und ein Geheul anstimmten.

In demselben Augenblicke tauchte inmitten der tollen Menge eine weibliche Gestalt auf und trieb mit einer goldenen Keule die wütenden Männer auseinander.

La

Tarzan dachte einen Augenblick, eine wunderbare Schicksalsfügung habe ihn gerettet, aber als er merkte, mit welcher Leichtigkeit das junge Weib alle die gorillaähnlichen Männer zurückgeschlagen hatte, und als er gleich darauf sah, daß diese ihren Tanz unbeirrt wieder aufnahmen, kam er zu der Überzeugung, daß das alles nur ein Teil der Zeremonie war, bei der er den Mittelpunkt bildete.

Nach einigen Augenblicken zog das Weib ein Messer aus dem Gürtel und schnitt die Fesseln von Tarzans Füßen. Als die Männer darauf mit dem Tanz einhielten und nähertraten, bedeutete sie Tarzan, aufzustehen. Indem sie ihm das Seil, das seine Füße gefesselt hatte, um den Hals legte, führte sie ihn durch den Hof ab. Die Männer folgten paarweise.

Durch gewundene Gänge ging es immer weiter, bis in den entlegensten Bereich des Tempels. Schließlich kamen sie in einen großen Saal, in dem ein Altar stand. Nun konnte Tarzan sich die seltsamen Zeremonien erklären, die seiner Einführung in das Allerheiligste vorangegangen waren.

Er war in die Hände der Nachkommen der alten Sonnenanbeter gefallen. Seine scheinbare Errettung durch eine Geweihte der Hohepriesterin der Sonne war nur ein Teil ihrer heidnischen Gebräuche: die Sonne, die oben durch die Öffnung auf ihn herniederschaute, forderte ihn als ihr Eigentum, und die Priesterin kam aus dem inneren Tempel, um ihn vor den entweihten Händen der Weltmenschen zu retten und der Feuer-Gottheit als Opfer darzubringen.

Und hätte es noch weiterer Gewißheit für seine Vermutung bedurft, so brauchte er nur seine Augen auf die braunroten Flecken zu werfen, die auf dem Steinaltar klebten und den Fußboden ringsum bedeckten, oder auf die menschlichen Schädel, die aus ungezählten Mauernischen hervorlugten.

Die Priesterin führte das Opfer zu den Stufen des Altars. Abermals füllten sich die Galerien mit Zuschauern, während aus einem gewölbten Eingang am Ostende des Saales eine Prozession von Frauen langsam hereinschritt. Ebenso wie die Männer, trugen sie nur Felle wilder Tiere, die um ihre Lenden mit einem Gürtel aus roher Haut oder mit goldenen Ketten festgehalten wurden. Die schwarze Masse ihres Haares war von einem herrlichen goldenen Kopfschmuck bedeckt.

Die Frauen waren schöner als die Männer. Ihr Gesicht war edler, die Form ihres Kopfes und ihre breiten sanften dunklen Augen verrieten eine größere Intelligenz und Menschlichkeit als die ihrer Herren und Meister.

Jede Priesterin trug zwei goldene Becher, und während sie sich in Reihen auf der einen Seite des Altars aufstellten, taten die Männer das gleiche auf der andern Seite und traten auf die Frauen zu, um je einen Becher von ihnen in

Empfang zu nehmen. Dann begann der Gesang von neuem, und nun kam eine andere Frau aus einem dunklen, hinter dem Altar liegenden Raum.

Das ist die Hohepriesterin, dachte Tarzan. Es war ein junges Weib mit intelligentem, ansprechenden Gesicht. Ihr Schmuck war ähnlich dem der übrigen Priesterinnen, aber feiner gearbeitet und zum Teil mit Diamanten besetzt. Ihre bloßen Arme und Beine waren bedeckt von massiven, juwelenverzierten Schmucksachen, während ihr Leopardenfell von einem Gürtel gehalten wurde, der aus goldenen Ringen bestand, die mit Figuren aus unzähligen kleinen Diamanten verziert waren. Im Gürtel aber steckte ein langes, mit Diamanten besetztes Messer, und in der Hand hielt sie an Stelle einer Keule einen dünnen Stab.

Als sie sich dem Altare näherte, hörte der Gesang auf. Die Priester und die Priesterinnen knieten vor ihr nieder, während sie ihren Stab über sie hielt und ein langes, eintöniges Gebet sprach. Ihre Stimme war sanft und klangvoll, und Tarzan konnte sich kaum vorstellen, daß dieselbe Frau einen Augenblick später durch die fanatische Ekstase ihres religiösen Eifers in eine wildäugige, blutdürstige Henkerin verwandelt sein würde.

Als sie ihr Gebet beendet hatte, ließ sie ihre Augen zuerst auf Tarzan ruhen. Man sah, daß sie ihn mit der größten Aufmerksamkeit vom Kopf bis zu Füßen musterte. Dann sprach sie zu ihm und wartete auf eine Antwort.

Ich verstehe Ihre Sprache nicht, sagte Tarzan. Vielleicht sprechen Sie noch eine andere Sprache?

Sie konnte ihn aber nicht verstehen, obschon er es mit Französisch, Englisch, Arabisch, Waziri und zuletzt auch noch mit der Mischlingsprache der Westküste versuchte.

Sie schüttelte den Kopf, und es schien in ihrer Stimme ein Ton der Enttäuschung zu liegen, als sie den Priestern die Anweisung gab, mit ihren Riten fortzufahren. Die Priester fingen nun wieder an, wie wahnsinnig zu tanzen, bis sie auf Befehl der am Altar stehenden Priesterin, die unverwandt auf Tarzan geschaut hatte, aufhörten.

Auf ein Zeichen von ihr stürzten die Priester auf den Affenmenschen. Sie hoben ihn auf und legten ihn auf den Altar. Dann stellten sich die Priesterinnen in zwei Reihen auf und hielten ihre goldenen Becher bereit, das Opferblut aufzufangen, sobald das Messer sein Werk vollendet hatte.

In der Reihe der Priester entstand eine Auseinandersetzung darüber, wer den ersten Platz haben sollte. Ein plumper Mensch, der wie ein Gorilla aussah, suchte einen kleineren an die zweite Stelle zu stoßen, aber dieser beschwerte sich bei der Priesterin, die nun in barschem Tone den größeren an das Ende der Reihe verwies. Tarzan hörte, wie er sich knurrend dem Befehl fügte.

Dann fing die Priesterin an etwas herzumurmeln, was Tarzan wie eine Anrufung erschien, wobei sie ihr dünnes, scharfes Messer aus der Scheide zog. Die Zeit, während sie ihr Messer aufwärts hob und es hoch über seiner wehrlosen Brust hielt, kam dem Affenmenschen endlos lange vor.

Sie senkte es dann abwärts, erst langsam, nun aber in demselben Maße schneller, wie sie die Worte der Verschwörung schneller sprach. Am Ende der Reihe hörte Tarzan noch immer das Gemurmel des Priesters, der sich ärgerte. Die Stimme des Mannes wurde immer lauter, und eine Priesterin sprach im scharfen, tadelnden Tone dagegen. Jetzt war das Messer nahe an Tarzans Brust, aber es hielt einen Augenblick an, weil die Hohepriesterin die gotteslästerliche Störung nicht mehr zulassen konnte.

Plötzlich entstand eine Bewegung auf der Seite der Zankenden, und Tarzan wandte seinen Kopf gerade noch rechtzeitig, um zu sehen, wie der brutale Priester auf die Priesterin stürzte und mit seiner schweren Keule auf sie einschlug. Dann geschah, was Tarzan schon hundertmal unter den wilden Bewohnern der Dschungel gesehen hatte, bei Kerschak, Tublat und Terkop, bei einem Dutzend mächtiger anderer Affen seines Stammens und bei Tantor, dem Elefanten. Es gab kaum ein männliches Tier im Walde, das nicht zuweilen einen solchen Anfall hatte. Der Priester war sinnlos vor Wut geworden, und stürzte nun mit seiner schweren Keule auf seine Kollegen los.

Sein Wutgeschrei war entsetzlich. Inzwischen stand die Hohepriesterin noch immer mit gezücktem Messer, ihre Augen voll Entsetzen auf die Wahnsinnsszene gerichtet, die Tod und Verderben unter ihren Jüngern anrichtete.

Wer konnte, lief fort, so daß in dem Raume nur mehr die Toten und Sterbenden, das Opfer auf dem Altar, die Hohepriesterin und der Wahnsinnige zurückblieben.

Als die irren Augen des Wütenden auf das Weib fielen, glänzten sie plötzlich auf. Leise schlich er an sie heran und flüsterte ihr etwas zu. Da fiel es Tarzan auf, daß er diese Sprache verstand: es waren die tiefen Kehllaute des Stammes der großen Menschenaffen, seine eigene Muttersprache, an die er vorhin gar nicht gedacht hatte, als er sich mit der Hohepriesterin zu verständigen suchte. Und das Weib antwortete jetzt dem Manne in derselben Sprache.

Er drohte ihr und sie versuchte ihn zu beruhigen, obschon sie sah, daß ihre Autorität dahin war. Jetzt griff der Wütende nach ihr.

Tarzan zerrte an den Fesseln, mit denen seine Arme auf dem Rücken festgebunden waren. Die Priesterin sah das nicht, denn sie hatte im Schrecken über die Gefahr, die ihr selbst drohte, auch ihr Gebet vergessen. Als der Priester an Tarzan vorbeikam, um über sein Opfer herzufallen, riß der Affenmensch mit übermenschlicher Kraft an seinen Fesseln. Bei dieser Anstrengung fiel er vom Altar auf den Steinboden. Als er nun auf die Füße sprang, fielen auch die Fesseln von seinen Armen, und im selben Augenblick bemerkte er, daß er allein im innern Tempel war: die Hohepriesterin und der wahnsinnige Priester waren verschwunden.

Dann aber drang ein gedämpfter Schrei aus der dunklen Öffnung hinter dem Opferaltar, durch die die Priesterin hereingekommen war. Ohne auch nur an seine eigene Sicherheit oder an die Möglichkeit einer Flucht zu denken, antwortete Tarzan auf den Hilfeschrei der Frau. Mit einem gewandten Sprung stand er im Eingang zur unterirdischen Kammer, und nun eilte er die alte Treppe hinunter, ohne zu wissen, wohin sie ihn führte.

Bei dem schwachen Licht, das von oben kam, sah er, daß es ein großes niedriges Gewölbe mit mehreren Türen war, aber er brauchte nicht zu suchen, denn vor ihm lag die sich verzweifelt wehrende Priesterin, die der Wahnsinnige auf dem Boden mit seinen gorillaartigen Fingern an der Gurgel gepackt hielt.

Als der Priester Tarzans schwere Hand auf seiner Schulter fühlte, ließ er von seinem Opfer ab und wandte sich gegen ihn. Mit schaumbedeckten Lippen kämpfte der irre Sonnenanbeter und mit der zehnfachen Kraft des Wahnsinnigen. In der blutdürstigen Wut war dieser Mensch zu einem wilden Tier geworden; ja, er dachte nicht einmal mehr an das Messer, das aus seinem Gürtel gefallen war, sondern nur noch an die natürlichen Waffen, mit denen schon die Urmenschen gekämpft hatten.

Aber wenn er sich der Zähne und der Hände bediente, so fand er jetzt einen, der in der Kampfesweise der Tiere noch besser bewandert war, denn Tarzan hatte ihn ergriffen, und nun fielen sie beide, sich wie zwei große Affen beißend und reißend, auf den Boden, indes die Priesterin an die Wand gedrückt dastand und mit weitgeöffneten Augen auf die wütend Kämpfenden zu ihren Füßen starrte.

Endlich sah sie, wie der Fremde seine mächtige Hand an die Gurgel seines Gegners legte und ihn erwürgte.

Einen Augenblick später stieß er den Kerl von sich, und aufstehend schüttelte er sich wie ein Löwe. Er setzte seinen Fuß auf seinen Gegner und erhob den Kopf, um den Siegesruf seiner Art anzustimmen, aber als sein Blick auf den Eingang zum Tempel fiel, ließ er davon ab.

Die junge Frau, die bei dem Kampfe der beiden Männer wie gelähmt dagestanden hatte, dachte schon darüber nach, welches nun ihr Schicksal sein werde, denn wenn sie auch den Wahnsinnigen nicht mehr zu fürchten hatte, so befand sie sich doch in der Gewalt eines Mannes, den sie noch wenige Augenblicke zuvor hatte töten wollen. Sie sah sich schon nach der Möglichkeit zu fliehen um. Die dunkle Öffnung eines Seitenganges war ganz nahe, aber als sie sich eben dorthin wenden wollte, fielen die Augen des Affenmenschen auf sie, und mit einem Sprung war er neben ihr und sagte, indem er ihr die Hand auf den Arm legte, in der Sprache von Kerschaks Stamm:

Warten Sie!

Erstaunt sah die junge Frau ihn an und fragte ihn flüsternd: Wer sind Sie, da Sie die Sprache der ersten Menschen sprechen?

Ich bin Tarzan, der bei den Affen war, antwortete er wieder in der Sprache der Menschenaffen.

Was verlangen Sie von mir? fuhr sie fort. Weshalb haben Sie mich vor Tha gerettet?

Ich kann nicht sehen, daß einem Weib ein Leid geschieht.

Aber was wollen Sie jetzt mit mir tun? fuhr sie fort.

Nichts! antwortete er, aber Sie können etwas für mich tun. Sie können mich von diesem Platz in die Freiheit hinausführen.

Er sagte dies, ohne auch nur im geringsten damit zu rechnen, daß sie dies wirklich tun würde. Er war überzeugt, daß, wenn die Priesterin erst frei wäre, die Opferung an dem Punkte, wo sie unterbrochen worden war, fortgesetzt würde, aber er wußte auch, daß der ungefesselte Tarzan mit einem langen Messer in der Hand ein viel schwieriger zu behandelndes Opfer sein würde als der entwaffnete und gefesselte Tarzan. Die Priesterin betrachtete ihn eine Weile, bevor sie sprach.

Sie sind ein wundervoller Mann, sagte sie. Sie sind ein Mann, wie ich ihn in meinen Träumereien als junges Mädchen gesehen habe. Ich stelle mir vor, daß die Vorfahren meines Volkes solche Männer wie Sie gewesen sind, die mächtige Rasse eines Volkes, das diese große Stadt im Herzen einer wilden Welt erbaut hat, um aus dem Innern der Erde die fabelhaften Reichtümer zu gewinnen, denen zuliebe sie ihre Kultur in einem weit entfernten Lande aufgegeben hatten.

Ich kann nicht verstehen, daß Sie mir vorhin zu Hilfe gekommen sind, und jetzt kann ich nicht verstehen, weshalb Sie sich nicht an mir rächen wollen, da Sie mich in Ihrer Hand haben, nachdem ich Sie dem Tode weihte und beinahe mit eigener Hand opferte.

Ich nehme an, versetzte Tarzan, daß Sie nur den Lehren Ihrer Religion gefolgt sind. Dafür kann ich Sie nicht tadeln, und es kommt ja nicht darauf an, was ich von Ihrem Glauben halte. Aber wer sind Sie? In welches Volk bin ich hier geraten?

Ich bin La, die Hohepriesterin des Tempels der Sonne in der Stadt Opar. Wir sind Nachkommen eines Volkes, das vor mehr als zehntausend Jahren auf der Suche nach Gold in diese Gegend kam. Seine Städte reichten von einem großen Meer unter der aufgehenden Sonne bis zu einem großen Meer, in dem die Sonne untergeht, um nachts ihr flammendes Gesicht darin zu kühlen. Das Volk war reich und mächtig, aber es lebte jedes Jahr nur wenige Monate hier in seinen großen Palästen; die übrige Zeit verbrachte es in seinem Ursprungsland, das weit, weit im Norden lag.

Manche Schiffe fuhren zwischen dieser neuen und der alten Welt hin und her. Während der Regenzeit blieben nur wenige Bewohner hier, nämlich die Aufseher in den Bergwerken, wo schwarze Sklaven arbeiteten, die Kaufleute, die geschäftshalber hier weilten, und die Soldaten, die die Städte und die Bergwerke bewachten.

In jener Zeit kam das große Unglück über unser Volk. Als die Jahreszeit da war, wo Tausende zurückzukommen pflegten, blieben diese aus. Wochenlang wartete man auf sie. Dann sandte man eine große Galeere aus, um zu erfahren, weshalb keiner aus dem Mutterlande zurückkam, aber obschon die Kundschafter monatelang umherfuhren, fanden sie keine Spur von dem mächtigen Land mehr, das vor unzähligen Zeitaltern ihre alte Kultur geboren hatte: es war in der See versunken!

Von jenem Tage an datiert der Niedergang unseres Volkes. Entmutigt und unglücklich wurde es bald eine Beute der aus Norden und Süden hereinbrechenden schwarzen Horden. Eine Stadt nach der andern wurde verlassen oder verfiel. Die Überlebenden waren schließlich gezwungen, Schutz in dieser letzten starken Bergfestung zu suchen. Langsam haben wir abgenommen an Macht, an Kultur, an Geistesstärke, an Zahl, so daß wir jetzt nicht viel mehr sind als ein kleiner Stamm wilder Affen.

Tatsächlich leben die Affen mit uns, wie sie es schon vor vielen Zeitaltern getan haben. Wir nennen sie die ersten Menschen, wir sprechen deren Sprache so gut wie unsere eigene. Nur bei den Zeremonien im Tempel halten wir an unserer Muttersprache fest. Aber es wird eine Zeit kommen, wo diese vergessen sein wird und wo wir nur mehr die Sprache der Affen sprechen werden. Es wird eine Zeit kommen, wo die Männer unseres Volkes, die gemeinsam mit den Affen leben, diese nicht länger fernhalten können, und so werden wir allmählich wieder zu wirklichen Affen werden, von denen unsere Vorfahren vor vielen Zeitaltern wohl auch abgestammt sein mögen.

Aber wie kommt es, daß Sie menschlicher sind als die andern? fragte Tarzan.

Aus verschiedenen Gründen sind die Frauen nicht so schnell in die Wildheit zurückversunken wie die Männer. Das mag daher kommen, daß in der Zeit des großen Unglücks nur die minderwertigen Männer hier geblieben waren, während die Tempel gefüllt waren mit den vornehmsten Töchtern unserer Rasse. Meine Art ist reiner geblieben als die der übrigen, weil schon vor undenklicher Zeit meine weiblichen Vorfahren Hohepriesterinnen waren, denn das heilige Amt geht von der Mutter auf die Tochter über. Unsere Männer werden unter den vornehmsten des Landes ausgewählt. Nur die in geistiger und körperlicher Hinsicht tüchtigsten Männer können Hohepriesterinnen heiraten.

Bei dem, was ich an Männern hier sah, bemerkte Tarzan etwas spöttisch, werden Sie keine große Auswahl haben.

Das junge Weib sah ihn einen Augenblick lächelnd an.

Begehen Sie keine Gotteslästerung, sagte sie. Es sind heilige Männer –, es sind Priester.

Dann sehen die andern wohl besser aus? fragte er.

Die andern sind alle viel häßlicher als die Priester, antwortete sie.

Tarzan schauderte bei dem Gedanken an das Schicksal der jungen Frau, denn schon im Halbdunkel des Gewölbes hatte er ihre Schönheit erkannt.

Aber was soll aus mir werden? fragte er plötzlich. Werden Sie mich in die Freiheit führen?

Sie sind vom Feuergott als Opfer ausgewählt worden, antwortete sie feierlich. Ich hätte gar nicht die Macht, Sie zu retten, wenn man Sie wiederfinden würde. Aber ich will nicht dazu beitragen, daß man Sie findet, Sie haben Ihr Leben drangewagt, um das meinige zu retten. Ich will für Sie nicht weniger tun. Es wird allerdings nicht leicht sein, und es kann tagelang dauern. Aber schließlich glaube ich Sie doch bis außerhalb der Wälle geleiten zu können. Kommen Sie! Es ist möglich, daß man jetzt nach mir sucht, und wenn man uns findet, so sind wir beide verloren, denn man würde auch mich töten, weil man annähme, daß ich meinem Gott untreu geworden sei.

Sie brauchen sich der Gefahr nicht auszusetzen, antwortete er ruhig. Ich kehre in den Tempel zurück, und wenn ich mir meinen Weg in die Freiheit erkämpfe, so wird man keinen Verdacht gegen Sie haben.

Sie wollte das aber nicht zulassen, und überredete ihn schließlich, ihr zu folgen, indem sie sagte, sie sei schon zu lange im Gewölbe geblieben, als daß kein Verdacht auf sie fiele, wenn sie jetzt auch in den Tempel zurückkehrte.

Ich will Sie verbergen, sagte sie, und dann allein zurückkehren. Ich sage, ich wäre lange ohnmächtig gewesen, nachdem Sie Tha getötet, und ich wüßte nicht, wohin Sie entkommen seien.

Und so führte sie ihn denn durch gewundene dunkle Gänge, bis sie zuletzt in eine kleine Kammer kamen, in die nur ein schwacher Lichtschein fiel.

Dies ist die Totenkammer, sagte sie. Niemand wird auf den Gedanken kommen, Sie hier zu suchen. Das wird keiner wagen. Ich kehre zurück, sobald es dunkel ist. Bis dahin werde ich wohl einen Plan für Ihre Flucht gefunden haben.

Sie ging, und nun war Tarzan allein in der Totenkammer mitten in der längst abgestorbenen Stadt Opar.

Die Schiffbrüchigen

Clayton träumte, er tränke Wasser, reines, köstliches, frisches Wasser. Er machte eine Bewegung und erwachte. Da bemerkte er, daß er durchnäßt war vom strömenden Regen, der in endlosen Massen herniederrauschte. Ein schwerer Tropenschauer ging gerade nieder.

Er öffnete den Mund und trank.

Das erfrischte ihn so, daß er sich kräftiger fühlte und bald wieder imstande war, sich auf den Händen aufzurichten. Über seinen Beinen lag Thuran. Einige Fuß weiter lag Jane Porter wie ein Häuflein Elend auf dem Boden des Bootes zusammengekauert. Sie war ganz still. Clayton sagte sich, sie sei jedenfalls schon tot.

Mit unendlicher Mühe gelang es ihm, seine Beine unter Thurans Körper hervorzuziehen, und mit erneuten Anstrengungen kroch er bis zu Jane. Er hob ihren Kopf von den groben Brettern des Schiffsbodens.

Vielleicht war doch noch Leben in dieser armen, abgemagerten Gestalt? Er konnte noch nicht alle Hoffnung aufgeben, und so ergriff er ein mit Regen getränktes Tuch und drückte die kostbaren Tropfen zwischen ihre geschwollenen Lippen aus.

Eine Zeitlang machte sich kein Lebenszeichen bemerkbar, aber zuletzt wurden seine Bemühungen doch von Erfolg gekrönt: ein leises Zucken bewegte ihre halbgeschlossenen Lider. Er rieb ihre dünnen Hände und ließ noch einige Tropfen Wasser in ihre vertrocknete Kehle fallen.

Das Mädchen öffnete die Augen und schaute lange zu ihm empor, bevor sie sich ihrer Lage wieder bewußt wurde.

Wasser? flüsterte sie. Sind wir gerettet?

Es regnet, erklärte er ihr. Wir können jetzt wenigstens trinken. Es hat uns beide schon wieder belebt.

Was ist's mit Thuran? fragte sie. Er hat dich ja nicht getötet. Ist er tot?

Ich weiß es nicht, antwortete Clayton. Wenn er noch am Leben ist und der Regen ihn wieder stärkt –

Hier hielt er inne, denn er sagte sich – wenn auch zu spät – er dürfe die Schrecken, die das arme Mädchen erlitten, nicht noch weiter vermehren.

Aber sie erriet, was er hatte sagen wollen.

Wo ist er? fragte sie.

Clayton wies mit dem Kopfe nach der ausgestreckten Gestalt des Russen.

Eine Weile herrschte Schweigen.

Ich will sehen, ob ich ihn wieder beleben kann, sagte Clayton endlich.

Nein! flüsterte sie, ihre abgemagerte Hand nach ihm ausstreckend. Tue das nicht – er wird dich töten, wenn der Regen ihn wieder gestärkt hat. Wenn er am Sterben ist, so laß ihn sterben. Laß mich nicht allein in diesem Boot mit einer solchen Bestie.

Clayton zögerte. Seine Ehre verlangte, daß er Thuran zu beleben suchte, und dann war es ja auch möglich, daß der Russe sich menschlich zeigte. Man konnte das wenigstens annehmen.

Während Clayton im Innern mit sich kämpfte, schweiften seine Blicke über den Körper des Mannes hinweg und als sie nun über die See glitten, stürzte er mit einem leisen Freudenschrei schwankend zu Füßen seiner Braut hin.

Land, Jane! Gott sei Dank, Land! stießen seine Lippen hervor.

Das Mädchen schaute auf. In der Tat sah sie, nicht einmal hundert Meter entfernt, gelben Strand und dahinter die üppige Pflanzenwelt einer tropischen Dschungel.

Jetzt kannst du ihn wieder beleben, riet Jane Porter, denn sie hatte sich schon Gewissensbisse darüber gemacht, daß sie Clayton abgeraten hatte, etwas für ihren Genossen zu tun.

Es dauerte eine halbe Stunde, bis es gelang, den Russen soweit wieder zur Besinnung zu bringen, daß er wenigstens die Augen öffnen konnte, und bald darauf konnte man ihm auch die glückliche Wendung ihres Schicksals begreiflich machen.

Inzwischen war das Boot langsam auf sandigen Boden getrieben. Clayton war durch das erfrischende Wasser, das er getrunken, und durch den neu erwachten Mut so gestärkt, daß er durch das seichte Wasser bis zum Strande waten konnte. Dabei zog er ein am Boote festgebundenes Seil mit sich, das er an einem Baum des Ufers befestigte. Es war gerade Hochwasser, und er fürchtete, sobald Ebbe einträte, könnte das Boot wieder vom Land abgetrieben werden, zumal er ziemlich sicher war, daß er vor Verlauf einiger Stunden nicht stark genug wäre, um Jane Porter zu holen.

Das Nächste, was er tat, war, nach der nahen Dschungel, wo er eine Menge tropischer Früchte bemerkt hatte, zu kriechen, denn er konnte sich noch nicht auf den Beinen halten. Bei seinem früheren Aufenthalt in der Dschungel hatte er von Tarzan erfahren, was dort alles eßbar ist. Nach einem fast einstündigen Aufenthalt kehrte er mit einem Arm voll Früchten nach dem Strand zurück.

Der Regen hatte aufgehört, und die heiße Sonne schien so drückend, daß Jane Porter darauf drang, einen Versuch zu machen, ans Land zu gelangen.

Auch Thuran wurde durch die Früchte soweit gestärkt, daß alle drei glaubten, sie wären imstande, bis zu dem kleinen Baum zu gelangen, an dem das Boot festgebunden war.

Der Versuch gelang, und da alle drei völlig erschöpft waren, legten sie sich in den Schatten des Baumes und schliefen bis in die Nacht hinein.

*

Einen Monat lang lebten die drei Schiffbrüchigen auf dem flachen Strande verhältnismäßig sicher.

Sowie sie wieder zu Kräften kamen, erbauten die beiden Männer ein einfaches Obdach in den Ästen eines Baumes, und zwar in genügender Höhe, damit sie vor den Angriffen auch großer Raubtiere sicher sein konnten.

Tagsüber sammelten sie Früchte und kleine Tiere; in der Nacht kauerten sie sich unter ihr Schutzdach, während die wilden Bewohner der Dschungel ihr häßliches Geheul hören ließen.

Sie schliefen auf einem Lager von Dschungelgras. Jane Porter hatte nur den alten Überzieher als Decke, den Clayton seinerzeit auf der denkwürdigen Fahrt durch Wisconsins Wälder auf der Eisenbahnstation beinahe hatte liegen lassen. Clayton hatte eine schwache Scheidewand aus Ästen in ihrem Obdach angebracht, so daß der Raum in zwei Hälften geteilt war, von denen die eine für das Mädchen, die andere für ihn und Thuran bestimmt war.

Schon bald hatte der Russe seinen wahren Charakter gezeigt: Selbstsucht, Grobheit, Anmaßung, Feigheit und zügellose Begehrlichkeit. Schon zweimal war Clayton wegen Thurans Benehmen gegen das Mädchen handgreiflich geworden. Er wagte es nicht, ihn auch nur einen Augenblick mit Jane allein zu lassen. So lebten der Engländer und seine Braut in fortwährender Aufregung, aber sie hofften immer noch auf Befreiung.

Jane Porters Gedanken kehrten oft zu ihrem früheren Leben an der wilden Küste zurück. Ach, wenn der unüberwindliche Waldgott, dessen Tod sie so sehr betrauerte, bei ihnen hätte sein können! Dann hätte sie keine Furcht mehr vor den Raubtieren und dem furchtbaren Russen zu haben brauchen. Clayton beschützte sie nur mit knapper Not, aber wie anders wäre Tarzan aufgetreten, wenn er nur einen Augenblick dem düstern, drohenden Thuran gegenübergestanden hätte!

Einmal, als Clayton nur bis zu dem kleinen Wasserlauf gegangen war und Thuran wieder unverschämt gegen sie gewesen war, verriet sie ihre Gedanken.

Sie können von Glück sagen, Herr Thuran, sagte sie, daß der arme Herr Tarzan, der von Ihrem Schiff abstürzte, jetzt nicht hier ist.

Sie kennen also das Schwein? fragte Thuran.

Ich kenne den Herrn, erwiderte sie. Er ist der einzige wirkliche Mann, den ich bisher gekannt habe.

Im Ton ihrer Stimme lag etwas, was in dem Russen die Meinung erweckte, sie müsse für seinen Feind wohl etwas mehr als Freundschaft hegen, und deshalb machte es ihm Freude, sein Andenken zu beschmutzen.

Er war schlimmer als ein Schwein! schrie er. Er war ein gemeiner Feigling! Um sich dem gerechten Zorn des Mannes einer von ihm belästigten Frau zu entziehen, war er so ehrlos, die Frau allein zu belasten. Da ihm das nicht gelang, floh er aus Frankreich, um einem Duell mit dem Ehemann zu entgehen. Deshalb war er auf dem Schiffe, auf dem Miß Strong und ich nach Kapstadt fuhren. Ich weiß, was ich sage, denn die Frau, um die es sich handelt, ist meine Schwester. Und ich kann Ihnen noch etwas verraten, was ich bisher niemand gesagt habe: Ihr braver Herr Tarzan sprang aus Todesangst über Bord, als ich ihn wiedererkannte und darauf bestand, daß er mir am nächsten Morgen Genugtuung leisten sollte: wir wollten in meiner Kabine eine Herausforderung auskämpfen.

Jane Porter lachte.

Sie werden sich doch nicht einen Augenblick einbilden, daß jemand, der Herrn Tarzan und Sie kennt, eine so unmögliche Geschichte glauben wird?

Weshalb reiste er denn unter falschem Namen? fragte Thuran.

Ich glaube Ihnen nicht! rief Jane voll Ärger.

Immerhin war die Saat des Mißtrauens ausgesät, denn Jane wußte von Hazel, daß ihr Waldgott unter dem Namen John Caldwell aus London gereist war.

*

Kaum fünf Meilen nördlich von der Stelle, wo Jane mit Clayton und Thuran lebte, lag die hübsche kleine Hütte Tarzans, aber wenn die Entfernung auch nicht groß war, so wußte doch niemand von ihnen etwas davon, und so war es genau so, als wenn sie tausende von Meilen davon entfernt gewesen wären.

Weiter an der Küste hinauf, einige Meilen von der Hütte, in einfachen, aber wohlgebauten Schutzhütten, lebte eine Gesellschaft von achtzehn Personen. Es waren die früheren Insassen der drei Boote von der „Lady Alice“, von denen Claytons Boot getrennt worden war.

In weniger als drei Tagen waren sie über das ruhige Meer nach dem Festland gerudert. Sie hatten weiter nichts von den Schrecken des Schiffbruchs erfahren, und wenn sie auch von dem Mißgeschick der Jacht schmerzlich berührt waren und unter den ungewohnten Härten ihres neuen Daseins zu leiden hatten, so war ihnen doch weiter kein Ungemach geschehen.

Alle waren der festen Hoffnung, daß das vierte Boot aufgelesen worden sei und bald eine genaue Nachforschung nach den Insassen der restlichen drei Boote erfolgen würde.

Da genügend Feuerwaffen nebst Munition in Lord Tenningtons Boot gebracht worden waren, so war die Gesellschaft zur Verteidigung wohl gerüstet und konnte auch große Tiere erlegen.

Professor Archimedes Q. Porter bildete ihre einzige unmittelbare Sorge. Er war überzeugt, daß seine Tochter von einem vorüberfahrenden Dampfer aufgenommen worden sei. Er war deshalb über ihr Schicksal gar nicht sehr besorgt und wandte seinen ganzen Scharfsinn wieder den wissenschaftlichen Problemen zu, die nach seiner Ansicht einen Mann von seiner Bildung allein beschäftigen sollten. Sein Geist war allen äußeren Angelegenheiten unzugänglich.

Nie, sagte der erschöpfte Samuel T. Philander zu Lord Tennington, nie war Herr Professor Porter so schwierig zu behandeln; es ist ganz unmöglich, mit ihm fertig zu werden. Denken Sie sich, heute morgen, als ich ihn kaum eine halbe Stunde allein lassen mußte, war er bei meiner Rückkehr verschwunden. Und wo glauben Sie wohl, daß ich ihn entdeckte? Eine halbe Meile draußen auf dem Ozean in einem der Rettungsboote, wo er nach Herzenslust am Rudern war. Ich weiß nicht, wie er es überhaupt fertig brachte, so weit auf das Wasser hinaus zu gelangen, denn er hatte nur ein Ruder, mit dem er glückselig im Kreise herumfuhr.

Als mich nun einer der Matrosen in einem andern Boot hinausbrachte, war der Professor ganz entrüstet darüber, daß ich ihm zuwinkte, ans Land zurückzukehren.

Wie, Mr. Philander, sagte er, ich bin überrascht, daß Sie, ein Mann von Bildung, die Kühnheit besitzen, so den Fortschritt der Wissenschaft unterbrechen zu wollen. Aus gewissen astronomischen Erscheinungen, die ich in den letzten tropischen Nächten beobachtete, habe ich eine völlig neue Nebelfleck-Hypothese aufgestellt, mit der ich die wissenschaftliche Welt überraschen will. Ich will nur noch eine vorzügliche Monographie über Laplaces Hypothese, die sich in einer privaten Büchersammlung New Yorks befindet, einsehen. Ich wollte eben dahin rudern, um mir die Broschüre zu holen, und jetzt kommen Sie, Mr. Philander, und stören mich bei meinem Vorhaben.

Nur mit größter Mühe gelang es mir, ihn zur Rückkehr nach der Küste zu bewegen; sonst hätte ich Gewalt anwenden müssen. – So schloß Mr. Philander seine bewegliche Klage.

Miß Strong und ihre Mutter verhielten sich trotz der ständigen Angst vor den Angriffen wilder Tiere sehr wacker. Sie waren allerdings nicht so leicht davon zu überzeugen, daß Jane, Clayton und Thuran von einem Dampfer aufgenommen worden seien.

Jane Porters Dienerin Esmeralda schmälte ohne Unterlaß über das grausame Schicksal, das sie von ihrem „armen kleinen Herzchen“ getrennt hatte.

Lord Tennington war immer noch derselbe vornehme, großherzige Mensch, dessen Charakter sich in keiner Weise verändert hatte. Heiter, wie immer, bemühte er sich auch jetzt noch, alles für die Bequemlichkeit und Unterhaltung seiner Gäste zu tun, was er nur konnte. Der Mannschaft seiner Jacht gegenüber war er immer noch derselbe gerechte, aber feste Befehlshaber. In der Dschungel gab er ebensowenig von seiner Autorität ab, als er es auf der „Lady Alice“ getan hatte, wo er über alle wichtigen Fragen zu entscheiden hatte; in allen Lagen bewies er dieselben kühlen, klugen Führereigenschaften.

Wenn diese gutorganisierte und verhältnismäßig sichere Gesellschaft von Schiffbrüchigen einige Meilen südlich das abgerissene ängstliche Trio gesehen hätte, so würde sie darin wohl kaum die früher so tadellosen Mitglieder der Gesellschaft, die ihre Tage auf der „Lady Alice" in sorgloser Heiterkeit verbrachte, wiedererkannt haben.

Clayton und Thuran waren fast nackt, so sehr waren ihre Kleider durch die Dornbüsche und Schlingpflanzen zerrissen, durch die sie sich immer wieder hindurchwinden mußten, als die Beschaffung von Nahrung für sie schwieriger wurde.

Jane Porter hatte zwar an diesen mühevollen Expeditionen nicht teilgenommen, aber ihr Äußeres war doch auch in einem recht betrübenden Zustand.

Clayton hatte aus Mangel an besserer Beschäftigung die Häute der von ihm erlegten Tiere sorgfältig bearbeitet und aufbewahrt. Er hatte sie über Baumstämme ausgespannt und fleißig abgekratzt. So waren sie in tadellosem Zustand geblieben, und da jetzt seine Hose so zerrissen war, daß sie seine Blöße nicht mehr bedecken konnte, machte er sich aus den Häuten ein einfaches Gewand, wobei er einen starken Dorn als Nadel und zähe Grassträhnen und Tiersehnen als Nähfaden benützte.

Das Ergebnis war ein ärmelloses Gewand, das ihm fast bis an die Knie ging. Da es aus zahlreichen kleinen Häuten zusammengesetzt war und deshalb einen sehr merkwürdigen Anblick bot und da es zudem einen äußerst widerlichen Geruch verbreitete, so war es nicht gerade eine sehr angenehme Ergänzung seines Kleiderbestandes. Aber die Zeit kam, wo er es aus Anstandsgründen anziehen mußte. Als Jane Porter ihn zum erstenmal darin sah, konnte sie sich trotz ihrer elenden Lage nicht enthalten, herzhaft zu lachen.

Später war auch Thuran gezwungen, sich eine solche primitive Bekleidung anzufertigen, und so sahen die beiden mit ihren nackten Beinen und ihrem reichlich gewachsenen Vollbart wie zwei vorgeschichtliche Menschen aus. Besonders Thuran stand die Rolle ganz gut.

So waren fast zwei Monate ihres neuen Daseins vergangen, als sie ein neues großes Unglück traf. Voraus ging ein Ereignis, das zweien von ihnen beinahe ganz plötzlich ein Ende bereitet hätte.

Thuran lag an einem Fieberanfall darnieder. Clayton war auf der Nahrungssuche einige hundert Meter weit in die Dschungel hineingedrungen. Als er wiederkam, war Jane Porter ihm entgegengegangen. Hinter ihm schlich ein alter, zerzauster Löwe. Seit drei Tagen waren seine alten Sehnen nicht mehr imstande gewesen, ihm die nötigen Dienste zu leisten, und sein Magen war deshalb leer. Seit Monaten schon hatte die Zahl seiner Mahlzeiten abgenommen, und er hatte sein bisheriges Jagdgebiet immer weiter überschreiten müssen, um eine leichter zu erlegende Beute zu finden, denn bei seinen schwachen Kräften war er nicht mehr imstande, sich an solche Tiere heranzuwagen, die er früher mit leichter Mühe erlegt hatte. Nun hatte er wenigstens einen Menschen gefunden, der das schwächste Geschöpf der Natur ist und sich am wenigsten verteidigen kann. So hoffte der alte Numa, sich in wenigen Augenblicken sättigen zu können.

Clayton ahnte gar nicht, daß der Tod hinter ihm herschritt. Er kam gerade aus dem Dickicht und ging auf Jane zu. Kaum war er hundert Schritte aus dem Gestrüpp und nahe an sie herangekommen, als sie an seiner Schulter vorbei den braungelben Kopf und die drohenden gelben Augen aus dem Grase herausleuchten sah.

Beim Anblick des wilden Tieres erfaßte sie ein solches Entsetzen, daß sie nicht imstande war, einen Ton hervorzubringen, aber ihre starren, weit geöffneten Augen sprachen deutlicher als Worte. Clayton warf einen Blick hinter sich und erkannte die Hoffnungslosigkeit ihrer Lage.

Der Löwe war kaum dreißig Schritte von ihnen, und so weit waren sie auch noch von ihrem Schutzplatz entfernt. Clayton war mit einem starken Knüttel bewaffnet, aber er wußte, daß gegen einen hungrigen Löwen eine solche Waffe ebenso wirkungslos war wie es eine Knallbüchse mit einem Pfropfen gewesen wäre.

Der heißhungrige Löwe hatte seit langem erfahren, daß das Brüllen auf der Suche nach einer Beute keinen Zweck habe, aber jetzt, wo er so sicher war, bald mit seinen einst so starken Pranken in die Beute einhauen zu können, riß er seinen weiten Rachen auf und machte seiner langverhaltenen Wut in einem wiederholten tiefen Gebrüll Luft.

Lauf, Jane! rief Clayton, schnell auf den Baum!

Aber ihre Muskeln waren gelähmt, und sie stand stumm und starr, voll Entsetzen auf den heranschleichenden Tod wartend.

Als Thuran das schreckliche Brüllen hörte, war er an die Öffnung ihrer Baumhütte getreten, und als er die Szene sah, die sich ihm jetzt darbot, sprang er vor Erregung auf und rief ihnen auf russisch zu:

Lauft, lauft, sonst bleibe ich allein an diesem schrecklichen Ort!

Dann brach er zusammen und fing an zu weinen.

Einen Augenblick lang lenkte diese neue Stimme die Aufmerksamkeit des Löwen ab, der stehen blieb und nach dem Baume starrte.

Clayton konnte die Aufregung nicht länger ertragen. Indem er dem Löwen den Rücken drehte, vergrub er seinen Kopf in die Arme und wartete.

Das Mädchen sah ihn entsetzt an. Weshalb tat er nichts? Wenn er sterben mußte, weshalb nicht tapfer wie ein Mann? Er konnte doch wenigstens mit seinem dicken Stock aus das Tier losschlagen. Das hätte Tarzan sicher getan, er wäre wenigstens heldenmütig gestorben.

Jetzt bereitete sich der Löwe zum Sprunge vor, der ihr junges Leben in seinen grausamen gelben Fängen ein Ende machen muhte. Jane Porter sank auf ihre Knie und betete; sie schloß die Augen, um den letzten häßlichen Augenblick nicht sehen zu müssen. Thuran, durch das Fieber geschwächt, war ohnmächtig geworden.

Die Sekunden wurden zu Minuten, endlos langen Minuten, und noch kam das Tier nicht gesprungen. Clayton war durch die verlängerte Todesangst fast bewußtlos, seine Knie zitterten und er brach beinahe zusammen.

Jane Porter konnte das nicht länger aushalten. Sie öffnete die Augen. Doch, was war das? Träumte sie?

William, flüsterte sie, schau!

Clayton strengte sich an, um den Kopf zu erheben und ihn nach dem Löwen zu wenden. Ein Ausruf der Überraschung kam aus seinem Munde.

Vor ihren Füßen lag das Tier in Todeszuckungen. Ein schwerer Kriegerspeer stak in seinem braungelben Fell. Er war auf der rechten Schulter eingedrungen, durch den ganzen Körper gegangen und hatte das Herz durchbohrt.

Jane Porter war wieder aufgestanden, und als Clayton sich wieder zu ihr wandte, schwankte sie vor Schwäche.

Er ergriff sie am Arm, um sie festzuhalten, und indem er näher an sie herankam, drückte er ihren Kopf an seine Schulter und wollte sie küssen.

Sie aber wies ihn sanft ab.

Laß das, William, sagte sie. In den wenigen kurzen Augenblicken habe ich tausend Jahre erlebt. Ich will dich nicht mehr verletzen als es nötig ist, aber ich kann das Leben nicht länger ertragen in der unmöglichen Stellung, in die ich durch die falsche Auslegung eines dir unüberlegt gegebenen Versprechens geraten bin.

Die letzten wenigen Sekunden meines Lebens haben mir gezeigt, daß es häßlich von mir wäre, weiterhin mich selbst und dich zu täuschen oder auch nur einen Augenblick länger an die Möglichkeit zu denken, daß ich deine Frau werden könnte, wenn wir wieder in die zivilisierte Welt zurückkehren. Wie, Jane, rief er, was willst du damit sagen? Was hat unsere Errettung durch die Vorsehung mit der Änderung deiner Gefühle gegen mich zu tun? Du bist abgespannt, – morgen wirst du wieder wie früher sein.

Ich bin jetzt meiner selbst mehr bewußt, als damals vor einem Jahr, erwiderte sie. Was wir jetzt erlebt haben, hat mir lebhafter als je in die Erinnerung gerufen, daß der tapferste Mann, der je gelebt hat, mir seine Liebe schenkte. Ich glaubte nicht, daß ich sie erwidern würde, und so wies ich ihn ab. Jetzt ist er tot, und deshalb will ich überhaupt nicht mehr heiraten. Ich könnte keinen andern, wenn auch noch so wackeren Mann heiraten, ohne immer ein gewisses Gefühl der Verachtung für ihn zu haben. Verstehen Sie mich?

Ja! antwortete er mit gesenktem Kopfe, das Gesicht mit Schamröte bedeckt.

Am folgenden Tage kam das große Unglück.

Die Schatzgewölbe von Opar

Es war schon ganz dunkel, als La, die Hohepriesterin, mit Speise und Trank zu Tarzan in die Totenkammer zurückkehrte. Sie trug kein Licht, sondern tastete mit den Händen an den zerbröckelten Mauern entlang, bis sie die Kammer erreichte. Durch ein Gitter in der Decke wurde das Innere vom tropischen Mondschein schwach erhellt.

Tarzan, der sich in den Schatten des hintersten Winkels gebückt hatte, kam La beim Herannahen ihrer Tritte entgegen. Sie sind wütend! waren ihre ersten Worte. Noch nie ist ein Menschenopfer dem Altar entronnen. Fünfzig Mann sind schon unterwegs, um Sie zu verfolgen. Sie haben den ganzen Tempel durchsucht, alle Räume, bis auf diesen.

Wie? fragte er, fürchten sie sich, hier hereinzukommen?

Es ist die Totenkammer. Hierher kehren die Toten zurück, um ihre Andacht zu verrichten. Sehen Sie diesen alten Altar? Hier opfern die Toten die Lebenden, – wenn sie ein Opfer hier finden. Deshalb meiden unsere Leute dieses Zimmer. Wer es betritt, weiß, daß der wartende Tod ihn als Opfer ergreifen würde.

Aber Sie? fragte er.

Ich bin Hohepriesterin, sagte sie. Ich allein bin gegen den Tod geschützt. Ich bin es, die dem Tod hie und da ein menschliches Opfer aus der Oberwelt zuführt. Ich allein kann hier sicher eintreten.

Warum hat der Tod mich nicht ergriffen? fragte er, um über ihren sonderbaren Glauben zu spotten.

Sie sah ihn einen Augenblick lächelnd an. Dann sagte sie:

Es ist die Pflicht einer Hohepriesterin, die Glaubenssätze, die andere, Weisere als sie selbst, niedergelegt haben, zu lehren und auszulegen, aber in diesen Glaubenssätzen ist nicht gesagt, daß sie selbst diese glauben muß. Je mehr einer von einer Religion weiß, desto weniger glaubt er davon. Kein Lebender kennt meine Religion besser als ich.

Sie fürchten also nur deshalb bei meiner Flucht behilflich zu sein, weil dann ihre Glaubensgenossen Ihre Zwiespältigkeit entdecken könnten?

Das ist alles. Die Toten sind tot. Sie können uns nichts mehr zuleid tun und uns nicht helfen. Wir müssen uns deshalb ganz auf und selbst verlassen, und je eher wir handeln, desto besser. Ich habe viele Mühe gehabt, die Wachsamkeit der Leute zu täuschen, aber jetzt bringe ich Ihnen wenigstens etwas zum Essen. Es wäre allerdings Wahnsinn, wenn ich versuchen wollte, dies täglich zu tun. Folgen Sie mir deshalb! Wir wollen sehen, wie weit ich Sie der Freiheit entgegenführen kann, bevor ich wieder fortgehen muß.

Sie führte ihn in die Kammer unter dem Altarraum zurück. Von dort bog sie in einen der verschiedenen Gänge ein. In der Dunkelheit konnte Tarzan nichts unterscheiden.

Zehn Minuten lang tappten sie in einem gewundenen Gang umher, bis sie zuletzt vor eine verschlossene Tür kamen. Hier hörte er sie mit einem Schlüssel tasten, und jetzt vernahm er das Knistern eines zurückgeschobenen Riegels. Die Tür öffnete sich mit ächzenden Angeln, und sie traten ein.

Hier werden Sie bis morgen abend sicher sein, sagte sie. Dann ging sie hinaus und verschloß die Tür.

In dem Raum, in dem Tarzan sich nun befand, war es völlig finster. Nicht einmal seine scharfen Augen konnten die Dunkelheit durchdringen. Vorsichtig bewegte er sich vorwärts, bis seine ausgestreckte Hand die Mauer berührte. Dann wanderte er langsam an den vier Wänden des Zimmers entlang.

Es hatte etwa sieben Meter im Geviert. Der Boden war aus Steinmörtel, aber die Mauern bestanden aus rohen Steinen, die ohne Mörtel aufeinandergelegt waren, wie auch die anderen Mauern, die er draußen gesehen hatte, gebaut waren. Granitstücke von verschiedener Größe waren in das Mauerwerk eingefügt.

Als Tarzan zum erstenmal an der Mauer entlang tastete, kam es ihm merkwürdig vor, daß der Raum kein Fenster und nur eine Tür enthalten sollte. Noch einmal ging er an der ganzen Mauer entlang, aber es war kein Irrtum mehr möglich.

An der Wand gegenüber der Tür blieb er stehen. Es schien ihm, als ob hier frische Luft hereinkäme, obschon er keine Öffnung entdecken konnte.

Noch einmal tastete er die Wände ab. Schließlich blieb er wieder an der alten Stelle, die seine Neugier erregt hatte, stehen. Es war kein Zweifel mehr möglich! Nur an dieser Stelle war deutlich die frische Luft zu spüren, die zwischen den Steinen hereinkam.

Tarzan befühlte sorgfältig die Granitstücke, die hier in die Mauer eingefügt waren, und schließlich fand er eines, das sich bewegen ließ. Er nahm es heraus und versuchte nun dasselbe bei den nächsten Steinen. Auch diese ließen sich leicht fortnehmen.

Allem Anschein nach bestand die Mauer hier ganz aus solchen gleichförmigen Steinen. In kurzer Zeit hatte er mehrere Dutzend herausgenommen, und nun fuhr er in das Loch hinein, um die nächste Lage des Mauerwerks festzustellen. Zu seiner Überraschung fühlte er aber nichts mehr dahinter. So weit er mit dem Arm reichen konnte, war nichts mehr zu spüren.

Nun war es nur mehr das Werk einiger Minuten, soviel Steine aus der Mauer zu entfernen, daß er mit seinem Körper durch die Öffnung hindurchkommen konnte. Gerade darüber glaubte er einen schwachen Schimmer zu entdecken; jedenfalls war dort die Finsternis nicht so undurchdringlich.

Vorsichtig bewegte er sich auf Händen und Knien weiter, bis er plötzlich merkte, daß der Boden unter ihm schwand. So weit er reichen konnte, fühlte er nichts, und er konnte auch nicht sehen, wie tief der schwarze Abgrund war, vor dem er sich befand.

Schließlich schaute er in die Höhe und erblickte da ein kleines, rundes Stück des gestirnten Himmels. Er befand sich also in einem Schacht, aber er konnte sich dessen Natur nicht erklären. Erst als der Mond aufging und seinen Silberschein herunter sandte, sah er nicht weit vor sich in der Tiefe Wasser glänzen.

Als er die Mauer entlang schaute, entdeckte er auf der anderen Seite eine Öffnung. Vielleicht konnte er dort hinausgelangen.

Zuerst sagte er sich, wäre es sicherer, das Loch in der Mauer, durch das er herausgekommen war, wieder zuzumachen, denn wenn er nicht rechtzeitig ins Freie käme, könnte man durch dieses Loch den von ihm eingeschlagenen Weg erraten. So holte er die Steine aus dem Zimmer und fügte sie von außen wieder in die Öffnung. Der dichte Staub, der auf den Steinen lag, hatte ihm übrigens bewiesen, daß die jetzigen Bewohner des Tempels diesen geheimen Durchgang nicht kannten.

Als Tarzan das Loch wieder ausgefüllt hatte, ging er nach der Öffnung hin, die er auf der andern Seite in der Mauer erblickt hatte. Es war ein enger Durchgang, und Tarzan mußte sich darin mit äußerster Vorsicht fortbewegen, da er ja nicht wissen konnte, ob nicht irgendwo wieder ein Abgrund sich auftat.

Er war einige hundert Schritte weit gegangen, als er zu einer Treppe kam, die abwärts in völlige Dunkelheit führte. Er ging etwa zwanzig Stufen hinunter und kam nun wieder auf den flachen Boden des Ganges. Aber schon nach wenigen Schritten stand er vor einer schweren Holztüre, die durch starke Balken gesichert war. Aus dieser Tatsache schloß er, daß dies die innere Seite war, die Tür also ins Freie führen mußte.

Auf den Balken lag ebenfalls dicker Staub, ein Zeichen, daß die Tür wohl schon lange nicht mehr benützt worden war. Als Tarzan die schweren Balken wegnahm, konnte er die Türe öffnen, aber sie schrie in ihren Angeln, als ob sie gegen diese ungewohnte Störung protestieren wollte.

Einen Augenblick wartete er, ob die Insassen des Gebäudes das Geräusch vielleicht gehört hätten und Lärm schlagen würden. Da aber alles ruhig blieb, ging er in den Torweg weiter hinein.

Als er vorsichtig umhertastete, erriet er, daß er sich in einem großen Saal befand. Längs der Wände und auf dem Boden lagen ganze Haufen Barren von seltsamer Form, aber alle von gleicher Gestalt. Die Barren waren schwer, und bei ihrer ungeheuren Zahl konnte er nicht annehmen, daß sie aus Gold seien, denn diese Tausende von Pfund hätten einen fabelhaften Reichtum dargestellt. Es war jedenfalls ein anderes Metall, aber auf alle Fälle nahm er einen Barren mit, um sich Gewißheit zu verschaffen, sobald es hell wurde.

An dem anderen Ende des Saales fand er wieder eine Tür, und da sie in ähnlicher Weise verschlossen war, nahm er an, daß es sich hier um einen alten, vergessenen Durchgang handelte.

Er öffnete die Türe in derselben Weise wie die andere, und als er draußen war, fand er, daß der Weg nun geradeaus führte. Er war überzeugt, daß er sich jetzt bereits unter dem Außenwall des Tempels befand.

Wenn er nur gewußt hätte, welche Richtung er jetzt zu befolgen hätte. Wenn es nach Westen ging, so mußte er an den Außenmauern der Stadt sein.

Jedenfalls hatte er jetzt gute Hoffnung, und so beschleunigte er seine Schritte, soweit er es eben wagte. Nach einer halben Stunde kam er an eine Treppe, die aufwärts führte.

Als er hinaufging, spürte er an seinen bloßen Füßen, daß die Stufen sich veränderten, Sie waren jetzt aus Granit, und durch Betasten stellte er fest, daß sie offenbar in den Felsen gehauen waren.

Die Treppe ging spiralförmig nach oben, bis Tarzan sich nach einer plötzlichen Wendung in einer engen Kluft zwischen Felsgestein befand. Über ihm der gestirnte Himmel, und vor ihm fingen die Stufen wieder an. Tarzan stieg den schmalen Pfad hinauf und gelangte dann auf die rauhe Spitze eines hohen Granitfelsens.

Eine Meile weit hinter ihm lagen jetzt die Ruinen von Opar, seine Dome und Türme im sanften Mondschein.

Tarzan betrachtete den mitgebrachten Barren genauer. Dann erhob er sein Haupt und nach den entfernten Bauten von verfallener Größe schauend, rief er aus:

Opar, du Zauberstadt, Stadt des Todes und der Vergangenheit! Du Stadt der Schönheit und der Bestien! Stadt der Schrecken und des Todes, aber auch der fabelhaften Reichtümer!

Der Barren war nämlich aus lauterem Golde.

Der Felsblock, auf dem sich Tarzan befand, lag auf der Höhe zwischen der Stadt und den entfernteren Felsspitzen, die Tarzan am vorigen Morgen mit seinen schwarzen Kriegern überstiegen hatte.

Der Abstieg war sehr mühevoll und gefährlich, aber als Tarzan in das Tal gelangt war, warf er noch einen Blick rückwärts nach Opar, und wandte sich dann mit frischem Mute den vor ihm aufsteigenden Felsenhöhen zu.

Die Sonne ging gerade auf, als er auf die Kuppen des Westabhanges gelangte.

In der Ferne sah er schwachen Rauch zwischen den Baumgipfeln am Fuße der bewaldeten Hügel aufsteigen.

Menschen! murmelte er. Und es sind ihrer fünfzig, die ausgezogen sind, um mich zu verfolgen! Ob es die wohl sind?

Schnell stieg er den Abhang herunter und gelangte in eine enge Schlucht, die nach dem fernen Walde führte. Er folgte ihr in der Richtung auf den Rauch zu.

Als er an den Rand des Waldes gelangt war und nur noch eine Viertelstunde von der Stelle entfernt war, wo die Rauchsäule sich zeigte, stieg er auf einen Baum und setzte dann seinen Weg in der Höhe fort.

Vorsichtig näherte er sich der Stelle, wo das Feuer brannte, und war erstaunt, als sein Blick auf ein Lager fiel – seine fünfzig schwarzen Waziri-Krieger saßen um das Feuer.

Vom Baume herab rief er ihnen in ihrer Sprache zu:

Stehet auf, meine Kinder, und grüßt euren König!

Mit Ausrufen des Erstaunens und der Furcht sprangen die Krieger auf, aber sie wußten nicht, ob sie davonlaufen sollten oder nicht.

Da aber sahen sie Tarzan, der sich ganz gemütlich von einem überhängenden Aste in ihre Mitte herunterließ.

Als sie erkannten, daß es wirklich ihr leibhaftiger Häuptling war, und nicht etwa bloß eine Geistererscheinung, wurden sie fast verrückt vor Freude.

Wir waren Feiglinge, o Waziri, rief Busuli. Wir liefen davon und überließen dich deinem Schicksal. Als aber unser Schrecken vorbei war, schworen wir, zu dir zurückzukehren und dich zu retten oder wenigstens an deinen Mördern Rache zu nehmen. Wir bereiteten uns eben vor, die Höhen zu erklimmen und uns wieder durch das trostlose Tal nach der Stadt zu begeben.

Habt ihr, meine Kinder, von den Höhen fünfzig gräßliche Männer in diesen Wald herunterkommen sehen? fragte Tarzan.

Ja, Waziri, antwortete Busuli. Gestern gingen sie an uns vorüber, als wir im Begriffe waren, zu dir zurückzukehren. Die verstehen nichts von der Jagd. Wir hörten sie kommen schon eine Meile bevor wir sie sahen, und da wir etwas anderes vorhatten, zogen wir uns in den Wald zurück und ließen sie vorübergehen. Sie watschelten schnell auf ihren kurzen Beinen vorwärts, und hier und dort wollte einer auf allen Vieren gehen, ähnlich wie Bolgani, der Gorilla. Es waren in der Tat fünfzig gräßliche Männer, Waziri!

Als Tarzan seine Abenteuer erzählt und ihnen auch von dem gelben Metall berichtet hatte, das er gefunden, lehnte auch nicht einer seinen Vorschlag ab, in der Nacht dorthin zurückzukehren und von dem ungeheuren Schah mit fortzuschleppen, soviel sie nur tragen könnten.

So kam es, daß, als die Dunkelheit sich wieder über das trostlose Tal von Opar senkte, fünfzig ebenholzschwarze Krieger in strammem Schritt über den trockenen staubigen Talgrund nach den Felshöhen vor der Stadt hinaufschritten.

Wenn Tarzan schon in der vorigen Nacht nur mit Mühe dort heruntergekommen war, so schien es ihm jetzt fast unmöglich, mit seinen fünfzig Kriegern dort hinaufzuklettern. Schließlich gelang es aber doch mit Hilfe riesenhafter Anstrengungen des Affenmenschen. Zehn Speere wurden, einer am Ende des andern, aneinandergebunden, und mit der an seinem Körper befestigten Stange gelang es Tarzan, die Spitze zu erreichen.

Als er oben war, zog er einen Schwarzen nach dem andern herauf, und so gelangte die ganze Abteilung unversehrt auf die Spitze.

Von dort aus führte Tarzan sie denselben Weg zurück, den er in der Nacht gekommen war.

Sie gelangten ungestört in die Schatzkammer. Hier wurde jeder mit zwei Barren, etwa achtzig Pfund, beladen, und so traten sie den Rückweg an.

Um Mitternacht stand die ganze Gesellschaft wieder am Fuße der Felsspitze, aber wegen ihrer schweren Last verging der halbe Vormittag, bis sie den Gipfel erreicht hatten.

Von da an erfolgte die Rückkehr nur langsam, denn die Krieger waren nicht gewohnt, schwere Lasten zu tragen. Sie beklagten sich aber nicht, und nach dreißig Tagen kamen sie wieder in ihre eigene Gegend.

Anstatt nun nach Nordwesten direkt auf ihr Dorf loszugehen, führte Tarzan sie fast geradeaus nach Westen. Am Morgen des dreißigsten Tages bat er sie, aufzubrechen und in ihr Dorf zurückzukehren, nachdem sie das Gold dort ließen, wo sie es vorige Nacht aufgestapelt hatten.

Und du, Waziri, fragten sie.

Ich bleibe einige Tage hier, meine Kinder, antwortete er. Nun eilt zu euren Weibern und Kindern zurück!

Als seine Krieger fort waren, lud Tarzan zwei der Barren auf, sprang auf einen Baum, wanderte ein paar hundert Meter weit über das dichte, undurchdringliche Unterholz und gelangte dann plötzlich in eine runde Lichtung, um die herum die Riesenbäume gleich Wachen standen. In der Mitte dieses natürlichen Amphitheaters war ein kleiner flachgeschlagener Erdhügel.

Früher war Tarzan hunderte Male an diesem verborgenen Ort gewesen, der von Dornbüschen und Schlingpflanzen so dicht umwachsen war, daß nicht einmal Sheeta, der Leopard, sich bis dorthin durchschlängeln konnte, noch Tantor mit seiner riesigen Stärke sich einen Weg zu brechen vermochte. So gut war diese Kammer der Groß-Affen gegen all die lästigen Bewohner der wilden Dschungel abgeschlossen.

Fünfzigmal mußte Tarzan hin- und herwandern, bis er sämtliche Barren innerhalb des Amphitheaters niedergelegt hatte.

Dann holte er aus der Höhle eines alten Baumes den Spaten wieder hervor, mit dem er früher die Kiste des Professors Archimedes Q. Porter an diesem selben Orte vergraben hatte. Mit dem Spaten warf er eine lange Grube auf, und in diese legte er das Gold, das die Schwarzen aus dem vergessenen Schatzgewölbe der Stadt Opar herbeigeschleppt hatten.

In dieser Nacht schlief er im Amphitheater, und früh am nächsten Morgen machte er sich auf den Weg, um seine Hütte noch einmal zu besuchen, bevor er zu den Waziri zurückkehrte.

Da er noch alles in gewohnter Ordnung fand, ging er hinaus in die Dschungel auf die Jagd. Er wollte aber mit seiner Beute in die Hütte zurückkehren, sie dort verspeisen und sich einmal gemütlich die Nacht über ausruhen.

Etwa fünf Meilen nach Süden streifte er an dem Ufer eines schönen Flusses umher, der etwa sechs Meilen von seiner Hütte entfernt ins Meer floß. Er war etwa eine halbe Meile landeinwärts gegangen, als seine feine Nase einen Geruch verspürte, der die ganze Dschungel in Bewegung setzt: Tarzan roch Menschen.

Der Wind blies vom Ozean her. So wußte der Affenmensch, daß die Menschen westlich von ihm wären. Dem Menschengeruch war aber der Geruch Numas beigemischt.

Also Mensch und Löwe!

Ich muß mich beeilen, dachte Tarzan, denn er hatte jetzt erkannt, daß es der Geruch von Weißen war. Numa wird auf der Jagd sein.

Als er durch die Bäume an den Rand der Dschungel kam, sah er ein Weib, das betend niederkniete, und vor ihr einen wild aussehenden weißen Mann, der sein Gesicht mit seinen Armen verdeckte. Da der Mann ihm den Rücken kehrte und das Weib den Kopf zum Gebet gesenkt hielt, konnte er ihre Züge nicht erkennen.

Jetzt schickte Numa sich zum Sprunge an. Deshalb war keine Sekunde mehr zu verlieren. Tarzan hatte keine Zeit mehr, seinen Bogen zu spannen und einen vergifteten Pfeil auf die gelbe Bestie abzuschießen. Er war auch zu weit, um mit dem Messer darauf loszugehen. Es blieb nur eines übrig, und so schnell der Gedanke kam, handelte er auch.

Sein muskulöser Arm schleuderte seinen schweren Speer auf den Löwen, den er durchbohrte. Ohne einen Laut von sich zu geben, rollte das Tier zu den Füßen der Menschen, die es schon als seine Beute betrachtet hatte; es war tot.

Einen Augenblick bewegte sich weder der Mann noch das Weib. Dann aber öffnete dieses die Augen und sah zu ihrem Erstaunen die Bestie tot hinter ihrem Begleiter ausgestreckt.

Als der schöne Kopf sich aufrichtete, war Tarzan sprachlos erstaunt. War er von Sinnen? Das konnte doch nicht seine geliebte Jane sein! Und doch war es keine andere als sie selbst!

Nun sah er, wie sie aufstand und wie der Mann sie in seine Arme nahm, um sie zu küssen. Plötzlich wurde es dem Affenmenschen rot vor den Augen, und die alte Narbe auf seiner Stirne erglänzte wie Scharlach auf seinem braunen Gesicht. Es lag ein furchtbarer Ausdruck auf seinem wilden Antlitz, als er einen vergifteten Pfeil in seinen Bogen steckte. Ein unheimliches Feuer leuchtete aus seinen grauen Augen, als er auf den Rücken des Mannes unter ihm zielte.

Einen Augenblick schaute er an dem glatten Schaft entlang, indem er die Bogenschnur anzog, damit der Pfeil das Herz, auf das er zielte, durchbohren sollte.

Aber er sandte den verhängnisvollen Pfeil nicht ab. Er zog ihn zurück und hängte den Bogen wieder um. Die Narbe auf seiner Stirn verlor ihre Farbe wieder. Mit gesenktem Kopf wandte Tarzan sich um und kehrte in der Richtung auf das Waziri-Dorf in die Dschungel zurück.

Die fünfzig Männer

Einige Minuten lang standen Jane Porter und Clayton da und betrachteten schweigend den toten Körper des wilden Tieres, dessen Pranken sie durch eine so wunderbare Fügung entronnen waren.

Jane war die erste, die nach dem unwillkürlichen Ausbruch ihrer Entrüstung über Claytons Mangel an männlichem Mut wieder zu sprechen anfing.

Wer kann das wohl gewesen sein? flüsterte sie.

Gott weiß es! begnügte er sich zu antworten.

Wenn es ein Freund ist, weshalb zeigt er sich nicht? fuhr Jane fort. Soll man ihn nicht herbeirufen, damit wir ihm wenigstens danken können?

Aus Höflichkeit rief Clayton denn auch nach dem Unbekannten, aber es kam keine Antwort.

Jane Porter schauderte. Die geheimnisvolle Dschungel, murmelte sie, die furchtbare Dschungel! In ihr erregen sogar die Beweise der Freundschaft Schrecken.

Wir tun am besten, nach unserem Obdach zurückzukehren, meinte Clayton. Dort werden Sie wenigstens etwas sicherer sein, auch wenn ich Sie nicht beschützen kann, fügte er bitter hinzu.

Sagen Sie das nicht, William, versetzte sie, denn es tat ihr leid, daß ihre Worte ihn verletzt hatten. Sie haben getan, was Sie konnten. Es ist nicht Ihre Schuld, daß Sie kein Übermensch sind. Unter den Männern, die ich bisher gekannt habe, gibt es nur einen, der mehr hätte tun können, als Sie. In der Aufregung waren meine Worte schlecht gewählt, – ich wollte Sie aber nicht verletzen. Das einzige, was ich wünsche, ist, daß wir uns ein für allemal darüber klar werden, daß ich Sie nie heiraten kann. Eine solche Ehe würde unglücklich werden.

Ich verstehe, erwiderte er, aber wir wollen nicht mehr davon sprechen, so lange wir nicht in die zivilisierte Welt zurückgekehrt sind.

Am nächsten Tage ging es Thuran schlimmer. Er lag fast beständig im Fieber. Sie konnten nichts tun, um ihm zu helfen. Clayton war auch nicht sonderlich bemüht, etwas für ihn zu tun. Wegen des Mädchens fürchtete er den Russen, und im Grunde seines Herzens wünschte er, der Mann möchte sterben. Der Gedanke, daß sie, wenn ihn selbst ein Unfall träfe, allein in der Gewalt dieses Menschen zurückbleiben könnte, ängstigte ihn mehr als die Möglichkeit, zuletzt ganz allein in der Wildnis übrig zu bleiben.

Der Engländer hatte den schweren Speer aus dem Körper des Löwen gezogen, und besaß jetzt zum erstenmal eine Waffe, die ihm das Gefühl größerer Sicherheit verlieh. Deshalb wagte er sich jetzt bei der Nahrungssuche auch weiter in den Wald hinein.

Um vor den Anfällen des noch immer im Fieber liegenden Russen gesichert zu sein, war Jane Porter auf der von Clayton angefertigten Leiter heruntergestiegen und hatte sich an den Fuß des Baumes gesetzt.

Von dort aus spähte sie auf das Meer hinaus, denn sie hoffte noch immer, daß einmal ein Schiff in Sicht kommen könnte. Sie hatte den Rücken nach der Dschungel gekehrt, und so sah sie nicht, daß sich hinter ihr das hohe Gras teilte und ein wildes Gesicht daraus hervorlugte. Kleine, blutunterlaufene Augen beobachteten sie und schauten von Zeit zu Zeit nach dem Strande aus, ob dort keine anderen Menschen zu sehen wären.

Da tauchte im Grase noch einer auf und dann noch einer und noch einer. Oben in der Baumhütte fing der Russe wieder an zu phantasieren, und im Nu verschwanden die Köpfe ebenso leise wie sie gekommen waren. Bald aber merkten sie, daß das Mädchen sich durch das aus dem Baum dringende Gewimmer nicht stören ließ, und nun tauchten die sonderbaren Gestalten wieder auf, um das nichtsahnende Mädchen weiter zu beobachten.

Ein leises Geräusch im Grase zog Janes Aufmerksamkeit auf sich. Sie wandte sich um, und beim Anblick der gräßlichen Gesichter erschrak sie so sehr, daß sie mit einem Aufschrei zu Boden stürzte.

Nun fielen die Männer über sie her. Mit den langen gorillaähnlichen Armen hob einer sie auf und trug sie in die Dschungel. Eine schmutzige Hand hielt ihr den Mund zu, um sie am Schreien zu hindern.

Jane war ohnmächtig geworden, denn nach all den in der letzten Zeit überstandenen Qualen war ein solcher Schrecken für sie zu groß.

Als sie wieder zum Bewußtsein kam, lag sie im Dickicht des Urwaldes. Es war Nacht. Ein großes Feuer brannte in der Lichtung, in der sie lag. Rings um das Feuer herum hockten fünfzig gräßliche Männer mit struppigem Haar und Bart. Ihre langen Arme lagen auf den gebogenen Knien ihrer kurzen, krummen Beine, über dem Feuer hing ein Topf, und von Zeit zu Zeit nahm einer mit einem spitzen Stock ein Stück Fleisch heraus und verzehrte es mit tierischer Gier.

Als die Männer sahen, daß ihre Gefangene wieder zum Bewußtsein gelangt war, warf einer von ihnen ihr mit seiner schmutzigen Hand etwas von dem wenig appetitlichen Essen zu. Es fiel neben ihr nieder, aber voll Ekel schloß sie die Augen.

Tagelang mußte sie nun mit den Männern durch den dichten Wald marschieren. Dabei war es heiß, und sie war so matt und erschöpft, daß sie sich kaum weiter schleppen konnte. Oft schwankte sie und wurde dann einfach weitergestoßen. Stolperte oder fiel sie einmal, so versetzte ihr ein Nebenmann solche Püffe, daß sie weitergehen mußte.

Lange bevor sie an ihr Ziel gelangten, waren ihre Schuhe zerrissen. Die Sohlen waren durchgetreten. Ihr Kleid war zerfetzt, und ihre einst so weiße, zarte Haut war rauh und zerkratzt von den Dornen und dem Gestrüpp, durch das man sie getrieben hatte.

An den zwei letzten Tagen der Wanderung war Jane so erschöpft, daß alle Drohungen und Zwangsmittel und alle Fußtritte sie nicht mehr zwingen konnten, sich auf ihren armen, blutigen Füßen aufrecht zu halten. Sie war völlig am Ende ihrer Kräfte und konnte nicht mehr stehen noch gehen.

Als die Unmenschen, die sie umgaben, sie bedrohten, sie mit Fäusten, Keulen und Fußtritten anzutreiben suchten, lag sie mit geschlossenen Augen da und bat um einen gnädigen Tod, der ihren Leiden ein Ende bereiten würde. Aber der Tod kam nicht, und schließlich sahen die fünfzig Männer ein, daß ihr Opfer nicht mehr imstande war, zu gehen. So blieb ihnen nichts anderes übrig, als es aufzuheben und zu tragen.

Spät am Nachmittag erblickte Jane die verfallenen Mauern einer mächtigen Stadt, aber sie war so matt und elend, daß sie nicht das geringste Interesse dafür hatte. Wohin man sie auch bringen würde, sie wußte ja doch kein Mittel, wie sie der Gefangenschaft dieser Bestien entrinnen könnte.

Zuletzt führte der Weg durch zwei große Mauern, und dann kam man in das Innere der zerfallenen Stadt.

Man brachte sie in ein ödes großes Gebäude, und hier sah sie sich auf einmal von Hunderten ähnlicher Geschöpfe umringt. Es waren aber auch Frauen darunter, die nicht ganz so schrecklich aussahen wie die Männer.

Bei deren Anblick stieg in Jane die erste schwache Hoffnung auf eine Linderung ihres Elends auf. Aber das dauerte nicht lange, denn die Frauen bewiesen ihr keinerlei Mitleid, wenn auch keine von ihnen sie beschimpfte oder mißhandelte.

Als die Insassen des Gebäudes sie zur Genüge betrachtet hatten, brachte man sie in ein dunkles Zimmer in den unteren Gewölben. Man legte sie auf den bloßen Boden und reichte ihr eine Metallschale mit Wasser und eine andere mit Essen.

Eine Woche lang sah die Gefangene nur die Frauen, die ihr Nahrung und Wasser brachten. Ihre Kräfte kamen nur langsam wieder, und es war ein Glück, daß sie nicht wußte, welches Schicksal ihr bevorstand. Man wartete nämlich nur darauf, daß sie genügend wiederhergestellt wäre, um dem Sonnengott geopfert zu werden ...

*

Als Tarzan durch seinen Speerwurf Clayton und Jane Porter vor den Fängen Numas gerettet hatte, ging er langsam durch die Dschungel weiter. Er dachte nur an den Schmerz, den seine frisch geöffnete Wunde ihm bereitete.

Jetzt war er froh, daß er seiner ersten Regung der Eifersucht nicht nachgegeben hatte. Es hätte nur des Bruchteils einer Sekunde bedurft, um Clayton dem sicheren Tode zu überliefern. In dem kurzen Augenblick, der zwischen dem Erkennen Janes und ihres Begleiters und dem Nachlassen der Bogenspannung zerrann, hatte Tarzan ganz unter den Gesetzen der rohen Natur gestanden.

Das Weib, das er umworben hatte, sein Weib, seine Genossin, hatte er in den Armen eines andern gesehen. Nun gab es für ihn nur ein Mittel, sich zu seinem Rechte zu verhelfen: seinen Gegner zu beseitigen, wie es der Sitte der Dschungel entsprach. Aber bevor er diesen Plan ausführte, wurden die sanfteren Gefühle der ihm angeborenen Ritterlichkeit in ihm wach und unterdrückten das Feuer seiner Leidenschaft. Jetzt war er ihnen dankbar, daß sie ihn davon zurückgehalten hatten, den unheilbringenden Pfeil abzuschießen.

Er verspürte jetzt keine Lust mehr, zu den Waziri zurückzukehren. Er wollte überhaupt kein menschliches Wesen mehr sehen. Eine Zeitlang mußte er allein die Dschungel durchstreifen, bis sein Schmerz sich etwas linderte. Ähnlich wie die wilden Tiere wollte er am liebsten allein und schweigend leiden.

Diese Nacht verbrachte er wieder im Amphitheater der Affen, und mehrere Tage ging er von dort aus auf die Jagd; nachts verbrachte er stets in seinem Zufluchtsort.

Am Nachmittag des dritten Tages kehrte er früh zurück. Kaum hatte er sich einige Augenblicke ins weiche Gras ausgestreckt, als er fern im Süden ein bekanntes Getöse hörte. Es war offenbar eine ganze Bande großer Affen, die durch die Dschungel brachen.

Einige Minuten lang lauschte er. Sie kamen auf das Amphitheater zu.

Tarzan erhob sich mißmutig und reckte sich. Sein scharfes Ohr vernahm jede Bewegung des heranrückenden Stammes. Da sie mit dem Winde kamen, konnte er auch am Geruch erkennen, daß er sich nicht getäuscht hatte.

Als sie sich dem Amphitheater näherten, stieg Tarzan auf der andern Seite auf einen Baum, und erwartete hier die Ankunft der Gesellschaft.

Er brauchte nicht lange zu warten, denn jetzt tauchte schon ein wildes, haariges Gesicht in den unteren Zweigen ihm gegenüber auf. Die grausamen kleinen Augen warfen einen Blick über die Arena, und dann wandte sich der Affe um, und erstattete an die Nachfolgenden einen schnatternden Bericht. Er sagte, die Luft sei rein und man könne ruhig hereinkommen.

Erst ließ sich der Anführer langsam in das weiche Gras nieder, und dann folgten die andern Menschenaffen einer nach dem andern, wohl an die hundert. Es waren große schwere Affen, aber auch einige Junge darunter. Einzelne ganz kleine Junge klammerten sich an den zottigen Nacken ihrer Mütter.

Tarzan erkannte viele Mitglieder des Stammes wieder. Es war derselbe Stamm, in dem er als kleiner Junge aufgewachsen war. Manche von den großen Affen waren in seiner Kindheit noch klein gewesen. In dieser selben Dschungel hatte er während ihrer kurzen Kinderzeit mit ihnen gespielt und gescherzt. Er fragte sich, ob sie ihn wohl wiedererkennen würden, denn manche Affen haben kein gutes Gedächtnis, und drei Jahre bedeuten ihnen eine Ewigkeit.

Aus dem Gespräch, das die Affen führten, erfuhr er, daß sie gekommen waren, um einen neuen König zu wählen. Ihr letzter Anführer hatte ein vorzeitiges Ende gefunden, als ein Ast unter ihm brach und er dreißig Meter tief herunterfiel.

Tarzan rückte bis ans Ende eines überhängenden Astes vor, wo er von allen gesehen werden konnte. Die scharfen Augen eines Weibchens erblickten ihn zuerst. Mit einem bellenden Kehllaut machte die Äffin die andern auf ihn aufmerksam. Einige der großen Affen richteten sich auf, um den Eindringling besser sehen zu können. Zähnefletschend und mit gesträubtem Haar gingen sie langsam auf ihn zu, indem sie dumpfe, brummende Töne als Drohung ausstießen.

Karnath, ich bin Affentarzan! rief der Affenmensch in der Muttersprache des Stammes. Ihr erinnert euch doch wohl meiner. Als wir noch kleine Affen waren, neckten wir Numa, indem wir ihn mit Stöcken und Nüssen aus dem sicheren Hinterhalt der hohen Äste bewarfen.

Das Tier, mit dem er sprach, stand mit einem stumpfsinnigen Ausdruck der Verwunderung auf seinem Gesicht still.

Aus seinem Blick konnte man aber erkennen, daß es Tarzans Worte wenigstens halb verstand.

Und Magor, fuhr Tarzan fort, indem er sich an einen andern Affen wandte, erinnerst du dich nicht eures früheren Königs, der den mächtigen Kerschak erschlug? Sieh mich an! Bin ich nicht derselbe Tarzan, der mächtige Jäger, der unüberwindliche Kämpfer, den ihr alle lange Jahre kanntet?

Die Affen drängten sich jetzt alle neugierig heran.

Sie murmelten einige Augenblicke miteinander, dann fragte Karnath:

Was willst du unter uns?

Nur Frieden! antwortete der Affenmensch.

Abermals beratschlagten die Affen, und endlich ergriff Karnath das Wort wieder:

Dann komm in Frieden, Affen-Tarzan!

Und nun ließ Tarzan sich gewandt auf das Gras mitten unter den wilden Trupp herunter.

Er hatte den Kreislauf der Entwicklung vollendet, und er war wieder zum Tier unter Tieren geworden.

Da gab es kein Begrüßen, wie es unter Menschen nach einer dreijährigen Trennung üblich gewesen wäre. Die meisten Affen gingen einfach wieder ihren Beschäftigungen nach, die das Erscheinen Tarzans unterbrochen hatte, und man schenkte ihm nicht mehr Beachtung, als ob er den Stamm nie verlassen hätte.

Ein oder zwei junge Männchen, die noch nicht alt genug waren, sich seiner zu erinnern, schlichen sich auf allen Vieren heran, um ihn zu beschnuppern, und einer zeigte ihm die Zähne und knurrte drohend, wie wenn er ihm sagen wollte, er gehöre nicht hierher. Wäre Tarzan knurrend abgezogen, so wäre das junge Männchen wahrscheinlich zufrieden gewesen, aber der Affenmensch konnte sich das nicht gefallen lassen.

Er trat denn auch nicht zurück, sondern erhob seine große, starke Hand und versetzte dem jungen Männchen eine solche Ohrfeige, daß es taumelnd zu Boden fiel.

In einer Sekunde war der Affe wieder auf den Beinen und ging erneut auf Tarzan los. Diesmal war es ernst, denn beide umfaßten, kratzten und bissen sich, bis die Finger des Affenmenschen an die Gurgel seines Angreifers gelangten. Jetzt gab das junge Männchen sehr schnell den Kampf auf.

Sowie es still dalag, ließ Tarzan von ihm ab und stand auf. Er wollte den jungen Affen nicht töten, sondern ihm nur eine Lehre erteilen und zugleich den andern zeigen, daß er immer noch ihr Meister war.

Die Lehre erfüllte ihren Zweck, denn seither gingen die jungen Affen Tarzan aus dem Weg, wie es sich für junge Affen gehört, wenn ältere und angesehene Mitglieder des Stammes in der Nähe sind, und auch die alten Männchen versuchten nicht, in Tarzans Vorrechte einzugreifen.

Mehrere Tage verhielten die Äffinnen mit ihren Jungen sich ihm gegenüber mißtrauisch, und wenn er zu nahe an sie herankam, stürzten sie mit Gebrüll auf ihn los. Dann war Tarzan so verständig, zur Seite zu springen und ihnen nichts zuleide zu tun, denn so ist es Brauch bei den Affen; nur tolle Männchen greifen eine Mutter an. Nach einiger Zeit gewöhnten sich auch die Weibchen an ihn.

Wie in vergangenen Tagen ging Tarzan nun wieder mit den Affen auf die Jagd, und als sie fanden, daß er klüger war als sie, weil er sie zu den besten Futterquellen führte und mit seiner geschickten Schlinge schmackhaftes Wild fing, das sie noch gar nicht oder nur selten gekostet hatten, schauten sie allmählich wieder zu ihm auf wie in der Vergangenheit, da er ihr König gewesen war.

So kam es, daß er abermals ihr erwählter Führer war, als sie das Amphitheater verließen und ihre Wanderungen wieder aufnahmen.

Der Affenmensch war mit seinem neuen Lose ganz zufrieden. Er war allerdings nicht glücklich – das konnte er nie mehr werden –, aber er war wenigstens soweit wie möglich von allem entfernt, was ihn an seinen Kummer erinnern konnte. Schon lange hatte er die Absicht aufgegeben, zur Kultur zurückzukehren, und jetzt war er auch entschlossen, seine schwarzen Waziri-Freunde nicht wiederzusehen. Er hatte der Menschheit für immer abgeschworen. Als Affe hatte er sein Leben begonnen, und als Affe wollte er es auch beschließen.

Nur eine Tatsache konnte er nicht aus seinem Gedächtnis tilgen, daß nämlich das Weib, das er liebte, nicht weit von dem Bezirk seines Stammes war. Auch konnte er die Furcht nicht los werden, daß sie beständig in Gefahr sei; und wie schlecht sie beschützt wurde, hatte er ja in dem Augenblick gesehen, wo Clayton sich so jämmerlich benahm. Je mehr Tarzan daran dachte, desto mehr regte sich sein Gewissen.

Er machte sich schließlich Vorwürfe, daß er in seinem selbstsüchtigen Gram und in seiner Eifersucht nicht auf Jane Porters Sicherheit bedacht gewesen war.

Von Tag zu Tag regte sich dieser Gedanke immer mehr in ihm, und endlich war er beinahe entschlossen, zur Küste zurückzukehren und über Jane Porter und Clayton zu wachen, als er eine Nachricht erhielt, die alle seine Pläne änderte und ihn wie toll gegen Osten trieb, ohne daß er auf irgendwelche Gefahren achtete.

Bevor Tarzan zu den Affen zurückgekehrt war, war ein junger Affe, der unter seinem eigenen Stamme keine Gefährtin gefunden hatte, der Sitte gemäß durch die wilde Dschungel gereist, wie ein fahrender Ritter aus alter Zeit, um eine schöne Dame aus irgendeinem Nachbarvolk für sich zu gewinnen und heimzuführen.

Er war eben mit seiner Braut zurückgekehrt und beeilte sich, seine Abenteuer zu erzählen, bevor er sie vergaß.

Unter anderem berichtete er von einem großen Stamm von wunderlich aussehenden Affen, die er unterwegs angetroffen hatte. Es waren lauter haarige Männergesichter, sagte er, und es war nur ein Weibchen darunter, noch heller sogar als dieser Fremde. Und dabei zeigte er mit dem Daumen auf Tarzan.

Der Affenmensch hörte aufmerksam zu, und dann stellte er einige Fragen, so daß der Menschenaffe, der geistig etwas schwerfällig war, sie kaum schnell genug beantworten konnte.

Waren die Männer kurz, mit krummen Beinen?

So waren sie.

Trugen sie um ihre Lenden Felle von Numa und Sheeta und trugen sie Stöcke und Messer?

Ja.

Und hatten sie viele gelbe Ringe um ihre Arme und Beine?

Ja.

Und das Weibchen, war es klein und schmal und sehr weiß?

Ja.

Schien es eine von demselben Stamme zu sein oder eine Gefangene?

Sie schleppten es manchmal am Arm, manchmal auch an dem langen Haar fort, das auf ihrem Kopfe wuchs, und immer stießen und schlugen sie sie. O, es war ein großer Spaß, ihnen zuzuschauen!

O Gott! murmelte Tarzan.

Wo waren sie, als du sie sahest, und welchen Weg gingen sie, fuhr der Affenmensch fort.

Sie waren bei dem großen Wasser hinter uns, und dabei zeigte er nach Süden.

Als sie an mir vorüberkamen, gingen sie gegen Morgen, bergauf, am Wasser entlang.

Wann war das? fragte Tarzan.

Vor einem halben Mond.

Ohne ein weiteres Wort sprang Tarzan auf einen Baum und verschwand in der Richtung auf die verzauberte Stadt Opar.

Wie Tarzan wieder nach Opar kam

Als Clayton zu dem Baum zurückkehrte, auf dem er und seine Gefährten ihre Siedlung aufgeschlagen hatten, und Jane Porter nicht mehr vorfand, geriet er in Angst und Schrecken. Thuran war wieder ganz bei Sinnen, denn das Fieber war plötzlich wieder verschwunden, wie es in jenen Gegenden oft der Fall ist. Der Russe war aber noch schwach und erschöpft und lag ruhig auf der Grasdecke ihrer Baumhütte.

Als Clayton ihn nach dem Verbleib Jane Porters fragte, schien er überrascht zu sein, daß sie nicht dort sei.

Ich habe nichts Ungewöhnliches gehört, sagte er. Allerdings war ich die meiste Zeit über ohne Besinnung.

Wenn der Mann nicht offenbar zu schwach gewesen wäre, hätte Clayton ihn im Verdacht gehabt, daß er die Schuld am Verschwinden des Mädchens trug, aber er sah, daß der Russe nicht genügend Kraft hatte, um ohne Hilfe auch nur hinunterzusteigen. In diesem Zustand konnte er dem Mädchen jedenfalls nichts zuleide getan haben, und er konnte auch nicht die unbequeme Leiter hinunter- und wieder heraufgestiegen sein.

Solange es noch hell war, suchte der Engländer den nahegelegenen Teil der Dschungel ab, ob sich dort nicht eine Spur der Vermißten oder ihres Entführers fand. Aber obschon die von den fünfzig gräßlichen Männern hinterlassenen Spuren so deutlich waren, daß auch der dümmste Dschungel-Bewohner sie erkannt hätte, ging Clayton zwanzigmal daran vorbei, ohne zu merken, daß doch vor wenigen Stunden viele Männer durchgekommen sein mußten. Während des Suchens fuhr er fort, den Namen des Mädchens laut zu rufen, aber das einzige, was er damit erreichte, war, daß er Numa, den Löwen, anlockte.

Glücklicherweise bemerkte er, wie sich die Gestalt einen Weg durch das Gebüsch bahnte, und so hatte er gerade noch Zeit, auf einen Baum zu klettern, bevor das Tier ihn erreichte.

Das machte Claytons weiteren Nachforschungen für den Nachmittag ein Ende, denn der Löwe lauerte unter dem Baume, und der Engländer konnte nicht daran denken, wieder herunterzuklettern.

Nach Eintritt der Nacht entfernte sich der Löwe, aber Clayton wagte es nicht, in das schreckliche Dunkel des Waldes hinunterzusteigen, und so verbrachte er weitere schreckliche Stunden auf dem Baume.

Erst als es wieder hell geworden war, kam er herunter und ging nach dem Strande. Da Jane nicht zurückgekehrt war, gab er die Hoffnung, sie retten zu können, auf.

In der folgenden Woche gewann Thuran seine Kräfte wieder. Er lag oben auf dem Baum, indes Clayton sich bemühte, für sie beide Nahrung zu suchen. Der Russe sprach nur das Allernotwendigste.

Clayton benutzte jetzt die Abteilung des Lagers, die für Jane Porter bestimmt gewesen war, und sah den Russen nur, wenn er ihm Essen oder Wasser brachte, oder wenn er ihm die andern kleinen Dienste leistete, die die einfachste Menschlichkeit erforderte.

Als Thuran wieder imstande war, herunterzusteigen und auf Nahrungssuche zu gehen, wurde Clayton vom Fieber befallen. Tagelang lag er bewußtlos und von Schmerzen geplagt da, aber nicht ein einzigesmal kam der Russe zu ihm.

Clayton mochte allerdings nichts essen, aber er litt furchtbaren Durst. Zwischen den Fieberanfällen suchte er eines Tages, so schwach er auch war, herunterzusteigen und sich zum Bach zu schleppen.

Bei solchen Gelegenheiten schaute Thuran ihm mit boshafter Schadenfreude zu. Und doch hatte Clayton ihn, so sehr er ihn auch verachten mußte, während seiner Krankheit aufs beste verpflegt.

Zuletzt wurde der Engländer so schwach, daß er nicht mehr imstande war, herunterzusteigen. Einen Tag lang ertrug er den Durst, ohne den Russen in Anspruch zu nehmen, aber schließlich konnte er die Qual nicht länger aushalten und bat ihn, ihm etwas zu trinken zu geben.

Der Russe kam an den Eingang von Claytons Raum, eine Schale Wasser in der Hand. Sein Gesicht hatte einen mürrischen Ausdruck.

Hier ist Wasser! sagte er. Aber zuvor will ich Sie daran erinnern, daß Sie mich bei dem Mädchen schlecht gemacht haben, daß Sie es sich auf die Seite geschafft haben, weil Sie es nicht mit mir teilen wollten ...

Run hören Sie auf! unterbrach ihn Clayton. Wie können Sie so gemein sein, ein Mädchen zu verdächtigen, das wahrscheinlich schon tot ist! Was für ein Dummkopf war ich doch, Sie am Leben zu lassen. Sie verdienen nicht einmal, in diesem elenden Land zu leben!

Hier ist Ihr Wasser! sagte der Russe, und dabei setzte er die Schale selbst an den Mund und trank. Was übrig blieb, schüttete er hinunter. Dann wandte er sich um und überließ den Kranken seinem Schicksal.

Clayton legte die Arme über das Gesicht und gab den Kampf auf.

Am folgenden Tage entschloß sich Thuran, an der Küste entlang nordwärts zu gehen, weil er wußte, daß er dort zu zivilisierten Menschen kommen müsse. Schließlich konnte es ihm auf dem Marsch nicht schlechter ergehen als hier, und dazu kam, daß die Anfälle des sterbenden Engländers ihm aus die Nerven fielen.

So stahl er denn Claytons Speer und machte sich auf den Weg. Am liebsten hätte er dem Kranken vorher noch das Ende gegeben, aber er dachte, er würde ihm dadurch vielleicht noch einen Dienst erweisen, und so ließ er ihn am Leben, damit er ganz allein und verlassen umkommen möge.

Schon am ersten Tage kam er zu einer kleinen Hütte am Strand und faßte neue Hoffnung, da er überzeugt war, daß dies ein Vorposten einer nahen Ansiedlung sei. Hätte er gewußt, wem die Hütte gehörte und daß der Eigentümer nur wenige Meilen landeinwärts weilte, so hätte Nikolaus Rokoff diesen Platz wie die Pest geflohen. Aber er hatte keine Ahnung davon, und so blieb er einige Tage dort, da er in der Hütte sicher war und dort mancherlei Bequemlichkeiten genoß. Dann setzte er seine Wanderung in nördlicher Richtung fort.

*

In Lord Tenningtons Lager schickte man sich an, ein festes Unterkommen zu errichten und dann eine Expedition von einigen Mann nach Norden zu schicken, um Hilfe zu suchen.

Als die Tage verstrichen, ohne daß man eine Nachricht von der Außenwelt erhielt, begann die Hoffnung zu schwinden, daß Jane Porter, Clayton und Thurau gerettet worden seien. Niemand sprach mehr mit Professor Porter darüber, und dieser war zu seinem Glück in seinen wissenschaftlichen Träumereien so versunken, daß er gar nicht merkte, wie die Zeit verging.

Gelegentlich bemerkte er, in wenigen Tagen würde jedenfalls ein Dampfer an der Küste eintreffen und dann würden sie alle wieder glücklich vereint sein. Ein andermal sprach er von dem Eintreffen eines Zuges, falls dieser nicht durch einen Schneesturm aufgehalten würde.

Wenn ich den lieben alten Herrn nicht so gut kennte, sagte Lord Tennington zu Miß Strong, so würde ich glauben, es sei bei ihm nicht mehr ganz richtig im Kopfe.

Wenn es nicht so ernst wäre, so könnte man darüber lachen, antwortete Miß Strong. Ich habe ihn mein Lebenlang gekannt, und ich weiß, wie abgöttisch er Jane liebt, andere könnten aber glauben, er sei gleichgültig gegen ihr Schicksal. Er ist so unpraktisch, daß er gar nicht an die Möglichkeit ihres Todes zu glauben vermag, bis er einen wirklichen Beweis dafür vor sich hat.

Erraten Sie einmal, was mir gestern mit ihm widerfahren ist, fuhr Lord Tennington fort. Ich kam von einer kleinen Jagdstreife zurück, als ich ihn traf, wie er eilig dem Pfad, den die wilden Tiere durch das Dickicht getreten haben, folgte. Er hielt die Hände hinter seinen langen Rockschößen und schaute vor sich auf den Boden, während er vorwärts eilte. Er hätte einem Raubtier direkt in den Rachen laufen können. Wohin gehen Sie, Herr Professor? fragte ich ihn.

Ich gehe in die Stadt, Lord Tennington, sagte er ganz ernst, um mich bei dem Postmeister über die schlechte Postbestellung zu beklagen. Denken Sie, mein Herr, ich habe seit Wochen keine Postsachen bekommen! Es müssen doch einige Briefe von Jane für mich da sein. Da muß sofort eine Beschwerde nach Washington gerichtet werden!

Und glauben Sie, Miß Strong, fuhr Lord Tennington fort, ich hatte die größte Mühe, dem alten Mann begreiflich zu machen, daß es hier keine Postbestellung und keine Stadt gibt, und daß er weder auf demselben Festland noch auf derselben Halbkugel wie Washington ist.

Als ihm das endlich klar wurde, fing er an, sich wegen seiner Tochter zu ängstigen. Ich glaube, es war das erstemal, daß er einsah, in welcher Lage wir uns hier befinden, und daß seine Tochter vielleicht nicht gerettet worden ist.

Ich möchte gar nicht daran denken, sagte Miß Strong, und doch kann ich an nichts anderes denken, als an die abwesenden Mitglieder unserer Gesellschaft.

Wir wollen das Beste hoffen, meinte Lord Tennington. Sie selbst haben sich so wacker gezeigt, denn in einer Hinsicht haben Sie den größten Verlust erlitten.

Ja, antwortete sie. Ich hätte Jane Porter nicht mehr lieben können, wenn sie meine eigene Schwester gewesen wäre.

Lord Tennington war sehr erstaunt über diese Antwort, ließ sich aber nichts merken. Er hatte gar nicht auf ihre Freundschaft mit Jane Porter anspielen wollen.

Seit dem Untergang der „Lady Alice“ war er viel mit Miß Strong zusammen gewesen und hatte allmählich bemerkt, daß er zu dieser feinen Tochter Marylands mehr Zuneigung fühlte, als es für seine Seelenruhe gut war, denn er erinnerte sich immer wieder daran, daß Thuran ihm seine heimliche Verlobung mit ihr mitgeteilt hatte. Er fragte sich aber, ob Thuran wirklich die Wahrheit gesagt habe, denn auf seiten der jungen Dame hatte er Thuran gegenüber nie mehr als einfache Freundschaft bemerkt.

Um der Sache auf den Grund zu kommen, fuhr er fort:

Und wenn die drei Personen verloren sind, so werden Sie einen besonders schweren Verlust in Mister Thuran erleiden.

Sie sah ihn lebhaft an.

Herr Thuran, sagte sie, war mir ein lieber Freund. Ich konnte ihn gut leiden, aber ich kannte ihn noch wenig.

Waren Sie denn nicht mit ihm verlobt?

Himmel, nein! rief sie. Das ist mir im Traum nicht eingefallen!

Nun hätte Lord Tennington Hazel Strong ein Geständnis ablegen sollen, aber so sehr es ihn auch drängte, so blieben ihm doch die Worte in der Kehle stecken.

Er ging einigemal auf und ab, wobei er ganz rot im Gesichte wurde, aber schließlich sagte er, er hoffe, die Hütten würden bis zum Beginn der Regenzeit fertig werden.

Hazel aber hatte, ohne daß er es merkte, seine wahre Absicht erraten, und das machte sie glücklich, ja glücklicher als sie je in ihrem Leben gewesen war.

Die weitere Unterredung wurde durch das Auftauchen einer sonderbaren, furchtbar aussehenden Gestalt gerade südlich vom Lager unterbrochen.

Lord Tennington und Miß Streng erblickten den Mann zu gleicher Zeit. Der Engländer griff nach seinem Revolver, aber als der halbnackte, bärtige Mensch seinen Namen laut herüberrief und herangelaufen kam, steckte er die Waffe wieder ein und ging ihm entgegen.

Niemand hätte in dieser schmutzigen, abgemagerten Gestalt in diesem seltsamen Häuteanzug den eleganten Thuran wiedererkannt, den man zuletzt an Bord der „Lady Alice“ gesehen hatte.

Bevor die andern Mitglieder der kleinen Gemeinschaft von seiner Ankunft benachrichtigt wurden, befragten Lord Tennington und Miß Strong ihn über das Schicksal seiner Leidensgefährten.

Sie sind alle tot, erwiderte Thuran. Die drei Matrosen starben, bevor wir ans Land kamen. Miß Porter wurde von irgendeinem Raubtier in die Dschungel fortgeschleppt, als ich im Fieber-Delirium darniederlag. Clayton ist vor ein paar Tagen am Fieber gestorben. Und wenn ich bedenke, daß wir all diese Zeit nur wenige Meilen von einander entfernt waren, – kaum einen Tagemarsch – es ist schrecklich!

*

Jane Porter wußte nicht, wie lange sie im dunkeln Gewölbe unter dem Tempel der alten Stadt Opar gelegen hatte. Eine Zeitlang hatte sie Fieber gehabt, aber als dieses vorübergezogen war, kam sie allmählich wieder zu Kräften.

Jeden Tag gab die Frau, die ihr das Essen brachte, ihr durch Zeichen zu verstehen, sie solle aufstehen, aber tagelang konnte Jane nur den Kopf schütteln, um ihr anzudeuten, daß sie dazu zu schwach sei.

Erst allmählich konnte sie sich wieder auf den Beinen halten, und dann versuchte sie einige Schritte zu machen, indem sie sich mit der Hand an der Mauer festhielt.

Die Wilden betrachteten sie jetzt mit zunehmendem Interesse. Ihr Opfer gewann wieder Kraft, und der Tag nahte.

Endlich war er da. Ein junges Weib, das Jane Porter zuvor noch nie gesehen, kam mit einigen anderen Frauen in ihr Verließ. Sie führten einige Zeremonien aus, die offenbar religiöser Natur waren.

Sie faßte deshalb wieder Zuversicht und freute sich, wenigstens in die Hände eines Volkes gefallen zu sein, auf das die Religion einen verfeinernden und besänftigenden Einfluß ausübte. Sie durfte deshalb wohl annehmen, daß sie menschlich behandelt würde.

Als man sie nun aus ihrem Kerker holte und durch lange, dunkle Gänge und über eine Treppe in einen glänzenden Hof führte, folgte sie willig, beinahe glücklich. Sie war ja unter Gottesdienern. Mochten sie auch von dem höchsten Wesen eine andere Vorstellung haben als sie selbst, so genügte ihr doch die Tatsache, daß die Leute an einen Gott glaubten, um anzunehmen, sie seien menschlich und gütig. Als sie aber in der Mitte des Hofes einen steinernen Altar erblickte und dunkelbraune Flecken auf dem Boden, wurde sie stutzig und fing an zu zweifeln.

Als man sich vollends über sie beugte und ihr die Füße und Hände fesselte, da ergriff sie eine namenlose Angst.

Einen Augenblick später wurde sie emporgehoben und mit dem Rücken quer über den Altar gelegt.

Nun war all ihre Hoffnung geschwunden, und sie zitterte in Todesangst.

Während des grotesken Priestertanzes, der nun folgte, lag sie vor Schrecken gelähmt da. Sie wagte nicht mehr, das scharfe Messer anzusehen, das die Hohepriesterin über ihr gezückt hielt, um ihr ihr Schicksal anzudeuten.

Als die Hand anfing, sich zu senken, schloß Jane Porter die Augen und sandte ein stilles Gebet zu ihrem Schöpfer, dem sie nun bald gegenübertreten sollte. Dann erlagen ihre Nerven der ungeheuren Aufregung, und sie wurde ohnmächtig.

*

Tag und Nacht war Tarzan durch den Urwald gewandert, um nach der Stadt der Ruinen zu gelangen, denn er war überzeugt, daß seine Geliebte dort gefangen gehalten werde, wenn sie nicht schon tot war.

In einem Tag und einer Nacht legte er dieselbe Entfernung zurück, für die die fünfzig gräßlichen Männer fast eine Woche gebraucht hatten, denn Tarzan schlug den Weg in halber Baumhöhe ein, weit über dem Gestrüpp und Gerank, das das Fortkommen so erschwerte.

Aus der Geschichte, die der junge Affe ihm erzählt hatte, war es ihm klar geworden, daß das „Weibchen" Jane Porter sein müsse, denn sie war die einzige Weiße in der ganzen Dschungel. Die Männer waren nach der Beschreibung zu urteilen offenbar die Bewohner der Ruinen von Opar.

Das Schicksal des Mädchens konnte er sich aus eigener Erfahrung vorstellen. Man würde jedenfalls den schwachen Körper auf den Altar legen, aber wann, – das konnte er nicht wissen.

Auf alle Fälle tat Eile dringend not. Der Weg schien ihm endlos lang, aber schließlich erreichte er die Felsen, die sich vor dem trostlosen Tal auftürmten, und vor ihm lagen die gespensterhaften Ruinen der Stadt Opar.

In schnellem Trabe eilte er über den staubigen, steinigen Grund nach dem Ziel seiner Wünsche.

Würde er noch rechtzeitig kommen? Er hoffte es. Zum mindesten aber konnte er sich rächen, und in seiner Wut glaubte er imstande zu sein, die ganze Bevölkerung dieser schrecklichen Stadt zu erschlagen.

Es war beinahe Mittag, als er auf den großen Felsen gelangte, auf dessen Spitze der geheime Durchgang nach der Stadt endete. Wie eine Katze kletterte er dort hinauf, und alsbald eilte er durch den langen, geraden, dunkeln Gang, der zu dem Schatzgewölbe führte. Sobald er dieses durchschritten hatte, kam er sehr bald zu dem brunnenartigen Schacht nahe an dem Verließ, aus dem er durch die Mauer ausgebrochen war.

Plötzlich glaubte er von oben merkwürdige Töne zu hören. Er hielt einen Augenblick an und lauschte: es waren die Klänge des Totentanzes, die das Opfer einleiten, und der Singsang der Hohepriesterin. Er konnte sogar deren Stimme erkennen.

Sollte die Zeremonie, die er verhindern wollte, schon so weit sein? Schrecken erfaßte ihn. Vielleicht kam er nur um eine Minute zu spät!

Wie ein gehetztes Tier sprang er über den Abgrund, der sich vor ihm auftat. An der Stelle, wo er die Mauer durchbrochen hatte, räumte er die Steine nur so weit weg, daß er sich mit seinen mächtigen Schultern mit knapper Not hindurchzwängen konnte. Hinter ihm stürzten die losen Steine polternd herab.

Mit einem Satze war er an der Tür, die zum Glück nicht verschlossen war. Offenbar hatte La vor lauter Schrecken, als sie ihn nicht vorfand, vergessen, die Türe wieder abzuschließen.

Nun gelangte er auf dem ihm bekannten Wege in den Binnenhof, aber dieser war leer. Im Opferhof hörte er aber die Stimme Las.

Der Tanz hatte aufgehört. Jetzt mußte das Messer sich senken. Schneller als dieser Gedanke rannte er nach der Seite, von wo die Stimme der Priesterin kam.

Er fand auch gleich die richtige Tür. Zwischen ihm und dem Altar standen die langen Reihen der Priester und Priesterinnen und warteten mit ihren goldenen Bechern.

Las Hand senkte sich soeben langsam auf den Busen des schwachen Geschöpfes, das ruhig auf dem harten Stein ausgestreckt lag.

Ein Stöhnen entrang sich Tarzans Brust, als er sah, daß es das geliebte Mädchen war, das da lag. Und dann färbte sich die Narbe auf seiner Stirn wie flammendes Scharlach, es wurde ihm rot vor den Augen, und mit dem entsetzlichen Brüllen eines wütenden Riesenaffen sprang er wie ein gewaltiger Löwe unter die Priester.

Dem ersten besten entriß er die Keule und schlug um sich wie ein Teufel, während er schnell auf den Altar zustrebte.

Beim ersten Lärm der Unterbrechung hatte Las Hand innegehalten. Als sie den Urheber dieser Störung erblickte, erblaßte sie. Sie hatte nie ahnen können, wie es dem rätselhaften weißen Manne gelungen war, aus dem Verließ, in das sie ihn eingeschlossen hatte, herauszukommen. Sie hatte nicht gedacht, daß er je wieder Opar verlassen würde, denn sie hatte auf seine riesige Gestalt und sein schönes Gesicht mit den Augen eines Weibes, nicht einer Priesterin, geschaut.

In ihrem klugen Kopfe hatte sie sich schon einen Plan zurechtgelegt. Sie wollte ihren Gläubigen erzählen, der Feuergott selbst habe sich ihr enthüllt und ihr den Befehl erteilt, diesen weißen Fremden als seinen eigenen Gesandten bei seinem Volk auf der Erde aufzunehmen. Sie wußte, daß das Volk von Opar das glauben würde, und sicher würde auch der Mann lieber als ihr Gatte bei ihr bleiben, als auf den Opferaltar zurückzukehren.

Als sie aber zu ihm ging, um ihm diesen Plan auseinanderzusetzen, war er verschwunden, obschon die Türe noch genau so verschlossen war, wie sie selbst sie verriegelt hatte. Und jetzt war er wieder da! Sein Geist hatte also wieder Körpergestalt angenommen, und nun erschlug er ihre Priester wie Schafe!

Einen Augenblick vergaß sie ihr Opfer, und ehe sie sich vor Überraschung wieder fassen konnte, stand der große Mann vor ihr und hielt das Weib, das auf dem Altar lag, in seinen Armen.

Zur Seite, La! rief er. Sie haben mich einmal gerettet, und deshalb will ich Ihnen nichts zu leide tun, aber rühren Sie sich nicht und versuchen sie nicht, uns zu folgen, sonst muß ich auch Sie töten!

Während er so sprach, schritt er mit Jane auf den Armen an ihr vorbei.

Wer ist sie? fragte die Hohepriesterin, indem sie auf das ohnmächtige Mädchen zeigte.

Sie ist mein! antwortete Tarzan.

Einen Augenblick stand die Jungfrau von Opar mit weitgeöffneten Augen da und starrte ins Leere. Ein Seufzer entrang sich ihrer Brust, und Tränen traten ihr in die Augen. Mit einem Schrei sank sie auf den kalten Boden, indes die Menge der Männer an ihr vorbeistürmte, um den Eindringling zu verfolgen.

Tarzan war durch denselben dunklen Gang geeilt, durch den La ihn das erstemal geführt hatte, und er war schnell in dem Gemach verschwunden, wo er wußte, daß man ihn nicht suchen würde. Da die Männer von Opar den geheimen Weg nicht kannten, den er gekommen war, so konnten sie gar nicht annehmen, daß er nach dieser Seite geflüchtet war.

Allerdings hörte er Lärm in dem großen Gebäude: offenbar suchte man nach ihm, und jedenfalls würde man wieder eine ganze Bande zu seiner Verfolgung aussenden. Aber nachdem es ihm geglückt war, seine Geliebte vor dem Opfertode zu retten, mußte er auch weiterhin auf seine Stärke und seine Klugheit vertrauen, um sie in Sicherheit zu bringen.

Er war sogar fest überzeugt, daß ihm dies gelingen würde. Als er daher die Mauer durch den geheimen Durchgang durchquert hatte, legte er Jane, die noch immer bewußtlos war, draußen auf den Boden und fügte die Steine wieder in die

Mauer, damit man den geheimen Durchgang nicht finden sollte, und auch die Schatzkammer geheim bliebe. Nachdem er Jane wieder aufgehoben, trabte er durch die Gänge, kam durch die erste Tür und das Schatzgewölbe, dann durch die zweite Tür und betrat wieder den langen geraden Gang, der zu dem hochgelegenen heimlichen Ausgang in die Stadt führte.

Auf dem Felsgipfel hielt er inne, um seinen Blick auf die Stadt zurückzuwerfen. Da sah er in der Ebene einen Trupp der Männer von Opar. Einen Augenblick zögerte er. Sollte er nun hinuntergehen und zu den entfernten Gipfeln zu gelangen suchen ober sollte er sich hier verstecken, bis es dunkel wurde? Er brauchte nur einen Blick auf das bleiche Gesicht des Mädchens zu werfen, und schon war sein Entschluß gefaßt. Er konnte sie nicht hier lassen, und anderseits mußte er mit der Möglichkeit rechnen, daß Feinde ihm auch durch den Gang, den er gekommen war, folgen würden. Wenn er aber Feinde vor sich und im Rücken hatte, so ging er einer sicheren Gefangenschaft entgegen, denn mit dem bewußtlosen Mädchen beladen konnte er seinen Weg nicht durch den Feind erkämpfen.

Es war nicht möglich, den steilen Felsabhang mit Jane Porter auf den Armen hinunterzuklettern, und so mußte er sich entschließen, sie mit dem Grasseil, das er mitgenommen hatte, auf dem Rücken festzubinden. So gelang ihm der Abstieg, und da er der Stadt abgewandt war, so merkten die Männer von Opar nichts von ihm. Sie wußten ja auch nicht, daß der Gesuchte ihnen so nahe war.

Ein kleiner Hügel erhob sich zwischen ihm und seinen Verfolgern, und so gelang es Tarzan, beinahe eine Meile zurückzulegen, ehe die Männer von Opar um den Granitberg herumkamen und die Fliehenden vor sich erkannten.

Sie stießen ein wildes Freudengeschrei aus und fingen an wie verrückt zu laufen. Jedenfalls dachten sie, den mit dem Mädchen beladenen Fremden bald einholen zu können, doch sie unterschätzten die Schnelligkeit und die Kraft des Affenmenschen, während sie ihre eigenen, kurzen, krummen Beine überschätzten.

Tarzan lief immer im selben Tempo weiter, und infolgedessen blieb auch die Entfernung zwischen ihm und seinen Verfolgern immer dieselbe.

Von Zeit zu Zeit warf er einen Stick auf das Gesicht des Mädchens, das er jetzt wieder auf den Armen trug. Das arme müde Gesicht war so weiß und so verzerrt, daß, wenn er nicht den schwachen Schlag ihres Herzens gespürt hätte, er bezweifeln mußte, ob sie überhaupt noch lebte.

Nun gelangte er zu dem flachen Bergkegel und zu den Felsenspitzen. Während der letzten Meile war Tarzan wie ein Reh gelaufen, um reichlich Zeit zu haben, den Abhang hinunterzugelangen, bevor die Männer von Opar den Gipfel erreichten und ihm Felsstücke nachschleudern konnten. So war er schon eine halbe Meile weit den Abhang hinunter, als die wilden Menschen keuchend auf der Höhe anlangten.

Vor Wut und Enttäuschung schrien sie laut auf und schlugen mit den Knüppeln um sich. Sie blieben aber auf der Höhe, denn diesmal wollten sie die Verfolgung nicht über die Grenze ihres eigenen Gebiets hinaus fortsetzen. Vielleicht erinnerten sie sich ihres früheren, langen und vergeblichen Suchens, vielleicht auch gaben sie die Hoffnung auf, nachdem sie gesehen, welche Schnelligkeit der Affenmensch zu entwickeln vermochte.

Als Tarzan den Wald erreichte, der am Fuße der Hügel begann, machten die Wilden kehrt und schlugen den Rückweg nach Opar ein.

Durch den Urwald

Im Walde, in den noch die Felsspitzen herüberleuchteten, legte Tarzan seine Last im Gras nieder. Dann ging er zu einem nahen Bach und holte Wasser, mit dem er Janes Gesicht und Hände anfeuchtete. Das belebte sie aber nicht wieder, und schmerzlich bewegt nahm er Jane wieder auf seine starken Arme und eilte mit ihr nach Westen.

Spät am Nachmittag erlangte sie langsam die Besinnung zurück. Sie öffnete die Augen, aber noch nicht gleich, sondern sie suchte sich der Szenen zu erinnern, deren Zeuge sie gewesen war. Ach, jetzt erinnerte sie sich des Altars, der schrecklichen Priesterin und des herabsinkenden Messers. Sie schauderte, denn sie dachte, entweder sei dies der Tod, oder das Messer sei ihr ins Herz gedrungen und sie erlebe jetzt die letzten Minuten vor dem Tode.

Und als sie schließlich allen Mut aufbot, um die Augen zu öffnen, bestätigte der Anblick, der sich ihr bot, ihre Befürchtungen, denn sie sah, daß sie in den Armen ihres toten Geliebten durch ein grünes Paradies getragen wurde. Wenn dies der Tod ist, murmelte sie, dann danke ich Gott, daß ich tot bin!

Sie sprechen, Jane, rief Tarzan. Sie sind also wieder zu sich gekommen!

Ja, Tarzan, antwortete sie, und zum ersten Male seit Monaten leuchtete ein Lächeln des Friedens und des Glückes über ihr Gesicht.

Gott sei Dank! rief der Affenmensch, als sie eben in eine kleine Lichtung am Fluß kamen. Es war aber auch höchste Zeit.

Wieso, höchste Zeit? Was meinen Sie damit?

Es war Zeit, Sie vor dem Tode auf dem Altar zu retten, mein Liebling! erwiderte er. Erinnern Sie sich nicht?

Mich vor dem Tode zu retten! fragte sie verblüfft. Sind wir denn nicht beide tot, mein Tarzan?

Er hatte sie auf das Gras gesetzt und mit dem Rücken an einen Baum gelehnt. Auf ihre Frage trat er etwas zurück, um ihr besser ins Gesicht sehen zu können.

Tot! wiederholte er, und dann lachte er. Sie sind nicht tot, Jane, und wenn Sie in die Stadt Opar zurückkehren wollen und die Leute dort befragen, so wird man Ihnen sagen, daß ich noch vor ein paar Stunden nicht tot war. Nein, meine Gute, wir sind beide noch am Leben.

Aber Hazel und Herr Thuran haben mir doch gesagt, Sie seien viele Meilen vom Land in den Ozean gefallen, erklärte sie, wie wenn sie ihm klar machen wollte, daß er doch tot sei. Sie sagten mir, es sei kein Zweifel, daß Sie es gewesen und es sei auch ausgeschlossen, daß Sie gerettet worden wären.

Wie kann ich Sie überzeugen, daß ich kein Geist bin? fragte er lächelnd. Ich war es allerdings, den der köstliche Herr Thuran über Bord geworfen hat, aber ich bin nicht untergegangen – ich werde Ihnen das alles später noch erzählen – und hier bin ich wirklich wieder ganz derselbe wilde Mensch, den Sie früher gekannt haben, Jane Porter.

Sie stand langsam auf und kam auf ihn zu.

Ich kann es noch immer nicht glauben, murmelte sie. Ein solches Glück ist doch nicht möglich nach all den häßlichen Dingen, die ich in den schrecklichen Monaten seit dem Untergang der „Lady Alice“ erlebt habe.

Sie kam näher an ihn heran und legte leise und zitternd eine Hand auf seinen Arm.

Ich muß wohl träumen, und ich muß wohl in dem Augenblick erwacht sein, wo ich das schreckliche Messer sich auf mein Herz senken sah. – Gib mir einen Kuß, Geliebter, ehe mein Traum für immer verfliegt!

Tarzan ließ sich das nicht zweimal sagen. Er nahm die Geliebte in seine Arme und küßte sie nicht einmal, sondern hundertmal. Sie konnte kaum noch atmen, aber als er aufhörte, schlang sie ihre Arme um seinen Hals und drückte ihre Lippen wieder an die seinigen.

Ist es Wirklichkeit oder träume ich? fragte er sich nun.

Wenn du nicht mehr am Leben bist, mein Mann, antwortete sie, so bete ich, daß ich so sterben möchte, ehe ich wieder zu den schrecklichen Wirklichkeiten meiner letzten wachen Augenblicke zurückkehre.

Eine Weile schwiegen beide, indem sie sich in die Augen schauten, als ob sie sich noch immer erst von dem wundervollen Glücke überzeugen mühten, das ihnen zuteil geworden war. Die Vergangenheit mit all ihren häßlichen Enttäuschungen und Schrecken war vergessen. An die Zukunft dachten sie einstweilen nicht, aber die Gegenwart – die gehörte ihnen, und niemand konnte sie ihnen nehmen!

Jane war es, die zuerst das süße Schweigen brach.

Wohin gehen wir, Geliebter? fragte sie. Und was sollen wir jetzt tun?

Wohin willst du gehen? fragte er, und was willst du am liebsten tun?

Ich gehe, wohin du gehst, mein Mann, und ich tue, was du wünschest! antwortete sie.

Aber Clayton? fragte er. Bis dahin hatte er ganz vergessen, daß sie nicht allein auf der Welt waren. Wir haben nicht an deinen Gatten gedacht.

Ich bin nicht verheiratet, Tarzan! rief sie. Und ich bin auch nicht mehr verlobt mit Clayton. Am Tage, bevor jene schrecklichen Menschen mich geraubt haben, sprach ich mit ihm über meine Liebe zu dir, und da sah er ein, daß ich das unglückliche Versprechen, das ich ihm gegeben hatte, nicht halten könne. Wir waren eben vor dem Angriff eines Löwen wunderbar gerettet worden.

Plötzlich hielt sie inne und sah mit leuchtenden Augen zu ihm hinauf.

Tarzan, rief sie, du warst es, der den Löwen getötet hat. Das kann kein anderer gewesen sein!

Er senkte die Augen, denn er war beschämt.

Wie konntest du nur fortgehen und mich im Stiche lassen? fragte sie vorwurfsvoll.

Sei nicht böse, Jane! bat er. Sei nicht böse! Du begreifst nicht, wie sehr ich deshalb seither gelitten habe, zuerst in wütender Eifersucht und dann wegen des Schicksals, das ich nicht verdient hatte. Ich kehrte zu den Affen zurück und wollte nie mehr ein menschliches Wesen sehen.

Dann erzählte er ihr von seinem Leben seitdem er in die Dschungel zurückgekehrt, wie er von einem zivilisierten Pariser zu einem wilden Waziri-Krieger herabsank und sich schließlich wieder mit den Affen befreundete.

Sie richtete manche Frage an ihn, nicht zuletzt bezüglich der Dinge, die Thuran ihr erzählt hatte, nämlich über die Frauen in Paris. Er erzählte ihr mancherlei Einzelheiten über sein zivilisiertes Leben, und ließ nichts dabei aus, denn er brauchte sich nicht zu schämen, da sein Herz immer aufrichtig ihr gehört hatte.

Als er geendet hatte, saß er da und schaute nach ihr hin, als ob er ihren Urteilsspruch erwartete.

Ich wußte, daß Thuran nicht die Wahrheit sagte, versicherte sie. Was ist das doch für ein Scheusal!

Du bist mir also nicht böse? fragte er.

Ihre Antwort war zwar scheinbar recht harmlos, aber echt weiblich.

Ist Olga de Coude wirklich schön? fragte sie.

Tarzan lachte und küßte sie wieder.

Sie stieß einen kleinen Seufzer aus und legte ihren Kopf wieder auf seine Schulter. Er wußte, daß ihm vergeben war.

Für die Nacht richtete Tarzan ein hübsches Nest hoch auf den Ästen eines riesigen Baumes und dort schlief die todmüde Jane, während er sich eine Stufe tiefer sein Lager bereitete, wo er sich niederlegte, stets bereit, sie auch im Schlafe zu beschützen.

Ihre Wanderung nach der Küste dauerte viele Tage. War der Weg gut, so gingen sie Hand in Hand unter den Bogenlauben des mächtigen Waldes, wie in unvordenklichen Zeiten ihre Urahnen dort gegangen sein mögen. War aber das

Unterholz zu dicht, so nahm er sie auf seine großen Arme und trug sie leicht durch die Bäume.

Die Tage waren ihnen zu kurz, denn sie waren wirklich glücklich. Hätten sie sich nicht beeilen müssen, um Clayton zur Hilfe zu kommen, so hätten sie das Vergnügen dieser wundervollen Wanderung endlos ausdehnen mögen.

Am letzten Tage, bevor sie die Hütte erreichten, witterte Tarzan den Geruch von Menschen und zwar von Schwarzen.

Er hielt Jane zurück und gab ihr ein Zeichen zu schweigen. Es gibt wenig Freunde in der Dschungel, sagte er leise.

Nach einer halben Stunde trafen sie auf eine kleine Gruppe schwarzer Krieger, die nach Westen zogen. Als Tarzan sie erblickte, stieß er einen Freudenschrei aus.

Es war nämlich ein Trupp seiner eigenen Waziri.

Busuli war darunter und auch einige andere, die ihn nach Opar begleitet hatten.

Als sie ihn erblickten, tanzten und schrien sie in überschwänglicher Freude. Wochenlang suchten sie ihn schon, wie sie ihm erzählten.

Die Schwarzen waren sehr erstaunt, daß er ein weißes Mädchen bei sich hatte, und als sie erfuhren, daß sie sein Weib werden sollte, wetteiferten sie untereinander, ihr Ehre zu erweisen.

Die glücklichen Waziri begleiteten sie lachend und tanzend bis zu dem Baume, wo sie Clayton zu finden hofften.

Sie sahen nirgends einen Lebenden, und auf ihre Rufe erhielten sie keine Antwort.

Tarzan stieg hinauf, um in die kleine Baumhütte hineinzuschauen. Gleich darauf kam er wieder zum Vorschein.

Er hatte eine leere Büchse in der Hand und warf sie Busuli zu: er solle Wasser holen.

Dann winkte er Jane Porter, sie möchte heraufkommen.

Als sie sich über den abgemagerten Menschen beugte, der einst ein englischer Edelmann gewesen, kamen ihr Tränen in die Augen. Das junge, einst so schöne

Gesicht war durch die eingefallenen Wangen, die hohlen Augen und die Züge des Leidens gänzlich entstellt.

Er lebt noch, sagte Tarzan. Wir wollen alles tun, was wir können, aber ich fürchte, es ist zu spät.

Als Busuli das Wasser brachte, schüttete Tarzan einige Tropfen zwischen die gerissenen und geschwollenen Lippen. Er befeuchtete ihm auch die Stirne und die Arme.

Jetzt öffnete Clayton die Augen.

Ein schwaches Lächeln erhellte sein Gesicht, als er Jane über sich gebeugt sah. Als er aber Tarzan erblickte, war er sehr erstaunt.

Wie geht's, Kamerad? sagte der Affenmensch. Wir haben Sie gerade noch rechtzeitig gefunden. Jetzt wird es bald besser werden, und wir werden Sie auf die Beine bringen, ehe Sie es glauben.

Der Engländer schüttelte den Kopf.

Es ist zu spät, flüsterte er. Aber es ist auch gut so. Es ist besser, wenn ich sterbe.

Wo ist Thuran? fragte Jane.

Er verließ mich, als das Fieber schlimmer wurde. Er ist ein Teufel. Als ich ihn um Wasser bat, weil ich zu schwach war, um es mir selbst zu holen, trank er vor meinen Augen, schüttete den Rest aus und lachte mir ins Gesicht.

Bei dem Gedanken an diese Teufelei regte sich noch ein letzter Rest von Lebenskraft in ihm. Er richtete sich auf den Ellenbogen auf.

Ja, sagte er dann plötzlich. Ich will noch leben, wenigstens solange, bis ich ihn finde und diese Bestie erschlage!

Diese kurze Anstrengung hatte ihn so erschöpft, daß er auf das trockene Gras und den Überzieher zurückfiel, der Jane Porter seinerzeit als Decke gedient hatte.

Seien Sie wegen Thuran unbesorgt, sagte Tarzan, indem er die Hand beruhigend auf Claytons Stirn legte. Das ist meine Sache –, ich werde schon mit ihm fertig. Fürchten Sie nichts!

Clayton lag lange ganz still. Mehrere Male legte Tarzan sein Ohr an seine eingesunkene Brust, um zu hören, ob das Herz noch schlüge.

Gegen Abend kam Clayton wieder etwas zu Bewußtsein.

Jane, flüsterte er, und das Mädchen beugte sich über ihn, um seine schwache Stimme zu vernehmen. – Ich habe Ihnen Unrecht getan – und ihm. – Dabei zeigte er schwach nach Tarzan. – Ich liebte Sie so, doch das ist kaum eine Entschuldigung für das Unrecht, das ich Ihnen antat, aber ich konnte den Gedanken nicht ertragen, Sie aufzugeben. Ich bitte Sie nicht um Verzeihung. Ich will jetzt nur tun, was ich vor mehr als einem Jahre hätte tun sollen.

Er suchte in dem Überzieher etwas, und dann zog er ein verknittertes Blatt Papier heraus. Er reichte es Jane, und dann ließ er seinen Arm auf die Brust sinken. Sein Kopf fiel zurück, er atmete noch ein letztes Mal und war dann still ...

Tarzan bedeckte das Gesicht des Toten mit einem Zipfel des Überziehers.

Jane und Tarzan knieten einen Augenblick nieder. Die Lippen des Mädchens bewegten sich in einem stillen Gebet. Auch Tarzan hatte Tränen in den Augen, denn er hatte selbst schon soviel gelitten, daß er wußte, was die Leiden der andern bedeuteten.

Mit ihren tränenfeuchten Augen las Jane die Botschaft, die auf dem gelben Stück Papier stand, und als sie es las, weiteten sich ihre Augen immer mehr. Zweimal las sie diese unglaublichen Worte, bis sie den Sinn verstand:

Fingerabdrücke beweisen, daß Sie Greystoke. Glückwünsch.

D'Arnot.

Sie reichte Tarzan das Blatt. Und das hat er all die Zeit gewußt, sagte sie, und hat Ihnen nichts davon gesagt?

Ich hatte das Telegramm zuerst gelesen, erwiderte er. Ich wußte nicht einmal, daß er es kannte. Ich hatte es richtig erhalten, aber ich muß es wohl in jener Nacht auf der Station in Wisconsins Wäldern verloren haben.

Und hernach erzähltest du uns, deine Mutter sei eine Äffin und du hättest deinen Vater nie gekannt.

Titel und Reichtum bedeuteten mir nichts ohne dich, mein Kind, erwiderte er. Und wenn ich ihm die genommen hätte, so hätte ich das Weib beraubt, das ich liebte. Verstehst du es jetzt, Jane?

Es war, als ob er versuchte, einen Fehler zu entschuldigen.

Sie streckte ihm ihre Arme entgegen und legte ihre Hände in die seinigen.

Und ich hatte eine solche Liebe von mir gewiesen! schluchzte sie.

Ein Wiedersehen

Am nächsten Morgen brach man nach Tarzans Hütte auf. Vier Waziri trugen die Leiche des Engländers. Tarzan hatte vorgeschlagen, Clayton an der Seite des früheren Lord Greystoke neben der Hütte am Rande der Dschungel zu begraben.

Jane Porter war gern damit einverstanden, und im Innersten ihres Herzens wunderte sie sich über das Feingefühl dieses wunderbaren Menschen, der zwar bei wilden Tieren aufgewachsen war, aber die echte Ritterlichkeit und Feinfühligkeit besaß, die man sonst nur der feinsten Zivilisation zuschreibt.

Von den fünf Meilen bis zu Tarzans Hütte hatte man schon etwa drei zurückgelegt, als die Waziri, die vorausmarschierten, plötzlich anhielten und ganz erstaunt auf eine merkwürdige Gestalt hinwiesen, die vom Strand herkam. Es war ein Mann mit einem glänzenden Seidenhut, der mit gesenktem Kopfe langsam daher kam und die Hände hinter seinen langen schwarzen Rockschößen hielt.

Als Jane Porter ihn erblickte, stieß sie einen kleinen Freudenschrei aus und lief ihm eiligst entgegen.

Der alte Herr schaute auf, als er ihre Stimme hörte, und als er sah, wer da vor ihm stand, schrie er auch vor Staunen und freudigem Glück auf. Als Professor Archimedes Q. Porter seine Tochter in seinen Armen fühlte, rannen ihm Tränen über sein runzliges Gesicht, und es währte mehrere Minuten, bis er zu sprechen vermochte.

Als er Tarzan wiedererkannte, konnte Jane ihn nur mit Mühe davon überzeugen, daß er noch bei Sinnen war, denn wie die andern Mitglieder der Gesellschaft war er völlig davon überzeugt, daß der Affenmensch tot sei.

Über Claytons Tod war der Professor sehr betrübt.

Ich kann das nicht verstehen, sagte er. Als Herr Thuran zu uns kam, versicherte er uns, Clayton sei einige Tage vorher gestorben.

Ist Thuran bei Ihnen? fragte Tarzan.

Ja, kürzlich hat er uns gefunden und führte uns zu Ihrer Hütte. Wir lagerten nur wenig nördlich davon. Der wird erfreut sein, Sie beide wiederzusehen!

Und überrascht! fügte Tarzan hinzu.

Bald darauf kam man an die Lichtung, wo die Hütte des Affenmenschen stand.

Es waren eine Menge Leute da, die kamen und gingen, und einer der ersten, die Tarzan erblickte, war sein Freund d'Arnot.

Paul! rief er ihm zu, um Himmelswillen, was machen Sie hier? Oder sind wir alle verrückt geworden?

Die Sache klärte sich sehr bald auf, wie so manches, was uns auf den ersten Blick unwahrscheinlich scheint. D'Arnots Schiff hatte längs der Küste gekreuzt, weil es dort patrouillierte, als es auf den Vorschlag des Leutnants dort Anker warf, weil er die Hütte und die Dschungel, in der vor drei Jahren manche Offiziere und Mannschaften an den aufregenden Abenteuern teilgenommen hatten, wieder sehen wollte. Bei der Landung hatte man Lord Tenningtons Gesellschaft angetroffen, und es waren schon Vorbereitungen getroffen, um sie alle am nächsten Morgen an Bord zu nehmen und in die zivilisierte Welt zurückzuführen.

Hazel Strong und ihre Mutter, Esmeralda und Mr. Samuel T. Philander waren überglücklich über Jane Porters Rückkehr. Daß sie gerettet worden war, kam ihnen wie ein Wunder vor, und alle waren darin einig, daß kein anderer als Tarzan dieses Werk vollbringen konnte. Sie lobten den bescheidenen Affenmenschen derart und überhäuften ihn so mit Aufmerksamkeiten, daß er sich in das Amphitheater der Affen zurückwünschte.

Alle interessierten sich auch für die wilden Waziri, und gar mancher Art waren die Geschenke, die diese von diesen Freunden ihres Königs erhielten. Als sie aber erfuhren, daß Tarzan mit den andern auf dem großen Boot, das eine Meile seewärts von der Hütte hielt, übers Meer fortfahren wollte, wurden sie sehr traurig.

Bis jetzt hatten die neuen Ankömmlinge noch nichts von Lord Tennington und Thuran gesehen. Beide waren am frühen Morgen auf die Jagd gegangen und noch nicht zurückgekehrt.

Dieser Mann, den du Rokoff nennst, wird überrascht sein, dich wiederzusehen, meinte Jane zu Tarzan.

Die Überraschung wird nicht lange dauern, versicherte der Affenmensch grimmig, und der Ton, in dem er das sagte, beunruhigte sie. Was sie in seinem Gesichte las, bestätigte ihre Befürchtungen. Sie legte ihre Hand auf seinen Arm und riet ihm, den Russen den französischen Gerichten zu überlassen.

Mein Liebster, sagte sie zu ihm, im Herzen der Dschungel, wo keine andere Form des Rechtes besteht als die rohe Muskelkraft, wärest du berechtigt, dem Manne das Schicksal zuteil werden zu lassen, das er verdient, aber sobald der starke Arm einer zivilisierten Regierung zu deiner Verfügung steht, wäre es ein Mord, wenn du ihn umbringen würdest. Selbst deine Freunde wären gezwungen, dich zu verhaften, und wenn du ihnen Widerstand leisten wolltest, würdest du nur uns alle ins Elend stürzen. Ich kann es nicht ertragen, dich wieder zu verlieren, mein Tarzan. Versprich mir, daß du den Russen dem Kapitän Dufranne überliefern wirst, und laß dem Gesetze seinen Lauf. Die Bestie ist nicht wert, daß wir unser Glück dafür verscherzen.

Tarzan sah die Richtigkeit dieses Ratschlages ein, und versprach, ihm zu folgen.

Eine halbe Stunde später tauchten Lord Tennington und Rokoff aus der Dschungel auf. Der Lord war der erste, der die Anwesenheit des Fremden im Lager bemerkte.

Er sah, daß schwarze Krieger sich mit den Matrosen des Kreuzers unterhielten und dann fiel ihm ein brauner Riese auf, der sich im Gespräch mit Leutnant D'Arnot und Kapitän Dufranne befand.

Wer ist das? fragte Tennington. Als der Russe den Affenmenschen erblickte, der ihn scharf ins Auge faßte, fuhr er zusammen und erbleichte.

Donnerwetter! rief Rokoff, und bevor Lord Tennington auch nur seine Absicht erraten hatte, riß Rokoff das Gewehr von der Schulter und legte auf Tarzan an. Der Lord stand aber so dicht neben ihm, daß er gerade im selben Augenblick, da Rokoff losdrückte, ihm einen Stoß versetzen konnte, so daß die Kugel an Tarzans Kopf vorbeiflog.

Bevor der Russe nochmals schießen konnte, war der Affenmensch herzugesprungen und hatte ihm das Gewehr entrissen.

Kapitän Dufranne, Leutnant D'Arnot und ein Dutzend Matrosen waren auf den Schuß hin herbeigeeilt, und nun übergab Tarzan ihnen den Russen, ohne ein Wort zu sagen. Er hatte schon vor der Rückkehr Rokoffs dem französischen

Kommandanten den Sachverhalt erklärt, und nun gab der Offizier sofort den Befehl, den Russen zu fesseln und ihn an Bord des Kreuzers zu bringen.

Bevor die Wache den Gefangenen in das kleine Boot brachte, das ihn nach dem Kreuzer transportieren sollte, bat Tarzan um die Erlaubnis, ihn durchsuchen zu dürfen, und fand zu seiner Freude in Rokoffs Tasche die gestohlenen Papiere wieder.

Der Schuß hatte auch Jane Porter und die andern veranlaßt, aus der Hütte zu eilen, und kurz, nachdem die erste Aufregung sich gelegt hatte, begrüßte sie den erstaunten Lord Tennington.

Als Tarzan die Papiere eingesteckt hatte, kam er auch heran. Jane Porter stellte ihn Lord Tennington vor mit den Worten: John Clayton, Lord Greystoke, mein Herr!

Der Engländer war so verblüfft, daß er trotz aller Bemühung, höflich zu erscheinen, sein Erstaunen kaum verbergen konnte, und sowohl der Affenmensch als auch Jane Porter und Leutnant D'Arnot mußten ihm immer wieder von Tarzan erzählen, um ihn zu überzeugen, daß sie nicht alle verrückt geworden waren.

Bei Sonnenuntergang begrub man William Cecil Clayton neben den Dschungelgräbern, in denen sein Onkel und seine Tante, die früheren Lord und Lady Greystoke, ruhten.

Auf Tarzans Wunsch wurden drei Salven über der letzten Ruhestätte eines tapferen Mannes, der dem Tod tapfer stand hielt, abgefeuert.

Professor Porter, der in jüngeren Jahren Geistlicher gewesen war, hielt die einfache Trauerfeier ab. Es war eine seltsame Gesellschaft von Leidtragenden, die gesenkten Hauptes an dem offenen Grabe standen, als die letzten Sonnenstrahlen herüberschienen: Offiziere und Matrosen, zwei Lords, Amerikaner und eine Schar wackerer afrikanischer Wilder.

Nach dem Begräbnis bat Tarzan den Kapitän Dufranne, die Abreise des Kreuzers um ein paar Tage zu verschieben, weil er „seine Sachen“, die einige Meilen landeinwärts lägen, noch holen wolle, und der Offizier entsprach seinem Wunsche gern.

Spät am Nachmittag des folgendes Tages kehrten Tarzan und seine Waziri mit der ersten Ladung seiner „Sachen“ zurück, und als die Gesellschaft die alten Barren reinen Goldes sah, bestürmte man ihn und stellte tausend Fragen, aber er wehrte alle lächelnd ab. Er gab ihnen auch nicht die geringste Aufklärung über die Quelle seines ungeheuren Reichtums.

Ich habe noch tausend dieser Barren zurückgelassen, und habe nur diese wenigen mitgenommen, aber wenn diese verbraucht sind, dann kehre ich zurück und hole mir mehr.

Am nächsten Tage kehrte er mit den übrigen Barren zurück, und als sie alle an Bord des Kreuzers verstaut waren, meinte Kapitän Dufranne, er komme sich vor wie der Kommandant einer alten spanischen Galione, die mit den Schätzen der Azteken beladen zurückkehre. Ich weiß nicht, ob meine Mannschaft mir nicht die Kehle durchschneiden und sich des Schiffes bemächtigen wird, scherzte er.

Am nächsten Morgen, als man sich anschickte, sich einzuschiffen, meinte Tarzan zu Jane Porter:

Man behauptet, die wilden Tiere hätten keine Gefühle, aber trotzdem wäre es mein Wunsch, in der Hütte getraut zu werden, in der ich geboren wurde, neben dem Grab meiner Mutter und meines Vaters und umgeben von der wilden Dschungel, die immer meine Heimat war.

Wäre die Heirat aber gültig? fragte sie. Wenn das der Fall ist, dann wüßte auch ich keinen Platz, wo ich lieber meinem Waldgott angetraut würde als im Schatten seines Urwaldes. Als sie nun mit den andern darüber sprachen, versicherte man ihnen, daß die Trauung durchaus gültig sein würde, und das wäre zudem ein glänzender Abschluß einer höchst romantischen Geschichte.

So versammelte sich die ganze Gesellschaft in der kleinen Hütte, um der zweiten Feier beizuwohnen, die Professor Porter innerhalb dieser drei Tage abhielt.

D'Arnot war der Brautführer, Hazel Strong die Brautjungfer, als in letzter Minute Lord Tennington die Feier durch eine seiner bekannten wunderbaren Ideen krönte.

Wenn es Mrs. Strong angenehm ist, sagte er, indem er die Hand der Brautjungfer in die seinige legte, so glauben Hazel und ich, daß es famos wäre, eine Doppelhochzeit zu feiern.

Am nächsten Tage dampfte man ab, und als der Kreuzer langsam in die See stach, stand ein stattlicher Mann in tadellos weißem Flanell-Anzug und eine reizende junge Frau an die Reling gelehnt und schauten auf das zurückweichende Ufer, wo zwanzig nackte schwarze Waziri-Krieger tanzten, ihre Speere über ihren wuscheligen Köpfen schwangen und ihrem scheidenden König Abschiedsgrüße zuwinkten.

Ich könnte mich nicht an den Gedanken gewöhnen, sagte Tarzan, daß ich jetzt die Dschungel zum letztenmal sehe, wenn ich nicht wüßte, daß ich mit dir für immer einer neuen glücklichen Welt entgegenfahre.

Und er beugte sich über seine junge Frau und küßte sie.

*

Die weiteren Abenteuer Tarzans werden im dritten Bande erzählt:

Tarzans Tiere

In dieser neuen großen Dschungelgeschichte werden Tarzans Weib und Kind von seinen Feinden entführt. Er folgt ihnen in das wildeste Afrika, wo er unter den großen Tieren der Dschungel eine Reihe der aufregendsten Abenteuer erlebt, die den Leser in atemraubende Spannung versetzen.